OP-CENTER 6
État de siège

DES MÊMES AUTEURS
CHEZ POCKET

1. Op-Center
2. Image virtuelle
3. Jeux de pouvoir
4. Actes de guerre
5. Rapport de force

TOM CLANCY ET STEVE PIECZENIK
présentent

TOM CLANCY
OP-CENTER 6
État de siège

Traduit de l'américain
par Jean Bonnefoy

ALBIN MICHEL

Titre original :
TOM CLANCY'S OP-CENTER
BALANCE OF POWER
A Berkley Book
publié avec l'accord de Jack Ryan Limited Partnership
et S&R Literary, Inc.

Ceci est une œuvre de fiction. Les personnages et les situations décrits dans ce livre sont purement imaginaires : toute ressemblance avec des personnages ou des événements existant ou ayant existé ne serait que pure coïncidence.

ISBN : 2-266-11745-9

Nations unies – Le Conseil de sécurité a mis hier la dernière main à une requête écrite demandant à l'Irak de coopérer avec les inspecteurs de la Commission internationale sur le désarmement – mais sans menacer de recourir à la force si jamais Bagdad refusait d'obtempérer.

Associated Press,
5 novembre 1998.

Prologue

Kampong Thom, Cambodge, 1993

Elle est morte dans ses bras, par une aube radieuse. Ses paupières se sont fermées doucement, un faible souffle a jailli de sa gorge délicate et puis elle s'est éteinte.

Hang Sary a contemplé le pâle visage de la jeune femme. Puis il a regardé l'herbe et la poussière dans ses cheveux mouillés, les coupures entaillant son front et son nez. Il a éprouvé du dégoût en notant le rouge sur ses lèvres, ce rouge qui avait barbouillé sa joue, et le mascara charbonneux qui avait coulé de ses yeux jusqu'à ses oreilles.

Ça n'aurait jamais dû se passer ainsi. Pas même ici, dans un pays où l'idée même d'innocence était aussi incongrue que le rêve de paix.

Phum Sary n'aurait jamais dû mourir aussi jeune et surtout, elle n'aurait pas dû mourir de cette façon. Personne ne devrait mourir de cette façon, étendu au milieu d'une rizière en plein vent, dans une eau froide maculée de son sang. Mais au moins Phum était-elle morte en sachant qui la tenait dans ses bras. Au moins était-elle morte autrement qu'elle avait sans doute vécu toute sa vie, seule et sans amour. Et même si la quête à laquelle Hang n'avait jamais renoncé était désormais vaine, il savait qu'une autre était sur le point de débuter.

Hang avait relevé les jambes pour poser la tête de sa sœur sur ses genoux. Il effleura doucement le bout de son nez, tout froid, le contour délicat de sa joue, sa bouche arrondie. Une bouche toujours souriante, quoi qu'elle fasse. Elle paraissait si frêle, si fragile.

Il retira ses bras de l'eau et les croisa sur la taille de sa robe fourreau en lamé bleu. Puis il la serra un peu plus fort. Il se demanda si, depuis dix ans, quelqu'un l'avait tenue ainsi. Avait-elle vécu tout le temps cette horrible existence ? Avait-elle fini par décider que la mort après tout était préférable ?

Le visage allongé de Hang se durcit en songeant à cette existence. Puis il éclata en sanglots. Comment avait-il pu être si près sans jamais s'en douter ? Ty et lui étaient dans le village, clandestinement, depuis bientôt une semaine. Se pardonnerait-il jamais de ne pas l'avoir vue à temps pour la sauver ?

Lorsqu'elle apprendrait de qui il s'agissait, la pauvre Ty serait inconsolable. Ty s'était introduite dans le camp en reconnaissance, pour tâcher de découvrir qui était derrière tout cela. Elle avait envoyé à Hang un message radio pour l'avertir qu'une femme avait apparemment tenté de s'échapper peu avant le lever du soleil, au moment de la relève de la garde. Et qu'elle avait été poursuivie et abattue. Phum avait pris la balle dans le flanc. Elle avait sans doute couru, puis continué en marchant, jusqu'à ce qu'elle ne puisse plus avancer. Alors, elle avait dû s'étendre ici pour regarder s'effacer le ciel nocturne. Quand elle était petite, Phum adorait contempler le ciel. Ty se demanda si ce ciel et les souvenirs de jours meilleurs lui avaient finalement apporté la paix.

Hang glissa ses doigts tremblants dans les longs cheveux bruns de sa sœur. Il entendit patauger au loin. Ce devait être Ty. Il avait averti par radio sa partenaire qu'il avait localisé la fille et qu'il l'avait vue s'effondrer. Ty lui avait répondu qu'elle serait là dans la demi-heure. Ils avaient à tout le moins espéré qu'elle pourrait les identifier, qu'elle pourrait aider à briser l'union monstrueuse qui détruisait tant de jeunes vies. Mais non. En le voyant, Phum n'avait eu que la force de prononcer son nom. Elle était morte dans les bras de son frère, avec sur ses lèvres rouge vif l'esquisse d'un sourire, mais pas le nom de la créature qui avait fait cela.

Ty arriva. Elle était vêtue comme les paysannes de la région. Immobile dans le vent qui murmurait autour d'elle, elle baissa les yeux et soudain étouffa un cri. Elle s'agenouilla près de Hang et lui passa un bras autour des épaules. L'un et l'autre restèrent ainsi plusieurs minutes, sans un mot. Et puis, lentement, Hang se releva, tenant dans ses bras la dépouille de sa sœur. Il la ramena vers le vieux break qui leur servait d'avant-poste sur le terrain.

Il savait qu'ils ne devraient pas quitter tout de suite Kampong Thom. Pas alors qu'ils étaient si près de toucher au but. Mais il fallait pourtant qu'il ramène chez eux sa petite sœur. C'était là qu'elle devait reposer.

Hang sentit le soleil réchauffer son dos moite et bientôt le cuire. Ty ouvrit le hayon du break, puis il étendit une couverture au milieu des cartons. Ceux-ci contenaient des armes et du matériel radio, des cartes et diverses listes, ainsi qu'une puissante bombe incendiaire. Hang en portait la commande à distance accrochée à la ceinture. Si jamais ils étaient capturés, la bombe détruirait tout ce que contenait le véhicule. Puis il se servirait de son 357 Smith & Wesson pour se suicider. Ty ferait de même.

Aidé par la jeune femme, Hang déposa le corps de sa sœur sur la couverture. Puis, avec précaution, il l'enroula dedans. Avant de partir, il embrassa une dernière fois du regard la rizière. Le sang d'un des siens l'avait sacralisée. Mais cette terre ne retrouverait sa pureté qu'après qu'elle aurait été lavée par le sang des auteurs de cet acte.

Il le fallait. Si longtemps que cela puisse prendre, il se jura de le faire.

1.

Paris, lundi, 6:13

Sept ans plus tôt, lors de son instruction pour servir au sein de l'APRONUC – l'Autorité provisoire des Nations unies au Cambodge –, le fougueux lieutenant Reynold Downer, 11/28e bataillon du régiment royal d'Australie occidentale, avait appris qu'il y avait trois conditions à remplir avant que l'ONU ne puisse effectuer quelque part une opération de maintien de la paix. Ce n'était pas le genre d'affaire sur laquelle il s'était interrogé ou à laquelle il aurait eu envie de participer, mais son gouvernement en avait jugé autrement.

Pour commencer, les quinze pays membres du Conseil de sécurité devaient approuver l'opération et les détails de sa procédure de mise en œuvre. En second lieu, les Nations unies n'ayant pas d'armée en propre, les pays membres de l'Assemblée générale devaient accepter de fournir des troupes et de désigner leur commandant ; c'est ce dernier qui serait chargé du déploiement et de l'activation de cette force multinationale. Enfin, les nations belligérantes devaient accepter la présence de l'organisation de maintien de la paix.

Une fois sur place, les membres de la force internationale avaient trois objectifs. Le premier était d'instaurer un cessez-le-feu et de le faire appliquer, pendant que les belligérants recherchaient une solution pacifique. Le deuxième était d'établir une zone tampon entre les factions hostiles. Et le troisième, d'assurer le maintien de la paix. Ce qui impliquait éventuellement le recours à des actions militaires, le déminage du secteur pour permettre aux civils de rentrer chez eux ou de s'approvisionner en eau et en vivres, et enfin la fourniture d'une aide humanitaire.

Tout ceci avait été expliqué en détail aux troupes d'infanterie légère lors de leurs deux semaines d'entraînement à la caserne d'Irwin, située à Stubbs Terrace, Karrakatta. Deux semaines pour apprendre à s'imprégner des coutumes, de la politique et de la langue locales, pour s'initier aux techniques de purification d'eau et de conduite au ralenti, l'œil rivé à la piste pour ne pas rouler sur une mine. Et aussi pour apprendre à ne pas rougir quand on se surprenait dans une glace, attifé d'un béret bleu et portant des guêtres assorties.

Une fois terminée sa période d'endoctrinement, de « castration » pour reprendre le terme employé avec tant de justesse par leur commandant pour décrire celle-ci, le contingent australien avait été réparti sur les quatre-vingt-six cantonnements installés au Cambodge. C'était un officier australien, le général de corps d'armée John M. Anderson, qui avait été désigné pour commander l'APRONUC dans le cadre d'une mission qui devait s'échelonner de mars 1992 à novembre 1993.

Cette mission avait été définie avec soin pour éviter

tout conflit armé : les soldats de l'ONU étaient censés ne tirer que pour riposter à une attaque, et encore en évitant toute escalade. Les enquêtes sur les décès de simples soldats devaient être confiées à la police locale, pas à l'armée. Les droits de l'homme devaient être encouragés par l'éducation, pas par la force. En dehors de leur rôle de force d'interposition, les missions essentielles des soldats de la paix étaient de distribuer des vivres et de fournir une aide médicale.

Pour Downer, intervenir sur le terrain dans de telles conditions ressemblait moins à une opération militaire qu'à un carnaval. *Allons, venez, pauvres masses opprimées ou belligérantes du tiers-monde. Venez donc quémander votre pain, votre pénicilline et votre eau potable.* Ce climat de cirque était encore renforcé par les tentes surmontées de bannières multicolores et par la présence de tous ces badauds autochtones qui avaient l'air largué. Même si la plupart acceptaient bien volontiers ce qu'on leur offrait, ils donnaient surtout l'impression d'avoir d'abord envie qu'on leur fiche la paix. La violence était un élément habituel, admis, de leur vie quotidienne. La présence étrangère, non.

Il y avait si peu à faire au Cambodge que le colonel Ivan Georgiev, officier supérieur dans l'Armée populaire bulgare, avait organisé un réseau de prostitution. Avec la bénédiction des officiers de l'armée de Pol Pot qui avait besoin de devises pour s'acheter armes et munitions, et qui touchaient donc vingt-cinq pour cent du montant de chaque passe. Georgiev dirigeait le réseau installé dans des tentes situées juste derrière son PC. Les filles du coin venaient, soi-disant pour assister à des cours de langues radiophoniques de l'APRONUC, en fait pour servir de pompes à devises.

C'est au bobinard que Downer avait pour la première fois rencontré Georgiev et le commandant Ishiro Sazanka. Georgiev affirmait que les soldats australiens et japonais étaient ses meilleurs clients, même si ces derniers avaient tendance à rudoyer les filles et qu'il valait mieux les tenir à l'œil. « Des sadiques polis », comme les qualifiait le Bulgare. Thomas, l'oncle de Downer, qui avait combattu les Japonais lorsqu'il faisait partie de la 7e division australienne dans le sud-ouest du Pacifique, aurait contesté cette description. Il les trouvait tout sauf polis.

Downer aidait au recrutement de nouvelles « étudiantes en langues » pour les tentes, tandis que les autres hommes de Georgiev recherchaient de nouveaux moyens d'amener les filles à travailler pour eux – y compris en recourant à l'enlèvement. Les Khmers rouges leur donnaient un coup de main chaque fois que possible. Hormis cet à-côté, Downer avait trouvé le Cambodge fort ennuyeux. Il trouvait les directives de l'ONU trop molles, trop restrictives. Comme il l'avait appris en grandissant sur les quais de Sydney, il n'y avait qu'une seule directive qui tienne : un fils de pute méritait une balle dans la tête ? Si oui, tu tires et tu te barres. Sinon, qu'est-ce que t'es venu foutre ?

Downer but une dernière gorgée de café et reposa la lourde chope sur la toile cirée de la table à jeu. Le café était bon, noir, amer, comme celui qu'il buvait lorsqu'il était en campagne. Ça lui donnait du tonus, un moral de battant. Pour l'heure, peut-être que ce n'était pas une si bonne idée quand il n'y avait pas d'adversaire contre qui se battre.

L'Australien leva son poignet bronzé et regarda sa montre. Putain, qu'est-ce qu'ils foutaient ?

D'habitude, le groupe était de retour à huit heures. Combien de temps leur fallait-il pour enregistrer en vidéo un truc qu'ils avaient de toute façon déjà enregistré six fois ?

La réponse était que ça prenait tout le temps que voudrait bien prendre le capitaine Vandal. C'était en effet lui le responsable de cette phase de l'opération. Et sans l'efficacité de l'officier français, aucun d'eux ne serait ici. C'était Vandal qui les avait tous fait entrer dans le pays, c'était lui qui avait acheté le matériel, supervisé les reconnaissances, et lui qui les ferait ressortir pour qu'ils puissent entamer la phase deux des opérations, cette dernière étant sous la responsabilité de Georgiev.

Downer piocha un biscuit au blé complet dans la boîte sur la table et mordit dedans avec impatience. Le goût, le craquant le ramenèrent illico à ses exercices de maniement d'armes dans la brousse australienne. Ils en bouffaient à longueur de journée pendant l'entraînement.

Tout en mastiquant, il parcourut du regard l'appartement exigu et sombre. Ses doux yeux bleus passèrent de la cuisine sur la droite au poste de télévision installé du côté opposé à la porte d'entrée. Cela faisait deux ans que Vandal louait ce studio. Le Français avait admis que le luxe n'entrait pas en ligne de compte. Et de fait, le petit logement était situé au premier étage d'un vieil immeuble décrépi, à l'angle de la rue de Bercy et du boulevard de la Bastille, à un emplacement stratégique : côté rue, il avait vue sur le centre d'exploitation des transports des PTT, d'où partaient tous les véhicules postaux, et côté boulevard, il se trouvait pile en face du dégagement qui formait une petite esplanade à l'entrée de la rampe d'accès au port. Par ailleurs, leur base se trouvait à quelques centaines de mètres à peine de la poste centrale du XIIe arrondissement. En dehors de cette position stratégique, l'autre point crucial était que le studio était situé au-dessus d'un bar désaffecté, ce qui faciliterait leur fuite en cas de besoin. Comme Vandal le leur avait promis le jour où les cinq hommes avaient mis en commun leurs économies en vue de l'opération, les seuls postes sur lesquels il ne regarderait pas à la dépense étaient les faux papiers, le matériel de surveillance et l'armement.

Tout en époussetant les miettes tombées sur son blue-jean délavé, Downer avisa les énormes sacs de toile alignés par terre entre la fenêtre et la télé. Il caressa du regard les cinq gros sacs chargés d'armes. Vandal avait fait un sacré boulot. Des AK-47, des armes de poing, des bombes lacrymogènes, des grenades, un lance-roquettes. Le tout sans aucune marque distinctive pour empêcher de remonter la filière, et acheté par l'entremise de trafiquants d'armes chinois que le Français avait connus au Cambodge durant le séjour des forces de maintien de la paix.

Bénies soient les Nations unies, songea le grand Australien baraqué.

Demain matin, un peu après l'aube, les hommes chargeraient les sacs dans le camion qu'ils avaient acheté. Vandal et Downer iraient en banlieue proche déposer Sazanka, Georgiev et Barone près de la péniche portant l'hélicoptère, puis ils synchroniseraient leur départ afin de se retrouver tous à l'heure prévue sur l'objectif.

L'objectif. Si banal et pourtant si vital pour le reste de l'opération.

Les yeux de l'Australien revinrent à la table. Il y avait un bol en faïence près du téléphone. Le bol était rempli d'une pâte noirâtre : les cendres de plans et de notes gorgées d'eau du robinet. Les notes contenaient tous les détails, depuis les estimations de vents dominants à mille pieds d'altitude à huit heures du matin, jusqu'aux statistiques de circulation urbaine en passant par les rondes de la police fluviale sur la Seine. On pouvait toujours déchiffrer des cendres ; mouillées, elles étaient inutilisables.

Enfin, plus qu'une sale journée à passer.

Une fois le reste de la bande de retour, il leur faudrait encore se taper la fin d'après-midi à visionner les cassettes et s'assurer qu'ils avaient tout prévu pour cette phase de l'opération. Puis encore une nuit à tracer des plans, calculer des plans de vol, étudier les horaires de bus, récapituler des noms de rues, puis la répartition des marchands d'armes de New York en vue de la phase suivante. Juste pour s'assurer qu'ils avaient bien tout mémorisé. Puis, encore une matinée à brûler toutes leurs notes pour empêcher que la police ne découvre quoi que ce soit, même en faisant les poubelles.

Les yeux de Downer s'attardèrent encore sur les sacs de couchage posés par terre. Ils étaient disposés devant le canapé, le seul autre meuble de la pièce. Un gros ventilateur électrique était encastré dans l'une des fenêtres et il n'avait cessé de tourner durant cette vague de chaleur. Vandal lui avait affirmé que des températures caniculaires étaient idéales pour leur plan. La cible n'était pas climatisée et les hommes à l'intérieur seraient encore plus léthargiques que d'habitude.

Pas comme nous, songea Downer. Ses équipiers et lui avaient un objectif.

Downer pensa aux quatre autres ex-soldats impliqués dans la mission. Il les avait tous rencontrés à Phnom Penh, et chacun d'eux avait une raison différente et bien personnelle d'être là.

Une clé cliqueta dans la serrure de la porte d'entrée. Downer tendit la main pour sortir son Type 64 à silencieux, glissé dans l'étui accroché au dossier de la chaise en bois. Il repoussa doucement la boîte de biscuits pour dégager son champ de tir. Il resta assis. En dehors de Vandal, la seule autre personne à avoir les clés du studio était le concierge de l'immeuble. Les trois fois où Downer avait séjourné ici au cours de l'année écoulée, le vieux bonhomme n'était monté que lorsqu'on l'appelait – et encore, pas toujours. Si c'était quelqu'un d'autre, il n'avait rien à faire ici, et il le paierait de sa vie. Downer aurait presque espéré se trouver nez à nez avec un inconnu. Il se sentait d'humeur à presser la détente.

La porte s'ouvrit et Étienne Vandal fit son entrée. Lunettes noires, cheveux bruns mi-longs plaqués en arrière, un étui de caméscope passé négligemment à l'épaule gauche. Le suivaient Georgiev, chauve et baraqué, Barone, trapu et basané, et enfin Sazanka, grand et large d'épaules. Tous étaient déguisés en touristes – blue-jean et tee-shirt bariolé. Et tous arboraient la même expression neutre.

Sazanka referma la porte. Doucement, poliment.

Downer poussa un soupir. Il rangea son arme. « Alors ? » demanda l'Australien. Sa voix avait gardé les accents gutturaux de sa région natale, l'ouest de la Nouvelle-Galles du Sud.

« *Hâlors ?* singea Barone.

– Arrête, fais pas chier, avertit Vandal.

– D'accord, chef », répondit Barone. Il imita un salut réglementaire puis regarda Downer, l'air renfrogné.

Downer n'aimait pas Barone. Le jeune prétentieux avait quelque chose de différent des autres : son comportement. Il faisait toujours comme si tout le monde était un ennemi potentiel, y compris ses alliés. Et Barone avait également l'oreille fine. Il avait bossé comme gardien à l'ambassade des États-Unis et il avait presque entièrement perdu son accent. Une seule chose empêchait Downer de lui voler dans les plumes : le fait que l'un comme l'autre étaient conscients que le jour où le petit Uruguayen aurait le malheur d'aller trop loin, l'Australien, avec son mètre quatre-vingt-dix, n'aurait aucun mal – et aucun scrupule – à le briser en deux.

Vandal posa l'étui sur la table, l'ouvrit, en sortit le caméscope et s'approcha de la télé. Puis, s'étant muni d'un câble, il raccorda les deux appareils.

« J'estime que l'opération de surveillance s'est déroulée pour le mieux, annonça-t-il. Les horaires de passage semblent identiques à ceux de la semaine dernière. Mais on va quand même comparer les bandes, juste pour en avoir le cœur net.

– J'espère que ce sera la dernière fois, dit Barone.

– On l'espère tous, ajouta Downer.

– Ouais, mais j'ai hâte de bouger, moi », ajouta l'officier de vingt-neuf ans. Sans préciser sa pensée. Quand un groupe d'étrangers se retrouvait dans un studio décrépi, mieux valait toujours se méfier d'éventuelles écoutes.

Sazanka se laissa tomber sans un mot sur le canapé, puis il délaça ses Nike pour masser ses chevilles enflées. Barone lui lança une bouteille d'eau minérale sortie du frigo de la kitchenette. Le Japonais grommela un remerciement. Des cinq, c'était lui qui maîtrisait le moins bien l'anglais, et il avait tendance à ouvrir la bouche le moins possible. Downer partageait l'opinion de son oncle sur les Nippons, et le silence de Sazanka le satisfaisait pleinement. Depuis qu'il était tout petit, il avait toujours vu des marins, des touristes et des spéculateurs japonais grouiller sur le port de Sydney. S'ils ne se comportaient pas en propriétaires des lieux, ils faisaient comme si la chose était inéluctable. Malheureusement, Sazanka était un pilote hors pair. Le groupe avait besoin de ses talents.

Barone tendit une bouteille à Georgiev qui se tenait derrière lui.

« Merci », dit ce dernier.

C'étaient les premiers mots qu'il entendait le Bulgare prononcer depuis le dîner de la veille – nonobstant une parfaite maîtrise de l'anglais, l'homme ayant travaillé durant près de dix ans comme contact de la CIA à Sofia. Au Cambodge non plus, Georgiev n'avait pas été trop loquace. Il n'avait cessé de garder l'œil sur leurs contacts Khmers rouges, ainsi que sur les policiers gouvernementaux infiltrés ou les observateurs de l'ONU. Le Bulgare préférait écouter, même quand il n'y avait pas de discussion. Downer enviait sa patience. Les bons auditeurs étaient toujours capables de déceler des trucs dans le cours d'une conversation.

quand les gens avaient baissé leur garde, des détails qui s'étaient bien souvent révélés précieux.

« T'en veux ? » demanda Barone en se tournant vers Vandal.

Le Français fit non de la tête.

Barone regarda Downer. « Je te proposerais bien une bouteille, mais je sais que tu vas refuser. Tu préfères boire chaud, bouillant même.

– Les boissons chaudes sont meilleures pour la santé, rétorqua Downer. Elles font suer. Ça nettoie l'organisme.

– Comme si tu ne transpirais pas suffisamment comme ça, remarqua Barone.

– Mais non. Et puis, c'est une sensation agréable. On se sent productif. Vivant.

– Quand t'es avec une meuf, d'accord, ça vaut encore le coup de transpirer, rétorqua Barone. Mais dans cette turne, c'est de l'autopunition.

– Ça non plus, ça n'est pas toujours désagréable, nota Downer.

– Pour un psychotique, peut-être. »

Sourire de Downer. « Et on ne l'est pas tous, mec ?

– Bien assez », constata Vandal alors que la bande commençait à défiler.

Downer était un bavard, lui aussi. Dans son cas, le son de sa propre voix le rassurait. Quand il était gamin, il avait pris l'habitude de parler tout seul pour s'endormir, il se racontait des histoires pour noyer les bruits émis par son ivrogne de père lorsqu'il tringlait une pute dans le gourbi qui leur servait d'appartement. Parler, c'était une manie qui ne l'avait plus lâché.

Barone entra dans la pièce. Il dévissa le bouchon de sa bouteille en plastique, avala une grande lampée d'eau minérale, puis tira une chaise et s'assit près de Downer. Il prit un biscuit et l'engouffra tout en regardant avec les autres l'image sur le téléviseur 44 centimètres. Il se pencha vers l'Australien.

« J'aime pas ce que t'as dit, murmura-t-il. Un psychotique est irrationnel. Pas moi.

– Si tu l'affirmes.

– Certainement », insista Barone, avec un rien d'irritation.

Downer ne releva pas. Contrairement à son interlocuteur, il savait qu'il n'avait besoin que de ses talents, pas de son approbation.

Les hommes visionnèrent de bout en bout les vingt minutes de la cassette, deux fois de suite. Avant de la repasser une troisième fois, Vandal, Downer et Barone se réunirent autour de la table bancale. Barone était à présent totalement concentré. C'était un ancien révolutionnaire, co-fondateur de l'éphémère Consejo de Seguridad Nacional qui avait chassé du pouvoir le président corrompu Bordaberry. Sa spécialité était les explosifs. Downer, pour sa part, était versé dans les armes à feu, les roquettes et le combat à mains nues. Sazanka était le pilote. Georgiev avait les contacts pour obtenir tout ce qu'il leur fallait, via le marché noir, en faisant appel à toutes les ressources de l'ex-Union soviétique, ses clients au Moyen-Orient et en Extrême-Orient, voire aux États-Unis. Georgiev rentrait du reste tout juste de New York où il s'était occupé de leur approvisionnement en armes avec un trafiquant khmer rouge puis il avait travaillé avec leur contact au renseignement pour aller inspecter *de visu* leur objectif. Toutes choses qui s'avéreraient indispensables durant la seconde phase de l'opération.

Mais la seconde phase n'était pas leur souci immédiat. D'abord, il fallait que la première réussisse. Ensemble, les trois hommes repassèrent la bande, image par image, pour s'assurer que l'explosion qu'ils avaient prévue leur permettrait d'accéder à leur objectif sans destructions annexes.

Après avoir passé quatre heures à étudier la bande, puis avoir consacré le reste de l'après-midi à rencontrer sur le terrain les contacts sur place de Vandal et à inspecter le camion, l'hélico et le reste du matériel dont ils auraient besoin, ils allèrent dîner ensemble à la terrasse d'un bistrot, un peu plus haut sur le boulevard, vers la Bastille. Puis ils regagnèrent le studio pour se reposer.

Malgré leur anxiété, tous dormirent. C'était indispensable.

Demain, ils allaient inaugurer une ère nouvelle dans les relations internationales. Une ère qui non seulement allait changer la face du monde en attirant l'attention de l'opinion sur un énorme mensonge mais qui ferait également leur fortune à tous. Étendu sur son sac de couchage, Downer goûtait l'air frais qui entrait par la fenêtre ouverte sur le port de l'Arsenal. Il s'imaginait déjà ailleurs. Sur son île privée, peut-être. Et il retrouva son calme en écoutant la voix dans sa tête qui lui racontait déjà tout ce qu'il pourrait faire avec sa part des deux cent cinquante millions de dollars.

2.

Base aérienne d'Andrews, Maryland,
dimanche, 0:10

À l'issue de son mandat de maire de Los Angeles, Paul Hood avait décidé que l'expression « ranger ses affaires » était impropre. En vérité, c'était bien plus que cela, c'était quasiment un deuil, comme lors de funérailles. On se remémorait les bons et les mauvais moments, les phases d'amertume et les instants agréables, les réussites et les projets restés inachevés, les instants d'amour et parfois de haine.

La haine, songea-t-il, en plissant ses yeux noisette. Un sentiment qui l'envahissait à présent, même s'il ne savait trop contre qui ou quoi, ni pour quelle raison.

Ce n'était pas la haine qui l'avait poussé à démissionner de son poste de premier directeur de l'Op-Center, la cellule de gestion de crise du gouvernement américain [1]. S'il l'avait fait, c'était pour pouvoir passer plus de temps auprès de son épouse et de ses deux enfants. Pour préserver l'intégrité de sa famille. Mais il se sentait empli de haine malgré tout.

À l'égard de Sharon ? se demanda-t-il soudain, légè-

1. Voir *Op-Center 5, Rapport de force,* Albin Michel, 1998.

rement honteux. *Tu en veux à ta femme de t'avoir obligé à choisir ?*

Il essaya de faire le tri dans sa tête comme il faisait le tri sur son bureau, rangeant les dossiers déclassifiés dans un boîte en carton – ceux demeurés confidentiels et même le courrier personnel devant rester sur place. Il n'arrivait pas à croire qu'il n'était resté en poste que deux ans et demi. Ce n'était pas bien long comparé à beaucoup d'autres boulots. Mais il avait travaillé en étroite collaboration avec les autres membres de l'équipe et ils allaient lui manquer. Et puis il y avait aussi ce que Bob Herbert, son chef du renseignement, avait un jour décrit comme l'« excitation pornographique » du boulot. Des vies humaines, par millions parfois, étaient affectées par les décisions sages, parfois instinctives voire désespérées que lui et ses hommes avaient dû prendre. Herbert n'avait pas tort. Hood n'avait jamais éprouvé l'impression d'être un dieu quand il prenait de telles décisions. Il se faisait plutôt l'effet d'être un animal. Tous les sens en alerte, les nerfs électrisés.

Ça aussi, ça allait lui manquer.

Il ouvrit une petite boîte en plastique qui contenait le trombone que lui avait donné un jour le général Sergueï Orlov. Orlov était le patron de l'Op-Center russe, une cellule dont le nom de code était Copie conforme. L'Op-Center avait aidé cette structure à empêcher des politiciens et des officiers russes félons de plonger l'Europe de l'Est dans la guerre. L'attache-trombone contenait un micro ultra-miniaturisé. Elle avait servi au colonel Leonid Rosski pour espionner des rivaux potentiels de Nikolaï Doguine, ministre de l'Intérieur, et l'un des organisateurs de l'effort de guerre[1].

Hood déposa l'étui en plastique dans la boîte en carton, puis il contempla un petit bout de métal noirci et tordu. Rigide et léger, ses extrémités étaient boursouflées et carbonisées. C'était un morceau de l'enveloppe d'un missile nord-coréen Nodong. Il avait fondu quand le bras armé de l'Op-Center, les Attaquants, avait réussi à détruire l'arme avant qu'elle ne soit lancée sur le Japon[2]. C'était le second de Hood, le général Mike Rodgers, qui lui avait rapporté le fragment, en souvenir.

Mon second, se répéta Hood. D'un point de vue technique, Hood allait avoir quinze jours de congé avant que sa démission ne devienne effective. Dans l'intervalle, Mike assurerait l'intérim de la direction. Passé ce délai, Hood espérait bien que le président lui accorderait le poste de plein droit. Ce serait un coup terrible pour Mike si tel n'était pas le cas.

Hood saisit le fragment de Nodong. C'était comme s'il tenait dans sa main un bout de sa vie. Le Japon avait échappé à une attaque, un ou deux millions de vies humaines avaient été sauvées. Plusieurs vies avaient été perdues. Ces souvenirs matériels, comme tant d'autres analogues, étaient passifs, alors que les véritables souvenirs qu'ils suscitaient ne l'étaient certainement pas, eux.

Il déposa le fragment à son tour dans le carton. Le grondement du ventilateur de plafond lui parut d'une intensité sonore inaccoutumée. Ou bien était-ce plu-

---

1. Voir *Op-Center 2, Image virtuelle*, Albin Michel, 1997
2. Voir *Op-Center 1*, Albin Michel, 1996.

tôt le silence régnant dans le bureau qui était inaccoutumé ? L'équipe de nuit avait pris la relève et le téléphone restait muet. On n'entendait aucun pas dans le couloir.

Hood embrassa d'un regard rapide les autres souvenirs entassés dans le tiroir supérieur de son bureau.

Il y avait des cartes postales des enfants, quand ils étaient allés en vacances chez leur grand-mère – pas comme cette dernière fois, quand sa femme les avait pris avec elle alors qu'elle ne savait pas encore si elle allait ou non le quitter. Il y avait des bouquins lus en avion, pleins de notes griffonnées dans les marges, des trucs à ne pas oublier une fois arrivé sur place ou à son retour. Et puis, il y avait une clé de laiton, la clé d'une chambre d'hôtel à Hambourg, quand il était tombé par hasard sur Nancy Jo Bosworth, une femme qu'il avait jadis aimée et envisagé d'épouser[1]. Nancy était sortie de sa vie plus de vingt ans auparavant, sans même l'ombre d'une explication.

Hood tint la clé au creux de sa paume. Il résista à l'envie de la fourrer dans sa poche et de faire comme s'il était de retour à l'hôtel, rien qu'un instant. Au lieu de ça, il la mit dans le carton. Même si ce n'était qu'un souvenir, revenir vers la fille qui l'avait plaqué un jour, ce n'était pas ce qui allait l'aider à sauver son ménage.

Hood referma le tiroir du haut. Il avait dit à Sharon qu'il l'invitait pour un ultime super-dîner passé en note de frais, et il n'était pas question de laisser échapper l'occasion. Il avait déjà fait ses adieux à ses collaborateurs, et les cadres lui avaient préparé une petite fête surprise dans l'après-midi – même si la surprise

1. Voir *Op-Center 3, Jeux de pouvoir*, Albin Michel, 1997.

avait été quelque peu téléphonée. Quand le chef du renseignement avait envoyé un mail à tout le monde pour confirmer l'heure et la date de la célébration, il avait oublié d'ôter de sa liste l'adresse électronique du patron... Paul avait malgré tout fait semblant d'être surpris lorsqu'il était entré dans la salle de conférence. Encore heureux que Herbert n'eût pas été coutumier de ce genre de boulette...

Hood ouvrit le tiroir du bas. Il en sortit son agenda personnel, le cédérom de mots croisés qu'il n'avait jamais eu le temps d'installer sur son ordinateur, et le recueil de coupures de journaux des récitals de violon de sa fille Harleigh. Merde, il en avait raté tellement. Tous quatre devaient se rendre à New York à la fin de la semaine pour permettre à Harleigh de jouer avec d'autres jeunes virtuoses de Washington lors d'une réception des ambassadeurs de l'ONU. Comble d'ironie, c'était pour fêter une initiative de paix en Espagne, pays où l'Op-Center avait récemment contribué à éviter le déclenchement d'une guerre civile [1]. Malheureusement, le public – et donc les parents – n'était pas invité. Hood aurait été pourtant curieux de voir comment la nouvelle secrétaire générale, Mme Mala Chatterjee, se tirait de cette première manifestation officielle. Elle avait été choisie après la disparition de son prédécesseur, Marcello Manni, victime d'un infarctus. Même si la jeune femme n'avait pas autant d'expérience que d'autres candidats, elle était dévouée à la lutte pour les droits de l'homme par des moyens pacifiques. Des nations influentes comme les États-Unis, l'Allemagne et le Japon – qui voyait dans

---

1. Voir *Op-Center 4, Actes de guerre*, Albin Michel, 1997.

la fermeté de son attitude un moyen de contrer la Chine – avaient contribué à sa nomination.

Hood laissa de côté l'annuaire téléphonique gouvernemental, un bulletin mensuel de terminologie – la dernière liste mise à jour des pays et de leurs dirigeants – et un épais lexique d'acronymes militaires. Contrairement à Herbert et au général Rodgers, Hood n'avait jamais servi dans l'armée. Il s'était du reste toujours senti un peu gêné de n'avoir jamais dû risquer sa vie sous les drapeaux, surtout quand il devait envoyer les Attaquants sur le terrain. Mais comme l'avait fait remarquer un jour Darrell McCaskey, l'agent de liaison de l'Op-Center avec le FBI : « C'est justement pour cela qu'on parle d'une *équipe* : chacun y apporte ses compétences propres. »

Hood marqua un temps d'arrêt lorsqu'il tomba sur une pile de photos au fond du tiroir. Il ôta l'élastique et les feuilleta. Entre les clichés de barbecues et les séances de photos avec les grands de ce monde, il découvrit trois portraits : deux Attaquants, le soldat Bass Moore, et leur commandant de l'époque, le lieutenant-colonel Charlie Squires, et celui de Martha Mackall, leur analyste géopolitique. Le soldat Moore avait péri en Corée du Nord, le lieutenant-colonel Squires avait perdu la vie lors d'une mission en Russie, et Martha s'était fait assassiner quelques jours plus tôt à peine, en pleine rue, à Madrid[1]. Hood remit l'élastique et déposa les photos dans le carton.

Il referma le dernier tiroir. Il récupéra son tapis de souris bien usé, aux armes de la ville de Los Angeles, ainsi que sa chope de café souvenir de Camp David,

---

1. Voir, respectivement, *Op-Center 1, 2* et *5*, *op. cit.*

et les rangea à leur tour. Ce faisant, il nota du coin de l'œil une présence sur sa gauche, dans l'embrasure de la porte de son bureau.

« Besoin d'aide ? »

Hood eut un petit sourire. Il passa une main dans ses cheveux bruns ondulés. « Non, mais vous pouvez entrer. Qu'est-ce que vous faites encore ici à une heure pareille ?

– Ma revue de presse des titres de la presse d'Extrême-Orient pour le briefing de demain. On y relève pas mal de désinformation.

– À quel sujet ?

– Je ne peux pas vous le dire, observa-t-elle. Vous ne travaillez plus ici.

– Touché », sourit-il.

Ann Farris lui rendit son sourire et entra d'un pas nonchalant. Le *Washington Post* l'avait un jour décrite comme l'une des plus séduisantes jeunes divorcées de la capitale fédérale. Près de six ans plus tard, elle l'était restée. Un mètre soixante-huit, elle portait une jupe noire serrée et un corsage blanc. Le regard chaleureux de ses grands yeux noisette adoucit la colère que sentait monter Hood.

« Je m'étais promis de ne pas venir vous importuner, annonça la belle femme élancée.

– Et pourtant, vous êtes là.

– Je suis là.

– Et ça m'importune pas le moins du monde », ajouta-t-il.

Ann s'arrêta près du bureau, baissa les yeux sur lui. Ses longs cheveux bruns encadraient son visage et venaient cascader sur ses épaules. Regardant ses yeux et son sourire, Hood se remémora toutes les fois, au cours de ces deux ans et demi, où elle l'avait encouragé, aidé, et où elle n'avait pas caché qu'elle tenait à lui.

« Je ne voulais pas vous importuner, précisa-t-elle, mais je ne voulais pas non plus vous dire au revoir lors d'une fête d'adieu.

– Je comprends. Je suis content que vous soyez ici. »

Ann s'assit au coin du bureau. « Que comptez-vous faire, Paul ? Pensez-vous rester dans le district fédéral ?

– Je n'en sais rien. J'envisageais peut-être de retourner dans le monde de la finance. J'ai pu voir un certain nombre de personnes après notre retour de New York. Si ça ne débouche pas, ma foi, je ne sais pas. Peut-être que j'irai m'installer dans une ville de province pour ouvrir un cabinet d'expertise comptable. Faire du conseil fiscal, boursicoter, conduire un Range Rover et ratisser les feuilles mortes... Ce ne serait pas une mauvaise vie.

– Je sais. J'ai déjà donné.

– Et vous ne m'y voyez pas.

– Je ne peux pas dire... Qu'est-ce que vous allez faire quand vos enfants seront partis ? Mon fils n'est que pré-ado et je m'inquiète déjà de savoir ce que je ferai quand il sera parti à la fac.

– Et qu'est-ce que vous ferez ?

– Si d'ici là un beau brun d'âge mûr aux yeux noisette ne m'enlève pas pour m'emmener à Antigua ou aux îles Tonga ?

– Oui, fit Hood, en rougissant. Si ça ne se produit pas.

– Je m'achèterai sans doute une petite maison quelque part dans une de ces îles et j'écrirai. Des romans. Pas ces trucs que je refile quotidiennement aux pisse-copie de Washington. Il y a pas mal d'histoires que j'ai envie de raconter. »

L'ancienne journaliste politique, un temps attachée de presse de Bob Kaufmann, le sénateur du Connecticut, avait sans aucun doute bien des choses à raconter. Des histoires de consultant politique, d'affaires en tout genre, de trahisons dans les allées du pouvoir.

Hood soupira. Il contempla son bureau, redevenu anonyme. « Je ne sais pas ce que je vais faire. J'ai deux ou trois affaires personnelles à régler.

– Avec votre femme, vous voulez dire.

– Avec Sharon, rectifia-t-il d'une voix douce. Si je réussis, alors l'avenir sera tout tracé. »

Hood tenait à appeler son épouse par son prénom, parce que ça la rendait plus réelle, plus présente. Et aussi parce qu'il sentait qu'Ann se montrait plus insistante que d'habitude. Ce serait sa dernière chance de lui parler ici, dans cet environnement où les souvenirs d'une étroite et longue relation professionnelle, faite de triomphes et de deuils, mais aussi de tension sexuelle, restaient tellement vivaces.

« Puis-je vous poser une question ? reprit Ann.

– Bien sûr. »

Elle baissa les yeux. La voix, aussi. « Quel délai vous accordez-vous ?

– Quel délai ? » répéta-t-il dans un souffle. Il hocha la tête. « Je n'en sais rien, Ann. C'est vrai. » Il la contempla, un long moment. « À mon tour de vous interroger.

– Bien sûr. Tout ce que vous voudrez. » Ses yeux s'étaient encore radoucis. Il ne comprenait pas pourquoi il se soumettait à pareille épreuve.

« Pourquoi moi ? »

Elle parut surprise. « Pourquoi je tiens tant à vous ?

– N'y a-t-il que cela ?

– Non », admit-elle, très calme.

Il insista : « Alors, dites-moi pourquoi.

– N'est-ce pas évident ?

– Non. Le gouverneur Vegas. Le sénateur Kaufmann. Le président des États-Unis. Vous avez été proche de certains des hommes les plus importants du pays. Je n'ai rien à voir avec eux. J'ai toujours fui l'arène politique, Ann.

– Non, vous l'avez quittée. Il y a une différence. Vous l'avez quittée parce que vous étiez las des campagnes diffamatoires, du politiquement correct, de l'obligation de surveiller chacune de vos paroles. L'honnêteté a bien des attraits, Paul. L'intelligence aussi. Comme le don de garder son calme quand toutes ces figures charismatiques de la politique et de l'armée, quand tous ces dirigeants étrangers, tournent en rond en brandissant leur sabre.

– Paul Hood, l'inflexible...

– Et alors, quel mal y a-t-il à ça ?

– Je ne sais pas. » Il se leva, prit le carton. « Ce que je sais, en revanche, c'est qu'il y a quelque chose qui cloche, quelque part dans ma vie, et que j'ai besoin de découvrir quoi. »

Ann se leva elle aussi. « Eh bien, si vous avez besoin d'un coup de main pour trouver, je suis là. Si vous voulez parler, boire un café, dîner... vous n'avez qu'à me passer un coup de fil.

– Je n'y manquerai pas. » Il sourit. « Et merci d'être passée me voir.

– De rien. »

Brandissant son carton devant lui, il lui fit signe de le précéder. Elle quitta le bureau d'un pas décidé, sans se retourner. S'il y avait de la tristesse ou de la tentation dans ses yeux, Hood n'eut pas le loisir de le voir.

Il tira la porte du bureau derrière lui. Elle se referma en douceur mais avec un déclic net, inéluctable.

Cheminant dans le couloir pour rejoindre l'ascenseur, Hood accepta les vœux de l'équipe de nuit. Il les voyait rarement, puisque Bill Abram et Curt Hardaway prenaient le relais passé dix-neuf heures. Il y avait tant de visages juvéniles. Tant de fonceurs. Pas de doute, lui qui était si placide, il se faisait l'effet d'une antiquité.

Par chance, le trajet jusqu'à New York lui donnerait le temps de réfléchir, le temps d'essayer d'arranger sa relation avec Sharon. Il parvint à l'ascenseur, entra dans la cabine, contempla une dernière fois le complexe qui avait tellement accaparé son temps et son énergie – mais lui avait également procuré tant de décharges d'adrénaline. Inutile de se raconter des histoires : tout cela allait lui manquer.

Quand la porte se fut refermée en coulissant, Hood sentit revenir sa colère. Colère pour ce qu'il quittait ou pour ce qui l'attendait, il n'aurait su dire. Liz Gordon, la psychologue de l'Op-Center, lui avait dit un jour qu'on avait inventé le terme confusion pour décrire un ordre des choses encore incompris.

C'est ce qu'il espérait. De tout cœur.

3.

Paris, mardi, 7:32

Chaque quartier de Paris a ses richesses et ses particularités, qu'il s'agisse de son histoire, ses musées, ses hôtels, ses monuments, ses cafés, ses boutiques, ses marchés, voire tout simplement sa lumière. Mais où que le portent ses pas, ce qui frappe le touriste, c'est le nombre de bureaux de poste mis à sa disposition. Et le quartier situé sur la rive droite entre la Bastille et Bercy ne déroge pas à la règle. Dans cet arrondissement délimité à l'ouest par le port de plaisance du bassin de l'Arsenal, on relève en particulier, outre la poste centrale du boulevard Diderot, un deuxième bureau situé sur la même artère, à quelques centaines de mètres de là, tout près de la gare de Lyon, ainsi qu'un troisième, légèrement au nord des précédents, avenue Ledru-Rollin, et un quatrième, trois cents mètres à l'est, celui-ci, dans l'îlot Saint-Éloi ; sans compter deux autres encore, à proximité de la place Daumesnil et plusieurs bureaux annexes de moindre importance répartis dans le reste de l'arrondissement.

Tous les matins, à cinq heures et demie, avant leur ouverture au public, le fourgon blindé d'Ardial, une filiale de la Poste, entreprend la tournée de collecte des fonds. À son bord, un chauffeur armé et un garde, armé lui aussi, assis à ses côtés, tandis qu'un troisième convoyeur posté à l'arrière est chargé de surveiller les sacs en toile contenant les chèques, les ordres de virement et l'argent liquide collectés dans chaque bureau. Un jour normal, les liasses de billets réunies par des bracelets caoutchoutés représentent une somme entre trois quarts et un million de dollars, pour l'essentiel en euros, avec quelques devises étrangères.

Le fourgon emprunte chaque jour le même itinéraire, mais depuis plusieurs mois déjà, d'importants travaux de voirie dans le quartier de la Bastille ont entraîné des restrictions de circulation qui l'obligent à un léger détour : sa tournée achevée, au lieu de prendre normalement à main droite la rue Michel-Chasles, puis la rue de Lyon, il reste sur le boulevard Diderot et, négligeant la rue de Bercy, par trop étroite sur ce tronçon, il poursuit jusqu'au quai pour remonter seulement alors vers la place par le boulevard de la Bastille, large artère à sens unique qui longe le bassin de l'Arsenal. Parvenu sur la place, il retrouve son itinéraire habituel et la traverse pour aller déposer son chargement dans un établissement centralisateur situé en haut du boulevard Richard-Lenoir.

La politique des convoyeurs de fonds est de respecter toujours le même itinéraire : ainsi les chauffeurs peuvent-ils plus aisément repérer au premier coup d'œil le moindre changement. En cas de travaux, qu'il s'agisse d'agents de l'EDF réparant un réverbère ou d'ouvriers de la voirie rebouchant un nid-de-poule, le chauffeur est averti à l'avance. Par ailleurs, il reste en liaison radio permanente avec son central, ce qui lui permet d'être surveillé en continu par le régulateur de trafic, depuis son PC de surveillance installé dans un lieu protégé situé en banlieue parisienne.

Paradoxalement, la seule constante qui change sans arrêt est la fluidité de la circulation. Derrière leur pare-brise à l'épreuve des balles, les hommes surveillent avec attention le ballet ininterrompu des voitures et des véhicules utilitaires qui foncent autour de leur lourd fourgon blindé. Le long du bassin de l'Arsenal, le trafic nautique est également intense, composé pour l'essentiel de canots automobiles et de bateaux de plaisance. Ils viennent pour rejoindre leur mouillage, ravitailler, procéder à des réparations ou simplement dîner dans l'un des restaurants installés en contrebas sur la berge.

Les occupants du fourgon blindé ne remarquèrent rien d'inhabituel en ce matin ensoleillé, en dehors de la chaleur qui s'annonçait encore plus caniculaire que la veille. Et pourtant, il n'était même pas huit heures du matin. Malgré l'épaisseur de leur casquette de toile grise, les hommes la gardaient pour empêcher la transpiration de leur couler dans les yeux. Le chauffeur était armé d'un revolver MR F1 ; le garde assis à côté de lui et le convoyeur à l'arrière étaient tous deux armés de fusils d'assaut FAMAS.

Le trafic était déjà intense à cette heure, avec une multitude de fourgonnettes de livraison et de voitures particulières qui zigzaguaient pour les dépasser. Aucun des convoyeurs de fonds ne s'inquiéta quand juste devant eux, un camion ralentit soudain pour laisser passer une Citroën qui débouchait de la rue de Bercy. C'était un vieux bahut à ridelles métalliques d'un blanc sale, couvert d'une bâche de toile verte.

Les yeux du chauffeur glissèrent vers la gauche, en

direction du canal. Il confia à son collègue : « Je vais te dire un truc. J'aimerais mieux être dans le bassin sur mon petit canot. Ah, le soleil, le clapotis, le calme... »

Le regard de l'autre balaya les mâts qui défilaient derrière le rideau d'arbres. « Bof, moi, ça me ferait plutôt chier...

– C'est ton côté agité de chasseur. Moi, tu vois, pourvu que je puisse lézarder sous la brise, avec mon baladeur et ma canne à pêche... »

Le chauffeur ravala le reste de sa phrase et fronça les sourcils. Ni les casquettes, ni les armes, ni le contact radio permanent, ni la connaissance de l'itinéraire n'eurent plus la moindre importance quand le vieux bahut pila soudain et que la bâche couvrant le hayon fut brusquement rabattue. Un homme se dressa à l'arrière. Un autre descendit de la cabine, côté passager. Les deux portaient tenue camouflée, gilet pare-balles, masque à gaz, baudrier porte-équipements et gros gants de caoutchouc. Et l'un comme l'autre étaient armés d'un lance-grenades d'épaule. Le type à l'arrière se pencha sur le côté droit, en se plaçant de biais pour éviter d'orienter la culasse de son lance-grenades vers l'arrière de la cabine. L'autre s'était immobilisé au beau milieu de la rue, et avait légèrement redressé son arme.

Le convoyeur du fourgon réagit sur-le-champ. « Alerte ! lança-t-il dans son micro. Deux individus masqués dans un camion, immatriculé 59 BYT 75, qui vient de stopper devant nous. Ils sont armés de lance-grenades. »

Une fraction de seconde plus tard, les hommes ouvraient le feu.

Un *woosh* discret accompagna les deux traits de flamme orangée émis par l'arrière des tubes lance-grenades. Dans le même temps, deux longs projectiles piriformes en acier chemisé jaillirent de la bouche de l'arme. Les grenades atteignirent le pare-brise de chaque côté et explosèrent aussitôt. Le convoyeur dans le siège du passager leva son arme.

« La vitre a tenu ! » s'écria-t-il, triomphant.

Le chauffeur jeta un œil dans les rétroviseurs latéraux. Puis il tenta une manœuvre de déboîtement. « Je vais essayer de nous dégager... », commença-t-il.

Soudain, les deux hommes poussèrent un hurlement.

Un pare-brise blindé en plastique stratifié à haute résistance est conçu pour résister aux éclats d'une grenade à main, même lancée de près. L'impact pourra le perforer ou le fendiller, mais il résistera sans se fragmenter à un, voire à deux assauts. Ensuite, sa solidité n'est plus garantie. Qui que soit l'individu placé derrière la vitre – qu'il s'agisse du chauffeur d'une limousine ou d'une voiture blindée, d'un employé de banque, d'un gardien de prison, de parking ou d'un bâtiment quelconque dans sa guérite –, il est censé appeler des renforts avant d'évacuer les lieux au plus vite. Dans le cas d'un véhicule blindé, même si celui-ci est immobilisé, le chauffeur et le passager à l'avant sont armés. En théorie, dès que le pare-brise a cédé, les agresseurs se retrouvent donc à leur tour sous le feu d'une arme.

Mais les grenades tirées du camion étaient à chambre dédoublée : la première, à la pointe, contenait un explosif. La seconde, qui occupait le reste du corps de l'engin et avait été pulvérisée sous le choc, était remplie d'acide sulfurique.

Sous l'impact à haute vélocité, le pare-brise avait cédé en deux points de la même façon : un cratère central de près de trois centimètres d'où irradiait un réseau de fissures fines comme des cheveux. Une partie de l'acide avait été projetée dans le trou, éclaboussant le visage et les genoux des deux hommes. Le reste s'était insinué dans le réseau de fissures en dissolvant les polymères chimiquement non inertes qui entraient dans la composition du verre organique.

Étienne Vandal et Reynold Downer passèrent à l'épaule leur lance-grenades. Downer sauta sur la chaussée au moment où le fourgon blindé venait percuter l'angle arrière gauche du camion. Celui-ci fut projeté vers la droite, le fourgon vers la gauche, avant que l'un et l'autre véhicule ne s'immobilisent. Vandal et Downer bondirent aussitôt sur le capot du fourgon. Tout ce qu'ils avaient à faire, c'était balancer un coup de pied dans le pare-brise pour le défoncer. Le panneau céda comme Vandal l'avait annoncé. Le matériau était toutefois plus épais et plus résistant que ne l'avait imaginé Downer, et les résidus d'acide firent fumer le talon caoutchouté de sa botte. Mais l'Australien n'y prêta guère attention. Il dégaina l'automatique qu'il portait plaqué contre sa hanche droite. Il était placé côté passager. Tandis que les automobilistes sur les autres files ralentissaient pour voir ce qui se passait avant d'accélérer aussitôt pour filer sans demander leur reste, Downer tira une seule balle dans le front du convoyeur. De l'autre côté, Vandal en avait fait de même.

Le convoyeur isolé dans le compartiment arrière appela le régulateur, à l'aide de sa propre radio. Mais l'ex-lieutenant Vandal avait prévu le coup : après avoir été démobilisé avec les honneurs militaires, il n'avait eu aucun mal à trouver un emploi de vigile au service des transports de fonds de la Poste. Et il avait été convoyeur sur un fourgon blindé identique à celui-ci durant près de sept mois. Vandal savait également qu'à cette heure de pointe de circulation matinale, il faudrait près de dix minutes aux véhicules de police-secours pour arriver sur place. Ce qui leur laissait tout le temps de finir le boulot.

L'analyse des cassettes vidéo leur avait permis de s'assurer que le blindage des fourgons n'avait pas été modifié depuis que Vandal avait donné sa démission. Dans l'armée, on remettait constamment à niveau les blindés, aussi bien pour renforcer leur protection contre les armes nouvelles, qu'il s'agisse de jets de plasma perforant ou de mines antichars plus puissantes, que pour gagner en poids afin d'accroître leurs performances et leur mobilité. Dans le civil, en revanche, le rythme des améliorations était plus lent.

Prenant garde d'éviter l'acide qui continuait de ronger la planche de bord, Reynold Downer se glissa dans la cabine. Entre les deux sièges, un évidement étroit et profond servait à loger des réserves de munitions. Il était accessible aussi bien de la cabine que de l'arrière du véhicule. Downer repoussa contre la portière le cadavre du convoyeur et ouvrit la trappe d'accès aux munitions. Puis, glissant la main dans une des pochettes de son baudrier, il en sortit un petit pain de C-4. Il introduisit la main droite dans la soute, colla l'explosif contre la trappe ouvrant sur le compartiment arrière, enfonça dans le plastic un petit détonateur, réglé sur quinze secondes. Puis il déposa dans la soute un bidon de gaz lacrymogène et rabattit le panneau. Enjambant le cadavre du vigile, il ouvrit la portière et sauta sur la chaussée.

Pendant ce temps, Vandal s'était agenouillé sur le capot. Sortant de son baudrier une paire de cisailles, il avait tiré dehors la manche droite du chauffeur. La clé du compartiment arrière était fixée à un bracelet métallique attaché au poignet. Vandal attira vers lui l'avant-bras du cadavre et sectionna le bracelet. Au même moment, le plastic détona, emportant la trappe arrière mais faisant également sauter le récipient contenant le gaz lacrymogène. Même si une partie filtra dans la cabine, l'essentiel du gaz se répandit vers l'arrière du fourgon.

Entre-temps, toute la circulation s'était maintenant immobilisée à bonne distance du fourgon immobilisé. Derrière eux, s'ouvrait un large espace dégagé et l'embouteillage ne ferait que ralentir un peu plus la police. Quand Vandal eut terminé, il se glissa au bas du capot et rejoignit Downer à l'arrière.

Aucun des hommes n'échangea une parole. Il y avait toujours le risque qu'un micro ouvert ne capte leurs voix. Tandis que Downer montait la garde, Vandal déverrouillait la porte. Le gaz s'écoula dehors quand il l'ouvrit, accompagné du convoyeur à moitié asphyxié après avoir vainement tenté d'utiliser un masque. Celui-ci était hélas accroché dans une armoire à l'arrière, car on avait uniquement prévu l'éventualité d'une attaque au gaz à l'extérieur du véhicule. Le type n'avait pas eu le temps d'atteindre l'armoire et encore moins de passer le masque. Le convoyeur s'effondra sur le bitume et Downer lui assena un violent coup de pied à la tempe. L'homme cessa de bouger, même s'il respirait encore.

Alors que Vandal grimpait à l'intérieur, Downer entendit au loin le bourdonnement d'un hélicoptère qui se rapprochait. Le Hugues 500D Noir déboucha de la Seine et remonta le bassin dans leur direction. Le pilote japonais était arrivé par le fleuve, après avoir décollé d'une péniche – elle appartenait à sa famille qui possédait un magasin de fournitures d'articles de marine – sitôt celle-ci entrée dans Paris intra-muros. C'était le seul moyen qu'ils avaient trouvé pour déjouer les radars de la police qui interdisait tout survol de la capitale. Pour brouiller un peu plus les pistes, il avait loué l'appareil, sous un nom d'emprunt.

Sazanka ralentit et vint se placer au-dessus du boulevard, à l'endroit précis où la voie d'accès au port en contrebas ménage un espace dégagé, dépourvu d'arbres. Le Hugues est doté d'une stabilité exceptionnelle en vol lent et stationnaire, tout en gardant un souffle de rotor tolérable. Mais surtout, il peut emporter cinq passagers et une cargaison non négligeable, et c'était là le point essentiel qui avait motivé leur choix.

Barone (qui avait conduit le camion) descendit en courant rejoindre ses complices. Alors que l'Uruguayen passait le masque à gaz, Georgiev fit coulisser la porte arrière de l'hélico pour faire descendre un long filin muni d'un crochet d'acier auquel était suspendu un plateau métallique de trois mètres cinquante sur deux, bordé de hauts filets en nylon. Tandis que Downer faisait le guet, Vandal et Barone, debout au milieu du nuage de gaz qui commençait à se dissiper, se mirent à charger sur le plateau les sacs de monnaie. Au bout de cinq minutes, Georgiev hissa la première cargaison.

Downer regarda sa montre. Ils étaient légèrement en retard sur le planning. « Faudrait presser le mouvement ! lança-t-il avec imprudence dans son masque équipé d'une radio.

– On se calme, répondit Barone. On est toujours largement dans les délais.

– Ça suffit pas, rétorqua Downer. Je veux qu'on se garde le plus de marge possible.

– Quand tu seras responsable des opérations, alors, tu pourras donner des ordres ! lâcha Barone.

– Pareil pour toi, mec », répliqua Downer.

Barone lui décocha un regard torve derrière la visière de son masque à gaz, alors que la plate-forme redescendait. Les hommes y chargèrent un deuxième lot de sacs. Déjà, ils entendaient des *pin-pon* au loin, mais Downer n'était pas inquiet. Si nécessaire, ils auraient toujours le convoyeur inconscient pour leur servir d'otage. Quinze mètres au-dessus d'eux, Sazanka surveillait le ciel. Le seul événement susceptible de les forcer à suspendre l'opération serait l'arrivée d'un hélico de la police. Raison pour laquelle Sazanka gardait un œil sur le radar de bord. Downer observait le Japonais. Si ce dernier voyait apparaître un spot, il le signalerait aussitôt et ils dégageraient.

Le second chargement remonta. Plus qu'un. Dès qu'ils avaient vu ce qui se passait, automobilistes et badauds s'étaient agglutinés en barrage compact à deux cents mètres en retrait : pas question que la police puisse passer sans faire appel à la brigade équestre ou emprunter la voie des airs. Les hommes continuaient de travailler, avec promptitude et efficacité. Inutile de paniquer.

Le troisième lot fut enfin monté à bord. Soudain, Sazanka leva le doigt et lui fit décrire un rapide mouvement tournant. Puis il le pointa vers la gauche. Un hélicoptère de la police arrivait par l'ouest. Georgiev fit redescendre la plate-forme. Comme prévu dans leur plan, Barone y monta, suivi par Vandal. Le Bulgare ne fit pas tout de suite remonter le filin. Les hommes ôtèrent leurs masques à gaz, le raccrochèrent à leur ceinturon et se mirent à grimper le long du câble. Quand ils furent respectivement à trois et six mètres de hauteur, Downer bondit sur la plate-forme. À ce moment seulement, Georgiev actionna de nouveau le treuil. Downer se maintint en s'accrochant d'une main aux filets latéraux tandis que, de l'autre, il tirait le lance-grenades passé à son épaule. Puis il ôta son masque pour y voir mieux, s'allongea sur la plate-forme, sortit un projectile de la pochette accrochée à sa ceinture, chargea l'arme. Au-dessus de lui, Georgiev finissait d'aider Barone et Vandal à grimper dans la cabine.

Sazanka prit de l'altitude, poussant la machine jusqu'à sa vitesse de croisière maximale de deux cent cinquante kilomètres-heure. Pendant ce temps, Downer s'assurait que le canon et la tuyère de sortie de son arme passaient bien au travers des mailles du filet. Il n'avait pas envie de mettre le feu à celui-ci et de se retrouver entraîné dans une chute mortelle.

Georgiev arrima la plate-forme à l'aide de câbles passés dans les deux œillets à l'avant et à l'arrière, tout en la laissant pendre un mètre sous la porte du compartiment de soute laissée ouverte. Ainsi Downer pouvait-il embrasser le ciel sur trois cent soixante degrés. En outre, ainsi protégé sous la coque, il ne risquait pas d'être renversé par le vent ou le souffle du rotor. Et cette position, dans l'ombre de la machine, le rendait plus difficile à repérer par un tireur d'élite au sol ou dans les airs.

Tandis qu'ils guettaient toujours l'arrivée d'éventuels poursuivants, Sazanka, tout en les maintenant à mille pieds, mit le cap au nord-ouest pour suivre le cours du fleuve. Un avion de tourisme devait les attendre sur un petit terrain près de Saint-Nom-la-Bretèche, dans la banlieue ouest de la capitale. Une fois les hommes et les sacs transférés à bord, l'appareil s'envolerait vers le sud de l'Espagne. L'état de guerre civile latent régnant dans le pays leur permettrait aisément de s'y introduire puis, de là, de quitter l'Europe sans encombre.

« Là ! » s'écria Georgiev en pointant le doigt vers le sud-ouest.

Downer n'eut pas besoin de lever les yeux pour vérifier la direction qu'indiquait le Bulgare. Il venait lui aussi de repérer l'hélico de la police. Il volait à deux mille pieds d'altitude, à neuf cents mètres d'eux. Comme s'y était attendu Vandal, c'était en fait un appareil du Groupe d'intervention de la Gendarmerie nationale.

L'hélico bleu marine obliqua et piqua vers eux en décrivant un grand arc de cercle. Les hommes du GIGN allaient suivre leur procédure habituelle : d'abord essayer d'établir un contact radio avec les fuyards – c'était sans doute ce qu'ils devaient faire en ce moment. En l'absence de réponse, ils en aviseraient aussitôt les forces terrestres. Même si elle était dotée d'armes de moyenne portée, la police s'abstiendrait d'abattre l'appareil tant qu'il survolerait des zones densément habitées – sans compter qu'il transportait l'équivalent d'un million de dollars en devises. Mais dès que le Hugues se serait posé, renforts terrestres et aériens interviendraient aussitôt pour fondre sur leur cible.

Vandal savait que la police et la gendarmerie se servaient des radars des deux aéroports de Paris pour contrôler le ciel au-dessus de la capitale. Ceux de Roissy-Charles-de-Gaulle au nord, ceux d'Orly au sud. Vandal savait aussi que lorsqu'un appareil volait en dessous de deux cent cinquante pieds – soixante-quinze mètres d'altitude –, le radar devenait inefficace, car il était brouillé par les interférences dues aux bâtiments avoisinants. Aussi avait-il demandé au Japonais de voler le plus possible au ras des flots.

L'hélico du GIGN se rapprocha. Ils avaient déjà dépassé le Louvre, la Concorde et longeaient sur leur droite le Cours-la-Reine. Sur sa gauche, Downer vit grandir la silhouette de la Tour Eiffel, structure arachnéenne illuminée par le soleil perçant les brumes matinales.

Leurs poursuivants se rapprochèrent à deux cent cinquante mètres. L'hélico volait toujours à plusieurs centaines de pieds au-dessus d'eux. La portée du lance-grenades était de trois cents mètres, soit mille pieds. Le viseur électronique de l'arme confirmait du reste que l'engin était juste en limite de portée. Downer leva les yeux vers Georgiev. Vandal et le Bulgare avaient décrété d'un commun accord que les conversations par radio ou téléphone mobile pouvaient être trop aisément interceptées. Aussi, une fois ôtés leurs masques à gaz, devaient-ils communiquer à la force de la voix et par gestes, comme au bon vieux temps.

« Faut m'amener plus près ! » gueula Downer.

Le Bulgare mit ses grosses paluches en porte-voix pour répondre sur le même ton : « De combien ?

– Deux cents pieds en vertical, trois cents à l'horizontale ! »

Georgiev acquiesça. Une porte séparait le cockpit du compartiment arrière. Le Bulgare se pencha par l'ouverture pour répercuter les instructions au pilote.

Le Japonais ralentit tout en prenant légèrement de l'altitude. Downer observa dans son viseur l'hélico des flics. Leur ascension les avait amenés à la même altitude et la réduction de vitesse avait diminué l'écart entre les deux machines. Agitée par le vent et le souffle du rotor, la plate-forme dansait et ballottait sous le ventre de l'hélico, rendant la visée difficile.

Downer se cala sur l'habitacle de l'hélico des gendarmes. Le viseur du lance-grenades n'était pas grossissant. Néanmoins, Downer put distinguer sans peine une silhouette debout dans le cockpit, penchée entre pilote et copilote, en train de les observer aux jumelles. Maintenant que les deux hélicoptères se retrouvaient à la même altitude, ils allaient enfin apercevoir Downer.

Plus question d'attendre que les flics se rapprochent encore.

L'Australien se tapit sur la plate-forme, en se calant du mieux possible contre le filet pour encaisser le recul. Puis il visa de nouveau le poste de pilotage de leurs poursuivants. Le tir n'avait pas besoin d'être précis : il lui suffisait de toucher la machine adverse. Il pressa la lourde détente.

La grenade quitta le tube avec un chuintement sec. L'inertie du tir provoqua un brusque ballant de la plate-forme, entraînant Downer qui glissa le long du filet. L'arme lui échappa des mains et tomba sur la tôle qui résonna bruyamment. Mais il n'avait pas quitté des yeux le projectile qui dessinait son mince sillage blanc cassé dans le ciel.

Le vol de la grenade prit trois secondes. Elle atteignit le cockpit du côté gauche et explosa. Il y eut une éblouissante boule de coton nimbée de fumée rouge et noir, transpercée de flammes. La gerbe de fumée et d'éclats de verre fut dispersée par le rotor principal. Presque aussitôt, la machine s'inclina sur tribord et se mit à basculer. Il n'y eut pas d'autre explosion. Puis avec un équipage mort ou blessé, l'hélico piqua du nez et plongea vers le sol. On aurait dit un volant de badminton aux plumes à moitié arrachées. L'hélicoptère de la gendarmerie dégringolait en vrille saccadée, entraîné d'un côté et de l'autre par son rotor de queue. Comme si la petite hélice essayait à elle seule de stabiliser la grande machine blessée.

Entre-temps, Georgiev avait remis en service le treuil pour hisser la plate-forme. Downer arriva au niveau de la porte. Il passa au Bulgare le lance-grenades, puis Barone tendit la main pour l'aider à réintégrer la cabine. Vandal prêta la main à Georgiev pour amener la plate-forme à l'intérieur.

Barone n'avait toujours pas lâché la main de Downer. La colère raidissait les traits de l'Uruguayen dans un rictus.

« J'aurais mieux fait de te pousser... », éructa-t-il.

Downer le fusilla du regard. « T'aurais surtout dû me féliciter pour ma précision de tir.

– Tu m'as déconcentré, avec tes bavardages incessants ! » hurla Barone. Furieux, il lâcha la main de Downer.

« Il t'en faut pas beaucoup, pas vrai ? lâcha l'Australien. Je connais des soldats qui seraient capables de faire ton boulot les yeux fermés.

– Eh bien, la prochaine fois, je te suggère de faire appel à eux, aboya Barone.

– Ça suffit ! » coupa Vandal sans se retourner.

Pendant cet échange, Georgiev et Vandal avaient regardé l'hélico s'écraser contre un immeuble sur les quais. Il y eut une explosion ponctuée d'un petit panache blanc. Une détonation assourdie leur parvint quelques instants plus tard. Ils commencèrent à refermer la porte de soute.

« Un connard arrogant, bougonna l'Uruguayen. Voilà avec qui je bosse ! Un connard d'Australien arrogant ! »

Georgiev et Vandal n'avaient pas encore fini de refermer la porte que Reynold Downer avait empoigné Barone par les pans de son uniforme. L'Australien le serrait avec une telle force que ses phalanges s'enfoncèrent dans le torse de l'autre. Barone poussa un cri de douleur tandis que Downer le faisait pivoter et le propulsait vers l'écoutille restée ouverte. Barone se retrouva bientôt la tête et les épaules dans le vide, trois cents mètres au-dessus de Paris.

« *Nom de Dieu !* gémit Barone.

– J'en ai par-dessus la tête ! hurla l'Australien. Ça fait des semaines que tu me bassines !

– *Arrêtez ça !* » s'écria Vandal. Il se précipita vers les deux hommes.

« J'ai donné mon avis, c'est tout ce que j'ai fait !

poursuivait l'Australien. J'ai fait également mon boulot et abattu leur putain d'hélico, alors tu descends ! »

Vandal s'interposa. « Dégage ! » lança-t-il tout en saisissant de la main gauche le bras de l'Uruguayen. En même temps, il se servait de son épaule droite pour repousser l'Australien.

Downer l'aida à ramener Barone à l'intérieur, puis il s'éloigna sans broncher. Se retournant, il avisa les sacs empilés contre le flanc opposé de la cabine. Derrière lui, Georgiev s'empressait de refermer la porte.

« Et maintenant, tout le monde se calme, dit Vandal d'une voix douce. On est tous à cran, mais on a réussi la première partie de notre plan. Tout ce qu'il nous reste à faire, c'est d'achever le boulot.

– Et de l'achever sans nouvelles récriminations », ajouta Barone. Il tremblait à la fois de colère et de peur.

« Bien sûr, confirma Vandal, impassible.

– Merde, c'était juste qu'une observation, grommela Downer entre ses dents. C'est tout !

– D'accord, d'accord ! » fit Vandal. Il lança un coup d'œil à l'Australien. « J'aimerais vous rappeler à tous les deux que si l'on veut terminer cette phase de la mission et passer à la suivante, on a besoin de tous les membres de l'équipe. Bon, tout le monde a fait son boulot jusqu'ici, et l'a fait convenablement. Avec un minimum de précautions supplémentaires à l'avenir, tout devrait bien se passer. » Il se retourna vers Barone. « De toute façon, même si quelqu'un a entendu sa voix, je suis certain qu'on aura quitté le pays avant que quelqu'un trouve à quel Australien appartient cet accent.

– À quel Australien avec assez d'expérience des

commandos pour organiser un coup pareil, rétorqua Barone.

– N'empêche, ils ne le retrouveront pas assez tôt, insista Vandal. Même s'ils l'ont entendu, il faudra que la police contacte Interpol, qui devra vérifier auprès des autorités de Canberra. On sera partis depuis longtemps avant qu'ils aient une liste des suspects éventuels. » Il s'écarta des deux hommes, puis consulta sa montre. « On se pose dans dix minutes et on aura repris l'air avant neuf heures. » Il se força à sourire. « Plus rien ne peut nous arrêter désormais. »

Barone adressa un regard noir à l'Australien. Puis il détourna la tête et, d'un geste furieux, rectifia le devant de son uniforme.

Downer inspira un grand coup puis rendit son sourire à Vandal. Le Français avait raison. Ils avaient effectivement fait du bon boulot. Ils avaient eu les fonds nécessaires pour graisser les pattes, acheter le camion, louer l'hélico, trouver l'avion, et obtenir les documents indispensables à la phase suivante de l'opération. Celle qui allait leur assurer la fortune.

Le Français se détendit et regagna le poste de pilotage. Barone tourna le dos à Downer et en resta là. L'Australien s'assit sur le tas de sacs et, de nouveau, ignora délibérément l'Uruguayen. Quand on le poussait à bout, son sang ne faisait qu'un tour, mais ça ne durait pas. Il avait déjà retrouvé son calme et n'en voulait plus à Barone, pas plus qu'il ne s'en voulait d'avoir fait le con.

Georgiev verrouilla la porte et se dirigea vers le poste de pilotage. En passant, il ne chercha même pas à lancer un regard à Downer. Ce n'était pas qu'il le boudait, juste une de ces habitudes héritées d'années de travail pour la CIA : toujours s'efforcer de rester anonyme.

Vandal avait repris le siège du copilote et surveillait le trafic radio de la police et de l'armée. Georgiev se tenait en retrait, dans l'embrasure de la porte du cockpit restée ouverte. Barone, quant à lui, regardait dehors par le hublot de la porte coulissante extérieure.

Downner ferma les yeux, se laissant bercer par les vibrations relaxantes transmises par le plancher ; et par la douceur apaisante de l'épais coussin de billets sous sa tête. Même les claquements assourdissants du rotor ne parvenaient pas à le déranger.

Il s'octroya le privilège d'oublier les détails qu'ils avaient dû mémoriser pour l'opération de ce matin. L'itinéraire du fourgon blindé, le minutage, les plans de secours en cas d'intervention de la police, la fuite par le fleuve si l'hélico n'avait pas pu les rejoindre. Un sentiment de profonde satisfaction l'envahit alors, qu'il savoura comme jamais il n'avait encore rien savouré dans son existence.

4.

Chevy Chase, Maryland, vendredi, 9:12

C'est sous un ciel éclatant que Paul Hood, son épouse Sharon, Harleigh, leur fille qui venait de fêter ses quatorze ans, et leur fils Alexander, onze ans, montèrent dans leur monospace flambant neuf pour se rendre à New York. Chaque gamin avait coiffé son baladeur. Harleigh écoutait des concertos pour violon afin de se mettre en condition pour le concert ; de temps en temps, elle poussait un soupir ou grommelait discrètement un juron, intimidée par la complexité de l'œuvre ou découragée par la maestria de son exécution. De ce côté, elle était bien le portrait craché de sa mère. Aucune des deux femmes n'était jamais contente de ce qu'elle faisait, que ce soit Harleigh avec son violon ou Sharon avec sa passion pour la cuisine diététique. Depuis des années, Sharon usait de son charme et de sa sincérité pour détourner le public du bacon et des beignets grâce à son émission hebdomadaire d'une demi-heure sur le câble, intitulée « La cuisine de santé diététique de Sharon McDonnell ». Elle avait toutefois renoncé au petit écran depuis déjà plusieurs mois pour se consacrer à plein temps à la rédaction d'un manuel de cuisine diététique qui était aujourd'hui presque achevé. Elle désirait aussi rester un peu plus souvent à la maison. Les enfants grandissaient de plus en plus vite, et elle avait le sentiment qu'ils devraient passer plus de temps réunis, que ce soit pour les dîners en famille ou les vacances chaque fois que c'était possible. Des dîners que Hood ratait bien trop souvent et des vacances qu'il devait régulièrement annuler.

Alexander tenait plus de son père. Il aimait les défis personnels. Il adorait les jeux informatiques – plus ils étaient compliqués, mieux c'était. Il aimait les mots croisés et les puzzles. Pendant qu'ils roulaient, il écoutait le tube du mois tout en complétant une grille en acrostiches. Sous le recueil de problèmes cruciverbistes posé sur ses genoux, il y avait une petite pile de bandes dessinées. En ce moment, pour Alexander, le monde extérieur n'existait plus. Il n'y avait que ce qu'il avait sous les yeux. Paul ne pouvait s'empêcher d'être fier de son fils. Alexander avait de la suite dans les idées.

Sharon Hood était assise sans un mot près de son mari, à l'avant. Elle l'avait quitté une semaine plus tôt, en emmenant les enfants pour aller s'installer chez ses parents à Old Saybrook, Connecticut. Elle était revenue pour la même raison que Paul avait démissionné de l'Op-Center : pour défendre leur famille. Hood n'avait aucune idée de l'orientation qu'allait prendre sa carrière, et il ne comptait pas tâter le terrain avant leur retour à Washington, le mercredi suivant. Il avait réalisé une partie des actions achetées à l'époque où il était courtier en bourse, de quoi entretenir leur ménage pendant deux ans. Les revenus étaient moins importants que le plaisir ou les loisirs.

Mais Sharon avait malgré tout raison. Le climat d'insatisfaction qu'il sentait régner dans l'habitacle, le sentiment de gêne étaient patents.

L'une des raisons, essentielles, tenait toujours à leur relation. Même si Sharon lui avait pris la main au début du trajet, il avait le sentiment d'être en liberté surveillée. Sans qu'il puisse mettre le doigt sur un détail bien précis, même si le voyage n'était en apparence pas différent de tous ceux qu'ils avaient effectués, il sentait malgré tout planer entre eux un malaise. Ressentiment ? Déception ? Quoi que ce fût, c'était tout le contraire de la tension sexuelle qu'il avait ressentie avec Ann Farris.

Au début, ils parlèrent un petit peu du programme de leur séjour dans la métropole. Ce soir, il y avait un dîner organisé avec les familles des autres violonistes. Peut-être iraient-ils faire un tour du côté de Times Square, si le dîner finissait assez tôt. Le samedi matin, ils déposeraient Harleigh aux Nations unies puis exauceraient le vœu de leur fils : aller voir la statue de la Liberté. Le gamin tenait à voir de près comment on l'avait « érigée », pour reprendre ses termes. À dix-huit heures, ils se rendraient à la soirée de gala, laissant leur fils au Sheraton, en compagnie de sa console de jeux.

Paul et Sharon ne seraient pas conviés à la réception officielle qui devait se tenir dans le hall du bâtiment de l'Assemblée générale. Ils pourraient toutefois assister avec les autres parents au concert retransmis sur le circuit intérieur de télévision dans la salle de presse du premier étage. Le dimanche, ils devaient se rendre au Carnegie Hall assister en matinée à une représentation de l'orchestre du Metropolitan, avec au programme des œuvres de Vivaldi – le compositeur préféré de Sharon ; après quoi, sur le conseil d'Ann Farris, ils mettraient le cap sur le *Serendipity III* pour une orgie de chocolat liégeois. Ce n'était pas ce qui ravissait le plus Sharon, mais Hood lui avait fait remarquer qu'ils étaient en vacances après tout, et puis les gosses se faisaient une fête de cette étape-dessert. Mais Hood était certain que son épouse râlait surtout parce que la suggestion venait d'Ann. Le lundi, ils reprendraient la voiture pour passer à Old Saybrook dire bonjour aux parents de Sharon – en famille, cette fois-ci. L'idée venait de Hood. Il aimait bien les parents de Sharon, et ces sentiments étaient réciproques. Il avait besoin de retrouver cette stabilité pour sa famille.

Comme on était vendredi, la circulation devint de plus en plus dense, alors qu'ils traversaient Baltimore, Philadelphie, puis Newark. À dix-sept heures trente, ils entraient enfin dans New York et s'arrêtaient au pied de leur hôtel, situé à l'angle de la Septième Avenue et de la 51ᵉ Rue. Le vaste établissement était devenu un Sheraton ; Hood se souvenait de l'époque où il s'appelait encore l'Americana. Ils étaient arrivés juste à temps pour se joindre aux autres familles qui s'apprêtaient à aller dîner au Carnegie Deli, de l'autre côté de la rue. Un troquet à la carte riche en bœuf fumé, rosbif et hot dogs. Le seul autre couple déjà connu des Hood était les Mathis : leur fille Barbara était l'une des amies les plus proches de Harleigh. Les parents de Barbara travaillaient tous les deux dans la police de Washington. Il y avait également quelques mères – dont deux, célibataires, et plutôt séduisantes – qui reconnurent Paul du temps où il était le premier magistrat de Los Angeles. Elles lui sourirent comme à une célébrité et lui demandèrent quel effet ça faisait de « diriger » Hollywood. Il répondit qu'il n'en savait rien. Il faudrait qu'elles demandent plutôt à la Guilde des acteurs ou à d'autres syndicats de comédiens.

Tous ces détails, entre la qualité de la nourriture et l'attention dont était l'objet son époux, avaient mis Sharon mal à l'aise. Ou du moins, ils avaient contribué à exacerber chez elle un sentiment de gêne latent depuis leur départ. Hood décida d'en discuter à tête reposée une fois que les enfants seraient au lit.

Il y avait toutefois un point sur lequel Sharon n'avait pas tort. Paul était resté bien trop longtemps loin du foyer familial. En regardant Harleigh en compagnie de ses camarades et des autres parents, il se rendit compte qu'il observait une jeune fille, et non plus une fillette. Il n'aurait su dire quand le changement s'était produit, mais il était indéniable. Et il était fier de sa fille, d'une façon différente que pour son frère. Elle avait le charme de sa mère tout en ayant acquis l'assurance d'une musicienne.

Alexander était quant à lui entièrement polarisé sur son assiette de galettes de pommes de terre archicuites. Il pressait dessus avec le dos de sa fourchette, attendait que la graisse se mette à suinter, puis regardait combien de temps elle mettait à être absorbée de nouveau. Sa mère lui dit d'arrêter de jouer avec sa nourriture.

Hood leur avait réservé une suite au dernier étage. Après qu'Alexander eut admiré aux jumelles le panorama de la ville – s'émerveillant de tout ce qu'il pouvait découvrir dans la rue et aux autres fenêtres –, les enfants allèrent se coucher sur les divans du salon, laissant à leurs parents un peu d'intimité.

De l'intimité et une chambre d'hôtel... Il y avait eu une époque où c'eût été immanquablement synonyme de câlins, et non pas de discussion dans un silence gêné. Hood était amer de constater à quel point, au cours de ces années, ils avaient gâché leur temps et leur énergie à culpabiliser et se méfier l'un de l'autre au lieu de se rapprocher. Comment la situation avait-elle pu se dégrader autant ? Et comment un couple pouvait-il réussir à recoller les morceaux ? Hood avait bien une idée, mais ce serait dur de convaincre son épouse.

Sharon se coula dans le lit. Elle vint se blottir contre lui et le regarda.

« Je ne sais plus où j'en suis, avoua-t-elle.

– Je sais. » Il lui effleura la joue, esquissa un sourire. « Mais ça va s'arranger.

– Pour ça, il faudrait déjà que je ne sois plus aussi à cran.

– En dehors de la bouffe, ce soir, qu'est-ce qui t'a énervée ?

– Les gens avec qui on était, le comportement à table de leur progéniture, cette manie des automobilistes de brûler les feux ou de se garer sur les passages cloutés. Tout me tapait sur les nerfs. Tout.

– On a tous des jours sans.

– Paul, je suis comme ça depuis une éternité. Ça n'a fait qu'empirer ces derniers mois, et franchement, je n'ai pas envie de gâcher le séjour des enfants cette semaine.

– On a traversé pas mal d'épreuves tous les deux, observa Hood. Les gosses ne sont pas idiots. Ils savent ce qui s'est passé entre nous. Ce que je voulais, ce que j'espérais, c'est qu'au moins les choses se passent bien entre nous pendant notre séjour ici. »

Sharon hocha tristement la tête. « Comment ça ?

– On n'a pas la pression, expliqua Hood. Notre seule tâche au cours de la semaine qui vient, ce sera de nous créer de bons souvenirs, pour nous deux et les enfants. D'essayer de nous sortir de cette mauvaise passe. On peut tenter le coup ? »

Sharon posa la main sur la sienne. Hood décela une vague odeur d'ail, issue d'une de ses préparations culinaires de la veille. Pas vraiment romantique, il dut bien l'admettre. C'était la vie. Ces odeurs qui prenaient le pas sur cette inoubliable fragrance de chevelure féminine, comme la toute première fois. Les corvées qui transformaient à nouveau en doigts le bout des ailes de votre ange...

« Je voudrais tant que ça se passe autrement, dit Sharon. Dans la voiture, j'ai cru sentir monter quelque chose...

– Je sais, confia Hood, moi aussi, je l'ai senti. C'était chouette. »

Sharon le regarda. Ses yeux étaient humides. « Non, Paul, ce que j'ai senti était effrayant.

– Effrayant ? Comment ça ? Que veux-tu dire ?

– Pendant tout le trajet, je n'ai pas cessé de me remémorer nos voyages quand les enfants étaient petits. Palm Springs, le lac de Big Bear, le nord de la côte... Tout était si différent, à l'époque.

– On était plus jeunes.

– C'était plus que ça.

– On avait un but dans l'existence. Les gosses avaient besoin de nous plus que maintenant. Il a fallu savoir se serrer les coudes. Sinon, on n'aurait pas tenu.

– Je sais », dit Sharon. Les larmes se mirent à ruisseler de ses yeux. « Mais j'aurais voulu éprouver ce sentiment de communion aujourd'hui, et je n'ai pas réussi. Je voudrais tant retrouver ces bons moments, ces sentiments d'autrefois.

– On peut les retrouver, promit Hood.

– Mais il y a tous ces miasmes en moi, rétorqua Sharon. Toute cette aigreur, cette déception, ce ressentiment accumulé. Je voudrais tellement pouvoir revenir en arrière et tout reprendre à zéro, qu'on puisse se rapprocher à nouveau, au lieu de se séparer. »

Hood contempla son épouse. Sharon avait l'habitude de détourner le regard chaque fois qu'elle était troublée, alors que dans le cas contraire, elle le regardait droit dans les yeux.

« Ça, ce n'est pas possible, remarqua Hood. Mais on peut déjà essayer de recoller les morceaux, un par un. »

Il l'attira vers lui. Sharon se serra contre lui, mais il n'y avait aucune chaleur dans cette proximité. Il n'y comprenait rien. Il lui donnait ce qu'elle avait voulu, ce dont elle disait avoir besoin, et malgré tout, elle continuait à garder ses distances. Peut-être était-ce juste une façon d'évacuer sa tension. Elle n'en avait guère eu l'occasion jusqu'ici. Il la tint ainsi dans ses bras plusieurs minutes, sans un mot.

« Chou, reprit-il enfin. Je sais que tu n'as jamais voulu le faire jusqu'ici, mais ce ne serait peut-être pas une mauvaise idée qu'on puisse discuter de tout ça tous les deux avec quelqu'un. Liz Gordon m'a dit qu'elle m'indiquerait des noms, si ça t'intéresse. »

Sharon ne dit rien. Hood la serra plus fort et nota

que sa respiration avait ralenti. Il recula légèrement la tête. Le regard perdu dans le vide, elle retenait ses larmes.

« Au moins, les enfants n'ont pas de problèmes, eux, reprit-elle. On aura au moins réussi ça.

– Sharon, on a fait mieux. On a su bâtir une vie ensemble. Peut-être pas parfaite, mais meilleure que celle de bien des gens. On s'est plutôt pas mal débrouillés. Et c'est loin d'être fini. »

Il l'attira de nouveau contre lui et elle se mit à pleurer sans retenue. Elle l'entoura de ses bras.

« C'est pas vraiment ce dont rêve une petite fille quand elle s'imagine son avenir, tu sais, avoua-t-elle entre deux sanglots.

– Je sais. Il la serra plus fort. Mais on essaiera de faire mieux, c'est promis. »

Il n'ajouta rien. Il la tint juste serrée contre lui tandis que Sharon plongeait au tréfonds de la déprime. Il savait qu'elle allait toucher le fond et qu'ensuite, au matin, ils pourraient entreprendre la longue et pénible remontée.

Ce serait difficile de prendre les choses bien, sans faire de drame, comme il le lui avait dit. Mais il lui devait bien ça. Non pas parce qu'il avait laissé sa carrière lui dicter son emploi du temps, mais parce qu'il avait consacré sa passion à Nancy Bosworth et Ann Farris. Oh, pas une passion charnelle, mais une passion intellectuelle : son attention, et jusqu'à ses rêves. Quand toute cette énergie, cette concentration auraient dû être consacrées à son épouse, à sa famille.

Sharon s'endormit blottie dans ses bras. Ce n'était pas l'idée qu'il se faisait de l'intimité, mais enfin, c'était déjà ça. Quand enfin il ne craignit plus de la réveiller, il se libéra délicatement de son étreinte, tendit le bras vers la table de nuit, éteignit la lampe de chevet. Puis il se rallongea et fixa le plafond ; il se sentait écœuré de lui-même, avec cette violence impitoyable qu'on n'éprouve qu'au cœur de la nuit. Et il essaya de chercher comment faire pour que ce week-end soit mémorable pour ces trois êtres que, quelque part, il avait le sentiment d'avoir abandonnés.

5.

New York, samedi, 4:57

Avec sa façade décrépie, l'immeuble d'un étage en brique qui se dressait sur les rives de l'Hudson évoquait pour le lieutenant Bernardo Barone sa ville natale de Montevideo.

Ce n'était pas seulement l'état de délabrement de la boutique qui lui rappelait les taudis où il avait grandi. Mais déjà, la forte brise soufflant du sud. L'odeur de l'Atlantique se mêlait à l'odeur d'essence des voitures filant sur la voie sur berge toute proche. À Montevideo, odeurs d'essence et brise de mer étaient toujours là. Au-dessus de lui, un défilé continu d'avions remontait le fleuve vers le nord avant de virer à l'est en direction de l'aéroport La Guardia. Chez lui aussi, les avions s'entrecroisaient toujours dans le ciel.

Pourtant, il n'y avait pas que cela qui lui rappelait sa patrie. Ces éléments, Bernardo Barone les avait rencontrés dans toutes les cités portuaires qu'il avait visitées. La différence, c'était de se retrouver ici tout seul. Le sentiment de solitude, voilà ce qu'il éprouvait chaque fois qu'il revenait à Montevideo.

Non, songea-t-il soudain. *Ne repars pas sur cette pente.*

Il n'avait pas envie de se laisser aller à l'irritation ou la déprime. Pas maintenant. Il devait se concentrer.

Il s'appuya contre la porte. Le battant était frais contre son dos en sueur. Le bois était recouvert de chaque côté d'une feuille d'acier. Il y avait trois serrures à l'extérieur et deux lourds verrous à l'intérieur. Au-dessus de l'embrasure, la pancarte délavée par le soleil indiquait *Vik – Réparations automobiles*. Le propriétaire était un membre de la mafia russe, un certain Leonid Ustinoviks. Le petit maigrichon qui fumait comme un pompier était un ancien officier de l'armée soviétique et une relation de Georgiev par l'entremise des Khmers rouges. Barone avait appris par Ustinoviks qu'il n'y avait pas un seul atelier de carrosserie à New York qui se consacre exclusivement à la carrosserie... La nuit, quand tout était calme et que nul ne pouvait s'approcher du bâtiment sans être vu ou entendu, soit on y fourguait des voitures volées, de la drogue ou des armes, soit on s'y livrait au trafic d'esclaves. Une grande spécialité des Russes et des Thaïlandais qui expédiaient hors du pays des gamines enlevées sur place ou qui faisaient entrer de jeunes femmes aux États-Unis. Dans la plupart des cas, les captives travaillaient comme prostituées. Certaines filles qui avaient déjà bossé pour Georgiev au Cambodge avaient échoué ici, après avoir transité entre les mains d'Ustinoviks. La taille des conteneurs utilisés pour expédier par bateau des « pièces détachées » et la nature internationale du commerce faisaient de ces activités des couvertures idéales.

La spécialité de Leonid Ustinoviks, c'était les armes. Il les faisait venir des républiques de l'ex-Union soviétique. Elles entraient au Canada ou à Cuba, la plupart du temps par cargos. De là, elles étaient introduites en Nouvelle-Angleterre et dans les États maritimes plus au sud, ou par la Floride et les États riverains du golfe du Mexique. De manière générale, les transferts s'effectuaient en pièces détachées, depuis des entrepôts perdus dans de petites bourgades vers des lieux comme cet atelier de réparation. C'était pour empêcher de tout perdre en bloc si jamais le FBI et la division renseignements de la police de New York interceptaient les chargements. Les deux groupes surveillaient discrètement les activités et les communications des ressortissants de pays connus pour financer le commerce illicite ou le terrorisme : Russie, Libye, Corée du Nord et bien d'autres. Les services de police changeaient à intervalles réguliers les panneaux routiers sur les quais et dans le quartier des entrepôts, que ce soit pour déplacer les zones de stationnement ou modifier le sens de circulation sur certains itinéraires fréquentés : cela leur fournissait une excuse pour arrêter les véhicules et en photographier discrètement les chauffeurs.

En chemin, Ustinoviks lui avait suggéré d'avoir à l'œil tout individu qui quitterait la voie sur berge ou l'une des voies de desserte. Si jamais quelqu'un s'approchait ou simplement ralentissait en passant devant l'atelier, il devait frapper trois coups à la porte. Chaque fois qu'une transaction avait lieu et qu'un curieux se pointait, quelqu'un sortait aussitôt pour exiger qu'on lui présente un mandat de perquisition – procédure légale dans l'État de New York –, afin de laisser le temps aux occupants de fuir par les toits vers les bâtiments mitoyens.

Pour autant, Ustinoviks n'escomptait pas de difficultés. Il expliquait qu'il y avait déjà eu une vague de rafles contre la pègre russe deux mois plus tôt. Or, la ville n'aimait guère donner l'impression de s'en prendre à un groupe ethnique particulier.

« En ce moment, c'est le tour des Viets », blagua-t-il comme ils débarquaient de l'hôtel.

Barone crut entendre un bruit à l'écart du bâtiment. Glissant la main dans son anorak, il en sortit son automatique. Puis, avec précaution, il s'engagea dans l'allée sombre en direction du nord. Il y avait une boîte, derrière une haute clôture grillagée. Le Cachot. Portes, fenêtres et murs de brique étaient uniformément peints en noir. Il s'était toujours demandé ce qui pouvait bien se passer là-dedans. L'endroit était bizarre. Ce qu'ils devaient faire en cachette au Cambodge, prostituer des filles, devait se dérouler au grand jour dans ce genre de lieu.

Quand une nation prétend défendre la liberté, elle doit en admettre les conséquences extrêmes.

La boîte était fermée pour la nuit. Un chien courait derrière la clôture. Ce devait être le bruit qu'il avait entendu. Barone remit l'arme dans son étui d'épaule et regagna son poste.

Il sortit de sa poche de chemise une cigarette roulée à la main et l'alluma. Puis il récapitula les derniers jours écoulés. Le plan se déroulait comme prévu, et ça devait continuer ainsi. Il en était convaincu. Ses quatre compagnons et lui avaient pu rejoindre l'Espagne sans encombre. Là, ils s'étaient séparés pour limiter les risques au cas où ils auraient été identifiés et, les deux jours suivants, ils avaient rallié les États-Unis depuis Madrid. Ils s'étaient ensuite retrouvés dans un hôtel de Times Square. Georgiev était arrivé le premier. Il avait déjà établi les contacts nécessaires pour obtenir les armes indispensables. Et les négociations se déroulaient à l'intérieur tandis que Barone montait la garde.

Barone tira sur sa clope. Il essaya de se concentrer sur le plan pour le lendemain. Il s'interrogea sur l'autre allié de Georgiev, celui connu uniquement du Bulgare. Tout ce que ce dernier avait bien voulu leur en dire était que cette personne était américaine et qu'il la connaissait depuis plus de dix ans. Ça datait donc du temps où ils étaient tous au Cambodge. Barone se demanda qui il avait pu rencontrer là-bas et le rôle que ce personnage mystérieux pourrait bien jouer dans leur plan à venir.

Mais inutile de se poser des questions... Son esprit allait toujours où bon lui semblait et, pour l'heure, il n'avait pas envie de s'attarder sur Georgiev et son prochain coup. Mais plutôt de revenir en arrière. Retourner chez lui.

À sa solitude, songea-t-il amer. Un endroit par trop familier – et bizarrement confortable.

Il n'en avait pas toujours été ainsi. Bien que sa famille fût désargentée, il y avait eu un temps où Montevideo ressemblait à un paradis. Située au bord de l'océan, la capitale de l'Uruguay possédait des plages parmi les plus vastes et les plus belles de la planète. Bernardo Barone y avait grandi au début des années soixante et n'aurait pu rêver vie plus heureuse. Quand il n'était pas sur les bancs de l'école ou chez lui à faire ses devoirs, il se rendait à la plage avec son frère Eduardo, son aîné de douze ans. Tous deux y traînaient jusque tard le soir, à nager interminablement ou à bâtir des châteaux de sable. Au crépuscule, ils allumaient un feu de camp et bien souvent s'endormaient auprès de leurs constructions.

« On se reposera aux écuries près de nos superbes étalons, plaisantait Eduardo. Tu les sens ? »

Bernardo n'y arrivait pas. Tout ce qu'il sentait, c'était l'odeur des embruns et celle des voitures ou des bateaux. Mais il était convaincu qu'Eduardo y arrivait, lui. Le cadet aurait voulu en être capable, lui aussi, quand il serait grand. Être comme son aîné. Et quand il accompagnait sa mère à la messe, chaque dimanche, c'est ce qu'il demandait dans ses prières : devenir comme son frère.

Tout cela, c'étaient les souvenirs les plus heureux de Bernardo. Eduardo était si patient avec lui, si gentil avec tous ceux qui venaient les regarder bâtir leurs grands murs crénelés et ceinturés de douves. Les filles adoraient ce beau jeune homme. Et elles aimaient également son mignon petit frère, qui le leur rendait bien.

La mère chérie de Bernardo travaillait comme ouvrière dans une boulangerie et Martin, leur père, était boxeur professionnel. Son rêve était d'économiser assez d'argent pour ouvrir une salle de gym et permettre à son épouse de quitter son emploi et de vivre comme une dame. Dès qu'il eut quinze ans, Eduardo passa des jours et des nuits avec son père sur la route, pour lui servir de soigneur. Souvent, ils s'absentaient des semaines entières pour participer au circuit des compétitions du Rio de la Plata. Les boxeurs se déplaçaient en groupes, de Mercedes à Paysandu en passant par Salto, combattant entre eux ou contre les amateurs locaux. En guise de prime, ils se partageaient les droits d'entrée, déduction faite du traitement du médecin qui accompagnait les combattants. C'est pourquoi Eduardo avait appris les bases du secourisme pour leur permettre d'économiser sur les frais de toubib.

C'était une vie difficile et une terrible épreuve pour la mère du garçon. Elle passait des heures interminables devant la chaleur infernale du four et, un matin, alors que son mari et son fils aîné étaient sur la route, elle décéda dans l'incendie de la boulangerie. Comme la famille ne roulait pas sur l'or, on ramena sa dépouille à l'appartement des Barone et Bernardo dut la veiller jusqu'à ce qu'on puisse contacter son père afin de prendre des dispositions pour les obsèques.

Bernardo avait alors neuf ans.

Lors de ses déplacements avec son père, Eduardo n'avait pas appris que le secourisme. Un peu par hasard, dans une petite taverne de San Javier, il avait découvert une organisation marxiste, le Movimiento de Liberacion Nacional-Tupamaros[1]. Le mouvement de guérilla urbaine avait été fondé en 1962 par Raul Antonaccio Sendic, militant socialiste et syndicaliste des plantations de canne à sucre du nord du pays. Le gouvernement de l'époque avait été incapable de juguler l'inflation, qui dépassait trente-cinq pour cent par an, et les classes populaires avaient été particulièrement touchées. Eduardo avait vu dans le mouvement de Sendic le moyen d'aider ceux qui, à l'instar de son père, avaient perdu leur raison de vivre et la force de rêver. Inversement, le groupe avait vu en Eduardo

1. Ainsi nommé en mémoire de Tupac Amaru II, chef d'une révolte contre l'occupant espagnol au Pérou au XVIIIe siècle (*N.d.T.*).

un homme capable de se battre et de soigner les gens. C'était une bonne recrue. Et c'est ainsi qu'avec la bénédiction paternelle, Eduardo avait intégré le MLN-T.

En 1972, l'ultra-libéral Juan Maria Bordaberry Arocena avait été élu président et avait aussitôt engagé une politique répressive avec le soutien d'une armée parfaitement équipée et formée. L'une de ses premières tâches avait été d'écraser toute opposition, y compris le MLN-T qu'Eduardo venait d'intégrer. Une sanglante répression avait eu lieu en avril ; dès la fin de l'année, la majorité des membres du mouvement étaient emprisonnés ou en exil[1]. Eduardo s'était retrouvé en prison où il était mort pour raisons « inconnues ». Son père l'avait suivi dans la tombe moins de deux ans plus tard, suite à une sérieuse correction subie sur le ring dont il ne s'était jamais entièrement remis.

La mort de sa famille avait transformé Bernardo en jeune brandon plein de haine pour le pouvoir du président Bordaberry. L'ironie, c'est que les militaires finirent par être déçus par la politique du nouveau président ; dès février 1973, ils fomentaient leur propre coup d'État, fondant, le Consejo de Seguridad Nacional, puis destituant le président en 1976. Bernardo s'engagea en 1979, avec l'espoir de contribuer à l'instauration d'un ordre nouveau dans sa patrie.

Mais après douze années d'un pouvoir répressif incapable de résoudre la crise touchant le pays, les

1. Dont Raul Sendic, qui ne fut libéré, après treize années de prison, qu'à la faveur de l'amnistie de 1985. Il devait réorganiser par la suite les Tupamaros dans le cadre d'un parti légal avant de mourir en exil à Paris en 1989 (*N.d.T.*).

militaires avaient rendu le pouvoir aux civils pour s'effacer quasiment de la vie politique après l'amnistie de 1989, sans toutefois que la situation économique évolue de manière notable.

Encore une fois, Bernardo s'était senti trahi. Le jeune homme resta sous l'uniforme. En mémoire de son père, il était devenu expert en toutes formes de combat à mains nues ; il ne savait rien faire d'autre. Mais Barone n'avait jamais perdu l'espoir de parvenir, d'une manière ou de l'autre, à raviver l'esprit des Tupamaros. De servir le peuple, pas ses dirigeants. Son travail pour les Nations unies au Cambodge lui en avait justement fourni l'occasion : à la fois pour collecter des fonds et pour attirer l'attention des médias internationaux.

Barone termina sa cigarette. Il écrasa le mégot sur le trottoir et resta à contempler la circulation qui filait sur la voie sur berge ouest. C'était la seule différence entre Montevideo et New York. À Montevideo, en dehors des hôtels et des bars pour touristes, toute vie s'arrêtait au coucher du soleil. Ici, les artères étaient animées même à cette heure tardive de la nuit. Il était impossible pour les autorités de tout surveiller en permanence, de contrôler les allées et venues, d'inspecter le contenu des véhicules.

Une veine pour nous.

Il était de même impossible à la police de surveiller tous les avions susceptibles de se poser sur les nombreux aérodromes entourant la métropole, sans parler des nombreux terrains dégagés situés au nord des États de New York, du Connecticut, du New Jersey ou de Pennsylvanie : l'idéal pour permettre à de petits appareils d'introduire de la contrebande puis de repartir discrètement. Les voies navigables constituaient également des accès rêvés : une baie isolée, une berge déserte au petit matin. Des caisses qu'on décharge prestement d'un bateau ou d'un hydravion pour les transférer dans un camion. Une entrée facile et si près de New York. Ça aussi, c'était une veine pour l'équipe.

Une heure s'écoula, puis une autre. Barone s'était douté que ça allait prendre un moment car Downer voulait prendre tout son temps pour inspecter chaque arme une par une. Même si les trafiquants d'armes pouvaient répondre pratiquement à n'importe quelle demande de leur clientèle, cela n'impliquait pas forcément que la marchandise soit en parfait état de marche. À l'instar des réfugiés, les armes de contrebande ne voyageaient jamais en première. Mais l'attente ne gênait pas l'Uruguayen. L'essentiel était que son arme fonctionne quand il aurait à viser et faire feu.

Quelque chose, sur sa gauche, attira son regard. Il pivota. Près de l'embouchure, c'était la statue de la Liberté qui venait d'intercepter les premiers rayons du soleil. Barone ne s'était pas encore rendu compte que le monument était là, et cette brusque découverte le surprit d'abord avant de susciter sa colère. Il n'avait *a priori* rien contre les États-Unis et leur amour de la liberté et de l'égalité. Mais là, dans ce port, la présence de cette idole géante célébrant ces nobles idéaux avait quelque chose de sacrilège. Pour lui, ces choses étaient extrêmement personnelles. Elles se célébraient au fond de son cœur, pas au beau milieu d'une rade.

Finalement, peu avant sept heures du matin, la porte derrière lui se rouvrit. Downer glissa la tête dehors.

« Passe par-derrière », lança ce dernier avant de refermer le battant.

Barone ne se sentait plus franchement d'humeur à se moquer de l'accent de l'Australien. Depuis l'incident à bord de l'hélico au-dessus de Paris, il n'avait vraiment plus du tout envie de discuter avec l'incorrigible mercenaire.

Barone contourna le bâtiment par la gauche. Ses bottes neuves aux semelles épaisses couinaient sur l'asphalte de l'allée. Il longea sur la droite la haute clôture grillagée d'un marchand de pneus. Un chien de garde dormait dans l'ombre derrière le grillage. Un peu plus tôt dans la soirée, Barone lui avait jeté un bout de son hamburger – décidément, la viande américaine avait un drôle de goût au palais de l'Uruguayen – et ils étaient dès lors devenus les meilleurs amis du monde.

Barone passa devant deux poubelles vides pour se rendre à l'endroit où était garée leur fourgonnette de location. Ils disposaient de dix-sept armes : trois pistolets pour chaque homme et une paire de lance-roquettes, plus des munitions et des gilets pare-balles. Chaque arme était enveloppée dans une feuille de plastique à bulles. Sazanka et Vandal avaient déjà commencé à les sortir de l'atelier quand Barone monta dans le véhicule par la porte latérale coulissante. À mesure que les deux hommes lui passaient les armes, il les disposait avec soin dans six cartons dépourvus de toute marque. Downer surveillait les opérations depuis la porte arrière de l'atelier, pour s'assurer qu'on n'oubliait rien. C'était la première fois que Barone voyait l'Australien se montrer aussi calme et professionnel.

En travaillant, l'Uruguayen sentit peu à peu son sentiment de solitude le quitter. Non pas parce qu'il était avec ses compagnons, mais parce qu'il s'activait de nouveau. Ils touchaient au but. Barone avait toujours eu confiance dans leur plan, mais il était désormais convaincu qu'il allait effectivement réussir. Il ne restait plus que quelques étapes mineures.

Quelques mois auparavant, Georgiev avait pu obtenir un faux permis de conduire de l'État de New York. Comme les sociétés de location de voitures avaient l'habitude d'effectuer des vérifications auprès de la police avant de mettre à disposition leurs véhicules, le Bulgare avait dû payer un supplément pour que son nom soit bien inscrit sur le registre informatisé de la préfecture. Il avait même poussé le zèle jusqu'à se coller une contravention datée de l'année précédente, moins pour justifier de son domicile que parce que c'était le lot des automobilistes circulant dans toutes les grandes villes. Un dossier vierge eût *a contrario* risqué d'éveiller les soupçons.

Tout ce qui leur restait à faire désormais, c'était de bien veiller à ne pas brûler un feu rouge ou avoir un accrochage avant de rejoindre l'hôtel. Un peu plus tôt, ils avaient tiré à la courte paille : c'est Vandal qui dormirait dans le fourgon pendant que les autres monteraient se reposer dans les chambres. Georgiev ne voulait surtout pas voir le véhicule volé par Ustinoviks.

Puis, à dix-neuf heures, ils quitteraient le garage de l'hôtel et se dirigeraient vers la 42e Rue. Ils fileraient vers l'est, traversant Manhattan et, parvenus à la Première Avenue, ils obliqueraient vers le nord. Là encore, Georgiev prendrait soin de conduire avec prudence.

Et puis, d'un seul coup, il écraserait le champignon et aborderait l'objectif à une vitesse de cent à l'heure et, en moins de dix minutes, l'objectif tomberait comme un fruit mûr.

Ils seraient maîtres des Nations unies. Et dès cet instant, la troisième et dernière partie de leur plan pourrait commencer.

6.

New York, samedi, 18:45

La Société des Nations avait été créée après la Première Guerre mondiale. Elle avait été conçue, aux termes de son pacte fondateur, « pour promouvoir la coopération internationale et assurer la paix et la sécurité internationales ». Bien que le président Woodrow Wilson eût été un fervent avocat de la SDN, les sénateurs américains avaient refusé de ratifier sa convention. Leur principale objection portait sur l'éventualité de faire appel à des soldats américains pour préserver l'intégrité territoriale et l'indépendance politique d'autres pays, ainsi que la nécessité de reconnaître la compétence de la Société des Nations dans les affaires concernant l'ensemble du continent nord et sud-américain. Suite à ses efforts incessants pour obtenir la participation de son pays à la SDN, le président Wilson devait être peu après victime d'une attaque cérébrale.

Logée dans un luxueux palais bâti tout exprès à Genève, la SDN fit bien vite la preuve de son inefficacité, malgré ses nobles intentions. Elle se montra incapable de prévenir l'occupation nippone de la Mandchourie en 1931, l'agression contre l'Éthiopie par les

Italiens en 1935 et l'annexion allemande de l'Autriche en 1938. Elle se montra tout aussi incapable d'empêcher la Seconde Guerre mondiale. Les historiens discutent encore pour savoir si la participation américaine à la SDN aurait pu changer le cours des événements.

L'Organisation des Nations unies fut créée en 1945 pour tenter de réussir là où la Société des Nations avait échoué. Cette fois, cependant, il en alla différemment. Les États-Unis avaient désormais une bonne raison de s'employer activement à préserver la souveraineté des autres nations : aux yeux des Américains, le communisme était la plus grande menace contre le monde libre et chaque nouveau pays qui tombait renforçait l'emprise de l'idéologie ennemie.

L'ONU choisit les États-Unis pour y installer son siège. Non seulement ils s'étaient retrouvés, à l'issue de la Seconde Guerre mondiale, la puissance dominante du point de vue économique et militaire, mais ils avaient en outre accepté de contribuer pour un quart au budget de fonctionnement annuel de l'organisation. Par ailleurs, compte tenu de la tradition antidémocratique de nombreuses nations européennes, le vieux continent avait été jugé indigne d'héberger une institution internationale dont le but était de promouvoir une ère nouvelle de paix et de compréhension. On avait choisi New York parce que la ville était devenue le cœur de la finance et des communications internationales, et qu'elle avait de tout temps constitué le lien traditionnel entre Ancien et Nouveau Monde. On avait éliminé deux autres sites potentiels en Amérique pour des raisons bien différentes : San Francisco, qui avait la faveur des Australiens et des

Asiatiques, avait reçu le veto des Soviétiques qui ne voulaient pas faciliter les déplacements des Japonais et des Chinois honnis. Et le rustique comté de Fairfield, sur le détroit de Long Island dans le Connecticut, qui s'était trouvé éliminé après que les habitants de Nouvelle-Angleterre, opposés à ce qu'ils voyaient comme les prémices d'un « gouvernement mondial », eurent lapidé les enquêteurs des Nations unies à la recherche d'un site possible.

Une bonne partie du terrain destiné à abriter le nouveau siège de l'organisation – sur l'emplacement d'anciens abattoirs au bord de l'East River – fut achetée grâce à une donation de 8,5 millions de dollars faite par la famille Rockefeller, en échange d'une exemption fiscale. Les Rockefeller devaient en outre tirer profit du développement des terrains restés en leur possession et qui étaient mitoyens du nouveau complexe. Bureaux, logements, restaurants, boutiques et salles de spectacles vinrent en effet bientôt s'installer dans ce quartier naguère laissé à l'abandon pour pourvoir aux besoins des milliers de délégués et de fonctionnaires qui composaient le personnel de l'organisation internationale.

La surface limitée dévolue au projet eut deux conséquences. En premier lieu, le siège dut être conçu sous la forme d'un gratte-ciel. Le gratte-ciel était une invention typiquement américaine destinée à rentabiliser au maximum l'espace constructible sur l'île étroite de Manhattan, et en outre, l'allure extérieure du complexe lui donnerait un aspect encore plus américain. Cette contrainte toutefois convenait tout à fait aux fondateurs des Nations unies : elle leur fournit en effet un bon prétexte pour décentraliser les fonctions clés de l'organisme, qu'il s'agisse de la Cour de justice, de l'UNESCO ou de l'Organisation internationale du travail. Ces diverses instances furent disséminées dans d'autres capitales internationales. Le siège annexe principal de l'ONU s'installa à Genève, dans l'ancien palais de la SDN. C'était une façon délibérée de rappeler à l'Organisation des Nations unies qu'une autre institution internationale également consacrée à la paix avait été créée naguère et qu'elle avait échoué par manque de volonté manifeste de certains pays.

Pour Paul Hood, tous ces souvenirs remontaient en grande partie à ses premières années de fac. Un autre élément lui revint également. Un élément qui avait définitivement modelé sa vision du bâtiment lui-même. Il était venu de Los Angeles à New York pour passer la semaine des congés de Noël avec d'autres lycéens. Alors qu'ils approchaient de la grande métropole depuis l'aéroport international Kennedy, il avait découvert, sur l'autre rive de l'East River, le bâtiment des Nations unies se détachant au crépuscule. Tous les gratte-ciel à l'horizon étaient orientés vers le nord ou le sud : l'Empire State Building, le Chrysler Building, le Pan Am Building. Mais la tour de verre et de marbre de trente-neuf étages abritant le Secrétariat de l'ONU était, elle, orientée est-ouest. Il s'en était ouvert à James LaVigne qui était assis dans le siège à côté du sien.

Son voisin, maigre adolescent binoclard, avait alors levé les yeux de l'exemplaire du *Mighty Thor* dans lequel il était plongé. L'illustré était planqué dans un numéro du *Scientific American.*

« Tu sais à quoi ça me fait penser ? » dit LaVigne.

Hood répondit que non.

« Au symbole sur le torse de Batman.

– Comment ça ? » Hood n'avait jamais lu de BD de Batman et n'avait regardé qu'une fois la série télévisée, histoire de se faire une idée de ce dont tout le monde parlait.

« Batman arbore un large symbole de chauve-souris noir et or sur la poitrine, expliqua LaVigne. Tu sais pourquoi ? »

Hood répondit que non.

« C'est parce que Batman porte sous son costume un gilet pare-balles, expliqua LaVigne. Si un criminel veut lui tirer dessus, c'est là que Batman veut qu'il vise. À la poitrine. »

LaVigne se replongea dans son illustré. Hood, douze ans, reprit sa contemplation du bâtiment des Nations unies. LaVigne faisait souvent des observations bizarres, sa remarque de prédilection étant que Superman était une resucée du Nouveau Testament. Mais là encore, celle-ci se tenait. Hood se demandait du reste si la ville de New York n'avait pas été construite dans ce seul dessein. Si quelqu'un formait le vœu d'attaquer les Nations unies depuis le fleuve ou un aéroport, le bâtiment constituait une cible de choix, parfaitement visible pour un terroriste cubain ou chinois.

Depuis ce souvenir d'enfance, Paul Hood avait toujours considéré l'immeuble des Nations unies comme le talon d'Achille de New York. Et à présent qu'il se trouvait au pied du bâtiment, il le sentait incroyablement vulnérable. D'un strict point de vue intellectuel, il savait bien que ça ne tenait pas debout. Les Nations unies jouissaient de l'extra-territorialité. Si des terroristes désiraient frapper l'Amérique, ils s'en prendraient à son infrastructure : chemins de fer, ponts, tunnels – comme ceux qui avaient fait sauter le tunnel entre le Queens et le centre-ville et amené l'Op-Center à collaborer avec son homologue russe [1]. Ou à des monuments comme la statue de la Liberté. Lorsqu'il l'avait découverte ce matin, il s'était étonné de constater à quel point l'île était aisément accessible par voie de mer ou par les airs. En arrivant par le ferry, il avait été surpris et perturbé de noter combien il serait facile pour deux pilotes kamikazes avec des avions bourrés d'explosifs de réduire en miettes la statue. Il y avait certes une station radar intégrée dans le complexe administratif, mais Hood savait que la gendarmerie côtière du port de New York n'avait à sa disposition qu'une canonnière mouillée près de l'île du Gouverneur toute proche. Deux avions arrivant de directions opposées, avec la Statue placée dans la ligne de mire du bâtiment de guerre, permettraient à un des deux terroristes au moins de commettre son forfait.

Ça fait trop longtemps que tu es à l'Op-Center, se dit-il. Tu es en vacances, et voilà que t'élabores des scénarios de crise.

Il hocha la tête et regarda plutôt autour de lui. Étant arrivés en avance, ils en avait profité, son épouse et lui, pour descendre faire un tour à la boutique de cadeaux acheter un T-shirt pour leur fils. Puis ils étaient remontés vers la vaste salle des pas perdus du bâtiment de l'Assemblée générale, au pied de la gigantesque statue de bronze de Zeus, pour attendre les délégués des Jeunesses artistiques des Nations unies. Depuis seize heures, le hall était fermé au public afin

1. Voir *Op-Center 2, Image virtuelle, op. cit.*

de laisser le personnel mettre en place la traditionnelle réception annuelle. Comme la nuit était claire et dégagée, les invités pourraient manger à l'intérieur et sortir bavarder dehors : l'esplanade nord serait tout à eux pour leur laisser admirer les sculptures et les jardins, à moins qu'ils ne préfèrent arpenter la promenade aménagée le long de l'East River. À dix-neuf heures trente, la nouvelle secrétaire générale, l'Indienne Mala Chatterjee, se rendrait dans la salle du Conseil accompagnée des délégués des nations membres du Conseil de sécurité. C'est dans cette salle que Mme Chatterjee et l'ambassadeur d'Espagne devaient féliciter les membres de l'intense effort de paix manifesté par l'organisation pour empêcher de nouveaux troubles séparatistes en Espagne[1]. Ensuite, Harleigh et ses camarades violonistes joueraient *Un Chant de paix*, une œuvre écrite par un compositeur espagnol en l'honneur des combattants morts plus de soixante ans plus tôt lors de la guerre civile. On avait pris des musiciens originaires de Washington pour l'interpréter, choix fort approprié puisque c'était une Américaine, membre de l'Op-Center, Martha Mackall, qui avait été la première victime des troubles survenus récemment dans ce pays. C'était en revanche une pure coïncidence si la fille de Paul Hood, l'ex-patron de la cellule de crise, faisait partie des huit jeunes violonistes sélectionnées.

Les douze autres parents étaient tous arrivés et Sharon s'était éclipsée vers les toilettes du rez-de-chaussée. Les concertistes étaient descendues saluer brièvement leur famille quelques minutes plus tôt. En

1. Voir *Op-Center 5, Rapport de force, op. cit.*

contemplant Harleigh avec sa belle robe de satin blanc brodé de perles, Hood l'avait trouvée étonnamment mûre. La jeune Barbara Mathis qui se tenait à ses côtés avait elle aussi une attitude calme et pleine d'assurance, une vraie future diva. Il savait que c'était l'arrivée de Harleigh qui avait motivé la brusque retraite de sa mère. Sharon détestait en effet pleurer en public. Or Harleigh étudiait le violon depuis qu'elle avait quatre ans et portait des tabliers. Il avait toujours eu l'habitude de la voir ainsi, ou bien en tenue d'athlétisme, quand elle remportait toutes ses médailles. Alors, la voir apparaître dans cette robe de gala, sortant de la loge des artistes, cela faisait un choc. Hood avait demandé à sa fille si elle était nerveuse. Elle avait répondu que non : c'était le compositeur qui avait fait le plus dur. Harleigh se sentait sûre d'elle, et elle avait de quoi l'être.

À bien y repenser, du reste, ce n'était pas cette image de cible privilégiée traditionnellement véhiculée par les Nations unies qui rendait Hood nerveux. Non, c'était cet instant. Ce moment, ce point focal dans son existence.

Là, debout dans ce hall immense au plafond haut de quatre étages, Hood se sentait formidablement seul. Il éprouvait surtout une intense sensation de détachement : ses enfants qui grandissaient, sa carrière sur laquelle il avait décidé de tirer un trait, son couple qui s'effilochait de plus en plus, et puis, tous ces gens avec qui il avait travaillé si étroitement depuis plus de deux ans et qu'il ne reverrait plus. Était-ce ce qu'on était censé ressentir parvenu au mitan de sa vie ? Le sentier vulnérable, à la dérive ?

Il n'en savait rien. Tous ceux qui avaient appartenu

à l'Op-Center – Bob Herbert, Mike Rodgers, Darrell McCaskey, Matt Stoll, leur sorcier de l'informatique, et même la malheureuse Martha Mackall – tous étaient célibataires. Leur boulot était toute leur vie. Tout comme pour le colonel Brett August, qui avait dirigé le commando des Attaquants. Était-ce leur fréquentation qui lui donnait ce vague à l'âme ? Ou bien avait-il été attiré vers eux parce qu'il recherchait justement ce genre d'existence ?

Si cette dernière hypothèse était la bonne, alors il allait avoir les pires difficultés à réorganiser sa nouvelle vie. Peut-être devrait-il s'en ouvrir à Liz Gordon, la psychologue du Centre, tant qu'il lui restait encore quelques privilèges assortis à sa fonction. Même si elle était célibataire, elle aussi, et qu'elle travaillait près de soixante heures par semaine...

Hood vit Sharon qui remontait l'escalier en spirale par l'autre côté du hall. Elle avait revêtu un ensemble pantalon beige d'une suprême élégance et elle était vraiment superbe. Il le lui avait dit alors qu'ils quittaient l'hôtel et il avait noté que cela lui avait tout de suite donné un peu plus d'allant. Un allant qui ne l'avait toujours pas quittée. Elle lui sourit, et il lui rendit son sourire quand elle s'approcha. D'un coup, il ne se sentait déjà plus aussi seul.

Une jeune Japonaise se dirigea vers eux. Elle portait un blazer bleu marine, arborait un badge en plastique agrafé sur la poche de poitrine et un grand sourire accueillant. Elle venait de déboucher d'une petite salle annexe installée sur le flanc est du bâtiment de l'Assemblée générale. Contrairement au hall principal qui était situé à l'extrémité nord du bâtiment, le hall secondaire jouxtait la grande esplanade au pied de l'imposante tour du Secrétariat. En sus des bureaux des États membres, cette tour accueillait la salle du Conseil de sécurité, celles du Conseil économique et social et du Conseil de tutelle. C'était du reste la direction qu'ils étaient en train de prendre. Les trois magnifiques auditoriums étaient situés côte à côte, dominant l'East River. La salle des correspondants de presse, où seraient conduits les parents, était quant à elle située de l'autre côté du hall par rapport au Conseil de sécurité.

La jeune guide se présenta ; elle s'appelait Kako Nogami. Et tandis que les parents en visite lui emboîtaient le pas, la jeune femme les gratifia d'une version abrégée de son laïus de présentation pour touristes.

« Combien parmi vous sont déjà venus aux Nations unies ? » demanda-t-elle, marchant à reculons pour les regarder.

Plusieurs parents levèrent la main. Hood n'était pas du nombre. Il redoutait que Kako lui demande le souvenir qu'il en gardait – il se sentirait obligé de lui parler de James LaVigne et de Batman.

« Pour vous rafraîchir la mémoire, poursuivit-elle, et à l'intention des nouveaux venus, j'aimerais m'étendre un peu plus sur la zone que nous nous apprêtons à visiter. »

La guide leur expliqua alors que le Conseil de sécurité était l'organe le plus puissant des Nations unies, responsable pour l'essentiel du maintien de la paix et de la sécurité internationales.

« Cinq pays importants, dont les États-Unis, sont membres permanents, épaulés par dix autres, élus ceux-là pour un mandat de deux ans. Ce soir, vos enfants joueront pour les ambassadeurs de ces pays, ainsi que pour leur personnel diplomatique.

« Le Conseil économique et social, comme l'indique son nom, sert de forum de discussion pour tous les problèmes économiques et sociaux internationaux. Mais il s'occupe également de la défense des droits de l'homme et des libertés fondamentales. Le Conseil de tutelle, dont les activités ont été suspendues en 1994, aidait les territoires à accéder à l'autodétermination ou à l'indépendance, soit comme États souverains, soit dans le cadre d'un État fédéral. »

L'espace d'un instant, Hood se dit qu'il devait être fascinant de diriger un tel organisme. Maintenir la paix en son sein, parmi ses délégués, devait être un défi largement équivalent à celui de maintenir la paix extérieure. Comme si elle lisait dans ses pensées, Sharon entrelaça ses doigts dans les siens et les serra très fort. Il laissa s'enfuir cette idée.

Le groupe longea une imposante baie vitrée qui dominait l'esplanade principale. Dehors s'élevait la châsse dans le style d'un temple shintoïste qui abritait la cloche de la paix japonaise. Elle avait été fondue grâce au métal des pièces de monnaie collectées par les enfants de soixante pays. Passé la baie vitrée, le hall débouchait sur un large corridor. Dans son prolongement se trouvaient les ascenseurs qu'utilisaient les délégués et leurs collaborateurs. Sur la droite, il y avait une rangée de vitrines. La guide les y conduisit. Elles contenaient des reliques de l'explosion atomique qui avait rasé Hiroshima : bidons écrasés, vêtements d'écolier ou tuiles carbonisés, bouteilles de verre fondues, ainsi qu'une petite relique en pierre de sainte Agnès.

Leur guide nippone leur décrivit la force destructive et l'intensité de l'explosion.

L'exposition émut modérément Hood ou le père de Barbara, Hal Mathis, dont le propre père avait trouvé la mort à Okinawa. Hood regretta l'absence de Bob Herbert et de Mike Rodgers. Le général aurait certainement demandé à la guide de leur montrer ensuite où se trouvait l'exposition consacrée à Pearl Harbor. Celle décrivant l'attaque survenue entre deux pays qui *n'étaient pas* en guerre. Avec ses vingt-deux ou vingt-trois ans, Hood doutait toutefois que la jeune femme saisisse le contexte d'une telle question. Quant à Herbert, il n'aurait pas attendu aussi longtemps pour faire un scandale. Leur chef du renseignement avait perdu son épouse en même temps que l'usage de ses jambes lors de l'attentat terroriste contre l'ambassade américaine à Beyrouth en 1983. Il avait certes continué à vivre, mais il avait la rancune tenace. En l'occurrence, Hood ne lui en faisait pas reproche. L'une des publications de l'ONU qu'il avait eu l'occasion de feuilleter à la librairie de la boutique cadeaux qualifiait Pearl Harbor d'« attaque d'Hiro-Hito », ce qui était une manière tacite d'absoudre le peuple japonais de toute culpabilité dans ce crime. Même si Hood se sentait plus « politiquement correct », les penchants révisionnistes le mettaient mal à l'aise.

Une fois terminée l'exposition consacrée à Hiroshima, le groupe monta deux volées d'escaliers mécaniques pour gagner le hall de l'étage. Sur leur gauche, se trouvaient trois grandes salles, celles du Conseil de sécurité étant située tout au bout. Les parents furent conduits à l'ancien centre de presse, de l'autre côté du hall. Un vigile était posté à l'entrée. C'était un membre des forces de sécurité des Nations unies. Le Noir américain était en chemisette bleu ciel, pantalon gris-bleu à parements noirs et coiffé d'un béret bleu marine. Son badge indiquait qu'il s'appelait Dillon. Dès qu'ils approchèrent, M. Dillon déverrouilla la porte de la salle de presse pour les laisser entrer.

Aujourd'hui, les journalistes travaillent en général dans les studios de télévision high-tech installés dans les longues cabines vitrées encadrant la salle du Conseil de sécurité. On accède à ces cabines par un corridor qui dessert à la fois le Conseil de sécurité et le Conseil économique et social. Mais au début des années cinquante, cette salle spacieuse en forme de L, dépourvue de fenêtre, avait été le cœur du centre de presse des Nations unies. La première partie de la salle était occupée par d'antiques bureaux, des téléphones, quelques terminaux informatiques bien fatigués et des télécopieurs hors d'âge. Dans la seconde moitié, plus vaste, celle qui formait la base du L, il y avait des canapés en skaï, des toilettes, un placard à fournitures et quatre récepteurs de télévision accrochés au mur. D'ordinaire, ces moniteurs présentaient les débats en cours au Conseil de sécurité ou au Conseil économique et social. Il suffisait aux observateurs de coiffer un casque et de changer de canal pour sélectionner la langue de leur choix. Ce soir, ils regarderaient l'allocution de Mme Chatterjee suivie du récital. Au fond de la salle, on avait disposé sur deux tables à jouer des sandwiches et une machine à café. Il y avait également des sodas et un petit réfrigérateur.

Après avoir remercié les parents pour leur coopération, Kako leur remémora fort poliment les instructions qu'on leur avait fournies par courrier, puis oralement par les représentants de l'ONU venus les rencontrer à l'hôtel la veille au soir. Pour des raisons de sécurité, ils devraient rester dans cette salle pendant toute la durée de la manifestation. Elle ajouta qu'ils retrouveraient leur progéniture à vingt heures trente. Hood se demanda si le vigile avait été posté à la porte pour éviter aux touristes de pénétrer dans la salle de presse ou au contraire pour les empêcher d'en sortir.

Hood et Sharon se dirigèrent vers la table chargée de sandwiches. L'un des hommes leur indiqua les assiettes et couverts en plastique. « Vous voyez ce qui arrive quand les États-Unis oublient de régler leur contribution ? » plaisanta-t-il.

L'ancien flic de Washington faisait allusion à la dette d'un milliard de dollars accumulée par son pays, résultat de la réticence des sénateurs devant ce qu'ils qualifiaient de gâchis chronique, de fraude et d'argent dilapidé par l'organisation internationale. Leur grief principal concernait le fait que les sommes allouées aux forces de maintien de la paix servaient surtout à financer les moyens militaires des États participants.

Hood eut un sourire poli. Il n'avait pas envie de réfléchir aux grands problèmes de budget, de gouvernement ou de diplomatie du dollar. Son épouse et lui avaient passé une bonne journée jusqu'ici. Après leur première nuit tendue à New York, Sharon essayait de se relaxer. Elle savourait le spectacle du coucher de soleil automnal sur l'île de la Liberté et ne voulait surtout pas se laisser accaparer par la foule. Elle avait pris plaisir à voir l'excitation affichée par Alexander pour apprendre tous les détails techniques concernant la statue en attendant la délicieuse perspective de se retrouver seul avec sa console vidéo et son en-cas tout sauf diététique acheté dans une saladerie de la Septième Avenue. Hood ne voulait surtout pas qu'une querelle sur la politique américaine ou la piètre qualité de la vaisselle lui gâche ce moment.

Harleigh avait été peut-être le catalyseur de tous ces sentiments positifs, mais ni elle ni son jeune frère n'en avaient été le ciment.

Non, il doit y avoir autre chose. Hood en était convaincu alors qu'ils emplissaient leurs assiettes puis allaient s'asseoir sur un des vieux canapés en skaï pour attendre d'assister aux débuts new-yorkais de leur fille. Il avait envie de se raccrocher à cette sensation de la même manière qu'il avait tenu la main de Sharon.

De toutes ses forces.

7.

New York, samedi, 19:27

La circulation à Times Square devient problématique, passé dix-neuf heures le samedi soir quand les gens affluent dans le centre pour se rendre au théâtre ou au cinéma. Des limousines bouchent les rues latérales, les entrées de parkings sont encombrées de files de voitures attendant une place, tandis qu'autobus et taxis doivent traverser au ralenti le quartier des salles de spectacles.

Georgiev s'était accordé de la marge quand il avait préparé cette phase de l'opération. Quand il réussit enfin à tourner vers l'est dans la 42e Rue et rouler en direction de Bryant Park, il se sentit à nouveau confiant et détendu. Tout comme les autres membres de l'équipe. Mais bon, s'il n'avait pas servi avec eux, et pu constater qu'ils gardaient leur sang-froid même sous la pression, jamais il ne les aurait recrutés pour cette mission.

Mis à part Reynold Downer, à quarante-huit ans, l'ancien colonel de l'Armée populaire bulgare était le seul authentique mercenaire du groupe. Barone voulait de l'argent pour aider à faire rentrer sa famille au pays. Sazanka et Vandal avaient une dette d'honneur à régler qui semblait remonter à la Seconde Guerre mondiale. Des dettes que l'argent de la rançon servirait à effacer. Pour Georgiev, le problème était différent. Il avait passé près de dix ans en étant financé clandestinement par la CIA en Bulgarie. Il s'était battu contre les communistes depuis si longtemps qu'il était devenu incapable de s'adapter à une ère où n'existait plus d'ennemi. Il ne savait rien faire d'autre que se battre, mais l'armée ne payait plus régulièrement les soldes et il était bien plus pauvre aujourd'hui que lorsqu'il empochait des billets verts et vivait dans l'ombre de l'empire soviétique. Alors, il avait envie de lancer une nouvelle affaire : financer l'exploitation de pétrole et de gaz naturel. C'est à cela qu'il comptait employer sa quote-part de leur présente mission.

Grâce à sa connaissance des habitudes de la CIA et sa maîtrise de l'anglais parlé aux États-Unis, les autres n'avaient pas vu d'inconvénient à lui confier la direction de cette seconde partie de l'opération. Du reste, comme il l'avait prouvé avec le réseau de prostitution au Cambodge, il avait fait montre de qualités de chef innées.

Georgiev conduisait avec lenteur et prudence. Avec un œil sur les piétons imprudents. Il évitait de faire des queues de poisson. D'engueuler les chauffeurs de taxi qui lui coupaient la route. Bref, il évitait tout ce qui aurait risqué de les faire pincer par les flics. Quelle ironie ! Il était sur le point de commettre un acte terroriste, destructif et meurtrier que le monde n'oublierait pas de sitôt et voilà qu'au volant, il se comportait en vrai père tranquille. À un moment donné, quand il était jeune, Georgiev aurait voulu être philosophe. Peut-être que lorsque tout ceci serait terminé, il reprendrait cette voie. Les contrastes l'avaient toujours fasciné.

Quand il avait parcouru ce même itinéraire la veille, il avait remarqué une caméra de surveillance fixée sur un feu de circulation à l'angle de la 42e Rue et de la Cinquième Avenue. La caméra était orientée vers le nord. Il y en avait une autre, à l'angle de la 42e et de la Troisième Avenue, celle-ci tournée vers le sud. Il avait pris soin de baisser son pare-soleil pour masquer le pare-brise, tout comme Vandal, assis à ses côtés à l'avant du fourgon. Ils porteraient des passe-montagne au moment de pénétrer dans l'ONU. La police municipale de New York repasserait sans doute toutes les vidéos tournées dans le secteur et il n'avait pas envie que quelqu'un ait un enregistrement de la tête des occupants de la fourgonnette. Mais les caméras de surveillance de la circulation resteraient muettes. Et même si la police retrouvait deux ou trois touristes qui auraient enregistré leur véhicule au caméscope, Georgiev avait pris soin d'aborder l'objectif en arrivant à contre-jour : sur les cassettes, on ne verrait qu'un reflet de soleil sur le pare-brise. Il pouvait remercier la CIA pour tout ce qu'elle lui avait enseigné.

Ils dépassèrent la bibliothèque municipale, la gare centrale, la tour Chrysler. Ils parvinrent à la Première Avenue sans encombre. Georgiev avait minuté son approche pour qu'ils s'immobilisent au feu rouge. Il avait pris soin de se placer sur la file de droite. Quand ils vireraient à gauche, il se retrouverait du même côté de la chaussée que le bâtiment des Nations unies. Il regarda vers le nord. L'objectif n'était qu'à deux pâtés de maisons. Presque dans l'axe, se dressait le bâtiment du Secrétariat, en retrait derrière une esplanade circulaire décorée d'une fontaine. Une grille d'un peu plus de deux mètres clôturait le complexe, à l'avant, sur la longueur de quatre rues. Derrière, il y avait trois cabines de gardes espacées régulièrement. La police de New York patrouillait dans la rue. Juste de l'autre côté de l'avenue, à l'angle de la 45e Rue, il y avait un poste de garde.

Toutes ces reconnaissances, il les avait effectuées la veille. Et il avait étudié les photos et les vidéos prises plusieurs mois auparavant. Il connaissait par cœur tout le quartier, jusqu'à la position de chaque réverbère ou bouche d'incendie.

Georgiev attendit que le caisson lumineux PIÉTONS ARRÊTEZ se mette à clignoter sur sa gauche. Ça voulait dire qu'il lui restait six secondes avant que le feu repasse au vert. Il avait coincé son passe-montagne noir entre les cuisses. Il le sortit et le coiffa. Les autres firent pareil. Ils avaient déjà enfilé des gants blancs fins pour ne pas laisser d'empreintes sans être pour autant entravés dans le maniement des armes.

Le signal passa au vert.

Idem pour l'opération.

8.

New York, samedi, 19:30

Étienne Vandal enfila le passe-montagne. Puis il se tourna pour récupérer ses armes, que lui avait tendues Sazanka, installé à l'arrière avec Barone et Downer. Les sièges avaient été démontés et entassés dans un coin du parking de l'hôtel. Les vitres masquées à la peinture. Les hommes purent se préparer dans le plus grand secret. Barone rangea dans leur étui ses deux automatiques et empoigna l'Uzi. Il serait également équipé d'un sac à dos avec grenades lacrymogènes et masque à gaz. Au cas où il leur faudrait se battre pour repartir, ils auraient toujours le gaz, en plus des otages.

Vandal se sentait un peu engoncé à cause du gilet pare-balles, mais il préférait être mal à l'aise que vulnérable. L'officier japonais lui tendit deux automatiques et un Uzi.

Downer était agenouillé près de la porte, côté chauffeur. Il déposa ses armes personnelles sur le plancher. Il avait un lance-missiles B-77 de fabrication suisse calé sur l'épaule. Il avait bien demandé un Dragon M-47 américain, mais c'était le mieux qu'avait pu lui trouver Ustinoviks. Downer avait examiné l'arme antichar à courte portée mais ultra-légère, et il avait garanti à ses hommes qu'elle remplirait sa tâche. Vandal et les autres l'espéraient. Sinon, ils se feraient tirer comme des lapins. Barone était accroupi près de la porte latérale, prêt à la faire coulisser.

Vandal avait déjà vérifié ses armes à l'hôtel. À présent, il attendait, calé sur son siège, tandis que la fourgonnette poursuivait son accélération. Enfin, on y était. Le compte à rebours qu'ils avaient mis au point, réglé et rectifié sans cesse depuis plus d'un an. Dans le cas de Vandal, c'était un instant qu'il attendait depuis plus longtemps encore. Il se sentait calme, soulagé même, alors que l'objectif apparaissait dans leur champ visuel.

Les autres aussi semblaient calmes, surtout Georgiev. Sous ses airs de grosse machine froide. Vandal ne savait pas grand-chose de lui, et le peu qu'il en savait ne lui inspirait ni attirance ni respect. Jusqu'à ce que la Bulgarie édicte une nouvelle constitution en 1991, ç'avait été l'une des dictatures les plus répressives du bloc soviétique. Or, Georgiev avait participé au recrutement d'informateurs infiltrés dans le gouvernement. Vandal aurait encore compris ses motivations si l'homme s'était battu pour renverser le régime par principe. Mais si Georgiev avait travaillé pour la CIA, c'était uniquement parce qu'elle payait bien. Même si les objectifs étaient identiques, il y avait une différence entre un patriote et un traître. Pour ce qui concernait Vandal, un individu capable de trahir son pays n'hésiterait pas à trahir ses complices en cas de pépin. C'était une vérité qu'Étienne Vandal connaissait bien. Son grand-père avait été un ancien collabo qui était mort dans une prison française. Ce n'était pas seulement que Charles Vandal avait trahi son pays.

Il avait appartenu au réseau Mulot, un réseau de résistance chargé de dérober et de mettre en lieu sûr les œuvres et les objets d'art avant que les nazis ne viennent les piller dans les musées nationaux. Or, non seulement Charles Vandal avait donné Mulot et son réseau, mais il avait conduit les Allemands à la cache où étaient planquées les œuvres d'art.

Ils n'étaient plus qu'à un pâté de maisons de leur objectif. Les quelques touristes encore dans la rue à cette heure-ci se retournèrent en voyant foncer la fourgonnette. L'engin dépassa le bâtiment de la bibliothèque de l'ONU, sur le côté sud de l'esplanade. Puis Georgiev passa en trombe devant le premier poste de garde aux vitres pare-balles teintes en vert, avec ses vigiles à l'air blasé. La guitoune était installée juste derrière la grille noire en fer forgé, séparée de l'avenue par un trottoir de sept mètres. On avait mobilisé des gardes supplémentaires pour la soirée et la grille était close, mais peu importait. Leur cible était désormais à moins de quinze mètres plus au nord.

Georgiev passa devant le second poste de garde. Puis, juste après avoir dépassé une borne d'incendie, il vira sec sur la droite tout en écrasant l'accélérateur. Le fourgon escalada le trottoir, renversa un piéton qui passa sous la roue avant droite. Plusieurs autres furent renversés à leur tour. Un instant après, le véhicule venait défoncer la grille d'un mètre de haut. Le crissement du métal raclant les flancs de la carrosserie noya les cris des passants blessés. Le fourgon laboura un petit jardin rempli d'arbustes et de bosquets, Georgiev prenant soin d'éviter un gros arbre sur le côté sud. Des branches basses vinrent fouetter le pare-brise et le toit. Certaines se rompirent, d'autres ployèrent simplement au passage du véhicule.

Au nord comme au sud, la police des Nations unies, des policiers new-yorkais et une poignée de membres de la sécurité des Affaires étrangères – reconnaissables à leurs chemises blanches – commençaient tout juste à réagir à l'intrusion. L'arme dégainée, le talkie-walkie dans la main, ils jaillirent en hâte des guérites longeant la Première Avenue, ainsi que de celle installée dans la cour nord comme du poste de police situé juste de l'autre côté de la rue.

Il fallut à peine plus de deux secondes pour que la fourgonnette défonce le jardin et la rangée de haies basses située à l'autre bout. À l'arrière, les hommes se cramponnèrent comme ils purent au moment où Georgiev pila. Le jardin était séparé de l'esplanade circulaire par une barrière en béton de moins d'un mètre de haut mais épaisse de près de soixante centimètres. Les hampes portant les drapeaux des cent quatre-vingt-cinq États membres étaient alignées juste derrière.

Georgiev et Vandal baissèrent la tête. Ils s'attendaient d'un instant à l'autre à perdre le pare-brise. Barone fit coulisser la porte latérale. Accroupi, l'arme au poing, Sazanka était prêt à les couvrir si nécessaire. Downer se pencha au-dessus de lui et pointa son lance-missiles vers le mur épais. Il visa bas pour être sûr de ne laisser aucun débris au sol. Puis il tira.

Tonnerre assourdissant, et aussitôt après, plus de deux mètres de la barrière avaient disparu. Plusieurs fragments arrosèrent l'esplanade en une pluie de projectiles, certains échouèrent dans la fontaine, d'autres rebondirent sur l'allée. Mais la plus grande partie du mur en béton s'éleva jusqu'à quinze mètres de haut en formant un large plumeau d'éclats blancs déchiquetés avant de retomber en grêle. Derrière le mur, cinq des imposantes hampes blanches se rompirent, sectionnées à ras. Elles dégringolèrent sur l'asphalte où elles s'écrasèrent dans un bruit fracassant. Vandal entendit le bruit, malgré ses tympans assourdis par l'explosion.

Alors même que les éclats de béton n'avaient pas fini de retomber, Georgiev accéléra de nouveau. Le minutage était critique. Ils ne devaient en aucun cas s'immobiliser. Il fonça dans la brèche, éraflant la portière de son côté sur un éclat de béton, mais il en aurait fallu plus pour l'arrêter. Downer était retourné se tapir à l'arrière de la cabine mais Sazanka était toujours posté, allongé devant la porte coulissante ouverte, prêt à riposter si on leur tirait dessus. Nul ne le fit. Alors qu'ils étaient encore dans les Casques bleus et qu'avait germé l'idée de leur coup, ils avaient pu sans difficulté obtenir copie des procédures de surveillance policière aux Nations unies. Celles-ci étaient des plus explicites : nul ne devait agir de son propre chef contre un groupe quelconque. La menace devait si possible être contenue par le personnel disponible, mais avec interdiction de riposter tant que des renforts ne seraient pas dépêchés sur place. C'était typique de l'ONU. Ça ne marchait pas sur la scène internationale, ça ne risquait pas plus de marcher ici.

Georgiev traversa l'esplanade en direction du nord-est. Le pare-brise avait éclaté mais il tenait encore dans son encadrement. Heureusement, le Bulgare n'avait pas besoin d'y voir grand-chose. La fourgonnette traversa en trombe la voie de sortie de l'esplanade pour enjamber la pelouse qui montait vers le bâtiment de l'Assemblée générale. Georgiev obliqua vers l'est et contourna la cloche de la paix japonaise. Vandal rentra la tête dans les épaules lorsque le véhicule défonça les hautes baies vitrées de la salle des pas perdus donnant sur l'esplanade. Le fourgon percuta la statue d'El Abrazo de Paz, une silhouette stylisée « embrassant la paix » installée juste à l'entrée du hall. La statue se renversa, le fourgon roula dessus et n'alla pas plus loin. Mais ils ne lui en demandaient pas plus. Le temps que les personnels de sécurité et les participants à la soirée réagissent, les cinq hommes étaient déjà sortis de la camionnette. Georgiev tira une brève rafale vers le garde posté à l'entrée du corridor donnant sur les batteries d'ascenseurs du personnel. Le jeune homme pivota et s'effondra, première victime de l'ONU. Vandal se demanda s'il aurait droit lui aussi à sa statue de la paix...

Les cinq hommes dévalèrent le corridor et se précipitèrent vers les escaliers mécaniques. Ceux-ci avaient été arrêtés par la sécurité. Un détail qu'ils n'avaient pas prévu, mais peu importait. Ils gravirent quatre à quatre les deux volées de marches et prirent sur leur gauche. L'escalator immobilisé devait être la seule forme de résistance qu'ils rencontrèrent. Hitler l'avait démontré en Pologne en 1939, Saddam Hussein l'avait confirmé au Koweït en 1990 : il n'existait aucune défense efficace contre une offensive éclair bien préparée. On ne pouvait que se ressaisir avant de passer à la contre-attaque. Et dans ce cas précis, aucune des deux options ne serait de la moindre utilité.

Quatre-vingt-dix secondes à peine après avoir quitté

la Première Avenue, les cinq hommes se retrouvaient au cœur du bâtiment du Secrétariat. Ils longèrent au pas de course les hautes baies vitrées qui dominaient l'esplanade. On avait coupé la fontaine pour dégager la vue sur les fenêtres. La circulation avait été bloquée, les badauds repoussés dans les rues latérales. Le quartier grouillait de flics et de forces de sécurité.

Isoler le bâtiment, contenir le problème. Toujours aussi prévisibles, ces cons, ricana mentalement Vandal.

Il y avait également plusieurs gardes qui couraient dans leur direction. Trois hommes et une femme, vêtus de gilets pare-balles, l'oreille collée à leur talkie-walkie. Ils avaient dégainé leurs armes et se dirigeaient de toute évidence vers la salle du Conseil de sécurité qui se trouvait sur leur droite. Sans doute leur avait-on donné pour mission d'évacuer les délégués, au cas où ils seraient pris pour cibles.

Les jeunes gardes ne devaient jamais y arriver. Dès qu'ils virent les intrus, ils s'immobilisèrent. Puis, comme tout soldat ou policier qui n'a jamais subi l'épreuve du feu, ils passèrent dans le seul mode qu'ils connaissaient : celui de l'exercice. Selon le manuel des forces de sécurité de l'ONU, Vandal savait qu'en cas de confrontation, ils allaient tenter de se disperser pour offrir une cible moins concentrée, essayer de se mettre à l'abri, puis tenter de désarmer l'adversaire

Georgiev et Sazanka ne leur laissèrent pas cette chance. L'Uzi calé sur la hanche, ils les arrosèrent en tirant à la hauteur des cuisses, les fauchant littéralement sur place. Armes et radios cliquetèrent en tombant sur le carrelage. Les deux hommes s'avancèrent au milieu des gémissements des blessés qu'ils achevèrent d'une seconde rafale en pleine tête. Ils s'arrêtèrent à quelques mètres des cadavres. Georgiev récupéra deux des radios qui avaient glissé par terre.

« Vite ! » s'écria Vandal en hâtant le pas.

Barone et Downer le rejoignirent et les cinq hommes poursuivirent leur avancée. Leur ultime obstacle avant la salle du Conseil de sécurité était désormais formé des quatre cadavres des gardes qui gisaient sur le dallage éclaboussé de sang.

9.

New York, samedi, 19:34

Tous les parents installés dans l'ancienne salle de presse entendirent ou perçurent le bruit au rez-de-chaussée. Mais la salle étant dépourvue de fenêtre, ils ne surent pas au juste de quoi il retournait.

Paul Hood crut tout d'abord à une explosion. Ce fut aussi la conclusion de plusieurs parents qui voulurent aussitôt sortir s'assurer que leurs enfants n'avaient pas eu de problème. Puis M. Dillon entra sur ces entrefaites. Le garde demanda à chacun de ne pas bouger et de conserver son calme.

« Je viens tout juste de traverser le hall devant le Conseil de sécurité, leur expliqua-t-il. Les enfants vont bien. La plupart des délégués sont toujours présents pour attendre l'arrivée de madame la secrétaire générale. Le personnel de sécurité s'apprête à procéder à l'évacuation des jeunes, des délégués, et ensuite ce sera votre tour. Si vous restez calmes, il n'y aura pas de bobo.

– Avez-vous une idée de ce qui s'est passé ? demanda un des parents.

– Je ne sais pas trop, avoua Dillon. Il semblerait qu'une camionnette ait défoncé la grille d'entrée et pénétré sur l'esplanade. J'ai pu l'apercevoir par les baies vitrées. Mais personne ne sait... »

Il fut interrompu par une succession de détonations sèches montant de l'étage inférieur. Des coups de feu, apparemment. Dillon saisit sa radio.

« Station Liberté 7 appelle la base. »

Cacophonie et concert de cris à l'autre bout de la ligne. Puis une voix répondit : « Il y a eu une brèche, Liberté 7. Des intrus non identifiés. Rendez-vous à Everest 6, code rouge. Vous avez bien copié ?

– Affirmatif, Everest 6, code rouge, répéta Dillon. Je fonce. » Il coupa sa radio et retourna vers la porte. « Je vais retourner au Conseil de sécurité attendre mes collègues. Je vous en prie... tous autant que vous êtes, vous restez ici sans bouger.

– Combien de temps avant l'arrivée des renforts ? s'écria un des pères.

– Deux-trois minutes », répondit Dillon.

Il sortit. La porte se referma avec un déclic sonore. Si l'on exceptait les cris montant de quelque part à l'extérieur, tout était redevenu calme.

Soudain, un des pères fonça vers la sortie. « Moi, je vais récupérer ma petite. »

Hood s'interposa entre l'homme, un colosse, et la porte.

« Non ! s'écria-t-il.

– Pourquoi ? insista l'autre.

– Parce que la dernière chose dont ont besoin la sécurité, les pompiers et les secouristes, c'est bien d'avoir des gens dans les jambes, expliqua Hood. Du reste, ils ont évoqué une situation code rouge. Cela veut sans doute dire une brèche majeure dans le dispositif de sécurité.

– Raison de plus pour évacuer nos gosses ! rétorqua un autre père.

– Non ! insista Hood. On est ici sous statut d'extraterritorialité. La loi américaine ou autres aménités ne s'appliquent pas. Les gardes tireront sans doute sans sommation sur tout individu non identifié.

– Qu'est-ce que vous en savez ?

– J'ai travaillé pour une agence fédérale après avoir quitté la mairie de Los Angeles, expliqua Hood. J'ai vu des gens se faire descendre parce qu'ils se trouvaient au mauvais endroit au mauvais moment. »

L'épouse de l'homme s'approcha et lui prit le bras. « Charlie, je t'en prie... M. Hood a raison. Laissons les autorités régler ça.

– Mais notre fille est là-bas, protesta le dénommé Charlie.

– La mienne aussi, lui dit Hood. Et ce n'est pas en me faisant tuer que je l'aiderai. » Il prit soudain conscience que sa fille Harleigh était bel et bien là-bas, et qu'elle était effectivement en danger. Il regarda Sharon qui se tenait sur sa droite, dans l'angle de la pièce. Il se dirigea vers elle, la prit dans ses bras.

Elle murmura : « Paul... Je... je crois qu'on devrait être avec Harleigh.

– Nous le serons bientôt », promit-il.

On entendit des pas dans le hall, suivis du *plop-plop-plop* caractéristique d'un automatique. Puis après les coups de feu, des cliquetis, des cris, des hurlements, une nouvelle cavalcalde. Et le silence retomba.

« Ça venait de quel camp ? » demanda Charlie, à la cantonade.

Hood n'en savait rien. Il laissa Sharon et s'approcha de la porte. S'accroupit, au cas où quelqu'un s'aviserait de tirer, et fit signe à tous les parents de reculer pour se mettre à l'abri. Puis il se redressa et, lentement, tourna le bouton argenté. Il entrouvrit la porte.

Quatre corps gisaient dans le corridor entre la salle de presse et celle du Conseil de sécurité. Des membres du personnel de sécurité de l'ONU. Quelle qu'ait été l'identité de leurs agresseurs, ceux-ci étaient repartis, laissant dans leur sillage des traces de pas ensanglantées. Des traces qui menaient vers le Conseil de sécurité.

Hood éprouva un étrange sentiment de déjà-vu. Il se sentait comme Thomas Davies, un pompier avec qui il jouait au base-ball de rue, jadis à Los Angeles. Un après-midi, Davies avait appris par téléphone qu'un incendie ravageait son domicile. L'homme savait ce qu'il devait faire, il savait ce qui se passait, et pourtant il s'était montré incapable de réagir.

Hood referma la porte et se dirigea vers les bureaux.

« Qu'est-ce qui se passe ? » demanda Charlie.

Hood ne répondit pas. Il essayait de se forcer à bouger.

« Bon Dieu, mais qu'est-ce qui s'est passé ? » insista Charlie.

Hood se décida à répondre : « Quatre gardes sont morts et ceux qui les ont abattus sont entrés dans la salle du Conseil de sécurité.

– Mon bébé ! » s'écria une mère, éclatant en sanglots.

Hood se voulait rassurant : « Je suis sûr que nos gosses ne risquent rien pour l'instant.

– C'est ça ! Comme vous étiez sûr que tout se passerait bien pourvu qu'on reste enfermés ici ! » piailla Charlie.

La rage de l'autre tira Hood de sa transe. « Si vous étiez sortis, vous seriez mort à l'heure qu'il est, rétorqua-t-il. M. Dillon ne vous aurait jamais laissé pénétrer dans la salle du Conseil et vous vous seriez fait tuer comme les gardes. » Il inspira pour retrouver son calme. Puis il sortit son mobile de sa poche de blazer. Il pianota un numéro.

« Tu appelles qui ? » demanda Sharon.

Son époux termina de composer les chiffres. Il la regarda, lui effleura la joue. « Quelqu'un qui se contrefout des privilèges d'extra-territorialité, répondit-il. Quelqu'un qui pourra nous aider. »

10.

New York, samedi, 19:46

Mike Rodgers était dans une phase Gary Cooper. Pas dans sa vie réelle, mais dans sa vie de cinéphile... même si en ce moment, les deux existences étaient étroitement imbriquées.

À quarante-cinq ans, l'ex-directeur adjoint de l'Op-Center, désormais directeur en titre, n'avait jamais éprouvé de doute ou d'inquiétude. Quatre fois, il s'était fracturé le nez en jouant au basket au lycée, parce que lorsqu'il voyait le panier, il fonçait sans s'occuper de l'adversaire, qu'il s'agisse des Torpedoes, des Badgers, des Ironmen, des Thrashers ou autres équipes. Quand il avait fait ses deux périodes de service au Viêt-nam ou quand il commandait une brigade mécanisée pendant la guerre du Golfe, on lui avait assigné des objectifs et il les avait toujours tous remplis. Sans la moindre putain d'exception. Lors de sa première mission avec les Attaquants, en Corée du Nord, il avait empêché un officier fanatique de balancer un missile nucléaire sur le Japon[1]. À son retour

1. Voir *Op-Center, op. cit.*

du Viêt-nam, il avait même trouvé le temps de passer un doctorat d'histoire internationale. Mais à présent...

Ce n'était pas seulement la démission de Paul Hood qui le déprimait, même si cela faisait partie du problème. Quelle ironie... Deux ans et demi plus tôt, Rodgers avait eu du mal à se ranger sous ses ordres... un civil qui assistait à des galas de bienfaisance avec le gratin d'Hollywood pendant que lui crapahutait en Irak ou au Koweït. Mais Hood s'était révélé être un patron avec la tête sur les épaules et du savoir-faire politique. Rodgers sentait qu'il allait regretter la direction de cet homme.

Vêtu d'un ample survêtement gris et chaussé de Nike, Rodgers se recala avec précaution dans le canapé de cuir. Il se laissa retomber avec lenteur contre le dossier. À peine quelques semaines plus tôt, il se faisait capturer par des terroristes dans la vallée de la Bekaa, au Liban [1]. Les brûlures au deuxième et au troisième degré qu'on lui avait infligées sous la torture étaient loin d'être guéries. Pas plus que les blessures intérieures.

Son regard s'était mis à errer dans le vague. Il revint à la télé, une profonde tristesse inscrite dans ses yeux noisette. Il regardait *Vera Cruz*, l'un des derniers films de Gary Cooper. Dans celui-ci, l'acteur jouait le rôle d'un ancien officier de la guerre de Sécession passé au sud de la frontière pour y travailler comme mercenaire et qui se retrouvait embrasser la cause des révolutionnaires locaux. La force, la dignité, l'honneur... c'était tout Gary Cooper.

---

1. Voir *Op-Center 4, Actes de guerre, op. cit.*

Et c'était tout Mike Rodgers... naguère, songea-t-il avec tristesse.

Il avait perdu un peu plus qu'un bout de couenne ou que sa liberté, là-bas au Liban. Se retrouver ligoté au fond d'une grotte, puis brûlé au chalumeau avait ruiné en lui toute confiance. Et pas parce qu'il avait eu peur de mourir. Il avait toujours fait sien le code des Vikings, qui stipulait que le processus de la mort débutait dès l'instant de la naissance, et que mourir au combat était le moyen le plus honorable de parvenir à ce terme inévitable. Mais cela, on le lui avait quasiment refusé. La douleur extrême, comme la forte fièvre, fait régner le désordre dans l'esprit. Le tortionnaire calme et plein de sang-froid devient la voix de la raison qui dicte à l'esprit de revenir sur terre. Et Rodgers s'était trouvé dangereusement proche de ce point, prêt à révéler aux terroristes comment faire fonctionner le véhicule de l'Op-Center régional qu'ils avaient capturé.

C'était pour cela qu'il avait besoin de Gary Cooper. Pas pour guérir son âme – il ne pensait plus que ce soit possible. Il avait touché du doigt son point de rupture, et il ne pourrait plus jamais l'oublier, oublier la conscience de ses propres limites. Cela lui rappela la toute première fois qu'il s'était foulé la cheville en jouant au basket : il ne s'était pas rétabli du jour au lendemain. De ce jour, son sentiment d'invulnérabilité l'avait à jamais abandonné.

Un esprit brisé, c'était pire.

Ce qu'il fallait maintenant à Mike Rodgers, c'était un moyen de restaurer la confiance dont ses ravisseurs l'avaient privé. De retrouver assez de force pour diriger l'Op-Center en attendant que le président ait nommé le successeur de Paul Hood. Alors seulement, il pourrait envisager son avenir personnel.

Rodgers reporta son attention sur l'écran. Le cinéma avait toujours été pour lui un havre, un moyen de se ressourcer. Quand son ivrogne de père se mettait à le frapper – et pas du plat de la main, mais à coups de poing, avec sa chevalière de Yale – le jeune Mike Rodgers enfourchait son vélo, filait au cinéma du quartier et, contre une pièce de vingt-cinq cents, il allait se consoler en regardant un western, un film de guerre ou quelque fresque historique. Les années passant, il s'était forgé sa morale, avait modelé sa vie et sa carrière d'après les personnages joués par John Wayne, Charlton Heston ou Burt Lancaster.

Pourtant, il n'avait pas souvenance d'un moment quelconque où l'un d'eux aurait pu se trouver sur le point de céder à la torture. Il se sentait très seul.

Cooper venait de sauver une jeune Mexicaine violentée par des soldats rebelles quand son sans-fil se mit à sonner. Il décrocha.

« Allô ?

– Mike... Dieu merci, vous êtes là...

– Paul ?

– Ouais. Écoutez. Je suis en ce moment dans l'ancienne salle de presse de l'ONU, en face du Conseil de sécurité. Quatre gardes viennent de se faire descendre dans le corridor. »

Rodgers se redressa. « Par qui ?

– Je n'en sais rien. Mais il semblerait que les meurtriers aient pénétré dans la salle.

– Où est Harleigh ?

– Elle y est aussi. La plupart des membres du Conseil

de sécurité et l'ensemble de l'orchestre s'y trouvaient. »

Rodgers saisit la télécommande, arrêta le DVD et zappa sur CNN. Des journalistes transmettaient en direct des Nations unies. Ils n'avaient pas l'air de savoir grand-chose, eux non plus.

« Mike, vous connaissez la procédure de sécurité appliquée ici, reprit Hood. Si plusieurs personnes sont prises en otage, et selon l'identité des auteurs, l'ONU pourrait passer des heures en arguties juridiques avant même de commencer à s'inquiéter de libérer les prisonniers.

– Compris, répondit le général. J'appelle Bob et je le mets sur le coup. Vous appelez de votre mobile ?

– Oui.

– Tenez-moi informé dès que vous pouvez.

– Entendu. Mike...

– Paul, on va s'occuper de ça, promit Rodgers. Vous savez qu'il y a toujours une espèce de phase d'attente juste après une prise d'otages. L'annonce de revendications, des tentatives de négociation. On va mettre à profit ce laps de temps. Sharon et vous, essayez de garder votre calme. »

Hood le remercia et raccrocha. Rodgers monta le volume de la télé pour écouter le reportage. Il se leva lentement. L'envoyé spécial n'avait aucune idée de l'identité du chauffeur du fourgon ou des motivations du commando pour attaquer l'ONU. Il n'y avait eu aucun communiqué officiel, aucun message des cinq individus qui s'étaient apparemment introduits dans la salle du Conseil de sécurité.

Rodgers éteignit le poste. Tout en se dirigeant vers sa chambre pour s'habiller, il composa le numéro de mobile de Bob Herbert. Le chef du renseignement de l'Op-Center était sorti dîner avec Andrea Fortelni, l'actuelle sous-chef de cabinet des Affaires étrangères. Herbert n'avait guère eu de relations féminines depuis que sa femme s'était fait tuer à Beyrouth, mais c'était un malade de la collecte d'informations. Qu'elles proviennent de gouvernements étrangers, du sien, peu importait. Comme dans le film *Rashomon* – qui était, avec les sushis et *Les Sept Samouraïs,* l'une des trois seules choses que Rodgers appréciait du Japon –, la vérité était rarement de mise dans les affaires d'État. Juste une question de différence de point de vue. Et un professionnel tel que Herbert aimait avoir le maximum de points de vue possibles.

Herbert était également un homme qui se vouait corps et âme à ses amis et collègues. Dès que Rodgers l'eut appelé pour le mettre au courant des événements, Herbert lui promit d'être au Centre dans la demi-heure. Rodgers lui demanda de convoquer également Matt Stoll. Ils pourraient avoir besoin de s'immiscer dans le réseau informatique de l'ONU et Matt était un pirate hors pair. En attendant, Rodgers devait prévenir les Attaquants et les placer en alerte jaune, au cas où ils devraient intervenir. De même que le reste de l'Op-Center, ce corps d'élite qui était leur force de déploiement rapide était basé à Quantico, dans les locaux de l'académie du FBI. Ils pourraient rallier les Nations unies en bien moins d'une heure si nécessaire.

Rodgers espérait que toutes ces précautions resteraient inutiles. Malheureusement, des terroristes qui se livraient d'emblée à des meurtres n'avaient plus grand-chose à perdre et pourraient recommencer. Du reste, depuis bientôt près d'un demi-siècle, le terrorisme s'était toujours révélé imperméable à la diplomatie conciliante prônée par l'ONU.

L'espoir, songea-t-il, amer. *Quel dramaturge ou philosophe avait un jour écrit ça ? Que l'espoir était ce que l'on éprouve quand on a le sentiment du provisoire ?*

Rodgers acheva de se vêtir, puis, en toute hâte, monta dans sa voiture. Déjà, la nuit tombait. Ses soucis personnels étaient bien loin alors qu'il filait vers le sud le long de l'autoroute du mémorial George Washington pour rallier l'Op-Center.

Et aider à tirer une jeune fille des mains des rebelles.

11.

Base aérienne d'Andrews, Maryland,
samedi, 20:37

Quarante ans plus tôt, au plus fort de la guerre froide, le bâtiment anonyme d'un étage situé à l'angle nord-est de la base aérienne d'Andrews servait de salle de briefing, réservée aux équipages de l'escadrille d'élite des Aigles. Dans l'hypothèse d'une attaque nucléaire, la mission des Aigles aurait été d'évacuer de la capitale fédérale les hauts responsables du gouvernement et de l'état-major et de les transférer dans des installations souterraines situées dans la chaîne des Blue Ridge.

Mais le bâtiment couleur crème n'était plus ce monument dédié à une époque révolue. Des jardins avaient remplacé les cendrées qu'utilisaient naguère les soldats pour l'exercice, et les soixante-dix-huit personnes qui travaillaient ici ne portaient pas toutes l'uniforme.

Mais toutes avaient été triées sur le volet : tacticiens, généraux, diplomates, analystes du renseignement, spécialistes en informatique, psychologues, experts en reconnaissance, écologistes, juristes et attachés de presse qui travaillaient pour le Centre national de gestion de crise.

Après deux ans de rodage sous la direction intérimaire de Bob Herbert, l'ancienne salle de briefing était devenue un centre opérationnel high-tech conçu pour travailler en étroite collaboration avec la Maison-Blanche, le Service national de reconnaissance, la CIA, le Conseil national de sécurité, les Affaires étrangères, le ministère de la Défense, le contre-espionnage militaire, le FBI, Interpol et bon nombre de services de renseignements étrangers pour la gestion des crises nationales ou internationales. Toutefois, après avoir réussi à désamorcer deux crises graves en Corée du Nord et en Russie, l'Op-Center avait largement fait la preuve qu'il était à lui seul habilité à surveiller, lancer ou gérer des opérations sur l'ensemble du globe.

Tout cela s'était produit sous l'égide de Paul Hood.

Le général Mike Rodgers arrêta sa Jeep devant la grille de sécurité. L'aviateur qui montait la garde sortit de sa guérite. Bien que Rodgers ne fût pas en uniforme, le jeune sergent le salua avant de lever la barrière métallique. Rodgers pénétra dans l'enceinte.

Même si c'était Paul Hood qui avait tenu les rênes, Rodgers avait eu son mot à dire dans toutes les décisions et participé activement à plusieurs opérations militaires. Il avait hâte de gérer la crise en cours, surtout s'ils pouvaient s'en occuper selon son inclination personnelle : en toute indépendance et dans la discrétion.

Rodgers gara sa voiture et se dirigea vers le bâtiment, aussi vite que le lui permettaient ses jambes bandées. Il franchit le sas à code de l'entrée au rez-de-chaussée. Après avoir salué les vigiles armés installés derrière leur vitre en Plexi pare-balles, Rodgers passa sans s'arrêter devant les bureaux de l'administration au rez-de-chaussée. La véritable activité de l'Op-Center se déroulait dans les salles protégées installées en sous-sol.

Émergeant au cœur du dispositif qu'on appelait la fosse aux lions, Rodgers traversa rapidement le damier de cagibis abritant l'aile opérationnelle. Les bureaux étaient disposés en demi-cercle sur le flanc nord du bâtiment. Il ignora le sien pour se rendre directement à la salle de conférences, que leur avocat, Lowell Coffey III, avait plaisamment surnommée « le Bocal ».

Les murs, le sol, la porte et le plafond du Bocal étaient entièrement recouverts de dalles acoustiques mouchetées gris et noir ; derrière les dalles, plusieurs couches de liège, trente centimètres de béton et de nouvelles dalles acoustiques. Dans l'épaisseur même du béton, sur les six parois de la salle, on avait noyé deux nappes de fils métalliques qui émettaient des oscillations radio. Aucun signal électronique ne pouvait entrer ou sortir. S'il voulait qu'on l'appelle sur son mobile, Rodgers devait prendre la peine de reprogrammer l'appareil pour recevoir les coups de fil après qu'ils auraient transité d'abord par le standard de son bureau.

Bob Herbert était déjà là, de même que Coffey, Ann Farris, Liz Gordon et Matt Stoll. Aucun n'était de service mais ils étaient venus malgré tout pour permettre à l'équipe de garde le week-end de continuer à gérer les affaires courantes. L'inquiétude générale était palpable.

« Merci d'être venus », commença Rodgers dès son entrée. Il referma la porte et alla s'asseoir au bout de la longue table ovale en acajou. Il y avait des terminaux informatiques à chaque extrémité de la table, et chacun des douze sièges était équipé d'un téléphone.

« Mike, vous avez eu Paul au téléphone ? s'enquit Ann.

– Oui.

– Comment est-il ?

– Paul et Sharon sont inquiets », répondit sèchement Rodgers.

Le général limitait au maximum les dialogues avec Ann, de même qu'il évitait dans la mesure du possible tout contact visuel avec elle. Il appréciait peu les médias et détestait s'y frotter. Sa conception des relations avec la presse était qu'il fallait dire la vérité ou la boucler. Mais ce qu'il désapprouvait par-dessus tout, c'était la fascination d'Ann à l'égard de Paul Hood. En partie pour des raisons morales – Hood était marié – et en partie pour des considérations pratiques. Tous devaient travailler main dans la main. L'alchimie sexuelle était inévitable, mais le « docteur » Farris oubliait toujours d'ôter sa blouse de laboratoire quand elle était en compagnie du directeur.

Si Ann remarqua son attitude, elle n'en laissa rien paraître.

« J'ai dit à Paul qu'on l'avertirait dès qu'on aurait du nouveau, poursuivit Rodgers. Mais je ne veux pas l'appeler, sauf nécessité absolue. Si Paul ne parvient pas à se faire évacuer, il pourrait tenter de prendre les choses en main. Et je n'ai pas envie que son téléphone se mette à sonner alors qu'il aura l'oreille collée à une porte.

– Sans compter, nota Stoll, que cette ligne n'est pas précisément protégée. »

Rodgers acquiesça. Il se tourna vers Herbert. « J'ai appelé le colonel August en venant ici. Il a mis les Attaquants en alerte jaune et il est en train d'éplucher la base de données du ministère de la Défense, pour récupérer tout ce qu'ils peuvent avoir sur le complexe des Nations unies.

– La CIA a scrupuleusement relevé les plans de l'édifice durant sa construction, nota Herbert. Je suis certain qu'elle détient une jolie pile de fiches. »

Toujours aussi bien sapé, Lowell Coffey III, l'avocat, occupait le siège à la gauche de Rodgers. « Vous êtes conscient, Mike, que les États-Unis n'ont absolument aucun pouvoir juridique dans l'enceinte des Nations unies, crut-il bon de faire remarquer. Même la police municipale de New York ne peut pénétrer dans les bâtiments sans y être conviée.

– J'en suis conscient, admit Rodgers.

– Et vous vous en fichez ? » lança Liz Gordon.

Rodgers lança un regard à la psychologue du groupe, assise juste à côté de l'avocat. « Oui, mais pas de Harleigh Hood ni des autres gamines bloquées dans la salle du Conseil de sécurité », rétorqua-t-il.

Liz sembla vouloir répondre quelque chose. Elle s'en abstint. C'était inutile. Rodgers lut dans son regard de la désapprobation. Quand il était revenu du Moyen-Orient, elle l'avait, à force de dialogue, persuadé de ne plus passer sa colère sur autrui. Mais là, il n'avait absolument pas le sentiment d'être en faute. Ces types, quels qu'ils soient, avaient amplement mérité sa colère.

Rodgers se tourna vers Herbert qui était assis à sa droite. « A-t-on des infos sur les auteurs de l'agression ? »

Le chef du renseignement au crâne légèrement dégarni s'avança dans son fauteuil roulant. « Rien, admit-il. Les agresseurs sont entrés avec une fourgonnette. On a pu déchiffrer le numéro de la plaque d'immatriculation grâce aux caméras de vidéosurveillance et on a retrouvé la société où ils l'ont louée. Le nom, Ilya Gaft, est bidon.

– Il a bien fallu qu'il présente à l'employée de l'agence un permis de conduire », nota Rodgers.

Herbert acquiesça. « Qui a été accepté sans problème jusqu'à ce qu'on aille jeter un coup d'œil sur le registre des inscriptions à la préfecture. Il n'existe aucun dossier à ce nom. Un faux permis de conduire, ce n'est pas dur à fabriquer. »

Rodgers acquiesça.

« Les effectifs de sécurité avaient été triplés pour cette soirée, ajouta Herbert. J'ai relevé des chiffres comparables à l'occasion de la manifestation de l'an dernier. Le problème, c'est que l'essentiel des forces s'est concentré autour des trois points d'accès routiers et sur la place au nord du site. Or, les agresseurs se sont apparemment introduits en démolissant le mur en béton à l'aide d'un lance-roquettes avant de pénétrer sur l'esplanade et d'aller défoncer l'entrée du hall. Et ils ont descendu tous ceux qui se trouvaient sur leur chemin avant d'aller s'enfermer dans la salle du Conseil de sécurité.

– Et depuis, ils n'ont plus donné signe de vie ? demanda Rodgers.

– Pas un murmure, confirma Herbert. J'ai appelé Darrell, en Espagne. Il a contacté là-bas le correspondant d'Interpol à Madrid, qui est un proche des membres du personnel de sécurité de l'ONU. Ils ont appelé aussitôt. Dès qu'ils auront des informations sur les occupants de la fourgonnette ou le genre d'armes que ces types ont employé, ils nous tiendront au courant.

– Et l'ONU ? Ont-ils déjà fait une annonce publique ? demanda Rodgers en se tournant vers Ann.

– Pas la moindre. Aucun porte-parole ne s'est manifesté.

– Pas de communiqué de presse ? »

Ann secoua la tête. « Le service d'informations des Nations unies n'a jamais été réputé pour sa réactivité.

– Les Nations unies n'ont jamais été réputées pour leur réactivité en quelque domaine que ce soit, nota Herbert, avec dégoût. Le gars contacté par l'ami de Darrell à Interpol... c'est l'aide de camp personnel d'un certain colonel Rick Mott qui se trouve être le chef de la sécurité des Nations unies. Le bonhomme a reconnu qu'ils n'avaient même pas encore récupéré les douilles des balles tirées à l'extérieur de la salle du Conseil, et encore moins relevé des empreintes ou procédé à une quelconque identification. Et c'était déjà trente-cinq minutes après le début des événements. Ils commençaient tout juste à s'organiser pour consulter les bandes des caméras de vidéosurveillance avant d'organiser une réunion avec le secrétaire général.

– Ils sont très forts pour les réunions, nota Rodgers. Et les autres bandes ? demanda-t-il à Ann. Les chaînes de télé ont certainement dû fondre sur tous les touristes qui zonaient dans le secteur pour essayer d'obtenir une vidéo de l'agression.

– Bonne idée, admit-elle. Je vais demander à Mary de passer quelques coups de fil, même si à l'heure où ça s'est produit, les touristes ne devaient pas hanter les rues. »

Ann décrocha le téléphone et demanda à sa secrétaire de voir auprès des chaînes d'info hertziennes ou câblées ce qu'elles auraient pu recueillir comme données.

« Vous savez, intervint Coffey, la police de New York a installé pas mal de caméras de surveillance dans les rues et aux carrefours. Je vais appeler le représentant du ministère public pour en avoir le cœur net. » L'avocat glissa la main dans la poche intérieure de son blazer bleu pour en sortir son assistant personnel numérique.

Rodgers regarda fixement la table. Ann et Coffey étaient tous les deux au téléphone. Mais ça n'avançait pas. Il fallait qu'ils se remuent un peu plus.

« Matt, décida Rodgers, les agresseurs ont dû, d'une manière ou d'une autre, avoir accès à l'ordinateur du service d'enregistrement de la préfecture pour y inscrire le permis bidonné.

– C'est du pipeau pour un pirate, observa Stoll.

– D'accord. Mais a-t-on un moyen de remonter la piste pour retrouver l'origine de l'intrusion ?

– Non. Ce genre de traque exige des préparatifs. Il faut attendre l'attaque pour pouvoir ensuite seulement remonter le signal à la trace. Et encore... un bon pirate peut faire transiter ses données via plusieurs terminaux situés aux quatre coins du pays. Merde, voire passer par deux ou trois satellites-relais si ça lui chante. Du reste, de toute façon, ces types ont déjà infiltré une taupe.

– C'est vrai », admit Herbert.

Rodgers continuait de regarder dans le vague. Il

avait besoin d'un scénario, d'un élément quelconque sur lequel s'appuyer pour étayer un profil. Et il le leur fallait vite.

« Cela fait cinq ans que l'ONU organise régulièrement ce genre de manifestation, indiqua Herbert. Peut-être que l'un d'eux aura effectué un repérage l'an dernier. On ferait peut-être bien de jeter un œil sur la liste des invités, au cas où... »

À cet instant précis, le téléphone de Rodgers se manifesta. Il le saisit, grimaça parce que l'effort avait tiré la peau sous ses pansements au flanc droit. « Rodgers...

– C'est Paul. »

Le général fit signe aux autres de se taire, puis il pressa la touche ampli.

« On est tous là, précisa-t-il. Dans le Bocal.

– Vous avez du nouveau ?

– Nada. Aucune déclaration, aucune exigence. Comment ça se passe, de votre côté ?

– Le téléphone a sonné il y a une minute, indiqua Hood. Ils nous dépêchent une unité d'évacuation. Mais avant ça, j'aimerais tenter de m'assurer *de visu* de ce qui se passe. »

Rodgers appréciait modérément la perspective de voir Paul partir se balader incognito. Nerveux comme ils seraient, les flics débarquant sur les lieux risquaient de le confondre avec un terroriste. Mais Paul en était conscient. Comme il était conscient que si les Attaquants devaient faire quoi que ce soit pour contribuer à libérer Harleigh et les autres jeunes, il allait leur falloir des données concrètes.

– Je suis à la porte, précisa-t-il. J'entends des pas dehors... La porte s'ouvre... »

Il y eut un long silence. Rodgers contempla les visages des autres autour de la table : airs sombres et têtes basses ; Ann était cramoisie. Elle devait bien se douter que tous devaient se demander comment elle réagirait à une telle situation. Tous, sauf Rodgers. Lui, il aurait voulu être là-bas avec Hood, au cœur de l'action. Comment le monde pouvait-il ainsi marcher sur la tête ? Le patron sur le terrain et le soldat derrière un bureau...

« Ne quittez pas, murmura Hood d'une voix posée. Il se passe quelque chose... »

Nouveau silence, plus bref, celui-ci.

« Mike, quelqu'un vient de sortir de la salle du Conseil de sécurité. Oh mon Dieu, dit-il un instant plus tard. Sacré nom de Dieu. »

12.

New York, samedi, 21 : 01

Reynold Downer se tenait sur le seuil d'une des deux portes d'accès à la salle du Conseil qui donnaient dans le hall. Les deux doubles portes de chêne massif étaient situées à l'angle nord du long mur du fond de la salle. De l'autre côté, juste derrière, un deuxième mur en saillie barrait le couloir. Downer n'avait ouvert que la porte du fond. L'Australien portait toujours sa cagoule.

Devant lui, il y avait un homme mince, d'âge mûr, vêtu d'un complet noir. C'était le délégué suédois Leif Johanson. Il tenait dans ses mains tremblantes un unique feuillet de papier ministre. Downer avait agrippé à pleines mains ses cheveux blonds pour lui tirer la tête en arrière. Il avait plaqué son automatique contre la nuque de l'homme qu'il fit pivoter pour le placer le dos à l'angle des deux murs.

Devant eux, une douzaine de membres de la sécurité de l'ONU. Les gardes des deux sexes portaient des gilets pare-balles et des casques à visière épaisse. Ils avaient dégainé leur arme. Plusieurs tremblaient un peu. Ce n'était pas surprenant. Même si l'on avait évacué les corps de leurs camarades, leur sang maculait toujours le dallage.

« Parle », cracha Downer à l'oreille de son prisonnier.

L'homme baissa les yeux vers son papier. Il tremblait comme une feuille quand il se mit à le lire.

« J'ai reçu instruction de vous informer des éléments suivants », se mit-il à chuchoter dans un anglais mâtiné d'accent suédois.

« Plus fort ! » siffla l'Australien.

L'autre éleva le ton : « Vous avez quatre-vingt-dix minutes pour verser deux cent cinquante millions de dollars américains sur le compte VEB-9167681-EPB de la Financière confédérale de Zurich. Le nom du titulaire est faux, et toute tentative pour accéder à ce compte entraînera des morts supplémentaires. Vous déposerez également un hélicoptère d'une capacité de dix places, en état de vol et avec le plein de carburant, sur l'esplanade. Nous emmènerons des passagers pour nous garantir la poursuite de votre coopération. Vous nous avertirez par radio sur la fréquence de sécurité habituelle des Nations unies dès que ces deux exigences seront remplies. Aucune autre transmission ne sera tolérée. Si vous refusez d'obtempérer, un otage sera tué et un autre chaque heure par la suite – en commençant par moi. » L'homme s'interrompit. Il dut attendre que son papier ait cessé de trembler avant de poursuivre. « Toute tentative de libération des otages entraînera l'émission d'un gaz toxique qui asphyxiera tous les occupants de la salle. »

Downer ramena prestement l'homme en arrière, vers la porte ouverte. Il lui dit de lâcher sa feuille pour permettre aux autorités de recopier le numéro de compte bancaire, avant de lui demander de refermer la porte derrière lui alors qu'ils réintégraient tous les deux la salle. Sitôt le battant refermé, il lâcha les cheveux de son prisonnier. Le Suédois resta planté là, chancelant.

« ... J'aurais dû essayer de m'enfuir... » bredouilla le diplomate en lorgnant vers la porte. De toute évidence, il pesait ses chances de tenter à nouveau une sortie.

« Les mains sur la tête, et avance », gronda Downer.

L'autre le regarda : « Pourquoi ? De toute façon, vous allez me tuer dans une heure, que je coopère ou non !

– Pas s'ils obéissent.

– Ils ne peuvent pas ! s'écria le diplomate. Ils ne vont pas vous verser comme ça un quart de milliard de dollars ! »

Downer leva son arme. « Ce serait dommage qu'ils obtempèrent alors que je t'aurai déjà descendu, observa-t-il. Ou que je te descende et doive abattre un de tes collègues d'ici une heure et demie. »

L'autre s'empressa d'obéir à nouveau. À contrecœur, il mit les mains sur la tête. Il commença à redescendre les marches qui couraient le long du mur sud de la galerie.

Downer descendait quelques pas derrière le délégué. Sur sa gauche s'alignaient deux travées de sièges drapés de velours vert disposés en rangées de cinq. Avant l'époque de la parano sécuritaire, ces sièges recevaient le public autorisé à assister aux sessions du Conseil. Une balustrade en bois arrivant à mi-corps séparait la rangée du bas de la salle. Il y avait une seule rangée de sièges devant ce mur. Ceux-ci étaient destinés aux délégués qui n'étaient pas membres du Conseil de sécurité. Au-delà de la section destinée naguère au public, la partie centrale de la salle était dominée par une vaste table en fer à cheval aux angles arrondis. À l'intérieur de cette table, une autre, étroite et rectangulaire celle-ci, orientée nord-sud. Quand le Conseil de sécurité siégeait, les délégués s'installaient autour de la table extérieure et les interprètes à celle du milieu. Ce soir, les enfants étaient assises aux extrémités du fer à cheval tandis que les invités des délégués étaient répartis entre la section en demi-cercle et la table centrale rectangulaire. Quant aux délégués proprement dits, ils étaient assis par terre entre les deux. Tandis que le Suédois rejoignait ses collègues, sa compagne, une superbe jeune femme, le regarda depuis son siège derrière la table. Il la rassura d'un bref signe de tête.

Derrière les tables, de part et d'autre de la salle, deux immenses baies allant du sol au plafond permettaient aux membres du Conseil de sécurité d'admirer le panorama sur l'East River. Leurs vitres étaient blindées, et pour l'heure, les hautes tentures vertes étaient tirées. Entre les deux baies, une grande fresque représentait le phénix renaissant de ses cendres, symbole de la renaissance du monde après la Seconde Guerre mondiale. De part et d'autre de la salle, un étage au-dessus, se déployaient les longues galeries vitrées réservées à la presse qui avaient remplacé l'ancienne salle des correspondants.

Barone et Vandal se tenaient à chaque angle de la salle, près des baies vitrées. Sazanka s'était posté près de la porte latérale nord, et Georgiev allait et venait, surveillant alternativement les cinq autres portes du rez-de-chaussée. Pour l'heure, il se tenait dans l'ouverture de la table en fer à cheval. Comme Downer, tous les hommes avaient conservé leur cagoule.

Dès que le Suédois se fut rassis, Downer s'approcha de Georgiev.

« Tu as vu qui, dehors ? demanda ce dernier.

– Une douzaine de pipelettes dans le hall », répondit l'Australien.

Les « pipelettes » étaient les vigiles chargés d'assurer en temps normal la sécurité dans l'enceinte de l'ONU. On les appelait ainsi parce qu'ils passaient en général leur temps à bavarder. Les gardes qu'ils avaient abattus en chemin étaient tous des pipelettes.

« Je n'ai pas aperçu de membres des forces spéciales, ajouta Downer. Ils sont même pas foutus d'agir avec fermeté, même quand ils ont le feu au cul.

– Voilà une leçon qu'ils auront vite fait d'apprendre ce soir », nota Georgiev. D'un signe de tête, il indiqua le Suédois. « Il a bien transmis le message, exactement comme je l'avais rédigé ?

– Mot pour mot. »

Le Bulgare consulta sa montre. « Alors, il leur reste quatre-vingt-quatre minutes avant qu'on commence à leur expédier de la viande froide.

– Tu crois vraiment qu'ils vont céder ? demanda Downer, d'une voix tranquille.

– Pas au début, admit Georgiev. J'ai pas arrêté de vous le répéter. » Il parcourut du regard les deux tables. Et c'est sur un ton détaché qu'il ajouta : « Mais il faudra bien. Quand les cadavres s'entasseront et qu'on arrivera bientôt aux gamines, ils obéiront, croismoi. »

13.

New York, samedi, 21:33

Paul Hood effectua un bref pas de deux schizophrénique.

Il avait écouté le souffle coupé les exigences des terroristes. Le gestionnaire de crise qui était en lui n'aurait pas voulu manquer un seul mot, une seule inflexion, le moindre détail susceptible de lui révéler s'ils avaient un poil de cette fameuse marge de manœuvre évoquée par Mike. Mais non. Les exigences étaient précises et minutées. Maintenant que les terroristes avaient énoncé leurs revendications, Hood ne pouvait toujours pas respirer. Le gestionnaire de crise avait été remplacé par le père, un père qui venait d'apprendre le prix improbable de la liberté de sa fille.

Ce qui était improbable n'était pas tant le montant de la rançon exigée. Hood savait, du temps où il travaillait dans le secteur bancaire, qu'une somme allant jusqu'à un milliard de dollars en liquide était disponible dans les banques et les succursales locales de la Réserve fédérale à New York et Boston. Même le délai imparti restait gérable si les Nations unies et le gouvernement fédéral américain se décidaient à agir. Mais ils n'en feraient rien. Pour obtenir la coopération des banques locales et de la Réserve fédérale, le gouvernement des États-Unis devrait au préalable garantir cet emprunt. Le gouvernement fédéral serait en mesure de le faire si le secrétaire général acceptait de couvrir celui-ci grâce aux avoirs de l'organisation internationale. Toutefois, le secrétaire général pouvait hésiter à prendre une telle initiative de peur de vexer les pays qui voyaient déjà d'un mauvais œil l'influence américaine sur l'ONU. Et même si les États-Unis se disaient prêts à verser la somme pour combler en partie leur arriéré de contribution aux frais de fonctionnement de l'organisme, il faudrait au préalable l'accord du Congrès pour autoriser cette dépense exceptionnelle. Même une session d'urgence ne pourrait être organisée dans un délai si bref. Et, bien entendu, une fois l'argent versé, les terroristes effectueraient des transferts électroniques, dispersant celui-ci sur une multitude de comptes joints ouverts dans d'autres banques ou groupes financiers. Il serait impossible de repérer les mouvements de fonds ou d'interrompre les transferts. Tout comme il serait impossible d'arrêter les terroristes. Ils avaient demandé un hélicoptère d'une capacité de dix places parce qu'ils avaient l'intention d'emmener avec eux des otages. Un otage chacun, plus le pilote. Cela voulait donc dire qu'ils étaient sans doute quatre ou cinq.

Tout cela traversa rapidement l'esprit de Paul Hood dans le temps qu'il lui fallut pour refermer la porte sans bruit. Il se retourna vers l'intérieur de la salle de presse et réussit à reprendre une inspiration lente et peu profonde. Les autres parents avaient eux aussi entendu les exigences des terroristes et ils en étaient encore à débattre des événements. Sharon alla vers son époux. Elle le regarda, les yeux embués de larmes. Soudain, il était devenu un autre : son mari. Un mari qui devait rester auprès de sa femme.

La porte s'ouvrit et Hood se retourna. Un garde passa la tête à l'intérieur tandis qu'un collègue surveillait le corridor.

« Suivez-moi ! aboya le jeune homme. Vite, vite ! » ajouta-t-il en agitant la main.

Hood s'effaça pour laisser les parents sortir en file. Sharon resta auprès de lui. Il lui prit la main dans sa main gauche et juste à cet instant, se souvint du téléphone qu'il tenait toujours dans la droite. Il porta l'appareil à ses lèvres.

« Mike ? Vous êtes toujours là ?

– Je suis là, Paul, confirma Rodgers. On a entendu.

– On nous transfère. Je vous rappelle.

– On ne bouge pas », lui assura le général.

Hood replia le téléphone et le remit dans sa poche. Alors que le dernier parent quittait la salle, il tapota doucement la main de son épouse. Elle suivit le mouvement, et il lui emboîta le pas.

On les conduisit en hâte vers les escalators en leur faisant longer la salle du Conseil de sécurité. Il y eut quelques sanglots, quelques cris étouffés pour réclamer le retour des enfants, mais les gardes, imperturbables, continuèrent de les faire avancer.

Hood n'avait pas lâché la main de Sharon. Elle lui serrait les doigts avec force, sans doute même pas consciente de l'intensité de son étreinte.

Alors qu'ils descendaient à la queue leu leu l'escalier mécanique, Hood avisa des renforts qui montaient en sens inverse, équipés de hauts boucliers transparents, de matériel radio, et de ce qui ressemblait à des rouleaux de câbles à fibres optiques. De toute évidence, ils s'apprêtaient à tenter de confirmer *de visu* à quel endroit étaient détenus les otages et de surprendre des bribes de conversation susceptibles de leur révéler la position des terroristes. Mais Hood savait bien que ce n'était pas ça qui allait leur rendre leurs gosses. Les Nations unies ne disposaient pas du savoir-faire tactique ou du personnel pour ça. C'était une organisation basée sur le consensus, pas sur l'action.

« Dis-moi que tu as un plan », lui murmura Sharon alors qu'ils descendaient l'escalator. Elle pleurait sans honte. Comme plusieurs autres parents.

« On va réfléchir à une solution, répondit Hood.

– Il m'en faut plus. Harleigh est ma petite fille, et je l'abandonne là-haut, toute seule et terrorisée. Il faut que je sache que j'ai fait le bon choix.

– Tu l'as fait, dit Hood. On va la sortir d'ici, je te promets. »

Dès qu'ils furent arrivés au niveau du hall principal, on les conduisit au niveau inférieur. Un PC de crise était en cours d'installation dans la galerie du premier sous-sol, devant le buffet et la boutique cadeaux. Logique. Si les terroristes avaient des complices, il leur serait difficile de surveiller les activités se déroulant à ce niveau. Idem pour la presse, ce qui n'était sans doute pas plus mal. Compte tenu de l'envergure internationale de l'incident, la couverture médiatique était inévitable. Comme les Nations unies allaient vouloir filtrer au maximum le nombre de personnes impliquées, ils allaient certainement sélectionner un effectif limité de journalistes.

Les parents furent conduits au buffet situé au premier sous-sol, où on les installa à des tables à l'écart de la galerie avant de leur distribuer sandwiches, eau minérale et café. L'un des pères alluma une cigarette. Personne ne lui demanda de l'éteindre. Quelques minutes plus tard, des responsables de la sécurité arrivèrent pour interroger les parents sur ce qu'ils auraient pu voir ou entendre pendant qu'ils étaient dans la salle de presse. Un psychologue et un médecin descendirent à leur tour pour les aider à surmonter le choc.

Hood n'avait pas besoin de leur aide.

Ayant attiré le regard du chef de la sécurité, Hood lui fit signe qu'il allait aux toilettes. En se levant, il réussit à sourire à Sharon avant de contourner les tables pour regagner le hall. Il se rendit aux lavabos, pénétra dans la stalle tout au fond et sortit son mobile pour rappeler Mike Rodgers. Il resta appuyé au mur carrelé ; sa chemise était glacée de transpiration.

« Mike ?

– C'est moi.

– Les gens de l'ONU sont en train de débouler avec du matos audiovisuel, indiqua Hood. On nous a déménagés à l'entresol pour une séance d'interrogatoire et de soutien psychologique.

– Réaction classique, répondit Rodgers. Ils se préparent à un siège.

– Option à exclure. Les terroristes ne veulent pas négocier, ils ne demandent la libération de personne. Ils veulent du fric. L'ONU n'a-t-elle donc pas une unité spéciale d'intervention ?

– Si, confirma Rodgers. Il s'agit d'un groupe de neuf personnes au sein de leurs forces de sécurité.

Instauré en 1977, formé par la police de New York aux tactiques d'intervention policière et aux situations de prises d'otages, mais jamais encore testé sur le terrain.

– Et merde...

– Ouais. Pourquoi quelqu'un irait s'en prendre aux Nations unies ? Ils ne font de mal à personne... Attendez, ne quittez pas. On a réussi à avoir Darrell sur une autre ligne. Il confirme que la police de New York a reçu pour mission de contenir et de négocier, d'empêcher la situation de devenir explosive. Et que si jamais ça devait péter, de tâcher de limiter les dégâts. Il semble bien que l'équipe de sécurité ait choisi de faire ça à l'endroit même où vous vous trouvez. »

Hood eut l'impression d'avoir reçu un direct à l'estomac. C'était la mort de sa petite qu'ils évoquaient quand ils parlaient de « limiter les dégâts » !

« Darrell est également en contact avec une personne de l'entourage de la secrétaire générale, poursuivit Rodgers. Chatterjee est en train de réunir des représentants des nations impliquées.

– Et pour quoi faire ?

– Pour l'instant, rien. Il ne semble pas qu'ils soient prêts à céder aux exigences des terroristes. Ils en sont encore à tâcher de savoir qui sont ces types. Ils ont le papier rédigé par le Suédois, mais il a été de toute évidence écrit sous la dictée. Ça ne nous aide pas à identifier les terroristes.

– Bref, ils ont juste l'intention de voir venir.

– Pour l'instant, oui, confirma Rodgers. C'est ce que fait l'ONU. »

La tristesse de Paul Hood se teinta de colère. Il se sentait des envies de se rendre lui-même dans la salle du Conseil et de descendre ces salauds un par un. Faute de mieux, il se retourna et tapa du poing contre le mur.

« Paul... », fit Rodgers.

Jamais Hood ne s'était senti aussi désemparé.

« Paul, j'ai fait placer les Attaquants en alerte jaune. »

Hood plaqua le front contre le carrelage. « Si vous les envoyez ici, ce n'est plus seulement le gouvernement fédéral, c'est le monde entier qui va vous tomber dessus et vous mettre en pièces.

– Je n'ai qu'un nom à vous rappeler : Entebbe. Publiquement, la communauté internationale a condamné les commandos israéliens pour leur intervention en Ouganda et le sauvetage des otages d'Air France capturés par les terroristes palestiniens. Mais en privé, tout individu ayant deux doigts de sens moral a dormi un peu mieux ce soir-là. Paul, je me contrefous de l'opinion de la Chine, de la secrétaire générale ou même du président des États-Unis sur mon compte. Je veux libérer ces gosses. »

Hood ne savait pas quoi dire. Le passage d'alerte jaune à rouge n'était même plus de son ressort, pourtant Rodgers quémandait son approbation. Quelque part, cela le toucha au plus profond de son être.

« Je suis derrière vous, Mike. À cent pour cent, alors tenez bon.

– Retournez auprès de Sharon et ne bougez pas, répondit le général. Je vous le promets, on tirera Harleigh de là. »

Hood le remercia, ferma le téléphone, le glissa dans sa poche. Le geste de Mike venait de déclencher les larmes qu'il retenait depuis le tout début. Il resta là, à sangloter, la joue plaquée contre le carrelage froid. Au bout d'une minute, il entendit s'ouvrir la porte des toilettes. Hood renifla, ravala ses larmes, se redressa, tira une longueur de papier-toilette. Il s'essuya les yeux.

C'était bizarre. Il avait dit à Sharon ce qu'elle avait voulu entendre, qu'ils sauveraient Harleigh, même s'il n'y croyait pas tout à fait. Et pourtant, quand Mike lui avait dit la même chose, cette fois, Hood l'avait cru. Il se demanda si l'on pouvait toujours aussi aisément jouer avec la crédulité des gens. Pour croire, il fallait parfois se faire botter le cul.

Il se moucha, jeta le papier dans la cuvette. Il y avait toutefois une différence, songea-t-il en sortant des W-C. La crédulité, c'était une chose, mais la confiance en Mike Rodgers, c'en était une autre. Et cette confiance ne l'avait jamais lâché.

14.

Quantico, Virginie, samedi, 21 : 57

La base du corps des marines américains à Quantico est un vaste ensemble d'installations rustiques qui abritent plusieurs unités militaires. Cela va du MarCorSysCom – le Commandement systèmes du corps des marines – au laboratoire ultra-secret des techniques de combat, un groupe de réflexion militaire. Quantico est considéré comme le cœur névralgique de ce corps d'élite, l'endroit où des spécialistes de l'art de la guerre moderne ont tout loisir de concevoir et d'étudier de nouvelles tactiques avant de les mettre en œuvre dans des simulations de combat réalistes. Quantico se vante également d'être, parmi l'ensemble des camps militaires américains, un des sites les mieux équipés en stands de tir de grenades et d'armes de petit calibre, champs de manœuvres au sol, terrains d'entraînement pour blindés légers et parcours du combattant.

Une bonne partie des fonctions essentielles de la base se déroulent en fait à Upshur, un camp d'entraînement situé à une quarantaine de kilomètres au nord-ouest, dans la zone d'entraînement 17. C'est là que la force Delta, le 4e bataillon de reconnaissance blindé léger, la 4e division de marines, l'unité d'Attaquants de l'Op-Center et les unités de renfort et de réserve des marines affûtent les techniques apprises lors de leur recrutement. Composé de vingt et un bâtiments qui vont des salles de cours aux campements préfabriqués en tôle ondulée, Upshur peut accueillir jusqu'à cinq cents hommes.

Le colonel Brett August se plaisait à Quantico et il appréciait vraiment Upshur. Il répartissait équitablement son temps entre l'entraînement du commando des Attaquants et ses cours magistraux sur la théorie, l'histoire et la stratégie militaires. Il aimait bien également soumettre ses hommes à de rudes compétitions sportives. Pour lui, il s'agissait tout autant de mise en forme physique que psychologique. C'était d'ailleurs intéressant. Il avait fait en sorte que les gagnants se coltinent des corvées supplémentaires : poubelles, cuisine, latrines... Et malgré cela, pas un homme n'avait jamais tenté une seule fois de perdre un match de foot ou de basket, voire une séance de duel dans la piscine, le week-end avec les gosses. Pas une seule fois. En fait, August n'avait jamais vu des soldats aussi ravis de se taper des corvées. Liz Gordon envisageait du reste d'écrire un papier sur le phénomène qu'elle avait qualifié de « masochisme de la victoire ».

Pour l'heure, toutefois, c'était August qui souffrait. Après son retour d'Espagne, promotions et transferts avaient saigné à blanc son escouade. Dans les quelques jours qui avaient suivi cette baisse d'effectifs, il s'était échiné à former quatre nouveaux combattants. Ils travaillaient en particulier le tir de nuit avec leurs nouveaux mortiers de 105 quand était survenu l'appel du général Rodgers lui demandant de placer le groupe en alerte jaune. August aurait voulu avoir plus de temps pour améliorer l'intégration des nouvelles recrues, mais tant pis. Le colonel n'était pas mécontent que les bleus soient prêts à voir de l'action, si nécessaire. Les sous-lieutenants John Friendly et Judy Quinn étaient des marines parfaitement affûtés, quant aux première classe Tim Lucas et Moe Longwood, de la force Delta, ils étaient respectivement leur nouvel expert en communication et leur nouveau spécialiste du combat au corps à corps. Il existait une rivalité naturelle entre les deux forces mais c'était excellent. À l'épreuve du feu, les barrières tombaient et ils se retrouvaient tous au coude à coude. Du point de vue des capacités, les nouveaux s'intégreraient sans peine à l'équipe de combattants aguerris que formaient le sergent Chick Grey, le caporal Pat Prementine – le petit génie des tactiques d'infanterie – la première classe Sondra DeVonne, le première classe Walter Pupshaw, un costaud, et les soldats Jason Scott et Terrence Newmeyer.

Une alerte jaune signifiait qu'ils devaient s'équiper et attendre en salle de briefing pour voir s'ils allaient passer à l'étape suivante. La salle de briefing se limitait à un bureau métallique gris-vert près de la porte, derrière lequel officiait un sergent de permanence vingt-quatre heures sur vingt-quatre ; des chaises en bois disposées comme dans une salle de classe – les gradés n'avaient pas envie que les hommes prennent leurs aises et risquent de s'assoupir ; un vieux tableau noir ; et un terminal informatique posé sur une table devant le tableau. En cas de nécessité, un hélico Bell Long Ranger modèle 205A-1 d'une capacité de quinze places pouvait décoller du terrain voisin pour les conduire à la base d'Andrews, à une demi-heure de vol. De là, ils seraient transférés à bord d'un C-130 au terminal des marines hébergé à l'aéroport de New York La Guardia. Rodgers avait indiqué que la cible éventuelle des Attaquants était le bâtiment des Nations unies. Le C-130 n'avait pas besoin d'une piste longue et La Guardia, sans être une escale régulière pour les vols militaires, était le terrain le plus proche de l'ONU.

S'il y avait une chose que le grand et mince colonel au visage en lame de couteau détestait plus que tout, c'était l'attente. Souvenir du Viêt-nam, ça lui donnait un sentiment d'impuissance. Quand il était prisonnier de guerre, il avait dû passer ses nuits à attendre le prochain interrogatoire, le prochain tabassage, la prochaine exécution d'un de ses camarades de combat. Il avait dû attendre les nouvelles, chuchotées à mots couverts par les nouveaux arrivants. Mais l'attente la pire ç'avait été quand il avait tenté de s'évader. Il avait été contraint de faire demi-tour parce que son compagnon, blessé, nécessitait des soins. Il n'avait plus jamais eu d'occasion de se faire la belle. Ses ravisseurs y avaient veillé. Alors, il avait bien été forcé d'attendre l'issue des interminables pantomimes diplomatiques de la conférence de Paris pour qu'on négocie sa libération. Rien de tout cela ne lui avait enseigné la patience. Juste que l'attente était réservée à ceux qui n'avaient pas d'autre option. Il avait expliqué un jour à Liz Gordon qu'attendre était pour lui la véritable définition du masochisme.

L'immeuble des Nations unies était situé au bord de l'eau, aussi le colonel August avait demandé à ses

Attaquants de prendre leur matériel de plongée. Et puisqu'ils devaient se rendre à Manhattan, ils étaient tous en civil. Pendant que les dix soldats vérifiaient leurs combinaisons et leur équipement, August se servit de l'ordinateur de la salle de briefing pour visiter le site Internet de l'organisation internationale. Il n'avait jamais visité le bâtiment et voulait avoir une idée de la disposition des lieux. Au gré de sa navigation sur le site, il découvrit le service d'infos en ligne de l'organisation, intitulé « ONU Nouvelles » qui développait l'actualité du jour survenue à New York, à savoir la prise d'otages au siège même des Nations unies. August fut surpris, pas seulement qu'une organisation neutre puisse subir une attaque terroriste, mais surtout que des troupes américaines fussent appelées en renfort. Il n'arrivait pas à imaginer un seul scénario où des forces armées des États-Unis pussent être invitées à filer un coup de main dans une situation analogue.

Alors qu'il parcourait les diverses options présentées sur la page d'accueil du site de l'ONU, Sondra DeVonne et Chick Grey vinrent regarder derrière lui. Il y avait des icônes intitulées « Paix et sécurité », « Affaires humanitaires », « Développement économique et social », « Droit international », « Droits de l'homme », « Missions de paix » et autres sujets prêchi-prêcha. Il cliqua sur l'icône « Publications/Base de données » pour essayer de trouver un plan du foutu complexe. Non seulement il ne s'y était jamais rendu mais c'était bien le dernier endroit où il avait envie de se rendre. Malgré toutes leurs simagrées sur la paix et les droits de l'homme, ces pingouins les avaient laissés, lui et ses camarades du renseignement de l'Air

Force, moisir plus de deux ans dans une geôle vietnamienne.

La base de données fournissait d'autres éléments : des archives audiovisuelles des sessions du Conseil de sécurité et de l'Assemblée générale. Des statistiques et indicateurs. Le texte de traités internationaux. Des documents sur les mines terrestres. La base de données sur les cours de formation au maintien de la paix et l'aide aux réfugiés. Il y avait même un renvoi à une page de glossaire des sigles de l'organisation, qui était elle-même baptisée d'un acronyme : UN-I-QUE, pour *UN Info Quest* – « Pêche aux infos sur l'ONU ».

« J'espère pour Bob Herbert qu'il aura plus de chance que nous..., nota August. Il n'y a pas un seul foutu plan du complexe.

– Peut-être ont-ils jugé que cela constituerait un risque pour la sécurité », suggéra DeVonne. Depuis qu'elle avait intégré les Attaquants, la jolie Noire américaine s'était spécialisée dans le renseignement géographique – un domaine qui, en complément de la reconnaissance, servait de plus en plus pour la définition de cible des missiles intelligents. « Je veux dire, si vous mettez en ligne un plan détaillé des bâtiments, ça pourrait permettre de planifier, voire de lancer une attaque par missile sans même avoir besoin de lever son cul de sa chaise.

– Vous savez, renchérit Grey, il y a vraiment un problème avec la sécurité de nos jours. Vous pourrez mettre en œuvre les dispositifs antiterroristes les plus élaborés, ils arriveront toujours à passer en recourant aux bonnes vieilles méthodes : un connard armé d'un couteau à découper ou d'une épingle à chapeau peut toujours s'emparer d'une hôtesse de l'air et détourner un avion.

– Ça ne veut pas dire non plus qu'on doit lui faciliter la tâche, rétorqua DeVonne.

– Non, bien sûr. Mais faut pas se raconter d'histoires et s'imaginer qu'aucun de ces trucs marchera. Les terroristes continueront d'aller où ils veulent, tout comme un assassin décidé pourra toujours descendre un dirigeant politique. »

Le téléphone bipa et le sergent de garde décrocha. C'était pour August. Le colonel prit aussitôt l'appel. Si jamais ils devaient quitter cette pièce, aussitôt l'escouade basculerait sur les TAC-SAT, leurs mobilophones cryptés. Mais tant qu'ils restaient ici, ils pouvaient toujours se reposer sur les lignes protégées de la base.

« Colonel August à l'appareil.

– Brett ? C'est Mike. » En public, les officiers observaient le protocole hiérarchique. Dans les conversations privées, c'étaient deux hommes qui se connaissaient depuis qu'ils étaient gosses. « Tu as le feu vert.

– Feu vert, bien compris », confirma August. Il jeta un regard vers son équipe. Ils avaient déjà commencé à rassembler leur barda.

« Je te donne le profil de mission dès que vous arrivez, poursuivit Rodgers.

– Rendez-vous dans une demi-heure », répondit August avant de raccrocher.

Moins de trois minutes plus tard, le groupe d'Attaquants se harnachait sur les sièges de l'hélico en partance pour Andrews. Et tandis que le bruyant apppareil décollait dans la nuit et mettait le cap au nord-est, le colonel August ne laissait pas d'être intrigué par un détail de sa brève conversation avec Rodgers. D'ordinaire, les paramètres de mission étaient téléchargés en vol par le truchement d'un modem sol-air sécurisé. Cela faisait gagner du temps et permettait à la procédure de se poursuivre sans hiatus même après le décollage de l'équipe.

Or, Rodgers lui avait dit qu'il allait leur fournir les paramètres de mission après leur arrivée. Si cela voulait dire ce qu'il soupçonnait, alors la soirée s'annonçait bien plus intéressante et inhabituelle que prévu.

15.

New York, samedi, 22:08

Dès que les violonistes étaient entrées dans la salle du Conseil de sécurité, elles s'étaient rassemblées derrière la table en fer à cheval. Leur chef d'orchestre, Mme Dorn, venait d'arriver. La virtuose de vingt-six ans avait donné un récital à Washington la veille au soir et elle avait fait le voyage en avion dans la journée. Pendant qu'elle révisait la partition, Harleigh se tenait près des rideaux devant l'une des baies vitrées. Elle avait soulevé la tenture pour jeter un coup d'œil vers le fleuve sur lequel tombait la nuit et souri en contemplant les petites lumières qui vacillaient sur les ridules à sa surface. Les taches brillantes et colorées lui évoquaient des notes de musique et elle se surprit à se demander pourquoi les partitions n'étaient jamais imprimées en couleurs – une teinte différente par octave.

Harleigh venait de lâcher le bord du rideau quand elle entendit des détonations dans le couloir. Quelques instants après, les doubles portes à l'angle nord de la salle s'ouvraient à la volée, et des hommes masqués se ruaient à l'intérieur.

Aucun des délégués ou de leurs invités ne fit un

geste, et les jeunes musiciennes restèrent elles aussi figées sur place, formant deux rangs serrés. Seule Mme Dorn se déplaça pour venir faire un rempart de son corps entre les enfants et les intrus. Mais les hommes encagoulés étaient trop occupés pour prêter attention à elle. Ils dévalaient vers le bas de la salle pour encercler les délégués. Aucun des intrus ne dit mot jusqu'à ce qu'un des hommes s'empare d'un des délégués et le traîne à l'écart. Puis il s'adressa à lui en parlant à voix basse, comme s'il redoutait d'être entendu. Le délégué qui avait été un peu plus tôt présenté aux violonistes – il venait de Suède mais Harleigh avait déjà oublié son nom – annonça alors que personne n'aurait de problème pourvu que tous restent calmes et fassent exactement ce qu'on leur disait. Harleigh ne le trouva guère convaincant. Son col de chemise était déjà trempé de sueur et tout le temps qu'il s'adressait à eux, ses yeux parcouraient la salle du regard, comme s'il cherchait désespérément un endroit où fuir.

L'intrus se remit à parler au délégué. Ils allèrent s'asseoir à la table en fer à cheval. On présenta au délégué une feuille de papier et un stylo.

Deux des intrus descendirent inspecter les fenêtres, ouvrirent les portes pour voir ce qu'il y avait derrière, puis allèrent prendre position. Lorsque l'un des hommes s'était trouvé près de la fenêtre, effleurant quasiment Harleigh, la jeune fille avait dû se contenir pour ne pas ouvrir la bouche. Elle aurait eu envie de demander à cet individu ce qu'il faisait. Son père lui avait toujours dit qu'une question sensée, posée sur un ton raisonnable, provoquait rarement une réaction de colère.

Mais Harleigh pouvait sentir l'âcreté de la poudre à canon – si du moins c'était bien cette odeur – émanant de l'arme de l'individu. Et elle crut apercevoir des taches de sang sur ses gants. La terreur lui noua la gorge et les entrailles. Elle sentit ses jambes se dérober sous elle, quoique au niveau des cuisses, pas des genoux. Alors elle ne dit rien, et s'en voulut aussitôt d'avoir eu peur. Parler aurait pu lui valoir une balle dans la peau, mais cela aurait pu également lui attirer la sympathie des agresseurs. Ou peut-être qu'ils l'auraient choisie comme interlocutrice ou comme responsable du groupe, enfin, n'importe quoi qui l'aurait distraite de sa peur. Oui mais, s'ils se faisaient tous descendre un peu plus tard ? Pas obligatoirement par ces individus mais par ceux qui viendraient les délivrer. Sa dernière pensée serait alors qu'elle aurait dû parler plus tôt. Alors qu'elle regardait s'éloigner l'homme, elle faillit à nouveau dire quelque chose, mais à nouveau ses lèvres refusèrent de bouger.

Presque aussitôt après, un des terroristes – lui aussi s'exprimait d'une voix très douce avec un accent qui lui parut australien – se mit à demander à tout le monde de se rapprocher de la table. Les jeunes d'abord. Il leur dit de laisser leurs instruments, de les poser par terre, et de venir.

Son étui à violon était déjà ouvert et Harleigh prit le temps de déposer son instrument à l'intérieur. Cela n'avait rien d'un acte de défi dérisoire et tardif. Elle ne cherchait même pas à tester l'homme pour voir jusqu'où elle pouvait se permettre d'aller. Ses parents lui avaient offert ce violon et elle n'allait laisser personne l'abîmer. Heureusement, soit le type ne remarqua rien, soit il décida de laisser courir.

En s'asseyant à la table circulaire, Harleigh se trouva soudain très vulnérable. Elle s'était sentie plus à l'aise dans son coin, près des rideaux.

Sa peur, vague jusqu'ici, commença à prendre forme. Elle se mit à trembler au moment de s'asseoir et elle fut presque heureuse de constater qu'une de ses voisines était littéralement prise de frissons. Pauvre Laura Sabia. Laura était sa meilleure amie mais c'était une grande nerveuse. Elle semblait sur le point de crier.

Harleigh lui effleura la main, intercepta son regard et lui sourit. *Tout ira bien*, disait son sourire.

La jeune fille ne réagit pas. Elle réagit en revanche quand l'homme encagoulé fit mine de se tourner vers elle. Il n'eut même pas à dire un seul mot, ou même s'approcher. Ce simple geste suffit à la réduire au silence, terrifiée.

Harleigh lui tapota les doigts puis ôta sa main. Elle croisa les mains devant elle. Respira profondément par le nez et se força à ne plus trembler. La fille assise en face la vit faire et l'imita. Au bout d'un moment, elle lui sourit. Harleigh lui rendit son sourire. Elle découvrit que la peur, c'était comme le froid : si on se détendait, ça devenait supportable.

Le silence envahit la salle. Il régnait autour de la table un sentiment de résignation crispée, la conscience que ce calme était fragile et pouvait être rompu à tout moment. À l'intérieur du fer à cheval, les diplomates paraissaient un peu plus agités que les violonistes, sans doute parce qu'ils étaient plus vulnérables. Les intrus semblaient fort irrités de voir que quelqu'un n'était pas là, mais Harleigh ignorait de qui il s'agissait. Peut-être de la secrétaire générale, en retard à la cérémonie.

Mme Dorn était assise au bout de la table. Elle scruta du regard chacune des violonistes, pour s'assurer que toutes allaient bien. Chaque jeune fille acquiesça tour à tour d'un léger signe de tête. C'était pure bravoure, Harleigh en était bien consciente ; personne n'allait vraiment bien. Mais faute de mieux, ce sentiment d'être toutes embarquées dans la même galère était toujours une planche de salut.

Harleigh crut entendre des pas derrière la porte. Les gens de la sécurité étaient sur le point de se manifester. Elle chercha des yeux un coin où se planquer au cas où il y aurait du grabuge, une fusillade par exemple. L'autre côté de la table en fer à cheval lui parut l'endroit le plus sûr. Elle pourrait se ruer vers celle-ci, glisser par-dessus, basculer derrière en un rien de temps. Elle haussa très lentement les genoux pour les plaquer sous le plateau de la table, comme elle faisait à son pupitre au lycée quand elle s'ennuyait... ça lui donnait l'impression de flotter. La table se souleva légèrement, donc elle n'était pas boulonnée au sol. Elles pourraient toujours la faire basculer pour se planquer derrière au cas où.

Alors même qu'elle songeait à leur protection, elle ressentit une terreur soudaine. Elle se demanda si cela ne pouvait pas avoir un rapport avec son père et l'Op-Center. Jamais à la maison il n'avait évoqué son travail, pas même devant leurs questions réitérées. Se pouvait-il que l'Op-Center ait d'une manière ou d'une autre induit en erreur ces individus ? Elle avait appris en cours d'éducation civique qu'à l'exception d'Israël, les États-Unis étaient la principale cible des terroristes internationaux. Les violonistes étaient les seules ressortissantes américaines. Était-ce après elle en particulier qu'ils en avaient ? Se pouvait-il qu'ils ignorent que son père avait démissionné ? Et si jamais ils voulaient la tenir elle pour mieux le tenir lui ?

Elle sentit la chaleur gagner sa nuque et ses épaules. Elle se mit à transpirer. Sa robe toute neuve jusqu'ici si belle et élégante lui collait désormais à la peau comme un maillot de bain.

Non, ce n'est pas possible, se dit-elle. C'était le genre de truc qu'on voyait aux infos arriver aux autres. Normalement, il devait bien exister un système de protection, non ? Des détecteurs de métaux, des vigiles aux portes, des caméras de vidéosurveillance.

Soudain, l'homme qui s'était adressé au délégué suédois appela son complice australien. Après une brève discussion entre les deux individus, l'Australien se tourna vers le délégué ; après un échange plutôt vif avec lui, il lui arracha le papier des mains et, saisissant le malheureux par le col, il le força à se lever puis, sous la menace de son arme, le conduisit vers la porte en haut des marches de l'amphithéâtre.

Harleigh aurait voulu pouvoir serrer contre elle son violon. Elle aurait voulu se retrouver dans les bras de sa mère... Sa maman devait être dans tous ses états... à moins qu'elle ne la joue calme et posée devant les autres mères affolées. Sans doute. Harleigh avait de qui tenir. Elle pensa alors à son père. Quand sa mère les avait emmenés, Alexander et elle, chez leurs grands-parents, pour envisager un nouvel avenir, son père avait décidé de renoncer à sa carrière plutôt que de les perdre. Elle se demanda s'il serait capable d'affronter cette nouvelle crise en gardant la tête froide, alors même que sa propre fille était impliquée.

L'Australien redescendit avec le diplomate. Harleigh supposa que leurs ravisseurs venaient de transmettre une liste de revendications. Elle ne croyait plus désormais être leur cible. Elle éprouva comme une sorte de soulagement. Elle eut la certitude qu'ils allaient s'en sortir.

Le délégué suédois était retourné s'asseoir par terre, au milieu de ses collègues, les mains sur la tête. Harleigh jugea qu'il n'y avait plus qu'à attendre. Pas de problème. Son père lui avait dit un jour que tant que les gens discutaient, ils ne se tiraient pas dessus. Elle l'espérait de tout cœur.

Elle décida de ne plus y penser. Au lieu de ça, doucement, tout doucement, elle se mit à faire ce pour quoi on l'avait invitée.

Elle fredonna *Un chant de paix.*

16.

Base aérienne d'Andrews, Maryland, samedi, 22:09

Après avoir raccroché à l'issue de sa conversation avec le colonel August, Mike Rodgers regarda l'horloge à l'angle de son écran d'ordinateur. Le Long Ranger devait se poser à Andrews d'ici trente-cinq minutes. D'ici là, le C-130 serait paré à décoller.

Bob Herbert lorgna le général. Le chef du renseignement bougonna : « Mike ? Est-ce que vous écoutez ?

– Oui, fit Rodgers. Vous avez chargé une équipe d'étudier les antécédents de Mala Chatterjee, pour voir qui pourrait avoir intérêt à humilier la nouvelle secrétaire générale. Sans doute des compatriotes hindous opposés à ses prises de position publiques sur les droits de la femme. Vous examinez également le passé des individus que Paul a contribué à faire arrêter en Russie et en Espagne, au cas où c'est à lui qu'on en voudrait.

– Exact », confirma Herbert.

Rodgers hocha la tête et se leva avec lenteur ; ces satanés pansements le comprimaient. « Bob, je vais devoir vous demander de me relayer ici pendant un petit moment. »

Herbert parut surpris. « Pourquoi ? Vous ne vous sentez pas bien ?

– Je me sens parfaitement bien. Mais je pars à New York avec les Attaquants. J'aurai également besoin d'une base opérationnelle une fois qu'on sera sur zone. Un endroit à proximité des Nations unies qui pourra en même temps servir de zone de transit. La CIA doit bien avoir une planque dans le secteur.

– Il y en a effectivement une juste en face, me semble-t-il, confirma Herbert. La tour est des gratte-ciel jumeaux, place des Nations-unies. Je crois bien que la couverture est une agence de transit maritime. La Doyle Shipping. Elle leur sert à surveiller les allées et venues des espions qui se font passer pour des diplomates, et sans doute aussi pour la collecte de renseignements électroniques.

– Vous pouvez nous y introduire ?

– Probablement. » Herbert prit l'air contrarié. Il jeta un coup d'œil à Lowell Coffey, assis en face de lui.

Le regard n'avait pas échappé à Rodgers. « Il y a un lézard ?

– Mike, expliqua Herbert. Dès qu'il s'agit de faire intervenir notre commando, on est sur un terrain extrêmement glissant.

– Comment ça, glissant ? »

Herbert haussa les épaules. « Pour tout un tas de raisons...

– Eh bien, dites-les-moi. Morales ? Légales ? Logistiques ?

– Les trois.

– Bon, je suis peut-être un peu naïf, poursuivit Rodgers, mais ce que je vois, c'est une force d'intervention parfaitement entraînée à l'action antiterroriste qui se met en position pour traiter justement une affaire de terrorisme. Où sont les problèmes moraux, légaux ou logistiques ? »

C'est l'avocat, Coffey, qui prit la parole : « Pour commencer, Mike, on ne nous a pas demandé d'aller aider les Nations unies à dénouer cette situation. Voilà déjà un sérieux handicap.

– D'accord, admit Rodgers. Avec un peu de chance, je pourrai toujours régler ça une fois sur place, surtout si les terroristes se mettent à leur expédier de la viande froide. Darrell McCaskey est en liaison avec l'équipe de sécurité de Chatterjee via Interpol...

– À un niveau hiérarchique extrêmement bas, lui rappela Herbert. Le responsable de la sécurité de l'ONU ne va pas franchement s'occuper de l'opinion d'un sous-fifre, qui plus est transmise de seconde main par un type d'Interpol à Madrid.

– Ça, on n'en sait rien, protesta Rodgers. Merde, on ne le connaît pas ce commandant, pas vrai ?

– Mon équipe est en train d'éplucher son dossier, dit Herbert. Ce n'est pas un type à qui on a déjà eu affaire.

– N'empêche... il se trouve dans une situation où il va probablement avoir besoin de trouver une aide extérieure. Une aide concrète, sérieuse, et surtout immédiate, d'où qu'elle puisse venir.

– Mais Mike, ce n'est pas là le seul problème », renchérit Coffey.

Rodgers baissa les yeux sur l'horloge de sa machine.

L'hélico serait ici dans moins de vingt minutes. Il n'avait plus le temps de discutailler.

« Les pays qui n'ont aucun intérêt particulier dans le règlement de cette affaire refuseront catégoriquement qu'un commando d'élite des services secrets américains intervienne dans le bâtiment du Secrétariat des Nations unies.

– Et depuis quand s'inquiète-t-on de chatouiller la susceptibilité des Français ou des Irakiens ? railla le général.

– Ce n'est pas une question de susceptibilité, fit remarquer Coffey. C'est une question de droit international.

– Seigneur, Lowell... avec les terroristes, le droit a bon dos !

– Ça ne nous autorise pas à l'enfreindre. Même si nous le voulions, toutes les actions de notre commando ont été jusqu'ici exécutées en conformité avec la charte de l'Op-Center... selon le droit américain. En particulier, il nous faut une autorisation en bonne et due forme de la Commission parlementaire de surveillance du renseignement...

– Je n'en ai rien à foutre de passer en cour martiale, Lowell, le coupa sèchement Rodgers.

– Il ne s'agit pas de votre responsabilité personnelle, remarqua l'avocat, il s'agit de la survie de l'Op-Center.

– Je suis bien d'accord, reprit Rodgers. Il s'agit de notre survie en tant que force antiterroriste crédible...

– Non ! En tant que service du gouvernement des États-Unis. Nous avons reçu pour mission d'agir, et là, je cite, “quand la menace contre les institutions fédérales et autres composantes de l'État, ou contre la vie de ressortissants américains au service des susdites institutions, est immédiate et clairement constituée". Je ne sache que ce soit présentement le cas. Ce que je sais en revanche, c'est que si vous y allez, le résultat final, échec ou succès, n'aura strictement aucune importance.

– Pas pour Paul et les autres parents !

– La question n'est pas là ! aboya Coffey. Il faut voir le problème dans sa globalité. L'opinion américaine applaudira des deux mains. Merde, moi aussi, j'applaudirai. Mais la France ou l'Irak ou je ne sais quel autre État membre forcera notre gouvernement à nous poursuivre pour avoir outrepassé notre mandat.

– Surtout si les terroristes s'avèrent être des étrangers et que l'un ou l'autre est tué, remarqua Herbert. Des soldats américains exécutant des ressortissants étrangers en territoire international, le tout devant les caméras du monde entier, jamais on ne s'en relèvera.

– Et ils ne feront là qu'appliquer le droit américain, pas le droit international, ajouta Coffey. Le Congrès n'aura pas d'autre alternative que de nous faire passer, tous autant que nous sommes, devant une commission disciplinaire. Peu importeront nos états de service. S'ils votent la dissolution de l'Op-Center, ou même simplement des Attaquants, combien cela coûtera-t-il de vies à l'avenir ? Combien de batailles serons-nous dans l'impossibilité de livrer, des batailles ayant une influence directe sur la sécurité de notre pays ?

– J'y crois pas ! protesta Rodgers. Merde, on est quand même en train de parler de gosses pris en otages !

– Malheureusement, reprit Herbert, même si ça nous fout les boules, les menaces contre les délégués en général et la fille de Paul en particulier sont des paramètres qui n'entrent pas en ligne de compte. La sauver est un luxe que nous ne pouvons peut-être pas nous permettre.

– Un luxe ? Merde, ai-je bien entendu ? Bon Dieu, Bob, je croirais entendre prêcher une Camp Fire Girl[1] ! »

Herbert le fusilla du regard.

« C'est ce qu'était ma défunte épouse. Elle a fait partie des Camp Fire Girls ! »

Rodgers regarda Herbert puis il baissa les yeux. Le bruit des ventilateurs au plafond parut soudain assourdissant.

« Et puisque la question a été soulevée, poursuivit Herbert, ma femme aussi a été victime des terroristes. Je sais ce que vous éprouvez, Mike. De la frustration. Je sais ce que Paul et Sharon éprouvent en ce moment. Et je sais aussi que Lowell a raison. La place de l'Op-Center dans ce combat est sur la touche.

– À ne rien faire.

– À faire de la surveillance, rectifia Herbert. Fournir de l'aide tactique, un soutien moral... si on peut déjà leur offrir ça, ce n'est pas rien.

– Ça sert également à ceux qui se contentent d'attendre les bras croisés, nota Rodgers, solennel.

---

1. Équivalent américain des « Jeannettes », cette organisation non confessionnelle a été créée en 1910 par le Dr Luther Halsey Gulick et son épouse Charlotte, après qu'ils eurent contribué à l'instauration du scoutisme en Amérique. Leur idée était de créer une structure similaire pour les filles, mais en s'inspirant de la culture des Indiens d'Amérique qui passionnait Mme Gulick. Ce n'est que deux ans plus tard que Juliette Low revint d'Angleterre et créa les girl-scouts (*N.d.T.*).

– Parfois, oui, admit Herbert en tapotant les bras de son fauteuil roulant. Mais sinon, vous risqueriez bientôt de vous retrouver vous aussi au même point : forcé de rester les bras croisés... ou pire. »

Rodgers regarda sa montre. Lowell Coffey avait fourni des arguments juridiques valables. Et la gaffe de Rodgers concernant feu Yvonne Herbert avait mis ce dernier en droit de le sermonner. Mais ce n'était pas pour autant que ça leur donnait raison.

« J'ai à peu près un quart d'heure pour rejoindre l'avion, dit rapidement Rodgers. Bob, je vous ai déjà confié les clés. Si vous voulez m'arrêter, vous pouvez. » Il regarda Liz Gordon. « Liz, vous pouvez me déclarer mentalement inapte, victime du stress post-traumatique, merde, tout ce qui vous passera par la tête. Si vous le faites, je ne vous en empêcherai pas. Mais ces deux cas exceptés, il n'est pas question que je reste à attendre les bras croisés. Im-pos-sible. Pas quand une bande d'assassins détient des gamines en otages. »

Herbert hocha lentement la tête. « Ce coup-ci, ce n'est pas tout noir ou tout blanc, Mike.

– La question n'est plus là, lui rétorqua Rodgers. Est-ce que vous allez m'arrêter ? »

Herbert cessa de secouer la tête. « Non. Sûrement pas.

– Puis-je demander pourquoi ? » s'indigna aussitôt Coffey.

Soupir de Bob Herbert. « Ouais. À la CIA, on avait coutume d'appeler ça du respect. »

Coffey fit la grimace.

« Si un supérieur voulait enfreindre le règlement, on l'enfreignait, poursuivit Herbert. La seule marge de manœuvre était de ne pas le tordre au point qu'il vous revienne dans la gueule. »

Coffey se radossa dans son siège. « J'attendais ce genre de comportement de la Mafia, pas du gouvernement légitime des États-Unis, remarqua-t-il, chagrin.

– Si nous étions tous si foutrement vertueux, on n'aurait pas besoin de gouvernement légitime », observa Herbert.

Rodgers regarda Liz. Elle non plus n'avait pas l'air ravie.

« Eh bien ? fit-il.

– Eh bien quoi ? répondit-elle. Je ne suis pas une brique dans le mur de silence de Bob, mais je ne vais pas non plus vous empêcher d'agir. Pour l'heure, vous vous comportez avec impatience, entêtement, et vous cherchez sans doute à évacuer votre trop-plein d'énergie, vous êtes prêt à vous en prendre à quelqu'un pour venger ce que vos ravisseurs vous ont fait subir dans la vallée de la Bekaa. Mais inapte ? D'un point de vue psychologique, je ne parle pas de l'aspect légal, je ne peux pas dire que vous soyez inapte. »

Rodgers se retourna vers Herbert. « Bob, est-ce que vous allez essayer de m'introduire dans la planque de la CIA ? »

Herbert acquiesça.

Rodgers fixa Coffey. « Lowell, allez-vous consulter la commission parlementaire ? Voir s'ils peuvent convoquer une réunion d'urgence ? »

Les lèvres minces de l'avocat se pincèrent, et ses ongles impeccablement manucurés pianotèrent sur la table. Mais d'abord et avant tout, l'homme était un professionnel. Il remonta son revers de manche, regarda sa montre.

« Je vais appeler le sénateur Warren sur son mobile... C'est notre plus sûr soutien à la commission. Mais tous ces gens sont déjà difficiles à joindre un jour ouvrable. Alors, un samedi soir...

– Je comprends, dit Rodgers. Merci quand même. À vous aussi, Bob.

– Pas de quoi », fit Herbert.

Coffey était déjà en train de chercher le numéro de téléphone sur son assistant personnel et Rodgers se tourna vers Matt Stoll et Ann Farris. Le sorcier de l'informatique regardait fixement ses mains croisées tandis que l'attachée de presse gardait un air neutre et détaché. Il pensait pouvoir obtenir son approbation puisqu'il s'apprêtait à aider Paul Hood mais il n'allait pas le lui demander. Il se dirigea plutôt vers la porte.

« Mike ? » fit Herbert.

Rodgers se retourna vers lui. « Oui ?

– En cas de besoin, sachez que vous pourrez toujours compter sur nous ici, dit Herbert.

– Je sais.

– Tâchez juste de ne pas faire sauter l'immeuble du Secrétariat général, d'accord ? Ah, encore une chose...

– Quoi donc ?

– Je n'ai pas envie de me retrouver obligé de diriger ce foutu binz, ajouta Herbert avec l'ombre d'un sourire. Alors, tâchez aussi de contrôler là-bas vos tendances impulsives de grande tête de mule va-t-en-guerre...

– J'essaierai », promit Rodgers en esquissant lui aussi un sourire crispé alors qu'il ouvrait la porte.

Ce n'était pas exactement le genre de soutien qu'il

avait espéré mais enfin, songea-t-il tandis qu'il fonçait entre les cagibis pour rejoindre l'ascenseur, au moins ne se sentait-il pas comme Gary Cooper dans *Le train sifflera trois fois*... livré à lui-même. Et pour l'heure, c'était déjà quelque chose.

17.

New York, samedi, 22:11

L'éphémère quoique fameux Bureau des services stratégiques, plus connu sous le célèbre sigle OSS – Office of Strategic Services –, avait été créé en 1942. Sous l'égide du héros de la Première Guerre mondiale William Joseph alias « Wild Bill » Donovan, l'OSS était chargé de l'espionnage militaire. Après la guerre, en 1946, le président Truman fonda le Central Intelligence Group, dont la mission déclarée était la collecte de renseignements sur les sujets concernant la sécurité intérieure. Un an plus tard, la loi nationale sur la sécurité rebaptisa le CIG Central Intelligence Agency. Le texte en profitait pour élargir la compétence de l'agence afin de lui permettre de se livrer à des activités de contre-espionnage.

Annabelle « Ani » Hampton, trente-deux ans, avait toujours adoré le métier d'espion. Il vous réservait tant de rebondissements, sur le plan mental, émotionnel, une telle richesse de sensations. Il y avait du danger, mais la récompense était à la hauteur de celui-ci. Il y avait aussi cette impression d'être invisible ou, lorsqu'on se faisait prendre, de se retrouver complètement nu. Le sentiment d'avoir du pouvoir sur les autres, de risquer sa vie à tout moment. Il fallait également avoir le sens de l'organisation, savoir avancer ses pions, se montrer patient, savoir attendre le bon moment pour coincer quelqu'un, savoir jouer de la séduction – parfois même physiquement.

C'était, en fait, un peu comme le sexe, sinon mieux. Avec l'espionnage, quand on se lassait de quelqu'un, on pouvait toujours s'arranger pour le faire tuer. Non pas qu'elle en fût jamais arrivée là. Pas encore, en tout cas.

Ani avait aimé devenir espionne parce qu'elle avait toujours été solitaire. Les autres gamins ne manifestaient aucune curiosité. Elle, si. Enfant, elle aimait découvrir où les écureuils creusaient leurs terriers, observer les oiseaux quand ils pondaient leurs œufs, ou, selon son humeur, aider les lapins de garenne à échapper aux renards, ou bien les renards à piéger les lièvres. Elle adorait espionner son père lorsqu'il jouait aux cartes avec ses amis, sa grand-mère quand elle recevait pour le thé, ou son frère aîné quand il avait des rendez-vous galants. Elle avait même rédigé un journal avec les informations recueillies en espionnant sa famille. Quel voisin était « un con ». Quelle tante « une pute motorisée », quelle belle-mère « ferait mieux de clore son bec ». Sa mère avait un jour mis la main sur son journal et le lui avait confisqué, mais ce n'était pas grave : Ani était déjà assez maligne pour l'avoir en double exemplaire.

Ses parents, Al et Ginny, tenaient une boutique de confection pour femme à Roanoke, Virginie. Ani avait pris l'habitude de venir y travailler le soir après l'école et durant le week-end. Chaque fois que possible, elle observait en détail les clients qui venaient fouiner dans le magasin. Elle essayait de surprendre leurs conversations, de deviner quels articles ils allaient demander à voir en fonction de leur habillement ou de leur façon de s'exprimer. Et à ce moment-là, elle apparaissait pour faire la vente. Si elle s'était bien débrouillée, elle concluait l'affaire. En général, c'était le cas.

Ses petits jeux d'espionnage prirent fin avec la faillite de l'entreprise familiale, victime de la concurrence des magasins discount. Ses parents furent contraints d'aller travailler dans un de ces magasins. Mais Ani avait gardé son goût pour l'analyse et la manipulation des individus. Elle décrocha une bourse pour entrer à l'université Georgetown de Washington. Elle s'y inscrivit en licence de science politique, option affaires asiatiques car il semblait à l'époque que le Japon et la ceinture Pacifique devaient être les prochaines puissances commerciales du XXIe siècle. Même si ses parents avaient perdu tout espoir personnel de se refaire, Ani ne les vit jamais aussi fiers que quand elle décrocha sa maîtrise avec les félicitations du jury. C'est alors qu'elle s'assigna un objectif susceptible d'accroître encore leur fierté. Ani prit la résolution, non seulement de devenir agent de la CIA, mais avant d'avoir atteint la quarantaine, de diriger le service.

Après son diplôme, la belle blonde d'un mètre soixante-quinze postula à l'Agence. On l'engagea – en partie grâce à son parcours universitaire exemplaire et en partie, apprit-elle par la suite, à cause d'instructions officielles notant que l'Agence, bien connue pour son machisme, manquait par trop de personnel féminin. Mais les raisons importaient peu, à l'époque. Ani était dans la place. Officiellement, elle servit comme conseillère au service des visas dans une multitude d'ambassades des États-Unis dans les pays asiatiques. Sous le manteau, elle consacrait son temps libre à nouer des contacts avec les gouvernements et l'armée. Des fonctionnaires et des officiers mécontents. Des hommes et des femmes blessés dans leur amour-propre par la déroute économique et financière asiatique du milieu des années quatre-vingt-dix. Des gens qu'on pouvait aisément convaincre de fournir des renseignements contre monnaie sonnante et trébuchante.

Ani se montra d'une efficacité rare comme agent recruteur. Ironie du sort, elle s'aperçut que son meilleur atout n'était pas sa connaissance de la culture et de la politique asiatiques. Ce n'était même pas le fait qu'elle avait vu ses parents perdre leur part du Rêve américain et qu'elle savait les mots capables de convaincre les gens qui se sentaient largués. Non, son meilleur atout était de ne jamais se sentir attachée à ses recrues sur le plan affectif. Il lui était arrivé de devoir sacrifier des gens pour obtenir des informations et elle n'avait jamais hésité à le faire. Elle avait appris de ses études, de la vie, de l'histoire, que les individus étaient les pions entre les mains des gouvernements et des armées et qu'on ne devait pas avoir peur de les sacrifier. En un sens, ce n'était pas différent de raconter aux clientes qu'elles étaient superbes avec leur nouveau manteau, leur pantalon ou leur corsage, quand elles savaient pertinemment que c'était faux. La boutique avait besoin de leur argent, et elle était bien décidée à l'obtenir.

Hélas, Ani devait découvrir que le talent et la motivation n'étaient pas suffisants. Quand elle eut réussi ce qu'on lui avait donné pour mission d'accomplir à l'étranger, la jeune femme n'eut pas droit pour autant à une promotion ou à une accréditation supérieure en matière de sécurité. Là, les préjugés machistes jouaient à fond : les bons postes étaient pour les collègues masculins. Ani fut envoyée à Séoul recueillir des infos fournies par les contacts qu'elle avait établis. La plupart étaient transmises par des moyens électroniques et elle n'avait même pas le loisir d'interpréter les données qui arrivaient. Cela, c'était la tâche des services de l'ELINT, le renseignement électronique, au quartier général du service. Après six mois passés derrière un ordinateur, à trier des données électroniques, elle demanda son transfert à Washington. À la place, on la muta à New York. Pour trier des données électroniques.

À cause de son expérience à l'étranger, Ani fut envoyée travailler à la DSA, la société de transit maritime Doyle. La couverture de la CIA travaillait depuis un bureau situé au troisième étage de la tour du 866, place des Nations-Unies. La DSA se réduisait à un petit hall d'accueil avec une secrétaire – absente aujourd'hui puisqu'on était samedi –, un bureau pour l'agent responsable David Battat, et un autre pour Ani. Il y avait également un réduit réservé aux deux polyvalents qui partageaient leur temps entre ce service et un autre dans le quartier des finances. Les polyvalents filaient les diplomates soupçonnés de tenter de rencontrer des espions actifs ou potentiels. Les lieux servaient également de réserve d'armes et de munitions, qui allaient des fusils au plastic, utilisables par ses hommes ou transportés par les agents à l'étranger grâce à la valise diplomatique. Le bureau exigu d'Ani donnant sur l'East River était en fait le cœur du système. Il était encombré de dossiers bidon de la société de transit, de livres d'horaires maritimes et de codes fiscaux et douaniers, en même temps que d'un ordinateur relié à un équipement de pointe dissimulé dans un placard à balais au bout de l'étroit couloir.

Le boulot d'Ani consistait à surveiller les activités des fonctionnaires influents des Nations unies. Elle s'en acquittait grâce à des micros et caméras miniaturisés mis au point par le service technique de la CIA et qui connaissaient là leur premier vrai test sur le terrain – « histoire de traquer les bogues dans les puces », pour reprendre l'expression de Battat. Les appareils étaient en fait d'authentiques puces mécaniques de la taille de gros coléoptères. Composés de titane et de céramique piézoélectrique ultralégère – des matériaux à très faible consommation électrique autorisant une autonomie de plusieurs années –, ces puces étaient calées électroniquement sur la voix du sujet espionné. Une fois lâchées à l'intérieur d'un bâtiment, elles n'avaient plus besoin d'entretien. La petite flotte de machines miniaturisées à six pattes pouvait atteindre n'importe quel point du bâtiment en moins de vingt minutes et filer ensuite leur cible en se déplaçant derrière les murs et dans les gaines de ventilation ; leurs pattes fourchues leur permettaient de se déplacer verticalement sur la majorité des surfaces. Les voix étaient transmises à la carte radio intégrée à l'ordinateur d'Ani, surnommé « la Ruche ». La tâche routinière de la jeune femme était d'écouter au casque les transmissions et de filtrer les bruits parasites de la rue et des bureaux environnants.

Sept puces mobiles introduites dans le complexe des Nations unies permettaient à la CIA d'espionner les ambassadeurs influents ainsi que la secrétaire générale. Comme toutes ces machines opéraient sur la même bande de fréquence radio très étroite, Ani ne pouvait en écouter qu'une seule à la fois. Elle avait la possibilité de basculer de l'une à l'autre en pianotant sur son ordinateur. Les puces contenaient en outre un générateur audio qui émettait un signal ultrasonore à intervalles de quelques secondes. L'impulsion était destinée à faire fuir d'éventuels prédateurs. À deux millions de dollars pièce, en effet, la CIA n'avait pas envie de voir ses bestioles bouffées par des chauves-souris affamées ou autres insectivores.

Même si Ani était profondément affectée par ce transfert et son travail de grouillot, il y avait malgré tout trois points positifs. Le premier, même si le boulot était un tantinet répétitif, elle espionnait de la manière la plus clandestine qui soit. Et cela, ça satisfaisait en elle son côté voyeur. Le deuxième, c'est que son supérieur passait le plus clair de son temps à Washington, au siège de la CIA, ou à l'ambassade des États-Unis à Moscou – c'était du reste où il se trouvait en ce moment –, ce qui faisait d'elle la patronne du petit bureau. Et enfin, se retrouver de fait ainsi coincée au bas de l'échelle par l'« institution la plus machiste d'Amérique » l'avait aidée à ne pas oublier que, quoi qu'on fasse, vendre des vêtements pour dames ou vendre de l'information, il fallait toujours voir le côté positif de la chose. Depuis son installation à New York, elle avait cultivé un goût pour les arts et la musique, les bons restaurants et les tenues élégantes, s'était mise à apprécier la belle vie et à se pomponner. Pour la première fois de son existence, elle s'était fixé des objectifs qui n'avaient plus rien à voir avec un plan de carrière ou la fierté de qui que ce soit. C'était agréable.

Très agréable.

Ani écouta attentivement la réunion. Toute déception mise à part, cette situation exigeait une étroite surveillance. Et même si les conversations espionnées étaient enregistrées, son supérieur en voudrait un résumé concis mais complet.

C'était intéressant de reconnaître les gens rien qu'à leur voix. Ani avait fini par savoir prêter l'oreille aux inflexions, aux pauses, au débit encore plus que lors de conversations en tête à tête. Découvrir de nouvelles personnalités avait été un plaisir, surtout Mala Chatterjee, qui était l'une des deux femmes inscrites à son tableau de service. Ani passait plus de la moitié de son temps avec la nouvelle secrétaire générale. Cette femme de quarante-trois ans native de New Delhi était la fille de Sujit Chatterjee, l'un des plus grands producteurs de cinéma indiens. Avocate, Chatterjee avait remporté d'éclatantes victoires en matière de droits de l'homme lorsqu'elle travaillait comme consultante au Centre pour l'édification de la paix, à Londres, avant d'accepter un poste de plénipotentiaire adjointe au secrétaire général des droits de l'homme à Genève. Elle avait ensuite déménagé pour le siège de New York, en 1997, pour devenir sous-secrétaire générale aux affaires humanitaires. Sa nomination au poste de secrétaire générale de l'organisation avait été motivée autant par des raisons politiciennes et par sa bonne image médiatique que par ses compétences personnelles. Elle était intervenue au moment où montait la tension entre l'Inde et le Pakistan. Les Indiens avaient été si fiers de sa nomination que même lorsque

Mme Chatterjee, tout juste promue, s'était rendue à Islamabad pour faire des ouvertures au Pakistan en matière de désarmement, ses concitoyens avaient soutenu son initiative. Et cela, malgré un éditorial en première page du *Dawn*, le quotidien pakistanais de langue anglaise, qui reprochait à New Delhi de « se terrer peureusement devant la perspective de l'annihilation ».

La brève carrière de Chatterjee au poste de secrétaire générale avait déjà révélé une tendance à affronter personnellement les problèmes, à les aborder de front, en comptant sur son intelligence et son charisme pour désamorcer les crises. C'était ce qui rendait si passionnante la situation actuelle. Ani n'ignorait pas que des vies étaient en jeu et elle ne restait pas insensible à leur funeste sort. Mais au cours des derniers mois, elle avait fini par voir en Chatterjee une amie proche et une collègue respectée. Ani était fort curieuse de voir comment madame la secrétaire générale allait gérer cette crise. Sitôt que la CIA l'avait mise au courant de la prise d'otages, Ani avait pris soin de s'assurer qu'aucun des délégués dotés d'une puce n'était parmi ceux présents dans la salle du Conseil de sécurité.

Chatterjee était en réunion avec le secrétaire général adjoint, le Japonais Takahara, deux sous-secrétaires généraux adjoints et son chef de la sécurité, dans la grande salle de conférences qui jouxtait son bureau personnel. Le secrétaire général adjoint chargé de l'administration et du personnel était également présent. Avec ses collaborateurs, ils étaient au téléphone pour informer les gouvernements dont les délégués faisaient partie des otages. Le conseiller personnel de Chatterjee, Enzo Donati, était là lui aussi.

On avait fort peu évoqué l'éventualité de payer la rançon. Même si la somme avait pu être réunie, ce qui était douteux, la secrétaire générale n'aurait pas été en mesure de la verser. En 1973, les Nations unies avaient instauré une politique concernant les demandes de rançon exigées pour tout personnel de l'organisation victime d'enlèvement. Le Conseil de sécurité avait proposé et l'Assemblée générale accepté, à la majorité requise des deux tiers, que dans l'éventualité d'un enlèvement, la ou les nation(s) affectée(s) aurai(en)t la responsabilité de se conformer à leur politique propre. Les Nations unies ne joueraient que le rôle de négociateurs.

Jusqu'ici, un seul des États impliqués, la France, avait accepté d'accéder à la demande de rançon. Les autres pays, soit ne pouvaient décider sans passer par une procédure de décision officielle, soit avaient une politique de refus de toute négociation avec des terroristes. Les États-Unis refusaient pour leur part de payer la rançon mais acceptaient de participer à un éventuel dialogue avec les terroristes. Chatterjee et son équipe s'étaient mis d'accord pour recontacter les nations mises en cause lorsque l'ultimatum serait arrivé à son terme.

Le problème immédiat qui exigeait une solution rapide était de décider qui aurait la responsabilité de la prise de décision dans cette crise. S'il ne s'était agi que de l'enlèvement de touristes, alors l'état-major militaire du colonel Rick Mott aurait eu les mains libres. Mais ce n'était pas le cas. D'après la charte de l'organisation, les décisions affectant le Conseil de sécurité ne pouvaient être prises que par celui-ci ou par l'Assemblée générale. Comme l'actuel président du Conseil de sécurité, le Polonais Stanislav Zintel, faisait partie lui aussi des otages, et puisque l'Assemblée générale ne pouvait pas être convoquée, Chatterjee décida qu'au titre de présidente de l'Assemblée générale, c'était à elle de juger des initiatives à prendre.

Ani suspectait que c'était la première fois dans l'histoire des Nations unies qu'une action n'avait pas été décidée à l'issue d'un vote. Et comme de juste, il avait fallu que ce soit une femme qui fasse le premier pas.

Cette décision prise, Mott avertit les hauts fonctionnaires que la majeure partie des forces de police de l'ONU avaient été distraites du périmètre et rassemblées autour de la salle du Conseil de sécurité. Il les mit rapidement au fait de la possibilité de lancer un assaut avec les forces de l'ONU ou l'unité spéciale d'intervention de la police de New York, qui s'était proposée pour fournir ses hommes.

« Nous ne pouvons pas mettre au point un quelconque plan de réponse militaire tant que nous n'aurons pas une idée plus précise de ce qui se déroule à l'intérieur, précisa toutefois Mott. J'ai deux agents qui écoutent par les portes de la salle du Conseil de tutelle. Malheureusement, les terroristes ont installé des détecteurs de mouvements dans les corridors d'accès aux cabines de presse, ce qui nous interdit d'y monter. Ils ont en outre déconnecté les caméras de vidéosurveillance de la salle du Conseil. Nous sommes en train de nous occuper d'installer des moyens de visualisation par fibres optiques miniaturisées. Nous allons utiliser des vrilles à main pour percer deux trous minuscules dans le plancher des placards situés sous la salle. Malheureusement, nous n'aurons certainement pas d'image avant l'expiration du délai de quatre-vingt-dix minutes. Nous avons utilisé une liaison satellite pour transmettre des copies des photos des tueurs, prises grâce aux caméras de vidéosurveillance, aux bureaux d'Interpol à Londres, Paris, Madrid et Berlin, ainsi qu'aux services de police de Tokyo, Moscou et Mexico. Nous gardons l'espoir qu'un détail quelconque dans cette agression pourrait éveiller chez les agents de ces pays le souvenir d'une situation analogue à laquelle ils auraient été déjà confrontés.

– La question essentielle reste : vont-ils réellement exécuter un des otages ? demanda Chatterjee.

– Je crois que oui, répondit Mott.

– En vous fondant sur quelle expérience ? » demanda quelqu'un. Ani ne put reconnaître ni la voix ni l'accent.

« La mienne », répondit Mott. Au ton qu'il avait adopté pour parler d'*expérience*, Ani devina qu'il avait dû se tapoter la tempe avec un geste irrité. « Les terroristes n'ont rien à perdre à continuer à tuer.

– Alors, quelles sont nos options d'ici à l'échéance de l'ultimatum ? demanda madame la secrétaire générale.

– Du point de vue militaire ? demanda Mott. Mes hommes sont prêts à intervenir même sans données visuelles, s'il le faut.

– Votre équipe est-elle préparée à une opération de ce genre ? » insista Chatterjee.

Ani aurait pu répondre à sa place. La force d'intervention militaire de l'ONU n'était certainement pas prête à l'action. Elle n'avait jamais été soumise à l'épreuve du feu et manquait cruellement d'effectifs. Qu'un ou deux hommes clés soient abattus, et il n'y aurait pas de remplaçants. Le problème était que tout comme le reste du personnel du Secrétariat de l'ONU, cette unité militaire avait vu ses effectifs fondre de vingt-cinq pour cent ces dernières années. Qui plus est, les meilleurs éléments étaient passés dans le secteur privé, sociétés de surveillance ou de vigiles, où la paye et les perspectives d'avancement étaient bien supérieures.

« Nous sommes prêts à intervenir et sortir de cette impasse, indiqua Mott. Mais je dois être honnête avec vous, madame. Si nous entrons dans la salle sans avoir la ferme intention de supprimer les terroristes, il y a de très fortes probabilités de pertes humaines, et pas seulement chez mes hommes mais aussi parmi les délégués et les enfants.

– Pas question de prendre un tel risque, rétorqua Chatterjee.

– Nous améliorerions certainement nos chances si nous attendions le résultat des reconnaissances, reconnut Mott.

– Et si l'on recourait aux gaz lacrymogènes ? demanda le secrétaire général adjoint Takahara.

– Compte tenu du volume de la salle du Conseil de sécurité, observa Mott, il faudrait compter au bas mot soixante-dix secondes pour injecter le gaz via le système de ventilation, un peu moins en ouvrant les portes pour balancer des grenades. Dans l'une ou l'autre hypothèse, cela laisserait aux terroristes tout le temps pour passer des masques, s'ils en sont dotés, ou flinguer les deux baies vitrées pour diluer le gaz, avant de tuer les otages quand ils se seront rendu compte de ce qui se passe ; à moins qu'ils ne battent en retraite dans une autre salle, en utilisant leurs prisonniers en guise de boucliers humains. S'ils détiennent des gaz toxiques comme ils le prétendent, j'imagine qu'ils ont sans doute des masques à gaz.

– De toute façon, ils vont tuer les otages », observa l'un des sous-secrétaires adjoints. À sa voix, Ani crut reconnaître le Portugais Fernando Campos, l'un des rares fonctionnaires à avoir l'oreille de la secrétaire générale. « Au moins, si on intervient tout de suite, on a peut-être une chance d'en sauver quelques-uns. »

Bruyant concert de murmures autour de la table. La secrétaire générale Chatterjee fit taire tout le monde pour redonner la parole à Mott.

« Ma recommandation, encore une fois, est d'attendre jusqu'à ce que nous disposions d'images vidéo de l'intérieur de la salle, conclut l'officier. Qu'on sache au moins où localiser l'ennemi et les otages.

– Le temps perdu à collecter vos images coûtera la vie des délégués », insista l'homme qu'Ani avait identifié comme le sous-secrétaire Campos. J'insiste pour qu'on intervienne et qu'on en finisse une bonne fois pour toutes. »

Chatterjee mit de côté l'aspect militaire de la discussion et demanda à Mott s'il avait d'autres idées. Le colonel lui indiqua alors qu'on avait également envisagé de faire couper l'électricité et la ventilation dans la salle du Conseil ou bien de pousser le chauffage pour indisposer les terroristes. Mais ses conseillers militaires et lui avaient décidé que ces actions seraient plus provocatrices qu'efficaces. Il concluait en avouant que jusqu'ici, ils n'avaient rien trouvé d'autre.

Il y eut un bref silence. Ani nota qu'on venait

d'entamer la dernière demi-heure avant l'expiration de l'ultimatum. Elle devinait déjà ce que s'apprêtait à faire Chatterjee : ce qu'elle avait toujours fait.

« Malgré toute la sympathie que j'éprouve pour les suggestions du colonel Mott et du sous-secrétaire Campos, nous ne pouvons céder aux injonctions des terroristes, dit enfin la secrétaire générale, d'une voix plus enrouée encore que d'habitude. Mais il convient de faire un geste concret pour reconnaître leur statut.

– Leur statut ? s'étonna le colonel Mott.

– Oui.

– Comment cela, madame ? insista Mott. Après tout, ce sont des tueurs sans pitié...

– Colonel, l'heure n'est pas venue d'exprimer notre indignation, coupa Chatterjee. Puisque nous ne pouvons pas offrir aux terroristes ce qu'ils désirent, nous devons leur offrir ce que nous avons.

– À savoir ? demanda Mott.

– Notre humilité.

– Dieu du ciel ! bougonna l'officier.

– Vous n'êtes plus à la tête de vos commandos parachutistes, colonel, poursuivit Chatterjee sans se démonter. Nous allons rechercher une solution par la voie de la négociation, de la médiation, de la conciliation, de l'arbitrage, du règlement juridique...

– Je connais moi aussi la charte, madame, coupa Mott. Mais elle n'a pas été taillée pour ce genre de situation.

– Eh bien, nous l'adapterons, fit-elle. Vous avez raison. Nous devons reconnaître que ces individus ont le pouvoir de tuer ou de libérer nos délégués et ces enfants.

– Ce n'est certainement pas ce qui leur vaudra notre respect, insista l'officier.

– Je ne suis pas d'accord avec vous, colonel Mott, intervint Takahara. On a l'expérience que la soumission a pu apaiser des terroristes. Mais je suis curieux, madame la secrétaire générale. Comment envisagez-vous de céder ? »

Takahara avait toujours surpris Ani. Tout au long de l'histoire, les dirigeants nippons n'avaient jamais été connus pour être à l'aise dans l'art de la conciliation – sauf quand ils faisaient semblant de désirer la paix pour mieux préparer la guerre. Takahara n'était pas ainsi. C'était un pacifiste sincère.

« J'irai à la rencontre des terroristes, dit Chatterjee. Je leur exprimerai notre intérêt à l'égard de leurs revendications et leur demanderai un délai pour leur permettre de les adresser directement aux États impliqués.

– C'est nous conduire à un véritable siège, déclara Mott.

– Je préfère encore cela à un bain de sang, rétorqua Chatterjee. Du reste, chaque chose en son temps. Si nous pouvons réussir à obtenir un report de l'ultimatum, peut-être serons-nous à même de trouver le moyen de désamorcer la crise.

– Puis-je me permettre de vous rappeler, intervint Takahara, que les tueurs ont bien indiqué qu'ils ne tiendraient compte d'aucune communication en dehors de la confirmation du versement de la rançon et de la fourniture de l'hélicoptère.

– Peu importe qu'ils en tiennent compte ou non. L'important est qu'ils écoutent.

– Oh, ils en tiendront compte, pas de doute là-dessus, reprit Mott. À coups de feu. C'est déjà de cette façon que ces monstres ont réussi à investir la salle du Conseil de sécurité. Ils n'ont rien à perdre à descendre d'autres personnes.

– Messieurs, coupa Chatterjee, nous ne pouvons pas payer la rançon et jamais je n'autoriserai un assaut de la salle du Conseil. » Ani sentait nettement monter la frustration dans la voix de la secrétaire générale. « Nous sommes censés être les premiers diplomates de la planète et, pour l'heure, nous n'avons strictement pas d'autre choix que la diplomatie. Colonel Mott, m'accompagnerez-vous dans la salle du Conseil de sécurité ?

– Bien sûr », répondit l'officier.

Ani entendit des toussotements, des grincements de chaises. Elle regarda l'horloge au bas de son écran d'ordinateur. La secrétaire générale avait un peu plus de sepi minutes avant l'expiration de l'ultimatum. Ils avaient juste le temps de gagner la salle du Conseil. Sa puce arriverait peu après. Ani ôta ses écouteurs et se tourna vers le téléphone pour appeler David Battat. La ligne était cryptée, via le module TAC-SAT 5 dernier cri installé sous le bureau.

Le téléphone bipa au moment même où elle approchait la main du combiné. Elle décrocha. C'était Battat.

« Vous êtes là-bas ?

– Oui, confirma Ani. J'ai annulé mon rendez-vous galant pour foncer dès l'annonce de la crise.

– Brave fille », répondit son interlocuteur, un homme de quarante-deux ans, natif d'Atlanta.

Les phalanges de la jeune femme blanchirent en se crispant autour du combiné. Battat n'était pas aussi pénible que certains autres, elle ne pensait pas qu'il avait dit cela de façon méprisante. C'était juste le genre d'expression dont il avait pris l'habitude dans le petit club fermé de l'espionnage masculin.

« Ils viennent d'annoncer l'attaque à la télé, expliqua Battat. Bon Dieu, ce que j'aimerais y être ! Qu'est-ce qui se passe ? »

La jeune femme résuma à son patron les projets de madame la secrétaire générale. Quand il eut écouté son plan, Battat poussa un soupir.

« Les terroristes vont liquider le Suédois, conclut-il.

– Pas sûr, répondit Ani. Chatterjee s'y entend en la matière.

– La diplomatie a été inventée pour talquer le derrière des tyrans, et je n'ai jamais constaté qu'elle ait une efficacité durable, lâcha Battat. Ce qui est un des motifs de mon appel. Un ancien de la Maison du nom de Bob Herbert vient d'appeler il y a une vingtaine de minutes. Il appartient aujourd'hui au Centre national de gestion de crise, et aurait besoin d'un point de chute pour son commando d'intervention rapide. S'ils obtiennent le feu vert d'en haut, ils pourraient intervenir pour libérer les gosses. Nos grands manitous ne voient aucun inconvénient à ce qu'ils se servent de la DSA comme base à condition qu'on se tienne à l'écart de leurs petites manœuvres. Vous devriez donc voir incessamment débarquer un certain général Mike Rodgers, un colonel Brett August et leurs hommes, d'ici quelque chose comme quatre-vingt-dix minutes.

– Bien reçu, monsieur », répondit Ani.

Elle raccrocha et attendit un instant avant de recoiffer les écouteurs. L'annonce de l'arrivée du CNGC était une surprise et il lui fallut un moment pour la digérer. Cela faisait maintenant trois heures qu'elle écoutait les conversations de la secrétaire Chatterjee. À aucun moment il n'avait été fait mention d'une action militaire des États-Unis. Elle avait du mal à croire que l'Amérique ait pu décider de procéder à une intervention armée dans l'enceinte du complexe de l'ONU.

Mais si c'était vrai, au moins serait-elle aux premières loges pour y assister. Peut-être qu'elle pourrait même participer à l'élaboration du plan d'attaque.

Dans des circonstances normales, c'était toujours stimulant de se retrouver au cœur de ce que la CIA, par euphémisme, baptisait l'« action », surtout quand une « réaction » était imminente. Mais les circonstances étaient loin d'être normales.

Ani regarda son moniteur. Y était affiché un plan détaillé du bâtiment des Nations unies sur lequel étaient superposées des icônes symbolisant la présence de toutes ses puces électroniques. Elle observa la progression de celle affectée à Chatterjee. Elle devrait l'avoir rattrapée dans moins d'une minute.

Ani recoiffa les écouteurs. Les circonstances n'étaient pas normales parce qu'il y avait un groupe de personnes à l'intérieur des Nations unies – un groupe de personnes qui comptaient sur elle pour surveiller tous les faits et gestes de la secrétaire générale de l'organisation. Un groupe qui n'avait rien à voir avec la CIA. Le groupe dirigé par un homme qu'elle avait rencontré alors qu'elle cherchait de nouvelles recrues au Cambodge. Un homme qui avait été agent de la CIA en Bulgarie et qui, comme elle, avait été déçu du traitement que lui avait infligé l'Agence. Un homme qui avait passé lui aussi des années à nouer des contacts dans plusieurs pays, même si ce n'était pas pour recueillir des renseignements pour son compte. Un homme qui ne s'occupait pas du sexe ou de la personnalité d'un individu, mais uniquement de ses aptitudes.

C'était pour cela qu'Ani était venue au bureau à sept heures du matin. Elle n'était pas venue après le début de l'attaque, comme elle l'avait affirmé à Battat. Elle était venue parce qu'elle voulait être en position avant le début de celle-ci. Pour s'assurer que, si Georgiev devait la contacter sur sa ligne téléphonique cryptée, elle puisse être en mesure de lui fournir tous les renseignements dont il aurait besoin. Elle avait également un œil sur le compte bancaire à Zurich. Dès que l'argent y serait viré, elle le transférerait sur une douzaine d'autres comptes répartis dans le monde entier, puis effacerait la piste de la transaction. Jamais les enquêteurs ne pourraient la remonter.

La réussite de Georgiev serait la sienne. Et sa réussite serait celle de ses parents. Avec sa part des deux cent cinquante millions de dollars, ses vieux pourraient enfin réaliser leur rêve américain.

L'ironie, c'est que Battat s'était en fait gouré sur deux points. Ani Hampton n'était pas une simple fille. Mais même si ç'avait été le cas, elle n'aurait pas été ce qu'il avait dit : « une brave fille ».

C'était une fille d'exception.

18.

New York, samedi, 22:29

Mala Chatterjee mesurait à peine plus d'un mètre cinquante-cinq. Elle arrivait tout juste au menton de l'officier aux cheveux argentés qui la suivait d'un pas vif. Mais la taille de madame la secrétaire générale démentait sa véritable stature. Ses yeux sombres étaient grands et lumineux, sa peau lisse et basanée. Ses fins cheveux bruns naturellement marqués de blanc arrivaient au milieu des épaules de son complet strict de couleur noire. Les seuls bijoux qu'elle s'autorisait étaient une montre et deux petites perles montées en boucles d'oreilles.

Quelques voix discordantes s'étaient fait entendre avec force dans son pays quand elle avait été nommée à ce poste et qu'elle avait choisi de ne pas revêtir le sari traditionnel. Même son père s'était montré contrarié. Mais comme elle s'en était expliquée dans un entretien au magazine *Newsweek*, elle était ici au titre de représentant des peuples de toutes confessions, pas uniquement de son pays natal et de ses compatriotes. Heureusement, le traité de désarmement avec le Pakistan avait mis un terme au débat. Il avait également contribué à faire taire d'autres protestations, tout aussi bruyantes, émises par d'autres États qui reprochaient à l'organisation internationale d'avoir choisi de désigner une diplomate plus pour ses qualités médiatiques et télégéniques que pour sa réputation de négociatrice internationale.

Chatterjee n'avait pas douté de sa capacité à assumer cette tâche. Elle n'avait jamais rencontré de problème qu'elle ne fût capable de résoudre en faisant le premier pas. Tant de conflits étaient provoqués par le désir de sauver la face ; qu'on ôte cet élément et les disputes se résolvaient souvent d'elles-mêmes.

Mala Chatterjee croyait toujours dur comme fer à cette méthode, tandis qu'accompagnée du colonel Mott elle descendait en ascenseur au premier étage. Une brochette de journalistes triés sur le volet avaient reçu l'autorisation de pénétrer dans cette partie du bâtiment, et elle répondit à quelques questions tout en se dirigeant d'un pas décidé vers la salle du Conseil de sécurité.

« Nous avons bon espoir que l'affaire pourra se résoudre par des moyens pacifiques... notre priorité est la sécurité et la sauvegarde des vies humaines... nous prions pour les familles des otages et pour que les victimes gardent courage... »

Les secrétaires généraux avaient prononcé exactement ces paroles ou des paroles équivalentes tant de fois, en tant de lieux de par le monde, qu'elles avaient presque fini par devenir une formule incantatoire, une sorte de mantra. Pourtant, ici, elles résonnaient d'une manière bien différente. Ce n'était pas une situation où des peuples combattaient, se haïssaient et mouraient depuis des lustres. Cette guerre-ci était inédite et l'ennemi faisait preuve d'une détermination inflexible. Ces paroles étaient dites avec le cœur, pas de mémoire. Et ce n'étaient pas les seules qui lui fussent venues à l'esprit. Après avoir quitté la presse, le colonel et elle longèrent l'immense mosaïque de la *Règle d'Or*, réalisée par des artistes vénitiens d'après le tableau de l'artiste américain Norman Rockwell. C'était un don fait à l'occasion du 40e anniversaire des Nations unies par Nancy Reagan, alors première dame des États-Unis.

Comporte-toi avec les autres comme tu voudrais qu'ils le fassent avec toi. Telle était l'inscription que portait l'œuvre, symbole du thème commun à la majorité des religions de par le monde. Chatterjee priait pour qu'un tel vœu puisse être exaucé.

Des représentants des États membres du Conseil de sécurité étaient rassemblés au nord de la salle du Conseil économique et social. Entre eux et la salle adjacente, qui était celle du Conseil de tutelle, étaient interposés vingt-sept gardes, l'intégralité de la force que le colonel Mott avait sous ses ordres. Il y avait en outre une équipe de secouristes et de médecins des urgences du CHU de New York, situé dix rues au sud des Nations unies. Tous étaient volontaires.

Madame la secrétaire générale Chatterjee et le colonel Mott approchèrent des doubles portes de la salle du Conseil de sécurité. Ils s'arrêtèrent à quelques mètres. Le colonel décrocha l'émetteur radio de sa ceinture. Il était déjà réglé sur la bonne fréquence. Il l'alluma et le tendit à la secrétaire générale. La main de Chatterjee était glacée quand elle saisit l'appareil. Elle regarda sa montre. Il était vingt-deux heures trente.

Elle s'était répété mentalement les paroles en arrivant ici, cherchant à rendre le message le plus concis possible. *Ici la secrétaire générale Chatterjee. Est-ce que vous acceptez que j'entre ?*

Si les terroristes l'admettaient dans la salle, si l'ultimatum s'écoulait sans nouvelle mort, alors s'ouvrirait une fenêtre pour discuter. Négocier. Peut-être arriverait-elle à les convaincre de la garder en échange des enfants. Chatterjee ne réfléchissait même pas plus loin que cela, elle ne pensait pas à son propre sort. Pour un négociateur, l'objectif était tout, les moyens secondaires. Vérité, tromperie, risque, compassion, froideur, résolution, séduction ; il fallait savoir faire feu de tout bois.

Les doigts minces de l'Indienne serraient l'émetteur tandis qu'elle portait le micro à ses lèvres. Elle devait faire en sorte d'avoir une voix forte mais neutre. Elle déglutit pour être sûre que les mots ne s'étranglent pas dans sa bouche. Elle devait parler d'une voix claire. Elle s'humecta les lèvres.

« Ici la secrétaire générale Mala Chatterjee », dit-elle avec lenteur. Elle avait décidé d'ajouter son prénom pour rendre sa présentation moins formaliste. « Est-ce que vous acceptez que j'entre ? »

Seul le silence lui répondit. Les terroristes avaient bien dit qu'ils écouteraient cette fréquence ; ils devaient l'avoir entendue. Chatterjee aurait juré entendre le cœur du colonel Mott cogner dans sa poitrine. En tout cas, elle entendait certainement le sien, dont les battements crissaient comme du papier de verre à ses oreilles.

Un instant plus tard, une détonation fracassante retentit derrière les portes de la salle du Conseil de sécurité. Elle fut suivie par des cris. Quelques secondes plus tard, la porte la plus proche s'ouvrit vers l'extérieur. Le Suédois apparut, s'écroula dehors. Il n'avait plus d'occiput.

Il était resté collé au mur intérieur de la salle.

19.

New York, samedi, 22:30

Paul Hood s'était ressaisi avant de retourner à la cafétéria. Il l'atteignit juste comme débarquaient des policiers du service de sécurité des Affaires étrangères. Puisque les parents étaient tous ressortissants américains, l'ambassadeur des États-Unis à l'ONU avait demandé leur transfert dans les bureaux du ministère des Affaires étrangères qui étaient situés juste en face dans la Première Avenue. La raison invoquée concernait la sécurité mais Hood suspectait qu'il s'agissait en réalité d'une question de souveraineté. Les États-Unis n'avaient pas envie de voir des citoyens américains interrogés par des étrangers au sujet d'une agression terroriste survenue en territoire international. Cela risquait d'instaurer un dangereux précédent qui permettrait à n'importe quel gouvernement ou représentant officiel de détenir des ressortissants états-uniens coupables d'aucune infraction à une loi nationale ou internationale.

Aucun des parents n'envisageait avec joie la perspective de quitter le bâtiment où leur progéniture restait détenue. Mais ils obéirent, accompagnés par le chef adjoint de la sécurité des Affaires étrangères, Bill

Mohalley. Hood lui donnait la cinquantaine. À sa carrure, ses larges épaules, son port altier et son ton sec et comminatoire, il était sans doute entré aux Affaires étrangères via la filière militaire. Le gaillard aux cheveux bruns leur répéta que leur propre gouvernement serait mieux à même de les protéger et de les tenir informés. Les deux étaient vrais, même si Hood se demanda jusqu'à quel point les autorités seraient prêtes à leur dire quoi que ce soit. Des terroristes armés avaient réussi à franchir les barrages de sécurité du territoire américain pour s'introduire aux Nations unies. S'il arrivait quoi que ce soit aux enfants, il risquait d'y avoir des suites judiciaires sans précédent.

Alors qu'ils quittaient le buffet et commençaient à gravir l'escalier central pour rejoindre la salle des pas perdus, la détonation à l'intérieur de la salle du Conseil retentit dans tout le bâtiment.

Tout s'arrêta. Puis il y eut quelques cris au loin, au milieu d'un silence affreux.

Mohalley demanda à tout le monde de continuer à monter rapidement. Il fallut une longue seconde avant que chacun n'obéisse. Plusieurs parents insistèrent pour retourner à l'ancienne salle de presse afin d'être près de leurs enfants. Mohalley leur expliqua que la zone avait été neutralisée par le personnel de sécurité des Nations unies et qu'il était désormais impossible d'y accéder. Puis il les pressa instamment de continuer d'avancer pour qu'il puisse les mettre en sûreté et revenir ensuite aux nouvelles. Ils obtempérèrent et certains parents se mirent à pleurer.

Hood passa un bras autour des épaules de Sharon. Même s'il avait lui-même les jambes en coton, il l'aida à gravir les marches. Il n'y avait eu qu'un seul coup de feu, aussi supposa-t-il qu'un otage venait d'être tué. Hood avait toujours estimé que c'était la pire façon de mourir, se voir privé de tout, rien que pour aider un individu à faire valoir son opinion. Une vie gâchée, utilisée comme un vulgaire point d'exclamation sanglant, les amours et les rêves d'une personne tranchés net comme s'ils n'avaient aucune valeur. Il n'y avait pas de perspective plus glaciale que celle-là.

Quand ils parvinrent dans la salle des pas perdus, Mohalley reçut un appel sur sa radio portative. Tandis qu'il s'écartait pour le prendre, les parents sortirent en file dans le parc, éclairé par des projecteurs, situé entre le bâtiment de l'Assemblée générale et la tour du 866, place des Nations-Unies. Là, ils furent accueillis par deux des collaborateurs de Mohalley.

L'appel radio fut bref. Dès qu'il eut terminé, Mohalley rejoignit le groupe et remonta la file. Au passage, il demanda à Hood s'il pouvait le prendre à part un instant.

« Bien sûr », dit celui-ci. Il sentit sa bouche se dessécher. « Était-ce l'otage ? demanda-t-il. Le coup de feu ?

– Oui, monsieur, confirma Mohalley. Un des diplomates. »

Hood se sentit malade et soulagé à la fois. Sa femme s'était immobilisée à quelques pas de là. Il lui fit signe de continuer d'avancer, que tout allait bien. Pour l'instant, c'était une expression toute relative.

« Monsieur Hood, reprit Mohalley, nous avons fait une rapide vérification d'identité de tous les parents et vos antécédents à l'Op-Center ont été relevés...

– J'ai donné ma démission.

– Nous sommes au courant. Mais celle-ci ne devient

effective que dans douze jours. D'ici là, poursuivit-il, nous avons un problème potentiellement sérieux pour lequel vous seriez à même de nous donner un coup de main. »

Hood le fixa. « Quel genre de problème ?

– Je ne suis pas autorisé à vous en dire plus. »

Hood ne s'était pas attendu à ce que Mohalley lui fasse des révélations. Pas ici. Les Affaires étrangères avaient une véritable parano de la sécurité à l'extérieur de leurs propres locaux, même si c'était à bon droit. Chaque diplomate, chaque consulat était ici pour aider son pays de tutelle. Cela incluait d'être en permanence aux aguets, en recourant à tous les moyens imaginables, des oreilles indiscrètes aux écoutes téléphoniques et à l'espionnage électronique.

« Je comprends », fit Hood mais il insista : « C'est toutefois en rapport avec cette affaire ?

– Oui, monsieur. Voulez-vous bien me suivre ? » C'était moins une question qu'un ordre.

Hood se retourna pour regarder l'esplanade. « Et mon épouse...

– Nous lui dirons que nous avons eu besoin de vous, l'informa Mohalley. Elle comprendra. Je vous en prie, monsieur, c'est important. »

Hood le fixa dans les yeux qu'il avait gris acier. Une part de lui-même éprouvait de la culpabilité à l'égard de Sharon, il aurait eu envie de lancer à ce type d'aller au diable. Lowell Coffey avait dit un jour : « Les exigences de la raison d'État passent avant les états d'âme. » C'était précisément la raison pour laquelle Hood avait démissionné de ses fonctions. Un diplomate venait de se faire tuer, leur fille était détenue par ses assassins... des assassins qui avaient promis d'abattre une personne chaque heure. Hood aurait dû rester auprès de sa femme.

Pourtant, il y avait également une part de lui-même qui refusait de rester plantée là à attendre que d'autres agissent à sa place. S'il pouvait faire quoi que ce soit pour aider Harleigh, ou s'il pouvait recueillir des informations utiles à Rodgers et aux Attaquants, alors il voulait être là pour le faire. Il espérait que Sharon saurait comprendre cela aussi.

« Très bien », dit-il au chef de la sécurité.

Les deux hommes firent demi-tour pour traverser l'esplanade. Ils se dirigèrent d'un bon pas vers la Première Avenue qui était bloquée par des voitures de police depuis la 42e Rue jusqu'à à la hauteur de la 47e. Derrière, se dressait un mur éblouissant : les projecteurs des caméras de télévision. Garés le long de l'avenue, trois camions-PC radio de la police new-yorkaise, remplis de membres de la brigade antigang, au cas où les terroristes seraient américains. L'unité de déminage de la 17e brigade était également là, avec son camion et tout son matériel. Dans le ciel, deux hélicos Bell-412 bleu et blanc de la police aérienne, dont les puissants projecteurs balayaient le complexe. Personnel d'entretien et fonctionnaires du corps diplomatique continuaient d'être évacués des bâtiments de l'ONU et des tours de bureaux situées en face.

À la lueur éblouissante des projecteurs, Hood aperçut la silhouette blanche et spectrale de son épouse que l'on menait de l'autre côté de la rue au milieu des autres parents. Elle se retourna, cherchant à deviner où il se trouvait. Il lui adressa un signe de main, mais ils furent bientôt séparés par les camions radio, côté Nations unies, et le barrage de police sur le trottoir d'en face.

Hood suivit Mohalley en direction du sud et de la 42e Rue, où une berline noire des Affaires étrangères attendait, moteur au ralenti. Mohalley et Hood montèrent à l'arrière. Cinq minutes plus tard, ils quittaient Manhattan en passant par le tunnel Queens-Midtown qui venait d'être rénové.

Hood écouta Mohalley exposer la situation. Et ce qu'il entendit lui donna l'impression de s'être fait avoir comme un vrai bleu.

20.

New York, samedi, 22:31

Quand la détonation retentit à l'intérieur de la salle du Conseil de sécurité, le colonel Mott fit aussitôt barrage devant la secrétaire générale. Si la fusillade s'était poursuivie, il l'aurait repoussée pour la confier à ses hommes postés en retrait. Les agents avaient pris leurs boucliers anti-déflagration qui étaient entassés dans un coin et ils se tenaient derrière, prêts à intervenir.

Mais il n'y eut pas d'autre coup de feu. Juste une âcre odeur de cordite, cette matité cotonneuse causée par la détonation, et le froid indescriptible consécutif à l'exécution.

Madame la secrétaire générale Chatterjee regarda droit devant elle. Le mantra avait échoué. Un homme était mort, et l'espoir avec lui.

Elle avait vu des reconstitutions de meurtres dans les films de son père. Elle avait vu les conséquences des génocides dans les documentaires produits par les organisations de défense des droits de l'homme. Mais rien de tout cela n'approchait la réalité déshumanisante d'un meurtre réel. Elle considéra le cadavre gisant à plat ventre sur le sol dallé. Les yeux et la bouche étaient grands ouverts ; le visage pressé sur la joue et tourné vers elle évoquait un masque de cire. En dessous, une mare de sang s'élargissait en cercle. Les bras de l'homme étaient tordus sous son corps, ses pieds écartés. Où était l'ombre de l'*atman* dont parlait sa foi, cette âme éternelle de l'hindouisme ? Où était la dignité qu'on était censée garder avec soi tout au long du cycle éternel ?

« Évacuez-le d'ici », dit le colonel Mott après ce qui n'avait dû être qu'une seconde ou deux mais qui lui avait paru durer infiniment plus. « Vous vous sentez bien ? » demanda-t-il à la secrétaire générale.

Elle acquiesça.

Les secouristes se précipitèrent avec une civière. Ils firent rouler dessus le cadavre du délégué. L'un des toubibs posa un gros tampon de gaze sur la plaie béante à la nuque. C'était plus pour des raisons d'hygiène que pour ce malheureux pour lequel on ne pouvait hélas plus grand-chose.

Derrière les gardes, les représentants restaient immobiles et muets. Chatterjee les considéra et ils lui rendirent son regard. Tous avait le teint terreux. Les diplomates étaient chaque jour confrontés à l'horreur, mais ils n'en faisaient que rarement l'expérience personnelle.

Il s'écoula un long moment avant que Chatterjee ne se rappelle l'émetteur radio toujours dans sa main. Elle se reprit vivement et parla dans le micro. « Pourquoi ça, était-ce nécessaire ? »

Après un bref silence, une voix répondit. « Ici Sergio Contini. »

Contini était le délégué italien. Sa belle voix de stentor était haletante et presque inaudible.

Le colonel Mott se retourna vers Chatterjee. Elle avait les mâchoires crispées et la colère brûlait dans ses yeux noirs. L'officier se douta de ce qui s'annonçait.

« Allez-y, Signor Contini », dit Chatterjee. Contrairement à Mott, elle se raccrochait toujours à son espoir.

« On m'a demandé de vous dire que je serai la prochaine victime », annonça-t-il. Il parlait d'une voix lente, butant sur les mots. « Je serai abattu dans exactement une... » Il s'arrêta, se racla la gorge. « Dans exactement une heure d'ici. Il n'y aura pas d'autre communication.

– S'il vous plaît, dites à vos ravisseurs que je désire entrer, dit Chatterjee. Dites-leur que je veux...

– Ils ont cessé d'écouter », l'informa Mott.

Elle se tourna vers lui : « Pardon ? »

Le colonel indiqua la petite diode rouge au sommet du boîtier oblong. Elle était éteinte.

Chatterjee rabaissa lentement le bras. Le colonel se trompait. Les terroristes n'avaient même pas commencé d'écouter. « Combien de temps avant qu'on ait des images de l'intérieur de la salle ?

– J'ai envoyé quelqu'un voir en bas, répondit Mott. Nous maintenons le silence radio au cas où ils nous espionneraient.

– Je comprends », dit Chatterjee. Elle lui restitua l'émetteur.

Le colonel Mott envoya un de ses agents à l'entresol, puis ordonna à deux autres de nettoyer le carrelage maculé de sang. S'ils devaient intervenir, il n'avait pas envie qu'en plus quelqu'un dérape dessus.

Tandis que Mott s'entretenait avec ses troupes, plusieurs représentants avaient tenté de se rapprocher. Mott ordonna à ses gardes de les repousser. Il indiqua qu'il ne voulait voir personne bloquer l'accès à la salle du Conseil de sécurité. Si l'un des otages parvenait à s'enfuir, il voulait être en mesure de le protéger.

Laissant l'officier se charger du maintien de l'ordre, Chatterjee lui tourna le dos. Elle s'approcha de la baie vitrée qui dominait l'esplanade. Il régnait une telle animation ici d'ordinaire, même le soir, autour de la fontaine, avec toute cette circulation, les gens qui faisaient leur jogging ou promenaient leur chien, les lumières derrière les vitrines et les fenêtres des bureaux de l'autre côté. Même les survols en hélicoptère étaient déroutés du centre-ville – pas seulement au cas où il se produirait une explosion au sol mais dans l'éventualité où les terroristes auraient des complices. Elle imagina que les péniches, ferries et remorqueurs avaient été également bloqués sur l'East River.

Tout le secteur était paralysé. Elle aussi.

Chatterjee prit une inspiration tremblante. Elle se répétait qu'ils n'auraient rien pu faire pour empêcher la mort du délégué. Jamais ils n'auraient eu le temps de collecter la rançon, même si les États avaient accédé à la demande. Ils n'auraient pas pu investir la salle du Conseil de sécurité sans causer d'autres victimes. Et ils ne pouvaient pas négocier, même si ce n'était pas faute d'avoir essayé.

Et puis soudain, l'illumination se fit : elle avait commis une erreur. Un seul détail, infime mais essentiel.

Chatterjee se tourna pour rejoindre les représentants et leur dire qu'elle retournait à la salle de conférences, informer la famille du délégué de son exécution. Puis elle ajouta qu'elle allait revenir.

« Pour quoi faire ? demanda le représentant des îles Fidji.

– Ce que j'aurais dû faire dès le début », répondit-elle avant de se diriger vers l'ascenseur.

21.

New York, samedi, 22 : 39

Reynold Downer s'approcha de Georgiev après avoir abattu le délégué suédois. À l'exception de quelques jeunes qui pleuraient et du délégué italien qui priait, chacun dans la salle restait figé et silencieux. Les autres membres masqués du groupe restèrent à leur place.

Downer était assez près du Bulgare pour sentir la chaleur de son haleine à travers le passe-montagne. Il y avait de minuscules taches de sang sur les fibres du tissu.

« Il faut qu'on cause, dit Downer.

– De quoi ? murmura Georgiev, d'une voix irritée.

– De l'envoi de nouvelles pièces à l'abattoir, cracha Downer.

– Retourne à ton poste, insista Georgiev.

– Non, écoute-moi. Quand j'ai ouvert la porte, j'ai aperçu dans le couloir vingt ou vingt-cinq gardes armés et protégés par des boucliers.

– Des eunuques, cracha Georgiev. Jamais ils ne se risqueront à un assaut. On en a déjà discuté. Ils auraient tout à y perdre.

– Je sais. » Les yeux de Downer glissèrent vers le

téléphone crypté posé par terre sur un sac en toile. « Mais ton informateur a dit que seule la France était d'accord pour payer. Nous n'avons pas réussi à prendre en otage cette foutue secrétaire générale, comme on l'avait prévu.

– Hasard malencontreux, admit Georgiev, mais rien de catastrophique. On se débrouillera sans avocat.

– Je vois mal comment.

– En mettant leur patience à bout. Quand les États-Unis commenceront à s'inquiéter du risque encouru par leurs enfants, ils paieront la rançon, quoi que décident les autres pays. Ils intégreront le montant à leur dette vis-à-vis de l'ONU et trouveront bien le moyen de nous verser la somme sans perdre la face. Alors maintenant, tu retournes t'acquitter de la tâche qu'on t'a assignée.

– Je ne suis pas d'accord, insista Downer. Je pense qu'il faut qu'on fasse monter la pression.

– Inutile, contra Georgiev. On a le temps, de l'eau, des vivres...

– Ce n'est pas de ça que je parle, merde ! » le coupa Downer.

Georgiev le fusilla du regard. L'Australien devenait pénible. Ça ne l'étonnait pas outre mesure. Le type était un extrémiste, un maniaque de l'affrontement, aussi excessif et schématique qu'un personnage du théâtre kabuki japonais. Mais ça commençait à bien faire. Il dépassait les bornes. Georgiev était prêt désormais à le descendre, lui ou d'autres, s'il le fallait. Il espérait que l'Australien le lirait dans ses yeux.

Downer prit une inspiration. Quand il parla à nouveau, ce fut d'un ton plus calme. Le message avait été bien reçu.

« Ce que je veux dire, poursuivit Downer, c'est que ces salopards n'ont pas l'air d'avoir capté le message qui est qu'on veut le fric, et qu'on n'a pas l'intention de discuter. Chatterjee a essayé de négocier.

– Ça aussi, on l'avait prévu, dit Georgiev. Et on lui a claqué la porte au nez.

– Pour le moment, grommela Downer. Elle reviendra à l'attaque. Bavasser, c'est tout ce dont sont capables ces bougres d'imbéciles.

– Et ça ne les a jamais menés à rien, observa Georgiev. On a prévu tous les cas de figure, lui rappela tranquillement le Bulgare. Ils céderont. »

L'Australien avait toujours dans la main l'arme avec laquelle il avait tué le délégué suédois. Il l'agita tout en reprenant la parole, entêté : « Je persiste à penser qu'on devrait chercher à savoir ce que trament ces salauds et ensuite les pousser à la faute. Moi je dis qu'une fois qu'on aura réglé son compte au Rital, il faudra voir à s'occuper des gosses. Peut-être en commençant par les torturer un peu, histoire de laisser filtrer quelques cris là-haut dans les couloirs. Comme au Cambodge, ces guérilleros khmers rouges qui capturaient le chien de la maison et le découpaient lentement en lanières jusqu'à ce que la famille sorte. Faut leur mettre un peu la pression pour qu'ils accélèrent le mouvement.

– On savait qu'il faudrait plusieurs balles pour attirer leur attention, murmura Georgiev en réponse. On savait que même s'ils sont prêts à sacrifier des délégués, jamais les États-Unis ne laisseront mourir les enfants. Que ce soit lors d'un assaut ou par leur inaction. Alors, pour la dernière fois, je te demande de regagner ton poste. On s'en tient à notre plan initial. »

Downer poussa un soupir, lâcha un juron, et Georgiev reporta son attention sur les otages. Le Bulgare avait également prévu cet incident. Reynold Downer était tout sauf patient. Mais la résolution pouvait être mise à l'épreuve et l'esprit d'équipe renforcé par le conflit et la tension.

Sauf aux Nations unies, songea le Bulgare, ironique. Et pour une bonne et simple raison. Les Nations unies privilégiaient la paix au gain matériel. La paix à la mise à l'épreuve. La paix à la vie.

Georgiev, lui, était prêt à se battre jusqu'à ce qu'il succombe à cette paix que nul ne pouvait éviter, cette paix ultime qui était finalement le lot de tout homme.

22.

New York, samedi, 23 : 08

Le gros C-130 était parqué, moteurs au ralenti, sur la piste devant le terminal réservé à l'infanterie de marine sur l'aéroport La Guardia. Baptisé à l'origine *terminal maritime* lors de l'ouverture de l'aérodrome en 1939, c'était à l'époque son bâtiment principal. Bâti en lisière de Jamaica Bay, il était conçu pour accueillir les passagers débarquant des hydravions géants qui avaient encore le monopole des vols internationaux dans les années trente et quarante.

Aujourd'hui, le bâtiment Art déco paraissait bien minuscule comparé à celui du terminal central et à ceux attribués aux différentes compagnies aériennes. Au temps de sa gloire, cependant, il avait été le témoin d'événements historiques. Celle qu'on appelait alors la « piste argentée », malgré son revêtement noir, avait accueilli hommes politiques et dirigeants internationaux, vedettes des arts et de l'écran, savants renommés comme explorateurs célèbres. Chaque fois, les flashes des journalistes étaient là pour les accueillir à New York, et des limousines les attendaient pour les conduire en ville.

Ce soir, le terminal de l'infanterie de marine était

le témoin d'un autre volet de l'histoire. Onze hommes du commando d'Attaquants de l'Op-Center sous la direction du général Mike Rodgers se tenaient sur le tarmac noir, douze membres de la police militaire formant un cercle autour d'eux. En les apercevant, Paul Hood, crispé de rage, enfonça littéralement les doigts dans le coussin du siège.

En chemin, le chef adjoint de la sécurité Mohalley lui avait expliqué que les MP avaient débarqué par hélico de Fort Monmouth, dans le New Jersey, où ils étaient attachés au commandement aéroporté.

« D'après les renseignements qu'on a bien voulu me fournir, avait précisé Mohalley, la Commission parlementaire de surveillance du renseignement a refusé d'accorder à vos Attaquants l'autorisation d'intervenir dans la crise. Il semblerait que le président de la commission ait émis des inquiétudes sur la réputation du commando à interpréter les règles de manière un peu trop élastique, c'est pourquoi il aurait décidé de contacter la Maison-Blanche et de s'adresser directement au président. »

Bon, de toute évidence, personne ne s'est soucié de prendre en compte la réputation de succès de notre groupe.

« Quand le président a voulu téléphoner à Mike Rodgers, poursuivit Mohalley, il a été furieux de découvrir que le commando avait déjà pris l'air. Aussitôt, le président a passé un coup de fil au colonel Kenneth Morningside, commandant du poste de Fort Monmouth. Cette fermeté d'attitude de leur part ne me surprend pas, ajouta Mohalley. Un quart d'heure à peu près après que les terroristes eurent pénétré aux Nations unies, les Affaires étrangères ont émis une directive générale stipulant qu'aucune unité de nos forces de sécurité ne devait mettre le pied dans l'enceinte du bâtiment. J'ai cru comprendre que le chef de la police de New York avait reçu des instructions similaires. Toute intervention doit répondre à une demande écrite de la secrétaire générale et son déroulement être visé par l'officier commandant la sécurité sur place. »

En entendant ces nouvelles, l'inquiétude de Hood pour sa fille et les autres enfants ne fit que redoubler. Si les Attaquants n'étaient pas autorisés à les sauver, qui le pourrait ? Mais le désespoir de Hood s'était bien vite mué en rage muette quand il vit Mike Rodgers, Brett August et le reste des Attaquants retenus sur la piste. Ces hommes et ces femmes, combattants héroïques, ne méritaient certainement pas d'être traités comme des voyous.

Hood descendit de voiture et s'approcha du groupe au petit trot. Mohalley s'empressa de lui emboîter le pas. Une brise fraîche et salée soufflait de la baie et Mohalley dut retenir sa casquette pour l'empêcher de s'envoler. Hood ne sentait même pas le vent. La colère bouillonnait en lui, plus intensément encore que sa peur ou sa frustration. Il avait les muscles tendus comme des cordes, l'esprit en feu. Pourtant, son ire ne visait pas seulement cet outrage et l'inefficacité persistante de l'ONU. Comme de l'huile ravivant des braises qui couvent, sa colère éclaboussait tout. Il finissait par en vouloir aussi à l'Op-Center d'avoir à ce point envahi son existence, à Sharon de ne pas l'avoir plus soutenu, et à lui-même d'avoir géré toute cette affaire aussi mal.

Le lieutenant Solo qui commandait la brigade de police militaire se porta au-devant des deux hommes.

C'était un petit bonhomme baraqué, la trentaine bien entamée, au crâne déjà dégarni. Il avait le regard inflexible et le visage neutre.

Mohalley rattrapa Hood et se présenta au lieutenant. Puis il présenta Hood. Mais ce dernier était déjà passé devant l'officier pour s'approcher du cercle que formaient les membres de la police militaire. Fronçant les sourcils, l'officier tourna les talons pour le rattraper. Mohalley lui emboîta le pas.

Hood évita de justesse de traverser les rangs des MP – mais ce fut vraiment de justesse. Il lui restait encore assez de bon sens pour savoir que s'il s'opposait de front à ces types, il partait perdant.

Le lieutenant se faufila devant Hood. « Excusez-moi, monsieur, mais... », commença-t-il.

Hood l'ignora. « Mike, est-ce que ça va ? lança-t-il.

– J'ai connu pire », répondit le général.

C'était la vérité, Hood devait bien l'admettre. La remise en perspective alliée au retour du sens commun permit à Hood de se relaxer légèrement.

« Monsieur Hood », insista le lieutenant.

Hood le regarda. « Lieutenant Solo, ces hommes sont sous ma responsabilité directe. Quels sont vos ordres ?

– Nous avons reçu instruction de nous assurer que tous les membres du commando d'Attaquants étaient remontés à bord du C-130 et de rester à notre poste jusqu'à ce que l'appareil soit retourné à Andrews, l'informa l'officier subalterne.

– Parfait, répondit Hood avec un dégoût non dissimulé. Laissons donc Washington enterrer le seul espoir que pouvait encore avoir l'ONU...

– La décision ne vient pas de moi, monsieur, indiqua Solo.

– Je sais, lieutenant, et je n'en ai pas après vous en particulier. » C'était vrai. Il en avait après tout le monde en général. « Mais le fait est que je me retrouve dans une situation qui exige la présence de mon second immédiat, à savoir le général Rodgers. Le général ne fait pas partie de l'unité des Attaquants. »

Le regard du lieutenant passa de Hood à Rodgers puis revint à Hood. « Si c'est exact, alors mes instructions ne concernent pas le général. »

Rodgers s'écarta des Attaquants et vint franchir le cercle des MP.

Mohalley fit la grimace. « Attendez voir, lança-t-il. Moi, les instructions que j'ai reçues concernent en revanche l'ensemble des personnels de sécurité civile ou militaire, et donc le général Rodgers. Monsieur Hood, j'aimerais savoir quel genre de situation requiert la présence du général.

– C'est personnel.

– Si c'est en rapport avec la situation aux Nations unies...

– Effectivement, confirma Hood. Ma fille y est détenue en otage. Et Mike Rodgers est son parrain. »

Mohalley considéra le général. « Son parrain...

– C'est exact », confirma le général.

Hood ne dit rien. Peu importait que le responsable de la sécurité des Affaires étrangères le croie ou non. L'essentiel était qu'on permette à Rodgers de l'accompagner.

Mohalley regarda Hood. « Seule la famille proche est autorisée à pénétrer dans la salle d'attente avec vous.

– Eh bien, je n'irai pas dans la salle d'attente », siffla Hood entre ses dents. Il en avait par-dessus la tête. Il n'avait jamais frappé un homme, mais si ce fonctionnaire ne s'écartait pas, il allait lui flanquer son poing dans la figure.

Rodgers se tenait juste à côté du représentant des Affaires étrangères. Le général observait Hood. Un long moment, on entendit juste le vent. Il semblait bien plus fort dans ce brusque silence.

« Très bien, Monsieur Hood, concéda finalement Mohalley. Je ne vais pas vous tenir la jambe, ce coup-ci. »

Hood souffla.

Mohalley se tourna alors vers Rodgers. « Voulez-vous que je vous conduise, mon général ?

– Volontiers, merci. »

Rodgers continuait de fixer son patron. Et Hood éprouva soudain la même sensation que lorsqu'ils étaient assis naguère dans son bureau de l'Op-Center : cette impression d'être reconnecté, à nouveau branché sur un réseau d'amis et de collègues dévoués.

Grâces leur soient rendues. Au milieu de ce délire, il lui semblait avoir enfin retrouvé la terre ferme.

Avant de repartir, Rodgers se tourna vers les Attaquants. Ils se mirent au garde-à-vous. Le colonel August le salua. Rodgers lui rendit son salut. Puis, sur ordre du colonel, les Attaquants firent demi-tour vers le C-130. Le cercle de MP s'ouvrit pour les laisser passer. La police militaire resta sur la piste jusqu'à ce que Hood, Rodgers et Mohalley eurent regagné la voiture.

Paul Hood n'avait pas de plan précis. Il ne pensait pas non plus que Rodgers en avait un. Quoi qu'ait pu envisager le général, ce devait être avec le concours des Attaquants. Mais alors que la limousine des Affaires étrangères s'éloignait du terminal et du gros-porteur, Hood se sentait déjà un peu plus rasséréné. Ce n'était pas seulement la présence de Rodgers qui le réconfortait. C'était surtout le souvenir d'une leçon apprise alors qu'il dirigeait l'Op-Center : à savoir qu'en toute hypothèse, les plans élaborés dans les moments de calme fonctionnaient rarement en période de crise.

Ils n'étaient certes que deux, mais avec le renfort de l'équipe la plus forte du monde, ils trouveraient bien une solution.

Forcément.

23.

New York, samedi, 23 : 11

« Il n'est absolument pas question que je vous laisse faire une chose pareille ! » Le colonel Mott hurlait presque aux oreilles de Chatterjee. « C'est de la folie pure. Non, c'est pire que de la folie. C'est du suicide ! »

Tous deux se tenaient au bout de la table, dans la salle de conférences. Le secrétaire général adjoint Takahara et le sous-secrétaire adjoint Javier Olivo se trouvaient à quelques mètres de là, près de la porte close. Chatterjee venait de s'entretenir au téléphone avec Gertrud Johanson, la veuve du délégué suédois, qui était à leur domicile à Stockholm. Son mari avait assisté à la soirée avec sa jeune secrétaire, Liv, qui se trouvait toujours détenue dans la salle du Conseil de sécurité. Mme Johanson devait arriver par le premier avion.

Il était à la fois triste et ironique, songea Chatterjee, que tant d'épouses d'hommes politiques ne puissent rejoindre leur mari qu'après leur décès. Elle se demanda si elle aurait choisi une telle carrière si elle s'était mariée.

Sans doute, décida-t-elle.

« Madame ? insista le colonel. S'il vous plaît, dites-moi que vous réexaminez votre décision. »

Impossible. Elle était convaincue d'avoir raison. Et de ce fait, elle n'avait pas d'autre choix. C'était son *dharma*, le devoir sacré qui accompagnait l'existence qu'elle avait choisie.

« Je suis sensible à vos craintes, mais j'estime que c'est notre meilleure option.

– Non, répondit Mott. Nous devrions avoir une transmission vidéo de l'intérieur de la salle d'ici quelques minutes. Accordez-moi une demi-heure pour analyser les images, et ensuite je ferai intervenir mes hommes.

– Dans l'intervalle, fit remarquer Chatterjee, l'ambassadeur Contini sera mort.

– L'ambassadeur mourra, de toute façon, rétorqua Mott.

– Je refuse de l'accepter.

– Parce que vous êtes diplomate et pas soldat. L'ambassadeur est ce qu'on appelle une perte opérationnelle. C'est un homme, ou une unité, qu'on ne peut sauver à temps, sauf à risquer la sécurité du reste de la compagnie. Alors, on s'en abstient. On ne peut pas.

– Ce n'est pas la sécurité d'une compagnie qui est en jeu. Seulement la mienne. Je m'en vais retourner au Conseil de sécurité et entrer dans la salle. »

Mott hocha la tête avec colère. « Je crois que vous faites ça pour vous punir, madame la secrétaire générale, et vous n'avez aucune raison valable pour cela. Vous avez fait ce qu'il fallait en tentant de contacter par radio les terroristes.

– Non. Je n'ai pas vu plus loin que le bout de mon nez. Je n'avais pas envisagé l'étape suivante.

– C'est toujours facile à dire *a posteriori*, observa le secrétaire général adjoint Takahara. Personne ici n'a eu de meilleure idée. Et si nous avions envisagé l'option que vous proposez, j'y aurais opposé mon veto. »

Chatterjee regarda sa montre. Plus que dix-neuf minutes avant l'expiration du nouvel ultimatum. « Messieurs, ma décision est prise.

– Ils vont vous tailler en pièces, avertit Mott. Ils ont sans doute posté un homme à la porte pour abattre quiconque essaiera d'entrer.

– Si c'est le cas, alors peut-être que ma mort remplacera celle qu'ils avaient prévue. Peut-être qu'elle épargnera la vie de l'ambassadeur Contini. Ensuite, ce sera à vous, monsieur Takahara, de décider de la marche à suivre.

– La marche à suivre..., grommela Mott. Quel autre choix y a-t-il que d'attaquer ces monstres ? Et il y a un détail que vous n'avez pas considéré. Les terroristes nous ont prévenus que toute tentative de libération des otages entraînerait l'émission d'un gaz toxique. Nous sommes confrontés à une situation éminemment délicate. Il y a de gros risques qu'ils interprètent votre tentative d'intrusion comme une attaque par mes forces de sécurité ou peut-être comme une diversion préalable à cette attaque.

– Je leur parlerai derrière la porte. Je leur ferai bien comprendre que j'entre désarmée.

– Ce qui est précisément ce qu'on leur dirait si on voulait les mener en bateau, nota Mott.

– Colonel, dans le cas présent, je suis d'accord avec madame la secrétaire générale, intervint Takahara. Rappelez-vous, ce n'est pas que la vie de l'ambassadeur Contini qui est en danger... Si vous pénétrez dans la salle à la tête d'un commando armé, il est absolument certain qu'il y aura de nombreuses pertes parmi les otages et sans doute dans vos propres rangs, sans compter le risque du gaz. »

Chatterjee regarda de nouveau sa montre. « Hélas, nous n'avons plus le temps de débattre davantage.

– Madame, reprit Mott, accepterez-vous au moins d'enfiler un gilet pare-balles ?

– Non, répondit Chatterjee. Je dois entrer dans cette salle armée de mon seul espoir, mais aussi de confiance. »

La secrétaire générale ouvrit la porte de la salle de conférences. Elle s'engagea dans le corridor, suivie de près par le colonel Mott.

Nonobstant les espoirs qu'elle avait formulés dans la salle de conférences, Chatterjee savait bien qu'elle allait sans doute à la mort. La conscience de n'avoir peut-être plus que quelques minutes à vivre aiguisait tous ses sens, modifiant l'aspect par ailleurs banal du corridor. Les images, les odeurs, et jusqu'au cliquetis de ses talons sur le carrelage ressortaient avec intensité. Et pour la première fois de sa brève carrière ici, elle n'était pas distraite par des discussions ou des débats, tenue par des affaires pressantes de paix, de guerre, de sanctions ou autres résolutions. Cela rendait l'expérience d'autant plus surréaliste.

Accompagnée de Mott, elle pénétra dans la cabine de l'ascenseur. Encore cinq minutes avant que l'ultimatum n'expire.

Un verbe qui prenait désormais pour elle une résonance bien particulière...

24.

New York, samedi, 23 : 28

Georgiev se tenait près de l'ouverture de la table en fer à cheval, l'œil sur les délégués mais aussi sur sa montre. Ses hommes étaient toujours postés aux portes, Barone excepté. L'Uruguayen était agenouillé au milieu de la salle, les yeux baissés, juste au pied de la galerie. Quand il ne resta plus que deux minutes avant l'expiration du nouvel ultimatum, le Bulgare se retourna et adressa un signe de tête à l'Australien.

Celui-ci arpentait lentement la galerie supérieure à proximité de la porte nord. Il lorgnait Georgiev. Dès qu'il eut le signal, il redescendit les marches.

Plusieurs hommes et femmes assis par terre à l'intérieur du fer à cheval se mirent à gémir. Georgiev détestait la faiblesse. Aussi leva-t-il son automatique pour le pointer vers une des femmes. C'est ce qu'il faisait avec ses filles au Cambodge. Chaque fois que l'une ou l'autre se pointait et menaçait de le dénoncer parce qu'il les maltraitait ou les payait moins que promis, Georgiev ne répondait rien, il se contentait de pointer son arme vers leur tête. Le résultat était garanti : elles écarquillaient aussitôt les yeux, leurs narines se dilataient, leur bouche béait et demeurait figée. Alors seulement, Georgiev prenait la parole : « Si tu reviens te plaindre à moi, je te tue. Si t'essaies de t'évader, je vous tue, toi et ta famille. » Après ça, elles ne revenaient plus jamais se plaindre. Sur les cent filles ou plus qui avaient bossé pour lui durant l'année où il avait fait tourner son bobinard, il n'avait dû en abattre que deux.

Tous les prisonniers assis se turent. Georgiev rabaissa son arme. Ils avaient encore les larmes aux yeux mais avaient cessé de sangloter.

Downer était près du bas des marches quand Georgiev vit clignoter la diode rouge du TAC-SAT. Ça le surprit. Il avait eu Annabelle Hampton au téléphone une heure auparavant, lorsqu'elle lui avait fait savoir que la secrétaire générale avait l'intention de négocier. Un instant, Georgiev se demanda si les craintes de Downer allaient se concrétiser et si les forces de sécurité allaient tenter un assaut. Mais c'était impossible. Jamais l'ONU ne prendrait un tel risque. Il s'approcha de l'appareil.

Annabelle Hampton avait été la recrue la plus risquée mais sans doute la plus essentielle de Georgiev. Depuis leur toute première rencontre au Cambodge, elle lui avait donné l'impression d'être une femme indépendante et décidée. Elle se trouvait alors à Phnom Penh afin de recruter du personnel et des agents de renseignements pour la CIA. Georgiev lui transmettait les informations que ses filles soutiraient à leurs clients. Il lui donnait également des tuyaux par le truchement de ses contacts personnels chez les Khmers rouges. Même s'il payait les rebelles et se faisait payer en échange pour les espionner, l'arrangement lui permettait d'empocher un petit bénéfice.

Quand l'opération de maintien de la paix de l'ONU s'interrompit en 1993, Georgiev avait cherché à retrouver Annabelle pour tenter de lui fourguer le nom des filles qu'il avait utilisées. Ayant appris son transfert à Séoul, il l'avait contactée là-bas. À l'époque, il avait senti chez elle plus de colère que d'ambition. Quand il mentionna qu'il quitttait l'armée pour se lancer dans les affaires, elle lui répondit, mi-figue mi-raisin, qu'il ferait bien de songer à elle si jamais il entendait parler un jour d'une occasion intéressante.

Il avait tenu parole.

Jusqu'à cet après-midi, quand Annabelle avait procuré à Georgiev l'emploi du temps détaillé de la manifestation de ce soir à l'ONU, il se demanda si elle n'allait pas se retirer du jeu. Il était sûr malgré tout qu'elle ne le trahirait pas, parce qu'il savait où vivaient ses parents ; il avait bien pris soin de leur envoyer des fleurs quand la jeune femme était retournée leur rendre visite pour Noël. Malgré tout, les dernières heures avant une mission étaient, pour reprendre l'expression de Grigor Halachev, le grand général bulgare du XIXe siècle, « le moment de doute extrême ». C'était à cet instant que les plans étaient enfin mis en œuvre, que les soldats avaient une dernière chance de s'interroger sur leur condition morale.

Annabelle n'avait pas reculé. Elle gardait la même fermeté d'âme que tous les soldats présents dans la salle avec lui.

Il décrocha le téléphone. « Parle. » C'était le seul mot auquel Annabelle avait reçu pour instruction de répondre.

« La secrétaire générale s'est remise en route, l'informa Ani. Sauf que ce coup-ci, elle a bien l'intention d'entrer dans la salle du Conseil de sécurité. Elle espère que vous la laisserez entrer. »

Georgiev sourit.

« Ou alors, poursuivit la jeune femme, que vous la prendrez pour cible à la place du délégué italien.

– Les pacifistes espèrent toujours qu'on les prendra pour cible jusqu'au moment où l'occasion se présente, observa Georgiev. À ce moment-là, ils se mettent à geindre et implorer. Que disent ses conseillers ?

– Le colonel Mott et l'un des sous-secrétaires adjoints penchent pour un assaut dès qu'ils auront des images vidéo de la salle, dit Ani. Les autres se tiennent sur la réserve. »

Georgiev regarda Barone. Le service de sécurité du Secrétariat n'obtiendrait pas la moindre image. Dès qu'Annabelle les avait informés de ce plan, Georgiev avait envoyé Barone surveiller l'emplacement où ils étaient censés forer le plancher. Dès qu'ils verraient apparaître la minuscule caméra, ils la masqueraient.

« Ont-ils continué à discuter sur l'éventualité de payer la rançon ? lui demanda Georgiev.

– À aucun moment.

– Peu importe, répondit Georgiev. Pas d'images vidéo. De nouveaux cadavres... ils ne tarderont pas à céder à nos exigences.

– Il y a encore un détail, indiqua Ani. Je viens d'être informée par mon supérieur qu'un commando de l'Op-Center allait débarquer de Washington.

– L'Op-Center ? s'étonna Georgiev. Avec l'aval de qui ?

– De personne. Ils vont installer leur QG dans mon bureau. Si l'ONU leur donne le feu vert, ils pourraient intervenir. »

Ça, c'était imprévu. Georgiev avait entendu dire que le Centre national de gestion de crise avait monté une action des plus efficaces lors de la tentative de coup d'État en Russie l'an passé [1]. Même s'il avait effectivement des gaz toxiques et un plan de bataille en cas d'assaut contre la salle du Conseil, il n'avait pas envie de le mettre en œuvre. D'un autre côté, l'ONU serait obligée de donner au commando l'autorisation d'intervenir sur place. Et s'il réussissait à faire entrer Chatterjee, elle pourrait lui servir de bouclier pour retarder cet assaut.

Georgiev remercia Annabelle et raccrocha.

La secrétaire générale serait un atout de choix. Il avait toujours compté l'avoir comme avocat pour défendre les enfants. Conjurer les nations du monde de coopérer pour leur libération. À présent, en plus, elle allait l'aider à empêcher les militaires d'intervenir. Et quand viendrait l'heure de s'en aller, elle et les enfants constitueraient une monnaie d'échange idéale.

Downer arriva. La seule question était celle du sort du délégué italien. S'ils l'abattaient, cela saperait la crédibilité de la secrétaire générale comme négociatrice. S'ils l'épargnaient, ils sembleraient faire preuve de faiblesse.

Décidant que la crédibilité de la secrétaire générale n'était pas son problème, Georgiev donna d'un signe de tête le feu vert à Downer. Puis il regarda l'Australien mi-pousser mi-traîner un délégué en larmes jusqu'au sommet des marches.

---

1. Voir *Op-Center 2, Image virtuelle, op. cit.*

25.

New York, samedi, 23 : 29

« Ils vont remettre ça. »

La brune Laura Sabia était assise à la gauche de Harleigh Hood. Elle regardait droit devant elle, l'œil vide, et tremblait de plus belle. C'était comme si elle était en pleine crise de fringale. Harleigh reposa le bout des doigts sur la main de la jeune fille pour tenter de la calmer.

« Ils vont le tuer, répéta Laura.

– Chut », fit Harleigh.

Barbara Mathis, qui était assise à la droite de cette dernière, observait les terroristes. La violoniste aux cheveux de jais était assise, bien droite, l'air très concentré. Harleigh reconnaissait cette attitude. Barbara était de ces musiciennes qui se laissaient aisément emporter par une colère irrationnelle si quelqu'un faisait le moindre bruit susceptible de nuire à leur concentration. Et c'est précisément l'état dans lequel elle semblait sur le point de se trouver à présent. Harleigh espérait bien que non.

Les jeunes filles regardèrent les hommes encagoulés conduire le délégué vers les marches. Avant d'être parvenu au sommet, le diplomate s'effondra à quatre pattes, en larmes, glapissant quelque chose en italien. L'Australien masqué le saisit par le col et le tira brutalement en arrière. Les bras de l'Italien cédèrent et il bascula, tête la première. L'homme encagoulé jura, s'accroupit, plaça son arme entre les jambes de sa victime. Il lui dit quelque chose et l'Italien saisit aussitôt le dossier d'un siège pour se redresser prestement. Tous deux finirent de gravir les marches.

Près des jeunes violonistes, au centre de la table en hémicycle, l'épouse d'un délégué réconfortait une autre femme. Elle se tenait près d'elle et lui plaquait une main sur la bouche. Harleigh devina qu'il devait s'agir de l'épouse de l'homme qui allait mourir.

Laura était littéralement en transe désormais, comme si elle était parcourue par un courant électrique. Harleigh ne l'avait jamais vue dans un tel état. Elle referma les doigts autour de sa main et les serra.

« Il faut absolument que tu te calmes, lui dit-elle dans un souffle.

– Je ne peux pas. Je n'arrive plus à respirer. J'étouffe. Il faut que je sorte d'ici...

– Bientôt, dit Harleigh. Ils vont nous tirer de là. Garde ton calme et ferme les yeux. Essaie de te détendre. »

Son père leur avait dit, à son frère et elle, que s'ils devaient un jour se retrouver dans une situation telle que celle-ci, l'important était de rester concentré. Invisible. De compter les secondes, pas les minutes ou les heures. Plus une prise d'otages se prolongeait, plus on avait de chances qu'intervienne un règlement négocié. Plus on avait de chances de survivre. Si se présentait une occasion de s'évader, elle devait faire preuve de jugeote. La question qu'elle devait se poser n'était pas « Ai-je une chance de réussir ? » mais : « Y a-t-il un risque que j'échoue ? » Si la réponse était oui, mieux valait alors s'abstenir. Leur père lui avait également conseillé d'éviter autant que possible tout contact visuel avec leurs ravisseurs. Cela leur rappelait qu'elle faisait partie des gens qu'ils haïssaient. Elle devrait également s'abstenir de dire quoi que ce soit, de peur de commettre un impair. Et par-dessus tout, elle était censée se détendre. Avoir des pensées positives, exactement comme les personnages de ses deux opérettes favorites, *Peter Pan* et *La Mélodie du bonheur.*

« Laura ? »

Laura ne semblait pas entendre Harleigh.

« Laura, il faut que tu m'écoutes. »

Elle n'entendait plus rien, ni personne. La jeune fille avait glissé dans une sorte d'état second. Elle était amorphe, le regard fixe, les lèvres pincées.

Les deux hommes étaient parvenus au sommet des marches.

De l'autre côté de Harleigh, Barbara Mathis était tout l'opposé de Laura, tendue comme une corde de violon. Elle avait un rictus que Harleigh ne connaissait que trop bien. Elle lui évoquait la statue dressée dans le hall du ministère de la Justice. Sauf qu'au lieu que ce soit entre les deux plateaux de la fameuse balance, c'était entre deux émotions contradictoires qu'elle oscillait.

Soudain, Laura jaillit de son siège. Harleigh lui tenait encore la main.

« Pourquoi est-ce que vous nous faites une chose pareille ? se mit-elle à glapir. Je veux que vous arrêtiez tout de suite ! »

Harleigh lui tira doucement la main. « Laura, ne fais pas ça... »

Le chef des bandits se tenait à mi-hauteur des marches. Il se retourna, fusilla du regard les deux jeunes filles.

Mme Dorn, qui était assise trois sièges plus loin, se leva lentement mais sans bouger de sa place. « Laura, asseyez-vous, s'il vous plaît, dit-elle d'une voix ferme.

– *Non !* » Laura se dégagea d'une secousse. « Je ne peux plus rester ici ! » hurla-t-elle alors en contournant la table. Elle se dirigea vers la porte située du côté opposé de la salle, celle que gardait le chef de la bande.

Celui-ci se mit à dévaler l'escalier à sa rencontre comme la jeune fille courait sur le sol moquetté. Mme Dorn se lança à ses trousses, lui criant de revenir. L'homme qui gardait la deuxième porte à l'autre bout de la galerie quitta son poste et se précipita derrière le professeur de musique. En haut, l'Australien s'était immobilisé et contemplait la scène.

Tout le monde regardait Laura alors que le chef, Mme Dorn et l'autre homme se ruaient vers la porte. Le deuxième terroriste ceintura le professeur, la tira en arrière, la fit pivoter et la jeta littéralement au sol. Le chef atteignit la porte au moment où Laura l'ouvrait à la volée. Il jeta son épaule contre le battant, le referma, repoussa la jeune fille. Celle-ci tituba, tomba, se releva, se rua dans l'escalier. Elle piaillait toujours.

La porte n'est pas verrouillée.

Ce constat frappa Harleigh comme un éclair. Évidemment qu'elle n'était pas verrouillée. Les hommes les avaient ouvertes et ils n'avaient pas les clés pour les boucler.

Ils avaient ouvert la porte vers laquelle Laura s'était précipitée, mais aussi celle située dans le dos de Harleigh. Celle-ci les avait vu faire. Ils avaient passé un certain temps à y faire transiter du matériel.

La porte était située sept mètres environ derrière l'emplacement où se trouvaient assises Harleigh et Barbara. La porte que l'autre homme venait d'abandonner pour intercepter Laura.

La porte désormais non gardée.

Le chef courait après la jeune fille. Mme Dorn avait eu la respiration coupée mais elle se battait avec l'homme qui l'avait jetée à terre. La pression avait dû lui monter à la tête. Le prof de musique ne se contrôlait plus. Mais Harleigh, si, qui réfléchissait, parfaitement lucide. Elle réfléchissait à la possibilité non seulement de s'évader et de sauver sa peau, mais aussi de fournir ce que « tonton » Bob Herbert appelait des « infos » à l'extérieur.

L'adolescente se tourna avec lenteur pour jeter un regard en coin vers la porte. Elle pouvait aisément sprinter jusque-là. Elle avait décroché la médaille du soixante mètres deux années sur quatre au lycée. Elle pouvait sans aucun doute l'atteindre avant que les agresseurs ne l'arrêtent. Et une fois dehors, il y avait un moyen de gagner la salle du Conseil économique et social. Elle avait mémorisé la disposition des lieux lors de la visite guidée dans la matinée.

Du bout de l'orteil de son pied droit, elle déchaussa le gauche. Puis, lentement, elle fit de même avec l'autre talon haut. Ses compagnes observaient toujours la lutte.

Harleigh recula discrètement sa chaise. Avec lenteur, sans se lever, elle la fit pivoter sur un pied afin de pouvoir se tourner légèrement et se retrouver ainsi dans l'axe de la sortie.

« Fais pas ça, lui souffla Barbara, du coin de la bouche.

– Quoi ? fit Harleigh.

– Je sais à quoi tu penses, parce que j'ai eu la même idée. N'y va pas. C'est moi.

– Non...

– Je suis plus rapide que toi au sprint, murmura la jeune fille. Je t'ai battue deux années de suite.

– Je suis plus près », fit remarquer Harleigh.

Barbara hocha lentement la tête. La colère brillait dans ses yeux et sa décision était prise. Harleigh ne savait plus quoi faire. Elle n'avait pas envie de faire la course avec elle. Elles risquaient tout au plus de se gêner mutuellement.

Les deux filles levèrent les yeux au moment où le chef de la bande interceptait Laura à mi-hauteur de l'escalier. Il la souleva de terre et la repoussa violemment. Laura rebondit, culbuta et vint s'immobiliser au bas des marches. Ses membres étaient agités de spasmes douloureux. Le chef descendit et se précipita vers elle.

Barbara prit deux ou trois inspirations lentes et brèves. Elle plaqua les mains sur le rebord de la table en bois. Elle attendit d'être sûre que personne ne regardait dans sa direction. Alors, elle poussa de toutes ses forces, se leva, bondit, courut.

Ses jambes étaient entravées par la robe serrée qu'elle portait. Harleigh entendit le tissu se déchirer sur le côté, mais Barbara courut de plus belle. Elle moulinait des bras, les yeux fixés sur le bouton de la porte, ignorant les cris lui intimant de s'arrêter, qu'ils viennent des terroristes ou des diplomates.

Harleigh la vit atteindre la porte.

Vas-y ! s'écria-t-elle mentalement.

Barbara s'arrêta pour l'ouvrir. Elle entendit le déclic de la serrure, le battant s'entrouvrit, puis soudain, il y eut un claquement sec. Le bruit résonna à ses oreilles, assourdissant comme une salve de musique quand on a réglé le son du baladeur trop haut.

Aussitôt après, elle vit que Barbara n'était plus devant la porte. Elle restait toujours accrochée au bouton mais elle était tombée à genoux. Sa main glissa, son bras retomba, inerte.

Le torse de Barbara restait dressé, mais cela ne dura qu'un instant. Bientôt, elle chut sur le côté.

Toute colère l'avait abandonnée.

26.

New York, samedi, 23:30

Madame la secrétaire générale Chatterjee s'immobilisa en entendant les détonations assourdies. Elles furent suivies de cris perçants, puis, quelques instants plus tard, d'une seconde détonation, plus proche du couloir que la précédente. Presque immédiatement, la porte de la salle du Conseil de sécurité s'ouvrit. L'ambassadeur Contini fut jeté dehors et le battant rabattu aussitôt.

Le colonel Mott se rua vers le corps, ses pas résonnant dans le silence du couloir. Les services médicaux d'urgence le suivaient. Le corps vêtu d'un smoking du délégué gisait sur le flanc ; le visage bronzé de Contini le regardait. Son expression était détendue, ses yeux fermés, ses lèvres entrouvertes. L'homme n'avait pas l'air mort, comme auparavant l'ambassadeur Johanson. Puis une mare de sang se forma sous sa joue rasée de près.

Mott s'accroupit. Il regarda derrière la tête. Il n'y avait qu'une seule blessure, comme pour l'autre cadavre.

Tandis que les secouristes déposaient le corps sur une civière, Chatterjee s'approcha des portes de la salle du Conseil. Elle passa sans même un regard vers le défunt. Mott se releva pour l'intercepter.

« Madame, vous ne gagnerez rien à entrer maintenant. Attendez au moins qu'on ait les images.

– Attendre ! Attendre ! s'écria Chatterjee. Je n'ai déjà que trop attendu ! »

À cet instant précis, un des membres de la sécurité sortit de la salle du Conseil économique et social. Avec le renfort d'un de ses hommes, le lieutenant David Mailman avait été chargé d'une mission de reconnaissance. Son partenaire et lui avaient sorti du fond d'un placard une antiquité de quinze ans, une bretelle d'écoute Remote Infinity destinée à espionner les conversations téléphoniques. Ils la branchèrent de façon à récupérer les signaux sonores, via le circuit relié aux écouteurs du système de traduction simultanée intégré aux fauteuils de la salle du Conseil. Comme la portée du dispositif n'était que de sept mètres, ils étaient obligés d'opérer depuis la salle adjacente. Ils s'étaient donc installés dans le petit corridor qui conduisait au centre de presse de l'étage et qui desservait à la fois la salle du Conseil de sécurité et celle du Conseil de tutelle.

« Mon colonel, dit le lieutenant Mailman, nous pensons que quelqu'un vient de tenter de sortir de la salle du Conseil de sécurité. Nous avons vu tourner le bouton de la porte puis entendu le bruit de la serrure avant le premier coup de feu.

– Était-ce un coup de semonce ?

– Nous ne pensons pas, répondit Mailman. Nous avons entendu des gémissements aussitôt après la détonation. » Le lieutenant baissa les yeux : « Ça... ça ne ressemblait pas à une voix masculine. Elle était très douce.

– L'une des gamines, s'exclama Chatterjee, horrifiée.

– Nous ne pouvons pas l'affirmer, rétorqua Mott. Y a-t-il autre chose, lieutenant ?

– Négatif, mon colonel. »

L'officier repartit. Le colonel serra les poings, puis regarda sa montre. Il attendait toujours des nouvelles de l'équipe de vidéosurveillance. Ils avaient demandé des téléphones cryptés aux forces de sécurité des Affaires étrangères ; en attendant qu'ils arrivent, toutes les communications devaient avoir lieu de vive voix. Chatterjee n'avait jamais vu un homme aussi désemparé.

La secrétaire générale était toujours devant la porte. La mort de l'ambassadeur Contini ne l'avait pas frappée comme la première, et cela la troublait. Ou peut-être la réaction avait-elle été en partie masquée par la nouvelle que venait d'apporter le lieutenant Mailman.

Une des gosses pourrait avoir été abattue...

Chatterjee se dirigea vers la porte.

Mott lui saisit doucement le bras. « Je vous en conjure, ne faites pas ça... Pas encore. »

La secrétaire générale s'immobilisa.

« Je sais que je suis impuissante en restant ici à l'extérieur. S'il devient nécessaire de passer à l'action, vous n'aurez pas besoin de ma présence ici. Mais à l'intérieur, en revanche, je pourrai peut-être faire la différence. »

Le colonel la contempla un long moment avant de lui lâcher le bras.

« Vous voyez ? fit-elle avec un doux sourire. La diplomatie. Je n'ai pas eu besoin de retirer mon bras de force. »

Mott semblait modérément convaincu mais il la laissa aller.

27.

New York, samedi, 23 : 31

Paul Hood et Mike Rodgers étaient assis à l'arrière de la limousine tandis que Mohalley s'était installé à la droite du chauffeur. Hood eut l'impression que Manhattan avait changé quand ils y retournèrent.

Le bâtiment du Secrétariat de l'ONU semblait plus imposant que lorsqu'ils l'avaient découvert la veille avec sa famille... la veille, seulement ? Il était illuminé par des projecteurs disposés sur les toits des gratte-ciel voisins. Mais les bureaux étaient plongés dans l'obscurité, donnant à l'immeuble l'aspect d'un tombeau. L'ONU ne lui faisait plus l'effet de ce symbole puissant et fier. Ce n'était plus le cœur palpitant de la cité mais une espèce de monolithe qui paraissait déjà sans vie.

Sitôt quitté l'aéroport, peu après vingt-trois heures, Mohalley, le chef adjoint de la sécurité, appela ses services pour savoir s'il y avait du nouveau. Son collaborateur l'informa que jusqu'à nouvel ordre, plus rien ne s'était produit depuis la première exécution. De son côté, Hood en avait profité pour mettre Rodgers au courant. Comme à son habitude, ce dernier l'écouta sans rien dire. Le général n'aimait pas dévoiler en public le fond de ses pensées. Et pour Rodgers, se trouver en compagnie de personnes qui ne faisaient pas partie de son petit cercle de fidèles, c'était être « en public ».

Les deux hommes gardèrent le silence tandis qu'ils franchissaient le tunnel pour réintégrer Manhattan. Ce n'est qu'à l'autre bout que Mohalley se retourna vers eux pour la première fois depuis le début du trajet.

« Où voulez-vous que je vous dépose, monsieur Hood, général Rodgers ?

– Nous irons où vous irez, répondit Hood.

– Je me rends aux Affaires étrangères.

– Ce sera parfait. » Hood n'ajouta rien. Il avait toujours l'intention de se rendre à la planque de la CIA, sur l'esplanade des Nations unies, même s'il ne voulait rien en dire à Mohalley.

Une fois encore, ce dernier ne parut pas ravi de la réponse, mais il n'insista pas.

La voiture émergea du tunnel et s'engouffra dans la 37e Rue. Tandis que le chauffeur virait pour s'engager dans la Première Avenue, Mohalley considéra Mike Rodgers.

« Je tiens à ce que vous sachiez que je désapprouve formellement ce qui s'est passé là-bas », dit le fonctionnaire des Affaires étrangères.

Rodgers acquiesça d'un bref signe de tête.

« J'ai entendu parler des Attaquants, poursuivit Mohalley. Ils se sont fait une sacrée réputation. Si ça ne tenait qu'à moi, le mieux qu'on aurait à faire, ce serait d'envoyer vos hommes régler cette affaire et qu'on n'en parle plus.

– C'est dingue, répondit Hood. Tout le monde est

sans doute à peu près du même avis mais personne ne fera le premier pas pour nous donner le feu vert.

– Toute cette histoire est lamentable, confirma Mohalley tandis que sonnait son téléphone de voiture. Des centaines de têtes et pas un seul cerveau. C'en serait risible si ce n'était pas aussi tragique. »

Mohalley décrocha alors que leur véhicule s'immobilisait au barrage de la 42e Rue. Deux agents de police en tenue antiémeutes s'approchèrent. Tandis que le chauffeur leur présentait ses papiers du ministère, Mohalley écoutait attentivement sans rien dire.

Hood scruta le visage de son voisin à la lueur des réverbères. La curiosité le tenaillait. Il se tourna vers le complexe des Nations unies. Vu sous cet angle, du pied de l'immeuble, la tour du Secrétariat se dressait, imposante et gigantesque sous le ciel noir. Sa petite fille lui parut soudain bien frêle et vulnérable, perdue dans les entrailles de ce monstre blanc bleuté.

Mohalley raccrocha enfin. Il se retourna.

« Qu'est-ce qui se passe ? demanda Hood.

– Ils ont tué un autre délégué. Et peut-être... je dis bien peut-être, une des gosses... »

Hood le dévisagea. Il lui fallut quelques instants pour que les mots « une des gosses » se traduisent dans sa tête par « peut-être Harleigh ». Dès lors, sa vie lui parut se figer. Hood sut que l'expression grave de son interlocuteur en cet instant resterait à jamais gravée dans sa mémoire, tout comme le reflet éblouissant des projecteurs sur le pare-brise et la masse menaçante du bâtiment du Secrétariat qui se dressait derrière. Telle l'image intangible d'un ultime espoir.

« Il y a eu un coup de feu avant celui qui a tué le délégué, poursuivit Mohalley. L'un des membres de la sécurité de l'ONU posté dans la salle adjacente a entendu quelqu'un tenter de s'échapper par la porte de communication. Puis il y a eu un cri ou un gémissement.

– A-t-on d'autres informations ? insista Rodgers tandis que la police les laissait franchir le barrage.

– Aucune autre communication depuis la salle du Conseil, mais la secrétaire générale essaie d'y entrer. »

La limousine se gara le long du trottoir. « Mike, dit Hood. Il faut que je rejoigne Sharon.

– Je sais », dit le général. Il ouvrit la portière, descendit.

« Général, voulez-vous bien m'accompagner ? » s'enquit Mohalley.

Rodgers s'effaça pour laisser Hood descendre. « Non, mais merci quand même. »

Mohalley tendit à Hood sa carte de visite. « Prévenez-moi si jamais vous avez besoin de quoi que ce soit.

– Merci. Je n'hésiterai pas. »

Mohalley eut à nouveau l'air de vouloir demander quelque chose mais il resta silencieux. Rodgers claqua la portière. La voiture redémarra et le général se retrouva seul avec Hood.

Ce dernier percevait au loin le bruit de la circulation, le ronronnement des hélicos qui survolaient le fleuve et les Nations unies. Il percevait les cris des policiers, le choc sourd des sacs de sable qu'on empilait derrière les palissades en bois barrant les rues de la 42e à la 47e. Il avait pourtant l'impression d'être ailleurs. Il était resté dans la voiture, à fixer Mohalley.

L'entendant toujours dire : « *et peut-être, une des gosses...* ».

« Paul ! » fit Rodgers.

Hood fixait les immeubles qui disparaissaient au loin, dans les ténèbres du haut de la Première Avenue. Il dut se forcer à respirer de nouveau.

« Ne me lâchez pas, dit Rodgers. Je vais avoir besoin de vous plus tard et Sharon a besoin de vous en ce moment. »

Hood acquiesça. Rodgers avait raison. Mais il ne pouvait semble-t-il plus se décoller de cette foutue bagnole, effacer le visage triste de Mohalley et l'horreur de cet instant.

« Je file de l'autre côté de la rue, poursuivit Rodgers. Brett doit me rejoindre à la planque de la CIA. »

Cela réveilla soudain l'attention de Paul. Ses yeux se tournèrent vers Rodgers. « Brett ?

– On a repéré les MP alors qu'on était au roulage pour rejoindre le terminal, expliqua Rodgers. On n'a pas eu de mal à deviner la raison de leur présence. Brett m'a dit alors qu'il allait trouver le moyen de filer discrètement et qu'il me retrouverait ici. » Le général réussit à avoir un petit sourire. « Vous connaissez Brett. Ce n'est pas à lui qu'on apprendra à se faufiler. »

Hood se ressaisit plus ou moins. Quelle que puisse être la victime potentielle des terroristes, il y avait encore des vies en jeu. Il tourna son regard vers l'immeuble des Affaires étrangères. « Il faut que j'y aille.

– Je sais. Prenez bien soin d'elle.

– Vous avez mon numéro de mobile...

– Oui, confirma Rodgers. Dès qu'on a du nouveau ou qu'on a une idée, je vous appelle. »

Hood le remercia et se dirigea vers le bâtiment de brique rouge.

28.

New York, samedi, 23 : 32

Georgiev ramenait la gamine paniquée vers son siège quand Barbara Mathis s'effondra. Downer, qui avait fait feu, était en train de dévaler les marches de la galerie. Barone se précipitait également. C'est lui qui avait crié à Barbara de s'immobiliser.

Au mépris du danger, l'épouse d'un des délégués asiatiques s'était levée de table pour se porter au secours de Barbara. Elle eut la présence d'esprit de ne pas courir. Elle s'arrêta également en tournant le dos à la porte ; elle n'avait pas l'intention de fuir. Le Bulgare ne lui ordonna pas de regagner sa place. La femme posa son sac à main par terre, s'agenouilla près de la jeune fille et, avec délicatesse, écarta la robe imbibée de sang, collée à la blessure. La balle avait touché l'adolescente au flanc gauche. Du sang suintait du petit orifice d'entrée. La jeune fille ne bougeait pas. La chair de son bras mince était livide.

Georgiev s'approcha de la table en fer à cheval. Il se demandait si le coup n'avait pas été prémédité : une des filles se précipite en hurlant pour détourner l'attention générale pendant qu'une autre file dans la direction opposée et tente de se faire la belle. Si oui, c'était un plan habile, quoique dangereux. Georgiev admirait le courage. Mais tout comme certaines des filles qui travaillaient pour lui au Cambodge – dont certaines n'étaient pas plus âgées que cette gamine –, elle n'en avait fait qu'à sa tête. Et avait été punie de sa désobéissance.

Malheureusement pour les autres otages, la leçon risquait de ne pas porter. Ils se révélaient déjà d'une audace surprenante. D'aucuns étaient mus par la terreur, d'autre scandalisés par le sort de la fille et des deux délégués. La naissance d'un esprit de rébellion, même dans un groupe d'otages, tendait à effacer toute raison. Si jamais ils s'en prenaient à lui, il serait obligé de leur tirer dessus. Ce faisant, il se priverait de tout moyen de pression, le bruit de la fusillade et des cris offrant aussitôt aux forces de sécurité le prétexte qu'elles attendaient pour intervenir.

Bien entendu, il les abattrait sans hésiter s'il n'avait pas d'autre choix. La seule chose qu'il lui fallait en réalité pour sortir d'ici, c'était les enfants. Une seule même, à la rigueur, s'il fallait en arriver là.

Soudain, deux autres délégués se levèrent. C'était le problème dès qu'on lâchait la bride à un seul individu. Tous les autres se croyaient alors en droit de l'imiter. Georgiev redéposa une Laura encore un peu sonnée dans son fauteuil, où elle se mit à sangloter. Puis il ordonna aux autres délégués de s'asseoir. Il n'avait pas envie de voir trop de monde debout, sinon un autre otage risquait d'être à nouveau tenté de s'enfuir.

« Mais cette jeune fille est blessée ! s'exclama un des délégués. Elle a besoin de soins ! »

Georgiev leva son arme. « Je n'ai pas encore désigné la prochaine victime. Ne me facilitez pas ce choix. »

Les hommes se rassirent. Celui qui avait pris la parole semblait sur le point de dire autre chose ; son épouse lui intima le silence. Les autres contemplaient tristement Barbara sans un mot.

Sur leur droite, la veuve de Contini était secouée de sanglots hystériques. L'une des autres épouses de délégué la tenait serrée contre elle pour l'empêcher de faire une bêtise.

Vandal ramena la prof de musique et lui ordonna de s'asseoir elle aussi. Mme Dorn lui dit qu'elle était responsable de Barbara et tint à ce qu'on la laisse s'occuper d'elle. Vandal la repoussa sans ménagement. Elle fit mine de se relever. Furieux, Georgiev se tourna brusquement vers la femme. Il braqua son arme, visant la tête, et s'avança. Vandal recula d'un pas.

« Encore un mot, un seul, de vous ou d'un autre, et elles meurent, siffla-t-il entre ses dents.

Georgiev regarda le visage de la femme, ses narines se dilater, ses yeux s'écarquiller, exactement comme ses putes au Cambodge. Mais elle resta silencieuse. À contrecœur, elle se rassit et porta son attention vers la jeune fille qui avait tenté de fuir.

Vandal s'attarda encore quelques secondes avant de regagner son poste. Downer s'était porté à la hauteur de Georgiev, arrivant en même temps que Barone. Barone était tout près de l'Australien.

« T'es devenu cinglé ? souffla-t-il.

– J'avais pas le choix ! aboya l'autre.

– Vraiment ? répéta Barone, en prenant soin de parler à voix basse. On avait décidé de tout faire pour ne pas toucher aux gosses.

– La mission aurait été compromise si elle s'était enfuie, rétorqua Downer.

– Tu m'as entendu crier, tu m'as vu courir vers elle, contra Barone. Je l'aurais rattrapée avant qu'elle ait atteint la porte.

– Peut-être, peut-être pas. L'important, c'est qu'elle ne se soit pas barrée. À présent, retournez à vos postes, tous les deux. On s'occupera d'elle, ici, du mieux qu'on pourra », ajouta Georgiev.

Barone le fusilla du regard. « C'est qu'une gamine. »

Georgiev le lorgna sans aménité. « Personne ne lui a demandé de s'enfuir ! »

Barone s'en tint à un silence furieux.

« On se retrouve avec une porte sans protection et vous auriez tout intérêt à guetter l'intrusion de leur foutu câble en fibre optique, s'empressa d'ajouter Georgiev. Ou est-ce que vous préférez voir tous nos efforts réduits à néant à cause de ça ? » Il pointa son arme vers Barbara.

Sans cesser de bougonner, Downer retourna au sommet de la galerie. Barone souffla, vexé, haussa les épaules, puis il regagna son poste à son tour.

Georgiev les regarda s'éloigner. Que ça lui plaise ou non, tout ceci avait modifié ses plans. L'activité criminelle tend à exacerber les humeurs. Le confinement accentue encore les émotions et tout retournement de situation inattendu ne fait qu'aggraver les choses.

« Il faut que vous me laissiez l'évacuer d'ici. »

Georgiev se retourna. L'Asiatique s'était approchée de lui. Il ne l'avait même pas entendue arriver.

« Non. » Fallait-il qu'il soit distrait. Il devait absolument retrouver sa concentration, remobiliser ses troupes. Accentuer encore la pression sur l'ONU. Et il crut alors savoir comment.

« Mais elle va se vider de son sang », insista la femme.

Georgiev se dirigea vers un des sacs en toile. Il ne voulait pas que la gamine meure parce que cela risquait de susciter une révolte des otages. Il sortit du sac une petite boîte bleue et revint. Il la tendit à la femme.

« Tenez, servez-vous de ça.

– Une trousse de premiers secours ? Ça ne va pas servir à grand-chose.

– C'est tout ce que je peux vous donner.

– Mais elle a peut-être une hémorragie interne... des organes vitaux sont peut-être touchés... »

Downer fit un signe de la main pour attirer l'attention de Georgiev. L'Australien indiquait la porte.

« Faudra que vous fassiez avec », conclut le Bulgare en signifiant à Vandal d'approcher. Il dit aussitôt au Français de s'assurer que l'Asiatique n'essaie pas de filer. Puis il se dirigea vers les marches pour monter rejoindre Downer. « Qu'est-ce qu'il y a ?

– Elle est ici, murmura l'Australien. La secrétaire générale. Elle a frappé à c'te foutue porte en réclamant d'entrer.

– C'est tout ce qu'elle a dit ?

– Ouais, c'est tout », confirma Downer.

Georgiev regarda par-delà l'Australien. *Se remobiliser.* La situation avait évolué. Il devait l'évaluer avec soin, peser le pour et le contre. S'il laissait Chatterjee entrer dans la salle, tous les efforts de la femme se concentreraient sur les secours à apporter à la jeune fille, et plus sur l'obtention de la rançon. Mais s'il laissait en revanche la jeune fille sortir, la presse découvrirait alors qu'une gamine avait été grièvement, voire mortellement blessée. La pression redoublerait pour réclamer une intervention militaire, malgré les risques pour la vie des otages. Il y avait également la possibilité que la fille reprenne connaissance à l'hôpital. Dans ce cas, elle pourrait décrire aux forces de sécurité la composition du commando et la répartition des otages.

Bien sûr, Georgiev pouvait aussi laisser entrer la secrétaire générale et refuser de laisser sortir la fille. Que ferait alors Chatterjee ? Risquerait-elle la vie des autres gosses en refusant de coopérer ? Elle en serait bien capable.

Et la voir ainsi venir défier son autorité risquerait de donner des idées aux prisonniers, voire de réduire son influence sur ses propres troupes.

Georgiev se retourna vers les otages. Il avait dit à l'ONU de quelle manière le contacter et que dire dans ce cas. Son instinct lui conseillait de redescendre, de sélectionner un autre otage et de lui faire répéter le même laïus qu'au délégué précédent. Pourquoi diable changerait-il ses plans, au risque de les amener à croire qu'il manquait de résolution ?

Parce que les situations de ce genre sont fluctuantes.

Puis ça lui vint tout d'un coup, comme c'était toujours le cas avec les meilleures idées. Le moyen de fournir à Chatterjee ce qu'elle désirait sans compromettre ses exigences à lui. Il allait la rencontrer. Sauf que ce ne serait pas de la façon qu'elle envisageait.

29.

New York, samedi, 23:33

La plupart du temps, Bob Herbert était un homme du genre placide.

Plus de quinze années auparavant, ses blessures et la perte de sa femme l'avaient plongé dans une dépression qui avait duré près d'un an. Mais la rééducation l'avait aidé à surmonter l'auto-apitoiement, et reprendre son boulot à la CIA lui avait à nouveau permis de renforcer en lui son estime de soi pulvérisée par l'explosion à l'ambassade de Beyrouth. Depuis qu'il avait contribué à organiser et mettre sur pied l'Op-Center, presque trois ans plus tôt, Herbert avait eu l'occasion d'être confronté à certains des plus grands défis de sa carrière, et de connaître les plus grandes satisfactions. Sa femme aurait trouvé ironique que le rouspéteur chronique qu'elle avait épousé, l'homme dont elle cherchait perpétuellement à remonter le moral, avait fini par être connu au Centre comme Monsieur Boute-en-Train.

Seul dans son bureau plongé dans la pénombre à peine éclairée par son écran d'ordinateur, Herbert n'était en ce moment ni placide ni boute-en-train. Une seule chose le préoccupait : le fait que la propre fille de Paul Hood se retrouve au nombre des otages dans l'immeuble des Nations unies. Ce n'était pas seulement son expérience que de telles situations s'achevaient invariablement dans des bains de sang. Parfois, cela allait très vite, quand le pays ou l'organisation mis en cause chassait les intrus avant qu'ils ne réussissent à se retrancher. Parfois, c'était lent, la situation évoluait du *statu quo* au siège en règle, lequel s'achevait par un assaut, dès qu'un plan pouvait être mis sur pied. Dans les rares occasions où l'on pouvait aboutir à un règlement négocié, c'était en général parce que les terroristes n'avaient pris les otages que dans le seul but d'attirer l'attention internationale sur leur cause. Quand en revanche ils exigeaient une rançon ou la libération de prisonniers – ce qui était le cas le plus général –, c'était là qu'on avait des problèmes.

Ce qui le tracassait le plus, c'étaient deux points. En premier, que les Nations unies eussent été prises pour cible. On n'avait jamais attaqué l'ONU de cette façon, et l'institution n'avait aucune expérience d'une attitude ferme vis-à-vis d'organisations hostiles. En second lieu, il était préoccupé par le message électronique que venait de lui transmettre Darrell McCaskey, concernant la liste des invités à la soirée organisée par l'ONU. Quel genre d'organisme pouvait bien représenter ce groupe hétéroclite d'innocents ?

McCaskey se trouvait au bureau d'Interpol à Madrid. L'ancien agent du FBI avait récemment aidé son ami Luis Garcia de la Vega à déjouer une tentative de putsch et il était resté sur place pour tenir compagnie à Maria Corneja, son associée blessée lors de l'intervention[1]. Des images des caméras de surveillance de l'ONU lors de l'attaque avaient été transmises à Interpol pour voir si une des agressions consignées dans leurs archives évoquait la manière de procéder de ce commando terroriste. Interpol avait par ailleurs reçu la liste des délégués et des invités à la réception du Conseil de sécurité. Une demi-heure auparavant, McCaskey avait fait suivre cette information à Bob Herbert au siège de l'Op-Center à Washington. Tous les invités étaient des représentants officiels de leur pays, même si, bien sûr, cela ne faisait pas d'eux nécessairement des diplomates. Depuis plus de cinquante ans, on ne comptait plus les espions, contrebandiers, assassins et passeurs de drogue qui avaient réussi à s'introduire aux Nations unies ou s'en échapper grâce à la valise diplomatique.

Toutefois, l'organisation internationale avait encore rajouté un mauvais point à son bilan en s'abstenant de vérifier l'identité de deux des invités à la soirée. Lorsqu'ils étaient arrivés à l'ONU, l'avant-veille, ils avaient présenté des CV impossibles à corroborer avec les dossiers des universités ou des entreprises qu'ils avaient citées. Soit parce que leurs gouvernements n'avaient pas eu le temps de pirater les fichiers concernés pour y introduire les « rectifications » indispensables, soit parce que les individus n'escomptaient pas séjourner assez longtemps à New York pour se voir démasquer. La question pour Herbert était celle-ci : qui étaient-ils en réalité ?

McCaskey avait obtenu leurs photos d'identité par le truchement du secrétaire général adjoint chargé de

1. Voir *Op-Center 5, Rapport de force, op. cit.*

l'administration et du personnel des Nations unies. Dès qu'elles lui furent transmises par courrier électronique, le chef du renseignement de l'Op-Center les corréla avec une base de données qui contenait les photos de plus de vingt mille terroristes internationaux, agents étrangers et contrebandiers divers.

Les deux invités étaient dans ce fichier.

Herbert lut la maigre fiche biographique qui accompagnait les photos des individus en question – leur véritable histoire, pas celle, bidonnée, qu'ils avaient fournie aux services de l'ONU. Il ignorait encore tout de l'identité des hommes qui occupaient la salle du Conseil de sécurité, mais il avait déjà au moins une certitude : si dangereux que puissent être ces cinq terroristes, ces deux-là risquaient d'être encore bien pires.

Herbert avait été informé par les Attaquants que le commando était de retour à Washington, mais sans le général Rodgers ni le colonel August. Il ignorait où August avait pu passer mais il savait en revanche que Rodgers était avec Hood. Sans perdre davantage de temps, Herbert appela ce dernier sur son téléphone mobile.

30.

New York, samedi, 23 : 34

Pas une seule fois au cours de sa longue histoire le Cambodge n'avait connu la paix.

Avant le XVe siècle, c'était une puissance militaire conquérante. Sous la loi de fer des puissants empereurs khmers, le pays avait conquis l'ensemble de la vallée du Mékong, gouvernant des territoires qui comprenaient le Laos actuel, la péninsule malaise et une partie du Siam. Toutefois, des armées s'étaient levées dans les parties non conquises du Siam et de l'Annam, un État du centre de l'actuel Viêt-nam. Au cours des siècles qui avaient suivi, ces forces avaient lentement repoussé les armées khmères jusque dans leurs terres, au point même que la monarchie avait fini par se trouver menacée. En 1845, Siam et Viêt-nam avaient même exercé sur le pays un protectorat conjoint. En 1853, à la suite d'amputations territoriales exercées par ces deux nations, le roi du Cambodge avait, en désespoir de cause, fait appel au consul de France. Dix ans plus tard, son fils, Norodom Ier, avait dû se résoudre à accepter le protectorat de la France. Une reconquête lente et régulière avait dès lors permis de récupérer une partie des territoires perdus, même s'il avait fallu de nouveau y renoncer avec l'occupation japonaise de la péninsule indochinoise lors de la Seconde Guerre mondiale. Le pays devint un État indépendant associé à la France en 1949, puis il retrouva sa pleine indépendance en 1953 avec à sa tête le prince Norodom Sihanouk. Ce dernier fut chassé en 1970 par un coup d'État militaire mené par le général Lon Nol avec le soutien des États-Unis. Sihanouk devait alors former à Pékin un gouvernement en exil, tandis que les Khmers rouges communistes déclenchaient une guerre civile qui renversa Lon Nol en 1975. Sihanouk retrouva le pouvoir au sein d'une fragile coalition de circonstance à la tête d'un pays désormais appelé le Kampuchéa démocratique. Son Premier ministre était Son Sann, un farouche anticommuniste. Sann était surtout une vraie crapule. Mais Sihanouk et son gouvernement furent bientôt remplacés par Khieu Samphan, plus modéré mais inefficace, qui prit pour Premier ministre l'ambitieux et cruel Pol Pot. Celui-ci était un maoïste convaincu que l'éducation était une catastrophe et que le retour à la terre pouvait transformer le Cambodge en utopie. En fait, sous son régime sans pitié, le Cambodge devint bientôt un champ de ruines, alors que torture, génocide, déplacements de populations, travail forcé et famine coûtaient la vie à plus de trois millions de personnes, selon une estimation de 1990, soit près d'un Cambodgien sur quatre. Le régime de Pol Pot dura jusqu'en 1979, lorsque le Viêt-nam envahit le pays. Les Vietnamiens prirent le contrôle de la capitale et y établirent un gouvernement dirigé par Heng Samrin. Mais Pol Pot et les Khmers rouges contrôlaient toujours une bonne partie des campagnes de ce qui s'appelait désormais la République populaire du Kampuchéa et la guerre continuait de ravager le pays. Les Vietnamiens se retirèrent en 1989, les forces d'occupation ayant payé un lourd tribut à la guérilla. Leur retrait laissa le nouveau Premier ministre Hun Sen isolé face à une multitude de partis, comprenant aussi bien les Khmers rouges d'extrême gauche que les Khmers bleus d'extrême droite, l'armée nationale de Sihanouk, restée fidèle au prince déchu, les Forces armées nationales khmères de Lon Nol, les Khmers Loeu, formés de tribus des montagnes, et le Viet-minh khmer, soutenu par Hanoï, sans compter près d'une douzaine d'autres formations.

En 1991, alors que l'agriculture et l'économie du pays étaient en ruine, les diverses factions en lutte se décidèrent enfin à signer un accord qui prévoyait un cessez-le-feu, un désarmement généralisé et la présence de forces de maintien de paix des Nations unies, ainsi que des élections sous l'égide de l'ONU. Une nouvelle coalition avec le parti de Hun Sen fut alors formée, qui restaura la monarchie et plaça Sihanouk sur le trône. Sentant qu'ils étaient contraints à trop céder de pouvoir, les Khmers rouges reprirent alors la lutte armée. Celle-ci perdit une partie de son intensité avec la mort de Pol Pot en 1998. Toutefois, d'autres cadres et officiers khmers rouges restaient en lice et se jurèrent de poursuivre le combat.

Conséquence de cet imbroglio de luttes d'influence entre les diverses forces politiques et militaires rivalisant pour le pouvoir, police secrète gouvernementale et agents rebelles s'entre-déchiraient sans pitié pour obtenir renseignements et munitions. Cette situation engendra un réseau clandestin d'espions, de tueurs et de contrebandiers à une échelle encore jamais vue. Certains travaillaient pour ce qu'ils croyaient sincèrement être le bien de leur patrie. D'autres, pour leur seul intérêt personnel.

Durant près de dix ans, Ty Sokha Sary, trente-deux ans, et son époux Hang Sary, de sept ans son aîné, avaient été des agents antiterroristes travaillant pour les Forces armées nationales de libération du peuple khmer, avec lesquelles l'ancien Premier ministre Son Sann devait former le 5 mars 1979 le Front national de libération du peuple khmer. À l'origine, leur but avait été de chasser les Vietnamiens du Cambodge. Cet objectif atteint, le FNLPK se fixa de nettoyer le pays de toute influence étrangère. Même si Son Sann avait été nommé à la tête du CNS, le Conseil national suprême de douze membres, chargé du gouvernement transitoire en attendant les élections libres, il avouait en privé son opposition à l'intervention des Nations unies. Sann visait en particulier la présence de soldats chinois, japonais et français. Il ne croyait pas à la notion de force d'ocupation bienveillante. Même si les soldats étaient engagés dans une mission de maintien de la paix dans le cadre de l'APRONUC, leur seule présence corrompait l'intégrité et les forces vives de la nation.

Ty et Hang partageaient l'opinion de Son Sann. Et en venant au Cambodge, un officier étranger avait fait plus que polluer leur culture. Il avait détruit une chose qui lui était très personnelle.

Ty Sokha était agenouillée au-dessus du corps de la jeune Américaine blessée. Elle ne devait pas avoir plus de quatorze ou quinze ans. La Cambodgienne avait vu tant de petites filles comme elle, blessées ou mourantes. Et toutes celles qui étaient mortes... Elle avait eu l'occasion d'aider Amnesty International à localiser un charnier à proximité de Kampong Cham où l'on avait incinéré plus de deux cents corps décomposés. La plupart appartenaient à des femmes âgées et de très jeunes enfants. Certains cadavres avaient des slogans antigouvernementaux peints, voire gravés au couteau sur le corps. Ty avait également entraîné la mort d'une bonne quarantaine de personnes en mettant Hang en contact avec des officiers ennemis ou des agents secrets, pour qu'il puisse ensuite les étrangler ou leur enfoncer un poinçon dans le cœur pendant leur sommeil. Parfois, c'était elle qui le conduisait sur place sans scrupules. Et parfois, elle n'hésitait pas à s'acquitter elle-même de la tâche.

Comme la plupart des agents militaires qui travaillent seuls ou en binôme, Ty avait reçu une formation de secouriste et elle était experte à débrider les plaies. Malheureusement, la trousse de premiers secours que lui avait fournie le terroriste n'était d'aucune utilité pour ce genre d'intervention. Il n'y avait pas d'orifice de sortie, ce qui voulait dire que la balle était restée dans le corps. Que la jeune fille bouge, et la blessure pouvait empirer. Ty se servit d'antiseptique pour nettoyer du mieux qu'elle put le petit trou rond. Puis elle le recouvrit de gaze et de bandes de sparadrap. Elle travaillait avec soin, efficacité, mais pas avec son indifférence habituelle. Même si elle avait depuis longtemps été désensibilisée par le terrorisme et le meurtre, cette jeune fille et les circonstances de l'attaque lui étaient trop douloureusement familières.

Cela lui rappelait Phum, bien sûr, la jeune sœur adorée de Hang.

Tout en travaillant, Ty se remémora l'événement qui

l'avait conduite en un lieu si improbable. Si loin de son point de départ.

Ty avait grandi dans un minuscule hameau à mi-chemin de Phnom Penh et de Kampot, sur le golfe de Thaïlande. Ses parents étaient morts noyés dans une inondation lorsqu'elle avait six ans. Elle était alors partie vivre chez son cousin germain Hang Sary et sa famille. Ty et Hang s'adoraient et il avait toujours été décidé qu'ils se marieraient. Ce qu'ils firent, juste après leur départ pour une mission commune en 1990. Ils étaient seuls, à l'exception du prêtre et de son fils, au beau milieu d'une mousson qui avait emporté la cabane du prêtre. Ce devait être le moment le plus heureux de son existence.

Le père de Hang était un chaud partisan du prince Sihanouk, écrivant des articles dans le quotidien local pour expliquer de quelle manière la politique d'économie libérale du prince avait aidé les paysans. Par une sombre et pluvieuse nuit d'été de 1982, alors que Ty et Hang étaient en ville, des soldats de l'Armée nationale du Kampuchéa démocratique de Pol Pot étaient venus et avaient enlevé toute la famille de Hang : son père, sa mère et sa jeune sœur. Hang avait retrouvé ses parents le surlendemain. Son père gisait dans un fossé près d'un chemin de terre. Il avait eu les bras ligotés dans le dos, les épaules démises. On lui avait brisé les pieds et les genoux pour l'empêcher de marcher ou de ramper. Puis on lui avait rempli la bouche de terre et transpercé la gorge pour qu'il se vide lentement de son sang. Sa mère avait été étranglée devant son mari impuissant. Hang ne devait jamais retrouver sa jeune sœur.

Le monde des deux jeunes gens bascula ce jour-là.

Hang contacta le FLNPK de Son Sann qui soutenait le prince. Hang leur dit qu'il désirait continuer d'écrire le genre d'articles que rédigeait son père, mais pas seulement pour défendre Sihanouk. Il voulait dénoncer les tueurs de l'ANKD et venger ce qu'ils avaient fait subir à sa famille. Avant de laisser Hang et Ty se porter volontaires comme appâts, le chef du renseignement du FLNPK les entraîna d'abord au maniement des armes. Deux mois plus tard, la petite bande de terroristes khmers rouges vint à leur cabane. Hang et Ty avaient bien mûri leur coup et les taillèrent en pièces avant même que le garde du FLNPK ait eu besoin d'appeler des renforts.

Par la suite, on leur enseigna les techniques de surveillance. C'est à cette occasion qu'ils apprirent également l'art de l'assassinat. Un manuel de la CIA trouvé au Laos leur enseigna comment utiliser des épingles à chapeau, des bas lestés de cailloux, voire des cartes de crédit volées pour crever les yeux, rompre le cou et trancher la gorge. Ils apprirent tout cela pour servir leur pays mais aussi dans l'espoir qu'un beau jour ils découvriraient enfin le monstre qui avait ordonné la mort de Phum.

Le monstre qui leur avait échappé parce qu'il était sous la protection des Khmers rouges.

Le monstre dont ils avaient perdu la trace quand il avait quitté le Cambodge et qu'ils n'avaient retrouvé que tout récemment.

Le monstre qui se trouvait quelque part dans cette pièce.

Un monstre nommé Ivan Georgiev.

31.

New York, samedi, 23:35

Hood se sentait solitaire et terrifié dans la cabine de l'ascenseur qui le conduisait aux salons de réception du ministère des Affaires étrangères, au sixième étage. C'était là qu'attendaient les autres parents. Hood était seul dans la cabine ; seul avec son reflet déformé et teinté par les parois de métal anodisé or.

S'il n'avait pas eu la certitude que des caméras de surveillance l'observaient et qu'il risquait de se retrouver interpellé pour conduite menaçante, il aurait volontiers hurlé et brandi le poing en l'air. Il était inquiet de ces rumeurs de fusillade, et se retrouver ainsi réduit à l'impuissance le mettait au désespoir.

Les portes de la cabine s'ouvrirent et au moment où il s'avançait vers le planton, son téléphone mobile se manifesta. Il s'immobilisa et tourna le dos à l'homme avant de répondre.

« Oui ?

– Paul ? C'est Bob. Mike est-il auprès de vous ? »

Hood connaissait parfaitement la voix de Herbert. Le chef du renseignement parlait vite, ce qui voulait dire qu'un point le tracassait. « Mike s'est rendu auprès du chef de service local dont vous m'aviez parlé. Pourquoi cette question ? »

Hood savait que Herbert devrait parler à mots couverts puisque la ligne n'était pas cryptée.

« Parce qu'on note sur la zone de travail qui nous concerne la présence de deux individus qu'il aurait tout intérêt à tenir à l'œil.

– Quel genre d'individus ?

– Des clients sérieux », répondit Herbert.

Mauvais signe. Il fallait qu'il en sache plus.

« Leur présence là-bas et le moment choisi pourraient n'être qu'une coïncidence, avoua Herbert, mais je n'aime mieux pas prendre de risque. Je vais appeler Mike à l'autre bureau. »

Hood retourna vers l'ascenseur et pressa le bouton. « J'y serai à ce moment. Quel est le nom de la boîte ?

– Doyle Transit.

– Merci », dit Hood comme la cabine arrivait. Il replia son téléphone et entra.

Sharon ne le lui pardonnerait jamais. Jamais. Et il ne pouvait pas lui en vouloir. Non seulement elle se retrouvait seule au milieu d'inconnus, mais il était à peu près sûr que les Affaires étrangères ne disaient rien aux parents. Mais si les terroristes avaient des complices dans la place à l'insu de tout le monde, il voulait être aux côtés de Rodgers et d'August pour les aider à trouver une solution.

Pendant que la cabine descendait, Hood sortit de son portefeuille sa carte officielle de l'Op-Center. Il refit le chemin en sens inverse pour regagner la Première Avenue qu'il traversa au pas de course avant de remonter quatre pâtés de maisons. Il présenta rapidement sa carte au flic de la police de New York, laissé en faction devant les tours bordant la place des Nations-Unies. Même si les bâtiments ne faisaient pas à proprement partie du complexe de l'organisation internationale, un grand nombre de délégués y avaient installé leurs bureaux. Il entra.

Hood était hors d'haleine quand il signa le registre de sécurité avant de se diriger vers la première batterie d'ascenseurs qui desservait les étages inférieurs du gratte-ciel. Il avait toujours envie de crier et de brandir le poing. Mais au moins participait-il de nouveau à l'action. Au moins avait-il un élément concret pour le distraire de sa peur. Peut-être pas de l'espoir mais quelque chose de presque aussi bon.

Un plan d'attaque.

32.

New York, samedi, 23:36

C'était lui.

La voix neutre, la cruauté du regard, l'arrogance du port... c'était lui, maudit soit-il. Ty Sokha n'arrivait pas à croire qu'au bout de presque dix ans, elle avait retrouvé Ivan Georgiev. Maintenant qu'elle avait entendu sa voix sous la cagoule, qu'elle s'était retrouvée assez près de lui pour sentir l'odeur de sa transpiration, elle savait de quel genre de monstre il s'agissait.

Plusieurs mois auparavant, un trafiquant d'armes du nom d'Ustinoviks qui fournissait les Khmers rouges avait été contacté par Georgiev pour une transaction. Un informateur au sein des Khmers rouges savait que Ty et Sary Hang étaient à sa recherche. L'homme leur vendit le nom du trafiquant d'armes. Même s'ils avaient raté le Bulgare lors de son premier voyage à New York pour négocier avec Ustinoviks, ils avaient réussi à coincer ce dernier après le départ de Georgiev. La proposition qu'ils avaient faite au Russe était simple : il leur indiquait quand l'autre devait venir récupérer ses armes ou ils le balançaient au FBI.

Le Russe leur avait alors dit quand Georgiev devait

prendre livraison de son achat, à condition qu'ils s'abstiennent de l'intercepter à ce moment-là. Ils lui avaient donné leur accord. À vrai dire, ils ne voulaient pas de lui tout de suite. Ils préféraient qu'il fasse ce pour quoi il était venu ici, et permette au reste du monde de constater de quel genre d'individu il s'agissait, et surtout d'attirer l'attention sur le sort de leur peuple, mettant ainsi un terme aux innombrables meurtres auxquels ils avaient pris part pour tenter d'arrêter les Khmers rouges et saper l'ombre de pouvoir du pathétique Norodom Sihanouk.

Ils avaient donc observé Georgiev tandis qu'il négociait son achat. Postée sur le toit du club voisin de la boutique d'Ustinoviks, Ty n'avait pu alors le distinguer parfaitement. Pas avec la même netteté en tout cas que lorsqu'elle travaillait comme cuisinière au camp de l'ONU pour surveiller les éléments khmers rouges infiltrés et qu'elle avait été le témoin des activités délictueuses auxquelles se livrait le Bulgare. Mais le gouvernement ne pouvait rien faire sans preuve concrète et tous ceux qui tentaient d'en obtenir – ou cherchaient à s'échapper, comme cette malheureuse Phum – trouvaient la mort.

Après que Georgiev et ses hommes eurent négocié leur achat d'armes, Ty et Hang les suivirent jusqu'à leur hôtel. Les chambres voisines étant occupées, ils en avaient pris une juste à l'étage au-dessous. Ils avaient fait courir un fil entre le lustre et le plancher de la chambre du dessus, fil relié à un ampli qui leur permettait d'espionner Georgiev et ses complices alors qu'ils finissaient de réviser leur plan.

Ils s'étaient alors rendus à la mission permanente

du royaume du Cambodge, juste de l'autre côté de la rue, et là, ils avaient attendu.

Ty Sokha détourna ses grands yeux sombres de la jeune fille blessée étendue près d'elle. Une gamine à peine plus âgée que Phum quand l'un des sbires de Georgiev l'avait assassinée. Ty se tourna pour jeter un regard à Sary Hang, assis par terre, dans le creux de la table en fer à cheval. L'agent cambodgien avait légèrement changé de position afin de surveiller Ty, mine de rien.

Elle hocha la tête. Il répondit en acquiesçant.

Quand Georgiev redescendrait de la galerie, ce serait le moment.

33.

New York, samedi, 23:37

Georgiev s'arrêta quand il parvint au niveau des doubles portes au fond de la salle du Conseil de sécurité. Il avait dans la main son automatique, même s'il doutait d'avoir à s'en servir. Reynold Downer se tenait à droite des portes. Il avait une arme dans chaque main.

« Tu vas la laisser entrer ? murmura Downer.

– Non. C'est moi qui sors. »

Malgré sa cagoule, Georgiev put lire la surprise dans l'attitude de l'Australien. « Bon Dieu, mais enfin pourquoi ?

– Ils ont besoin d'une leçon en matière d'efficacité.

– D'efficacité ? Merde, c'est toi qui vas te retrouver pris en otage ! » s'exclama Downer.

La secrétaire générale parla de nouveau dans l'émetteur radio. Elle demandait qu'on la laisse entrer.

« Ils ne prendraient pas un tel risque, expliqua Downer. Au contraire, cela les convaincra qu'ils n'ont pas d'autre choix que de coopérer, et vite.

– Putain, à t'entendre maintenant, on croirait un de ces foutus diplomates. Et si jamais ils reconnaissent ton accent, t'y as pensé ?

– Je parlerai bas, d'une voix de gorge. Ils me prendront sans doute pour un Russe. » Maintenant que l'autre l'y avait fait penser, Georgiev trouvait assez farce que toute cette opération puisse être attribuée à Moscou ou à la mafia russe...

« Je ne suis pas du tout d'accord avec cette manœuvre. Merde, mais alors pas du tout. »

Tu m'étonnes, tiens, songea Georgiev. Downer ne savait que foncer dans le tas... Lui et la finesse...

« Pas de lézard », promit-il. Lentement, il approcha la main du bouton du battant de gauche. Il le tourna et entrouvrit la porte.

Mala Chatterjee se tenait juste devant, les bras raides le long du corps, les épaules droites, la tête rejetée en arrière. Quelques pas derrière elle, se trouvait son chef de la sécurité. Plus loin, Georgiev avisa plusieurs gardes équipés de leur bouclier anti-déflagration.

Le visage de Chatterjee était calme mais décidé ; quant à l'officier, il semblait prêt à cracher du feu. Georgiev appréciait ce genre d'attitude chez un adversaire. Cela vous empêchait de devenir trop sûr de vous.

« J'aimerais vous parler, dit Chatterjee.

– Dites à tout le monde de se reculer, au-delà des accès à la salle du Conseil », dit Georgiev. Il n'éprouva pas la nécessité d'ajouter que s'il lui arrivait quoi que ce soit, les otages en pâtiraient.

Chatterjee se tourna et adressa un signe de tête au colonel Mott. Ce dernier demanda à son détachement de reculer. Ils obéirent. Quant à lui, il demeura sur place.

« Tout le monde, précisa Georgiev.

– Ça ira, colonel, dit Chatterjee sans se retourner.

– Madame la secrétaire générale...

– Reculez, s'il vous plaît », dit-elle d'un ton ferme.

Mott souffla par le nez, puis il fit demi-tour et rejoignit ses hommes. Il se trouvait à présent une dizaine de mètres en retrait et fusillait Georgiev du regard.

Excellent, se dit Georgiev. Elle venait d'émasculer son chef de la sécurité. Le colonel semblait désormais prêt à dégainer pour lui loger une balle dans la tête.

Chatterjee continuait de dévisager le Bulgare.

« À présent, à votre tour de reculer. »

Elle parut surprise. « Vous voulez que je recule ? »

Il opina. Elle recula de trois pas, s'arrêta. Georgiev ouvrit un peu plus la porte. Des boucliers se relevèrent, des bras se raidirent. Il crut voir une onde d'anxiété parcourir les rangs des gardes. Il espérait que la secrétaire générale pouvait voir, pouvait même sentir à quel point sa position était devenue intenable. De beaux parleurs et des collégiens sans expérience, voilà tout ce qu'elle avait dans son camp.

Georgiev rengaina son arme et franchit la porte. Puis, dévisageant les gardes, il la referma dans son dos. Lentement, délibérément. Il fut tenté de se gratter la tête ou le flanc pour les voir sursauter. Mais il s'en abstint. Le seul fait de le savoir lui suffisait. Et, plus important, que les autres le sachent eux aussi. Ils savaient qui avait le plus de courage, qui était le plus à l'aise. Sortir, voilà quel était le bon choix. Il lorgna Chatterjee.

« Que voulez-vous ? lui demanda-t-il.

– Je veux dénouer cette situation sans nouvelle effusion de sang.

– Vous pouvez. Donnez-nous ce que nous avons demandé.

– J'essaie, répondit-elle. Mais les États ont refusé de payer. »

Il s'était attendu à cette réponse. « Alors, il faut que ce soit quelqu'un d'autre. Que les Nations unies sauvent le monde, encore une fois.

– Je peux leur parler, mais cela prendra du temps.

– Vous pouvez l'avoir. Le prix est d'une vie par heure.

– Non, je vous en conjure. J'aimerais vous faire une suggestion. Vous proposer un moratoire. J'aurai de meilleures chances d'obtenir ce que vous désirez si je peux leur dire que vous coopérez.

– Coopérer ? C'est vous qui nous faites perdre du temps.

– Mais cela va prendre des heures, des jours, peut-être. »

Georgiev haussa une épaule. « Alors, le sang sera sur vos mains, pas sur les miennes. »

La secrétaire générale continuait de le dévisager, même si elle semblait avoir perdu de sa superbe. Sa respiration s'était accélérée, ses yeux trahissaient des signes d'impatience. Excellent. Il voulait de l'obéissance, pas une négociation. Derrière elle, il nota que le chef de la sécurité se trémoussait, mal à l'aise. Il ne devait pas être issu des rangs des forces de sécurité de l'ONU. Il avait des airs de taureau retenu au bout d'une longe.

Chatterjee baissa les yeux. Hocha lentement la tête. Jamais encore elle n'avait été confrontée à ce genre de situation. Il aurait presque eu pitié d'elle. Que fait un diplomate quand on ne cesse de lui dire non ?

« Je vous donne ma parole, reprit-elle. Arrêtez le massacre et je vous obtiens tout ce que vous désirez.

– Vous me l'obtiendrez, de toute façon », observa-t-il.

Chatterjee le regarda. Elle parut chercher autre chose à dire, mais il n'y avait plus rien à ajouter.

Georgiev se tourna vers la porte.

« Ne faites pas ça », dit Chatterjee.

Il continua d'avancer. Il atteignit le bouton.

Chatterjee le suivit. « Vous ne comprenez donc pas ? Cela ne profitera à personne. » En désespoir de cause, elle lui agrippa le bras.

Georgiev s'immobilisa et chercha à se dégager. La femme tint bon.

« Écoutez-moi ! » implora-t-elle.

Ainsi donc, les apôtres de la paix avaient des griffes. Le gros Bulgare rejeta le bras en arrière. Chatterjee heurta la cloison en saillie près de la porte. Georgiev se tourna pour regagner la salle.

Il entendit des pas derrière lui. Il saisit son automatique et se retourna à l'instant précis où un coude traversait son champ visuel.

Sa vision se brouilla de rouge, son front et l'arête de son nez devinrent insensibles, un vertige le prit. Il luttait pour garder conscience quand, après un second coup, tout vira au noir.

34.

New York, samedi, 23:42

« Il vient de se passer quelque chose », dit Mike Rodgers.

Il était assis devant l'ordinateur avec Ani Hampton. Hood était arrivé peu auparavant, encore essoufflé d'avoir couru. Ani l'avait repéré sur la caméra de vidéosurveillance à la porte et lui avait ouvert la gâche électrique. Rodgers voulait savoir ce qui avait amené Hood, mais ce qui était en train de se passer avec Mala Chatterjee relevait de l'info brûlante. Ani avait basculé le canal audio de sa puce-espion sur les haut-parleurs de l'ordinateur. Même si le son était enregistré en même temps, il ne voulait pas rater un mot du dialogue à peine perceptible entre la secrétaire générale et le terroriste.

« Paul Hood, Annabelle Hampton », dit Rodgers en guise de présentation, profitant d'un passage quasiment inaudible.

Ani salua Hood d'un bref regard accompagné d'un signe de tête. Elle semblait totalement absorbée par sa tâche.

« Nous avons l'impression qu'il vient de se passer quelque chose à l'entrée du Conseil de sécurité, expliqua Rodgers. Un des terroristes est sorti parlementer avec la secrétaire générale. D'après ce qu'on a pu entendre, elle a crié et, juste après, une autre personne, sans doute le colonel Mott, de la sécurité de l'ONU – nous pensons que c'est lui qui était le plus près d'elle –, aurait apparemment attaqué le terroriste. Il semblerait qu'ils le détiennent à présent mais on n'a aucune certitude. Pour l'instant, c'est le silence complet. »

Ils écoutèrent sans un mot quelques secondes encore. Puis Hood observa : « Ça n'a peut-être aucun rapport avec ce qui vient de se passer, mais je viens juste d'avoir un coup de fil de Bob. Il y a deux personnes au sein du Conseil de sécurité qui ont passé au moins huit années dans les Forces armées nationales de libération du peuple khmer, au Cambodge. Ces individus ont commencé par la lutte armée antiterroriste contre les Khmers rouges puis ils sont devenus des assassins à la solde de Son Sann. »

Ani lui lança brusquement un regard.

« Ces personnes sont entrées aux États-Unis, il y a deux jours, avec la bénédiction de leur gouvernement, même si leur passé a été délibérément brouillé, poursuivit Hood. La question est de savoir s'ils sont là par hasard, s'ils collaborent avec les terroristes ou s'il existerait un autre élément qui nous échappe encore. »

Rodgers hocha la tête au moment où l'on sonnait de nouveau à la porte. Ani passa l'image de la caméra sur son ordinateur : c'était Brett August. Rodgers acquiesça et Ani glissa la main sous le plateau de la table pour lui déverrouiller l'accès. Rodgers s'excusa pour aller accueillir le chef du commando d'Attaquants.

Tout en se hâtant de gagner le hall d'accueil, Rodgers songea au fait que c'était le genre de situation que tous les négociateurs de tous les pays rencontraient tous les jours lors des prises d'otages. Certaines de ces crises étaient des événements politico-médiatiques qui faisaient la une ; d'autres restaient plus discrètes et n'impliquaient qu'un ou deux individus dans un appartement ou une boutique d'électroménager. Mais toutes, quels que soient le lieu ou les personnes, avaient un point en commun : une extrême instabilité. D'après son expérience personnelle, lors d'une bataille, les retournements de situation pouvaient être très rapides, mais ils avaient néanmoins tendance à se produire d'un coup. Ensuite, mû par son inertie, le mouvement se poursuivait dans la même direction, entraînant les diverses forces armées en présence.

Avec les prises d'otages, il en allait autrement. Elles étaient sujettes à des basculements inopinés. Elles connaissaient des sursauts, des temps d'arrêt, des hoquets, des revers, et pouvaient partir dans tous les sens de manière imprévisible. Et plus il y avait de personnes en jeu, plus la situation risquait d'évoluer radicalement d'une seconde à l'autre. Surtout si, parmi les personnes en question, on trouvait des gamines terrorisées, des terroristes fanatiques, des assassins résolus et des diplomates dont la seule arme était la parole.

Le colonel August était en nage et couvert de taches de graisse. Il salua Rodgers puis expliqua qu'il s'était laissé rouler au bas de la rampe hydraulique de chargement du C-130 au moment où les mécanos la relevaient. À la faveur de l'obscurité, personne ne l'avait remarqué alors qu'il se tassait sur lui-même pour sauter en roulé-boulé. Il y avait un mètre vingt entre le rebord de la tôle et la piste, mais à part quelques bleus, le colonel était indemne. Le gilet pare-balles qu'il portait sous son chandail avait en partie amorti sa chute. Comme August était déguisé en touriste, il avait sur lui son portefeuille avec assez de liquide pour rejoindre Manhattan en taxi.

Rodgers le mit au fait des événements tandis qu'ils gagnaient le bureau d'Ani. Ils allaient y entrer lorsque le colonel s'arrêta brusquement.

« Une seconde..., fit-il à voix basse.

– Qu'est-ce qu'il y a encore ?

– Vous avez deux assassins cambodgiens au Conseil de sécurité ? demanda August.

– Exact. »

August réfléchit un moment, puis d'un signe de tête, il indiqua les bureaux du fond. « Tu savais que notre petite dame ici présente avait bossé pour la CIA au Cambodge ?

– Non », reconnut Rodgers. Il semblait sincèrement surpris. « Raconte-moi ça.

– J'ai téléchargé son dossier pendant le vol, expliqua August. Elle a recruté des agents au Cambodge pendant près d'un an. »

Rodgers se mit à parcourir les scénarios possibles, cherchant d'éventuelles connexions. « Elle a pointé en bas un quart d'heure environ avant le début de l'attaque. Elle a expliqué qu'elle était revenue pour rattraper du boulot en retard.

– Ça pourrait tout à fait être vrai, nota August.

– Ça pourrait, admit Rodgers. Mais elle est arrivée en avance et en plus, elle a les moyens d'espionner la secrétaire générale des Nations unies. Et elle a une liaison TAC-SAT dans son bureau.

– Pas vraiment l'équipement standard d'une planque de la CIA, remarqua August.

– Certes non. Bref, ça m'a tout l'air du dispositif sur mesure pour transmettre des renseignements aux individus impliqués dans cette prise d'otages.

– Mais les individus de quel camp ?

– Ça, j'en sais rien.

– Le TAC-SAT est allumé ? demanda August.

– Ch'sais pas. Il est rangé dans une sacoche. »

August ricana. « T'as passé trop de temps assis derrière un bureau. Remonte donc tes manches.

– Comment ça ?

– Passe discrètement le bras près de la sacoche, lui souffla August.

– Je ne saisis toujours pas.

– Les poils. L'électricité statique, expliqua August.

– Merde, fit Rodgers. T'as raison. »

Lorsqu'il est en service, un matériel électronique isolé génère un champ électromagnétique – de l'électricité statique. De quoi hérisser les poils du bras quand on l'approche.

Rodgers acquiesça, puis continua vers le bureau comme si de rien n'était.

Ni l'un ni l'autre n'était alarmiste. Mais depuis le début de leur carrière, alors que l'existence d'un seul individu mais parfois aussi celle de milliers de gens pouvait dépendre des décisions qu'ils prenaient, aucun n'avait péché par excès de confiance. Et alors que Rodgers pénétrait dans le bureau, il se remémora une leçon que la CIA avait apprise à ses dépens... que l'instabilité ne provenait pas toujours de l'extérieur.

35.

New York, samedi, 23:43

Pendant quelques instants, le silence dans le corridor desservant la salle du Conseil de sécurité fut absolu. Puis la secrétaire générale Chatterjee se décolla du mur contre lequel on l'avait projetée. Elle considéra le terroriste, prostré aux pieds du colonel Mott.

« Vous n'aviez pas le droit de faire ça ! murmura-t-elle sèchement.

– Vous étiez attaquée, répondit-il sur le même ton. C'est mon boulot de vous protéger.

– C'est moi qui l'ai saisi par le bras...

– Peu importe », coupa Mott. D'un geste du doigt, il désigna deux des membres de la sécurité et leur fit signe de venir. Puis il se retourna vers Chatterjee. « Cette fois, on y est jusqu'au cou.

– *Contre ma volonté !* rétorqua-t-elle.

– Madame, on pourra toujours en discuter plus tard. On n'a pas des masses de temps.

– Pour quoi faire ? »

Les deux hommes arrivèrent. « Déshabillez-le, ordonna Mott à voix basse en désignant le terroriste. Et vite. »

Ils se mirent au travail.

« Que faites-vous ? » demanda Chatterjee.

De son côté, le colonel avait commencé de déboutonner sa chemise. « Je vais entrer. À sa place. »

Chatterjee parut interloquée. « Non. C'est absolument exclu.

– Je peux régler ça. On est à peu près de la même taille.

– Pas sans mon aval.

– Je n'ai pas besoin de votre aval », répondit-il en ôtant sa chemise et en retirant ses chaussures. « Article 13C, alinéa 4 des consignes de sécurité. Dans le cas d'une menace directe contre le secrétaire général, toutes les précautions appropriées doivent être prises. Il vous a frappée. Je l'ai vu. Là-dessus, les caméras à fibres optiques n'arrivent pas à passer, Dieu sait pourquoi. On arrive bientôt au bout d'une nouvelle heure, et une des gosses est peut-être blessée. Aidez-moi à mettre un terme à cette situation, madame... Est-ce qu'il avait un accent ?

– Ils vont vous démasquer.

– Pas assez vite. » Mott était conscient de chaque seconde qui s'écoulait et il se demandait combien de temps encore les terroristes à l'intérieur allaient attendre le retour de leur homme. Tout en redoutant les mesures qu'ils étaient susceptibles de prendre pour le récupérer. « Je vous en prie, insista Mott. Est-ce qu'il avait un accent ?

– D'Europe orientale, m'a-t-il semblé. » Chatterjee semblait hébétée.

Mott baissa les yeux vers le prisonnier pendant qu'un de ses hommes lui ôtait sa cagoule. « Est-ce que vous le reconnaissez ? »

Chatterjee jeta un regard sur le visage bouffi, mal

rasé. Il y avait du sang sur l'arête épaisse du nez. « Non, souffla-t-elle. Et vous ? »

Le regard de Mott passa de l'homme étendu à la porte du Conseil de sécurité. « Non. » Que ce soit son anxiété ou son instinct d'ancien flic habitué des planques, il décelait la tension qui émanait de la salle. Il fallait qu'il la désamorce avant qu'elle n'explose. Le colonel fit signe à son homme de lui passer la cagoule. Il l'enfila, puis se pencha, essuya un peu de sang sur le nez de Georgiev pour en tartiner l'ouverture de la bouche du passe-montagne. « Comme ça, je n'aurai pas à me soucier de prendre un accent », expliqua-t-il.

Chatterjee le regarda terminer d'enfiler rapidement le reste des vêtements de l'homme, chandail, pantalon, chaussures.

« Faites passer tout le monde dans la salle du Conseil de tutelle, ordonna le colonel à son second, le lieutenant Mailman. Je vous veux près des portes de communication. Faites vite, mais soyez discrets. Formez deux groupes : un périmètre défensif et une équipe pour extraire les otages. Entrez dès que vous entendrez des coups de feu. » Mott récupéra l'automatique de Georgiev et en vérifia le chargeur. Il était presque plein. « Je ne tirerai que si je suis en position pour éliminer un ou plusieurs terroristes. J'essaierai de me maintenir côté nord pour détourner de vous la fusillade. Vous savez comment ils sont accoutrés ; éliminez-les. Tâchez juste d'éviter de descendre le mec qui leur tire dessus.

– Affirmatif, mon colonel, répondit le lieutenant.

– Madame, je vais demander à Interpol de m'identifier cet individu. » Mott avait presque craché le mot.

« Si jamais il y a du grabuge, l'information pourrait vous aider à les arrêter.

– Colonel, je suis opposée à cette initiative », répéta Chatterjee. La secrétaire générale s'était ressaisie et commençait à manifester sa colère. « Vous risquez la vie de tous les gens qui se trouvent dans cette salle.

– Tous ceux qui s'y trouvent vont mourir de toute manière si on ne les en sort pas. N'est-ce pas ce que vous a dit ce personnage ? » Du bout du pied, il indiqua Georgiev. « N'est-ce pas ce qui vous a conduite à l'empêcher d'y retourner ?

– Je voulais arrêter le massacre...

– Et il n'en avait rien à foutre, rétorqua le colonel Mott d'une voix rauque.

– C'est vrai, reconnut-elle. Mais je peux toujours entrer et tenter de convaincre les autres.

– Pas après ce qui vient d'arriver. Ils voudront savoir où est leur homme. Et qu'allez-vous leur dire ?

– La vérité. Cela pourrait les convaincre de coopérer. Peut-être qu'on pourrait même le troquer contre les otages.

– On ne peut pas, répliqua Mott. On peut avoir besoin de lui pour lui soutirer des informations. Et quoi qu'il advienne, ce salopard devra passer en jugement. » Mott avait toujours admiré l'obstination de Chatterjee. Mais en l'espèce, celle-ci semblait plus relever de la naïveté que de l'ampleur de vue.

Pendant que le lieutenant composait ses deux groupes, le colonel fit signe d'approcher aux médecins des urgences. Ceux-ci déposèrent le terroriste sur une civière et empruntèrent à un des gardes ses menottes pour l'y maintenir.

« Emmenez-le à l'infirmerie et gardez-le menotté sur la couchette », ordonna Mott au médecin-chef.

Le lieutenant lui fit signe qu'il était prêt à y aller. Avec les doigts, le colonel lui indiqua le chiffre trente. Il regarda sa montre tandis que les deux escouades du lieutenant Mailman se dirigeaient vers la salle du Conseil de tutelle. Puis il entama son décompte de trente secondes.

« Colonel, je vous en conjure, insista Chatterjee. Je ne peux pas entrer si vous y allez.

– Je sais, répondit-il. Plus que vingt-cinq.

– Mais c'est une erreur ! » fit-elle, élevant la voix pour la première fois.

La porte du Conseil de sécurité s'entrebâilla, comme si quelqu'un était appuyé de l'autre côté. Chatterjee se tut aussitôt. Le regard de Mott allait de la porte à Chatterjee et à sa montre. Il ne restait plus que vingt secondes.

« Ce ne sera une erreur qu'en cas d'échec, rectifia le colonel Mott, placide. À présent, s'il vous plaît, madame la secrétaire générale. Nous n'avons plus le temps de débattre de cette question. Écartez-vous simplement du passage ou vous risquez d'être blessée.

– Colonel..., commença-t-elle avant de s'interrompre. Dieu vous protège... Que Dieu nous protège tous.

– Merci », répondit Mott. Il ne restait plus que quinze secondes.

À contrecœur, Chatterjee s'écarta.

Le colonel Mott reporta son attention sur ce qu'il s'apprêtait à faire. Il sentait le goût du sang du terroriste à travers la laine du passe-montagne. Il y avait là quelque chose de barbare, genre Viking, qui était fort approprié à la situation. Il passa l'arme du terroriste à sa ceinture, là où elle se trouvait quand il était sorti. Puis il fit jouer ses doigts gantés, pressé qu'il était d'entrer et de faire son boulot.

Dix secondes.

Une vingtaine d'années plus tôt, quand il était encore un bleu à l'académie de police de New York à l'angle de la 20e Rue et de la Deuxième Avenue, un instructeur en stratégie et tactique lui avait dit que leur boulot se ramenait en définitive à un lancer de dés. Chaque agent de police, chaque soldat disposait d'un dé à six faces. Ces faces étaient la résolution, l'adresse, la fermeté, l'ingéniosité, le courage et la force. La plupart du temps, on se contentait de faire de l'exercice. On s'entraînait, on faisait sa tournée, on patrouillait dans les rues, on tâchait de garder la souplesse du poignet, la finesse, le toucher. Parce que lorsque le moment venait d'agir pour de bon, il fallait savoir abattre son jeu et marquer un point de plus que l'adversaire et ça se jouait parfois en une fraction de seconde. Mott s'en souvint durant ses vingt ans de service dans un commissariat du sud de Manhattan. Il se souvenait de toutes les fois où il s'était présenté devant un appartement sans la moindre idée de qui se trouvait de l'autre côté de la porte, ou qu'il arrêtait une voiture sans savoir ce qui était planqué sous le journal posé sur le siège à côté du chauffeur. Ça lui revenait à présent. Il mobilisa tous les réflexes engrangés dans sa mémoire, son corps, son âme. Et pour faire bonne mesure, il fit sienne la phrase d'un des astronautes du programme Mercury, il avait oublié lequel[1], qui avait dit, alors qu'il attendait d'être pro-

1. Il s'agit en fait de Virgil « Gus » Grissom (*N.d.T.*).

pulsé dans l'espace : « Dieu du ciel, tâchez *que je ne foute pas la merde.* »

Cinq secondes.

Aux aguets, prêt à tout, Mott s'avança vers la porte du Conseil de sécurité. Il se mit à gémir comme s'il venait d'être frappé et souffrait le martyre.

Il ouvrit la porte à la volée et pénétra dans la salle.

36.

New York, samedi, 23 : 48

Des téléphones avaient été mis à la disposition des parents dès leur arrivée dans les salons des Affaires étrangères. Après que Sharon se fut choisi un fauteuil dans l'angle de la salle éclairée *a giorno*, son premier coup de fil avait été pour leur fils Alexander resté à leur hôtel. Elle voulait s'assurer qu'il allait bien. C'était le cas, même si elle le soupçonnait d'avoir cessé de jouer avec sa console pour se connecter sur la chaîne de jeux interactive SpectraVision disponible sur le réseau câblé intérieur. Alexander avait toujours l'air à cran quand il était plongé dans ses jeux vidéo, comme si le sort de la galaxie entière reposait sur ses épaules. Quand elle l'appela sur le coup de onze heures du soir, il lui parut impressionné et plein d'humilité. Comme Charlton Heston découvrant le buisson ardent dans *Les Dix Commandements*.

Sharon laissa passer. Elle s'abstint même de le mettre au courant des événements. Elle avait dans l'idée qu'Alexander allait dormir comme un ange ce soir. Avec un peu de chance, tout serait terminé au matin quand il se réveillerait. Puis elle appela chez eux pour écouter leur répondeur. Elle ne comptait pas prévenir ses parents, à moins qu'ils n'aient vu les nouvelles à la télé et laissé un message. Leur santé n'était pas florissante et ils avaient tendance à se faire du souci. Elle ne voulait pas leur infliger en plus ce fardeau.

Mais sa mère avait téléphoné. Elle avait vu le flash aux infos, aussi Sharon la rappela-t-elle aussitôt. Elle lui répéta ce qu'on lui avait dit, que les responsables tentaient d'aboutir à une solution négociée et qu'il n'y avait rien de neuf.

« Qu'est-ce qu'en pense Paul ? demanda sa mère.

– Je n'en sais rien, m'man.

– Comment ça ?

– Il s'est éclipsé avec un des militaires de l'ONU et depuis, il n'a plus redonné signe de vie.

– Il essaie sans doute de leur filer un coup de main », répondit sa mère.

Sharon eut envie de répliquer : *Il essaie toujours de filer un coup de main... aux autres.* À la place, elle dit : « Je suis sûre que c'est ce qu'il fait. »

Sa mère lui demanda comment elle tenait le coup. Sharon lui répondit que, comme les autres parents, elle espérait de toutes ses forces, et qu'il n'y avait pas grand-chose à faire d'autre. Elle lui promit de rappeler s'il y avait du nouveau.

Songer à Paul et à son dévouement pour *les autres* la mit mal à l'aise. Elle voulait récupérer sa fille, elle aurait été prête à n'importe quel sacrifice pour la sauver. Mais elle savait que, même si Harleigh n'avait pas été parmi les otages, Paul se serait comporté de manière identique. Sharon n'avait pas beaucoup pleuré depuis le début de ce drame, mais cette fois, la coupe était pleine.

Elle se détourna des autres parents pour essuyer ses

larmes. Elle voulut se persuader que Paul faisait ça pour leur fille. Et même si ce n'était pas vrai, que ce qu'il ferait de toute façon l'aiderait.

Mais elle se sentait tellement seule, à présent. Et de ne pas savoir ce qui se passait, de ne pas savoir comment allait sa petite, ranima sa colère. Le moins qu'aurait pu faire son mari, c'eût été de l'appeler. De lui dire ce qui se passait.

Puis une idée lui vint. Sortant de son sac un Kleenex, elle se moucha, décrocha le téléphone. Paul avait toujours son portable sur lui. Elle composa son numéro, trouvant dans sa colère les ressources que ne lui avait pas apportées la réflexion.

37.

New York, samedi, 23:49

Ty Sokha était toujours accroupie près de la jeune fille étendue à terre. Elle ne pouvait guère plus pour elle, mais d'un autre côté, elle n'était pas venue ici pour jouer les secouristes. S'occuper de la blessée n'avait eu qu'une seule et unique conséquence positive : cela lui avait permis d'établir lequel de ces individus était Ivan Georgiev. À qui appartenait cette voix qu'elle avait entendue dans le camp de l'ONU quand l'homme accueillait les clients sous les tentes du bordel. Qui avait ordonné à son aide de camp de poursuivre et d'abattre Phum alors qu'elle tentait de s'échapper. Même si Hang et Ty n'arrivaient pas à avoir tous les terroristes, ils voulaient au moins être sûrs de l'avoir, lui.

Ty gardait dans son sac un petit automatique compact Browning. Un 9 mm High Power. Hang en avait un autre dans un étui accroché dans son dos à la ceinture. Les deux armes avaient évité le contrôle de sécurité de l'ONU en passant par la valise diplomatique. Le couple tenait ainsi le salopard sous son feu croisé et pourrait ensuite abattre le reste des terroristes. C'était non seulement le moyen d'assouvir leur vengeance, celui de devenir les héros sauveteurs des otages, mais surtout d'attirer l'attention internationale sur leur cause – la renaissance d'un Cambodge fort, sous un gouvernement de droite mené par Son Sann. L'injustice prendrait fin. Les Khmers rouges seraient enfin traqués et liquidés jusqu'au dernier. Le Cambodge serait enfin libre de devenir la grande puissance politique et financière du Sud-Est asiatique.

Tout cela dépendait toutefois de ce qui allait suivre. Ty regrettait d'avoir laissé échapper Georgiev, mais elle ne s'attendait pas à ce qu'il sorte de la salle. Et elle n'avait pas envie d'amorcer la fusillade sans avoir prévenu Hang qu'elle l'avait identifié, au cas où les autres terroristes parviendraient à l'abattre.

Ty ouvrit son sac à main et en sortit un mouchoir de soie. Elle laissa le sac ouvert par terre, tandis qu'elle épongeait le front trempé de sueur de la jeune blessée. La crosse du Browning était pointée vers elle. Quand elle rangea le mouchoir, elle en profita pour ôter le cran de sûreté. L'anxiété la gagnait. Elle espérait bien que le misérable n'allait pas conclure un marché avec la secrétaire générale Chatterjee. Ty commençait à s'en vouloir vraiment de ne pas avoir abattu Georgiev quand elle en avait eu l'occasion. Alors qu'il se tenait juste à côté d'elle. Cela lui aurait peut-être coûté la vie, mais au moins serait-elle morte en sachant que Hang et les esprits de sa famille pouvaient être fiers d'elle.

Soudain, une des doubles portes du haut, à l'autre bout de la salle, s'ouvrit à la volée. Le terroriste qui était posté derrière s'écarta vivement pour laisser passer Georgiev. Le Bulgare tenait le bas de sa cagoule. Il claqua le battant, dégaina son pistolet, le brandit avec colère en direction de la porte. Puis il se retourna et passa sans s'arrêter devant son complice. Quand l'autre fit mine de le suivre, Georgiev lui fit signe de rester où il était. Puis il redescendit les marches, d'un pas mal assuré, titubant presque. Il semblait légèrement groggy, comme si on l'avait frappé. En tout cas, il n'avait pas l'air heureux.

Parfait. D'après la doctrine des anciens du bouddhisme Theravada, l'homme qui meurt malheureux le reste dans sa réincarnation suivante. Ty estimait que Georgiev n'en méritait pas moins.

Le Bulgare tenait son arme. Il s'arrêta à mi-descente pour se frotter le menton. Il parut vaciller.

L'homme en haut des marches descendit le rejoindre. Dans le même temps, celui du bas remontait vers lui.

Bigre, il fallait agir maintenant. Bientôt, ils se retrouveraient à trois au même endroit : elle n'aurait plus la possibilité de viser juste.

Ty regarda Hang. Il pensait manifestement la même chose. Elle glissa la main dans son sac au moment où Hang se levait. Il dégaina son arme et se tourna vers sa cible. Ty récupéra elle aussi son pistolet et suivit le mouvement. Hang tira le premier, trois balles sur Georgiev, avant que ses complices n'arrivent. La première le manqua mais deux taches rouges s'épanouirent sur son front et le Bulgare s'affaissa, le dos contre le mur, pour glisser vers le sol en imprimant sur le papier peint vert et or deux longues traînées sanglantes.

Le couple se précipita aussitôt pour s'abriter derrière la cage d'escalier. Les deux autres, sur les marches, s'étaient arrêtés, pour aller se planquer derrière les travées de fauteuils avant de retourner leurs armes vers les tireurs. Les deux terroristes situés de l'autre côté s'étaient également accroupis pour viser les agresseurs. À cet instant précis, la porte mitoyenne avec la salle du Conseil de tutelle s'ouvrit d'un coup. Quatre membres des forces de sécurité des Nations unies se précipitèrent. Il y eut un instant de flottement : seuls les gémissements des gamines meublaient le silence. Les deux Cambodgiens se retournèrent pour voir qui étaient les intrus tandis que les terroristes s'immobilisaient pour viser les cibles les plus proches.

L'affolement général permit aux deux hommes placés près du général Georgiev le long du mur sud de tirer sur le couple de Cambodgiens. Ty et Hang étaient accroupis près du mur au pied de la galerie. Ils s'effondrèrent. Hang avait pris une balle dans l'épaule et Ty dans la cuisse. Cette dernière se tordit et bascula assise sur le dos, sans une plainte ; Hang tomba à quatre pattes et poussa un hurlement aussitôt interrompu par une balle en pleine tête. Le projectile était venu de biais par l'avant et l'aplatit au sol.

Ty avait perdu son arme en tombant et elle la cherchait en tâtonnant quand un second projectile la cueillit au bras gauche et qu'un troisième l'atteignit à l'abdomen. Elle y porta la main, s'immobilisant soudain, quand une troisième balle lui transperça le front.

Il n'avait fallu qu'un peu plus d'une seconde pour que les Cambodgiens tombent et meurent. Mais leur présence avait semé la confusion dans les rangs de la police qui ne savait plus sur qui tirer. Ce délai permit aux terroristes situés côté nord de se ressaisir, de viser et de tirer sur les intrus restés devant la porte. Un des agents de sécurité tomba, touché à la jambe, et dut être évacué. Les trois autres qui étaient entrés avec lui s'accroupirent et ripostèrent pour couvrir leur retraite. Avisant la jeune fille blessée, l'un des hommes la prit sous les aisselles et la tira en arrière avec lui.

L'un des terroristes du côté sud reçut une balle. Il dévala les marches de la travée avant que sa tête ne vienne heurter l'angle d'un fauteuil. L'un des agents de l'ONU prit une balle au visage et tomba raide. La salle était devenue une chambre d'échos qui résonnait du crépitement des coups de feu, des cris des terroristes se défendant contre la police et des hurlements des otages affolés. Parmi ceux-ci, plusieurs essayaient à la fois de se planquer et d'empêcher les autres otages pris de panique de courir en tous sens au risque de se retrouver dans la ligne de mire des tireurs.

La fusillade se termina avec le retrait des forces de l'ONU et la brusque fermeture de la porte du Conseil de tutelle. La fusillade, mais pas les cris. Ni le climat de folie qui, durant ces quelques secondes meurtrières, semblait avoir atteint tous les occupants de la salle.

38.

New York, samedi, 23:50

Reynold Downer allongea le corps sanglant de Georgiev tandis qu'Étienne Vandal s'agenouillait auprès de lui.

« Tu ferais mieux de retourner à la porte, dit Vandal. Ils pourraient bien tenter une nouvelle incursion.

– D'accord. » Downer retira ses gants tachés de sang de sous la nuque de Georgiev et contempla la salle. Le plus petit des deux terroristes était en train de dévaler les marches. Cela voulait dire que c'était Sazanka qui avait pris le pruneau. Downer regarda Barone se pencher sur lui. L'Uruguayen se redressa bientôt et se passa un doigt en travers de la gorge. Leur pilote était mort.

Downer jura. Vandal aussi. Downer baissa les yeux.

Le Français venait d'ôter la cagoule de Georgiev. Sauf que ce n'était pas Georgiev qui gisait sur le palier.

« Alors, ils ont donc réussi à l'avoir, dit Downer. Je pensais bien avoir entendu du bruit dehors. Ces salopards l'ont capturé. » Il cracha au visage de l'amerloque qui gisait, inerte, sur la moquette.

Vandal retira les gants de l'homme, tâta son pouls. Il lâcha le poignet. « Il est mort. » Vandal contempla les corps gisant près de la galerie. « Ceux-là, c'étaient des membres des forces de sécurité de l'ONU, et je parie que ce type était avec eux. Mais qui sont les deux autres ?

– Sans doute des flics en civil, répondit Downer. Chargés de la sécurité pour la soirée de gala.

– Mais dans ce cas, pourquoi n'ont-ils pas agi plus tôt ? s'interrogea le Français à haute voix. Pour tenter de sauver les délégués ?

– Peut-être ont-ils envoyé un signal discret pour demander des renforts. Et ils attendaient simplement qu'ils se manifestent.

– Non, je ne crois pas. Ils ont eu l'air presque aussi surpris que nous de voir débouler l'escouade de l'ONU. »

Downer remonta en haut des marches et Vandal fit demi-tour pour redescendre en hâte. Il se faisait du souci à cause des portes, même s'il doutait qu'il y eût de nouveau une attaque. Les forces de l'ONU avaient été salement touchées. Elles avaient évacué la gamine blessée mais il ne pensait pas que tel eût été leur objectif. À en juger par leur attitude, ils semblaient avoir cherché à établir une tête de pont. Quatre hommes avec des renforts attendant pour avancer au milieu. Pourquoi les renforts n'avaient-ils pas récupéré la fille ?

La fusillade avait amené les otages à s'aplatir par terre ou se planquer sous la table. Pour l'heure, Vandal les laissa où ils étaient. On entendait bien des sanglots et des gémissements, mais enfin, tout le monde avait été ébranlé par l'assaut. Et personne ne faisait plus mine de vouloir s'échapper.

Vandal parvint à la hauteur des deux individus qui

avaient été tués au pied de la galerie. Des Asiatiques. Il s'accroupit, fouilla les poches du blouson de l'homme. Il y trouva un passeport cambodgien. Voilà du moins qui établissait un lien. Georgiev s'était lancé dans tout un tas de plans louches durant l'opération de l'APRONUC, entre l'espionnage et la prostitution. Peut-être s'agissait-il d'une vengeance. Mais comment avaient-ils su qu'il était ici ?

Barone s'était approché. Vandal jeta le passeport et se releva.

« Il est mort ? demanda Barone avec un signe de tête vers Georgiev.

– C'est pas lui.

– Quoi ?

– Ils l'ont capturé lorsqu'il est sorti, expliqua Vandal. Ils ont opéré une substitution.

– Qui aurait cru qu'ils auraient les *cojones* pour faire une chose pareille ? s'étonna Barone. Ça expliquerait l'irruption de l'escouade de sécurité. Ils suivaient le mouvement de leur chef.

– C'est bien possible », admit le Français.

Barone hocha la tête. « S'il leur donne les informations sur les comptes numérotés, alors, même si on se tire de ce guêpier avec le fric, ils pourront toujours le récupérer.

– Affirmatif, dit Vandal.

– Bon alors, on fait quoi ?

– On a toujours ce qu'ils veulent, observa Vandal, en réfléchissant tout haut. Et on a toujours les moyens de liquider les otages si les forces de sécurité font mine de revenir. Alors, je suggère qu'on s'en tienne à notre plan initial – à deux choses près.

– Lesquelles ? » fit Barone.

Vandal se tourna vers la table de conférence. « On leur dit qu'on veut du liquide, et on accélère le chrono. »

Ses yeux quittèrent le fauteuil vide où s'était tenue la fille qui avait pris la fuite. Et vinrent se poser sur Harleigh Hood. Il y avait quelque chose chez cette gamine, une sorte d'air de défi, qui lui fit un très mauvais effet.

Il dit à Barone d'aller s'emparer d'elle.

39.

New York, samedi, 23:51

La puce audio du corridor capta la fusillade dans la salle du Conseil de sécurité. Les détonations étaient assourdies, tout comme les cris dans le couloir, mais il était manifeste pour Paul Hood et les autres qu'un des deux camps était passé à l'action. Les cris continuèrent après l'arrêt de la fusillade.

Hood était debout derrière Ani. Sauf pour passer sur un ordinateur portatif posé sur un autre bureau – pour essayer d'améliorer la qualité audio, avait-elle expliqué –, la jeune agent n'avait pas quitté son poste. Elle semblait calme et très concentrée.

August se tenait sur la gauche de Paul Hood. Rodgers avait ôté son blouson, remonté ses manches et récupéré la chaise de l'autre bureau. Il avait demandé, et on le lui avait fourni, un recueil des plans du bâtiment de l'ONU. Hood y jeta un œil par-dessus son épaule. Le FBI avait visiblement réuni les plans dans l'idée d'installer des moyens d'écoute primitifs au sein même de la structure du bâtiment dès la fin des années quarante. Des notes de mise à jour sur les pages suggéraient que la CIA s'en était également servie pour programmer l'itinéraire de ses puces électroniques mobiles.

Par terre, près de l'endroit où Rodgers avait tiré sa chaise, il y avait une sacoche en toile. Le sac à fermeture Éclair était ouvert sur le dessus et Hood avisa un téléphone TAC-SAT posé à l'intérieur.

Alors qu'il était là à écouter les conversations dans le bureau, Hood entendit le vibreur de son téléphone mobile. Il supposa qu'il devait s'agir de Bob Herbert ou d'Ann Farris avec des informations. Il sortit l'appareil de sa poche. Mike Rodgers se leva et s'approcha.

« Allô ?

– Paul, c'est moi.

– Sharon... » *Bon Dieu, pas maintenant.*

Rodgers s'immobilisa. Hood lui tourna le dos.

« Je suis désolé, chou, dit Hood à voix basse. J'allais te rejoindre quand quelque chose s'est produit. Un truc en rapport avec Mike.

– Quoi ? Il est ici ?

– Oui », répondit Hood. Il n'écoutait pas vraiment le téléphone. Il essayait de surprendre ce qui se déroulait dans le bâtiment du Secrétariat. « Tu tiens bien le coup ? demanda-t-il.

– J'espère que tu plaisantes... Paul, j'ai besoin de toi.

– Je sais. Écoute, je suis au beau milieu d'un truc... On essaie de récupérer Harleigh et les autres. Est-ce que je peux te rappeler ?

– Bien sûr, Paul. Comme toujours. » Elle raccrocha.

Hood eut l'impression d'avoir reçu une gifle. Comment deux êtres aussi proches un soir pouvaient-ils se retrouver aussi distants le lendemain ? Mais il n'éprouvait aucune culpabilité. Juste de la colère. Il tentait de faire de son mieux pour sauver Harleigh. Sharon n'était pas contente de se retrouver seule, mais ce n'était pas pour ça qu'elle lui avait raccroché au nez. C'était parce que l'Op-Center les avait à nouveau séparés.

Hood replia son portable et le rangea. Mike vint lui poser une main sur l'épaule.

Soudain, ils entendirent distinctement la voix de Chatterjee.

« Lieutenant Mailman, qu'est-il arrivé ?

– Quelqu'un a descendu le colonel Mott avant que le reste du commando ne pénètre dans la salle, répondit-il, hors d'haleine. Il se peut qu'il soit mort.

– Non..., l'interrompit Chatterjee. Mon Dieu, non.

– Ils ont tué un de mes hommes et on a eu un des terroristes avant de se replier. On a également récupéré la gamine. Elle a reçu une balle. Il était impossible de rentrer sans essuyer de lourdes pertes. »

Hood sentit ses genoux se dérober.

« Je vais tâcher de trouver qui c'est », dit Rodgers. Puis tutoyant soudain celui qui restait toujours son supérieur hiérarchique : « Ne rappelle pas Sharon. Tu risques de l'inquiéter pour rien.

– Merci », fit Hood.

Rodgers se rendit au téléphone du bureau et appela Bob Herbert. Afin de pister terroristes connus et membres de la pègre – dont beaucoup étaient régulièrement blessés dans des accidents de voiture, explosions ou fusillades – l'Op-Center avait un progamme, connecté en permanence à tous les hôpitaux des grandes métropoles et interfacé avec l'administration de la Sécurité sociale. Chaque fois qu'un numéro de Sécu était entré sur l'ordinateur d'un établissement de soins, il était corrélé avec la base de données de l'Op-Center pour vérifier que la personne hospitalisée n'était pas un individu recherché par la police ou le FBI. Dans ce cas précis, Herbert allait demander à Matt Stoll de contrôler toutes les admissions dans un des hôpitaux du quartier des Nations unies à New York au cours de la demi-heure écoulée.

La conversation se poursuivait au Secrétariat.

« Vous avez fait ce qu'il fallait en la récupérant, dit Chatterjee.

– Il y a autre chose, l'informa alors le lieutenant. Deux des délégués étaient armés et faisaient le coup de feu.

– Lesquels ? demanda Chatterjee.

– Je l'ignore. L'un de nos hommes qui a pu les voir a dit qu'il s'agissait d'un couple d'Asiatiques.

– Ce pourraient être les Japonais, les Sud-Coréens ou les Cambodgiens...

– Les deux délégués ont été tués par les terroristes.

– Sur qui tiraient-ils ?

– Vous me croirez si vous voulez, mais c'était sur le colonel Mott.

– Sur le colonel ? Ils ont dû le prendre pour...

– Le terroriste dont il avait pris la place », finit pour elle le lieutenant.

Une radio bipa à cet instant. Chatterjee y répondit. « Ici la secrétaire générale Chatterjee.

– C'était stupide et téméraire », dit la voix à l'autre bout du fil. Elle était faible, parasitée, l'homme avait un accent, mais Hood réussit à déchiffrer l'essentiel du message. Le fait de se concentrer là-dessus lui évita de songer à la jeune fille blessée.

« Je suis désolée pour ce qui est arrivé, dit Chatterjee. On a bien tenté de raisonner votre partenaire...

– N'essayez pas de faire retomber la faute sur nous ! aboya son interlocuteur.

– Non, c'était entièrement la mienne...

– Vous connaissiez les règles et vous les avez bafouées. À présent, nous avons de nouvelles instructions pour vous.

– Dites-moi d'abord une chose. Dans quel état est notre agent ?

– Il est mort.

– Vous en êtes certain ? »

Il y eut un coup de feu.

« Maintenant, oui. Avez-vous une autre question ?

– Non, répondit Chatterjee.

– Vous pourrez venir récupérer son corps après notre départ, dit le terroriste. Quand, c'est à vous d'en décider. »

Il y eut un bref et pénible silence. « Allez-y, dit Chatterjee. Je vous écoute.

– Nous voulons l'hélicoptère avec six millions de dollars américains. En liquide. Plus de virement. Vous avez notre homme : il peut nous balancer. Je ne veux pas voir nos comptes bloqués. Prévenez-nous de l'arrivée de l'hélico. On reprendra les exécutions dans huit minutes et toutes les demi-heures par la suite. Sauf que cette fois, on ne tuera plus les délégués. On continuera avec ces jeunes filles. »

Hood se rendit compte qu'il ne savait pas ce qu'était la haine avant cet instant.

« Oh, non, je vous en conjure !

– Tout ça, c'est de votre faute.

– Écoutez-moi... Nous vous obtiendrons tout ce que

vous voulez mais il ne doit plus y avoir de victimes. Il n'y en a eu que trop déjà.

– Vous avez huit minutes.

– Non ! Accordez-nous au moins quelques heures ! implora Chatterjee. Nous coopérerons avec vous ! Allô ? *Allô !* »

Silence complet. Hood pouvait imaginer l'étendue de la frustration éprouvée par la femme.

August hocha la tête. « Les troupes devraient retenter une incursion maintenant, frapper fort quand ils ne s'y attendent pas.

– Ça devrait être à nous d'y aller.

– Ils ont dit qu'ils lâcheraient les gaz toxiques, observa Ani.

– Mais ils ne l'ont pas fait lors du premier assaut, remarqua August. Les preneurs d'otages veulent vivre. C'est pour ça qu'ils en capturent. Ils ne vont pas renoncer à leur avantage. »

Rodgers était revenu du téléphone. « Ce n'est pas Harleigh qui a été touchée. La jeune fille s'appelle Barbara Mathis. »

Tout était relatif. Harleigh était toujours prisonnière et l'une des copines de son groupe musical était blessée. Pourtant, Hood se sentit envahi par une vague de soulagement.

Malgré le fait que sa fille fût toujours retenue prisonnière, Hood ne pouvait qu'être d'accord avec August. Les hommes occupant la salle du Conseil de sécurité n'étaient pas des membres d'un commando-suicide ou des terroristes politiques. C'étaient des pirates, venus pour piller. Ils tenaient à s'en sortir vivants.

Au bout d'un moment, Chatterjee informa le lieutenant qu'elle se rendait à l'infirmerie. Elle voulait s'entretenir avec le terroriste capturé. Il n'y eut pas d'autre transmission radio après son départ.

« Elle est hors de portée de notre détecteur », expliqua Ani.

Rodgers regarda sa montre. « Il nous reste moins de sept minutes, dit-il sèchement. Qu'est-ce qu'on peut faire pour les arrêter ?

– On n'a pas assez de temps pour rejoindre le Conseil de sécurité et pénétrer dans la salle, dit August.

– Vous écoutez ces conversations depuis près de cinq heures, dit Rodgers, s'adressant à Ani. Qu'est-ce que vous en pensez ?

– Je ne sais pas.

– Devinez, insista Rodgers.

– Ils sont sans chef, dit-elle. Impossible de dire quelle sera leur attitude à présent.

– Comment savez-vous ça ? » demanda Hood.

Elle le regarda.

« Qu'ils sont sans chef, expliqua-t-il.

– Qui d'autre aurait pu sortir pour parler en leur nom ? »

Le téléphone sonna sur ces entrefaites et Ani décrocha. C'était Darrell McCaskey pour Rodgers. Ani lui passa l'appareil. Quelque chose venait de passer également entre la jeune femme et le général. Un regard désapprobateur. Ou bien était-ce du doute ?

La conversation fut brève. Rodgers ne dit presque rien tandis que Darrell l'informait. Quand il eut fini, il rendit le combiné à la jeune femme. Elle se retourna pour le reposer dans son berceau.

« La sécurité de l'ONU a pris les empreintes du

terroriste capturé, dit Rodgers. Darrell vient d'avoir le tuyau. » Rodgers se retourna pour regarder Ani. Il se pencha au-dessus de son siège, posa les mains sur les accoudoirs. « Parlons un peu, Mademoiselle Hampton.

– Comment ?

– Mike, qu'est-ce qui se passe ? intervint Hood.

– Le terroriste identifié est le colonel Ivan Georgiev, expliqua Rodgers sans cesser de fixer Ani. Il a servi dans l'APRONUC au Cambodge. Il a également travaillé pour la CIA en Bulgarie. Avez-vous déjà entendu parler de lui ?

– Moi ? fit la jeune femme.

– Vous.

– Non.

– Mais vous savez sur lui quelque chose que nous ignorons.

– Non...

– Vous mentez.

– Mike, mais enfin, qu'est-ce qui se passe ? insista Hood.

– Elle s'est pointée à ce bureau avant l'agression », expliqua Rodgers. Il s'approcha d'Ani. « Pour travailler, avez-vous dit.

– C'est exact.

– Vous n'êtes pas vraiment en tenue de travail, observa Rodgers.

– On m'avait posé un lapin... C'est pour ça que je me suis rabattue ici. J'avais réservé une table *Chez Eugénie*, vous pouvez vérifier... Mais je ne vois pas pourquoi j'aurais besoin de me disculper de...

– Parce que vous mentez, coupa Rodgers. Saviez-vous ce qui allait se produire ?

– Bien sûr que non !

– Mais vous saviez qu'il allait arriver quelque chose. Vous avez servi au Cambodge. Le colonel Mott a été tué par deux Cambodgiens qui se sont fait passer pour des délégués des Nations unies. Pensaient-ils tirer sur Ivan Georgiev ?

– Bon sang, comment pourrais-je le savoir ? » s'écria Ani.

Rodgers repoussa brutalement le fauteuil qui roula sur le carrelage et alla percuter un classeur métallique. Ani fit mine de se lever mais Rodgers la força à se rasseoir.

« Mike ! lança Hood.

– On n'a plus le temps de faire les cons, Paul. Ta fille pourrait bien être la prochaine sur la liste ! » Puis, baissant les yeux vers la jeune femme, il la fusilla du regard. « Ton TAC-SAT est allumé. Qui appelais-tu ?

– Mon supérieur à Moscou...

– Eh bien, appelle-le, maintenant », dit Rodgers.

Elle hésita.

« *J'ai dit : appelle-le maintenant !* » hurla Rodgers.

Ani ne broncha pas.

« Qui est à l'autre bout du fil ? insista le général. Était-ce les Cambodgiens, ou est-ce les terroristes ? »

Ani resta muette. Ses mains étaient posées sur les accoudoirs. Rodgers plaqua dessus une des siennes, l'empêchant de bouger. Il glissa le pouce sous l'index et le rabattit en arrière. Elle hurla et de l'autre main tenta de se dégager. Rodgers se servit de sa main libre pour plaquer celle-ci sur l'accoudoir et accentuer la pression sur l'autre.

« Qui est à l'autre bout de ce putain de téléphone ? hurla Rodgers.

– Je vous l'ai dit ! »

Rodgers rabattit le doigt jusqu'à ce que l'ongle touche presque le poignet. Ani hurla.

« Qui est à l'autre bout ? insista Rodgers.

– Les terroristes ! s'écria la jeune femme. C'est les terroristes ! »

Hood se sentit pris de nausée.

« Y a-t-il d'autres éléments à l'extérieur en dehors de toi ? demanda le général.

– Non !

– Qu'es-tu censée faire ensuite ?

– Leur confirmer que l'argent a bien été livré. »

Rodgers lâcha sa main. Il se redressa.

Hood fixait ébahi la jeune femme. « Comment avez-vous pu les aider ? Comment ?

– On n'a pas le temps de discuter de ça, coupa le général. Ils s'apprêtent à tuer un autre otage dans trois minutes. La question est : comment fait-on pour les arrêter ?

– On les paie », répondit August.

Rodgers le dévisagea. « Explique.

– On demande à l'Op-Center le numéro de Chatterjee. On la contacte et on lui demande d'annoncer par radio aux terroristes qu'elle a l'argent. Ensuite, notre petite dame ici présente leur confirme l'info. On avertit alors la police de New York, on leur envoie l'hélico qu'ils ont demandé, sauf qu'on y aura embarqué un commando antiterroriste pour les éliminer dès qu'ils mettront le nez dehors.

– Ils vont certes mettre le nez dehors, mais avec les otages, observa Hood.

– Il va bien falloir à un moment ou à un autre prendre le risque de mettre en jeu la vie des otages, nota August. Dans cette hypothèse, on en sauve toujours plus qu'en intervenant à l'intérieur du Conseil de sécurité... et au moins une, en tout cas...

– Allez-y, dit Hood en regardant sa montre. Et vite. »

40.

New York, samedi, 23 : 55

La secrétaire générale Chatterjee dévala l'escalier mécanique pour rejoindre l'infirmerie qui était située au rez-de-chaussée, près de la salle des pas perdus. Un de ses collaborateurs l'attendait au pied de l'escalator et l'accompagna. Enzo Donati était un jeune étudiant romain qui terminait son troisième cycle de relations internationales. Il avait le téléphone mobile de la secrétaire générale et il était en contact permanent avec le bureau d'Interpol à New York. C'est ainsi qu'ils avaient pu apprendre que le prisonnier s'appelait Ivan Georgiev et que c'était un ancien officier de l'armée bulgare. L'ambassadeur de Bulgarie qui n'était pas présent à la soirée venait d'être prévenu.

Chatterjee franchit la porte réservée aux délégués, près de l'exposition consacrée à Hiroshima, et s'engagea dans les couloirs vivement éclairés. Elle essayait de ne plus penser à la perte du colonel Mott ou de l'autre membre de la sécurité, ni aux deux délégués assassinés. Elle ne voulait penser qu'à l'approche de minuit, à la mort qui planait au-dessus de la tête d'une des jeunes violonistes et au moyen de l'éviter. Chatterjee envisageait de faire une proposition à Georgiev.

S'il parvenait à convaincre son complice de surseoir à l'exécution de l'otage et s'il l'aidait à désamorcer la situation, elle intercéderait en sa faveur.

Chatterjee supposait bien entendu que Georgiev était au moins conscient. Elle n'avait pas eu l'occasion de s'entretenir avec les médecins des urgences depuis qu'ils l'avaient descendu ici. Sinon, elle ne voyait pas trop ce qu'elle allait pouvoir faire. Il leur restait moins de cinq minutes. La tactique militaire de Mott avait essuyé un échec, et ses efforts diplomatiques personnels avaient échoué. Coopérer restait la seule option ; réunir les six millions de dollars réclamés allait prendre du temps. Elle avait appelé Takahara pour lui demander de siéger avec d'autres membres de la cellule de crise et tenter de trouver comment y parvenir. Elle savait que même s'ils payaient la rançon, il y aurait malgré tout encore du sang versé. La police de New York ou le FBI allaient intervenir sitôt que les terroristes feraient mine de s'enfuir. Mais au moins auraient-ils une chance de récupérer indemnes une partie des délégués et des jeunes concertistes.

Pourquoi les crises internationales semblaient tellement plus faciles à gérer que celle-ci ? Parce que les ramifications étaient bien plus complexes ? Parce qu'il y avait trop de forces en jeu qui ne désiraient pas réellement presser la gâchette ? Si tel était le cas, alors elle n'était pas vraiment une pacificatrice. Elle n'était qu'une intermédiaire, un vulgaire médium comme un téléphone ou même un des films de son père. Elle avait beau venir du pays de Gandhi, elle n'avait rien de commun avec lui. Rien.

Au détour du couloir, ils parvinrent devant l'infirmerie. Enzo se glissa devant la secrétaire générale et lui ouvrit la porte. Chatterjee entra. Elle s'immobilisa soudain.

Deux aides-soignants gisaient sur le sol de la réception. L'infirmière de garde était également étendue par terre, dans le bureau du médecin. Ainsi que deux vigiles.

Enzo se précipita vers le corps le plus proche. Il y avait des taches de sang sur le carrelage. Les aides-soignants étaient en vie mais inconscients, manifestement assommés. L'infirmière avait également simplement perdu connaissance.

Aucune déchirure sur leurs vêtements, aucune trace de lutte.

Pas trace non plus de menottes. Et Georgiev avait disparu.

Chatterjee prit quelques secondes pour digérer ce qui venait d'arriver, mais la seule conclusion à tirer de ce rebondissement était claire : un complice avait attendu, planqué dans l'infirmerie.

41.

New York, samedi, 23 : 57

Hood appela Bob Herbert et lui demanda de lui trouver le numéro de mobile de Chatterjee. Pendant qu'il patientait au bout du fil, Rodgers ligotait Ani Hampton sur son siège. À l'aide de ruban électrique isolant trouvé dans le placard à fournitures, il lui attacha le poignet gauche à l'accoudoir. Il y avait bien de la ficelle d'emballage sur une étagère, mais le ruban adhésif était une vieille habitude venue des interrogatoires sur le terrain : il ne laissait pas de marque et n'arrachait pas la peau, et il était bien plus difficile de s'en libérer. Rodgers avait également trouvé dans le placard plusieurs armes de poing et du matériel de campagne de la CIA. Les armes étaient fixées sur un râtelier verrouillé. Après avoir ligoté Ani, Rodgers sortit le trousseau de clés du blouson de la jeune femme, resté accroché dans la penderie. Le règlement de la CIA stipulait que le responsable d'une planque de l'Agence devait avoir accès au « matériel d'autodéfense ». Rodgers trouva la clé du râtelier et récupéra une paire de Beretta pour lui et une autre pour August. Chaque pistolet était muni d'un chargeur de quinze balles. Il récupéra également deux talkies-walkies ainsi qu'un pain de C-4 et des détonateurs. Il rangea le plastic dans un sac à dos garni de mousse qu'il se passa à l'épaule. Ce n'était pas le paquetage classique des Attaquants – des lunettes de vision nocturne et des Uzi auraient été l'idéal – mais il faudrait faire avec. Il espérait de toute façon ne pas avoir à utiliser cet arsenal, mais il voulait être prêt au pire.

En regagnant le bureau, Rodgers toisa Ani. « Si tu coopères, je te filerai un coup de main quand on sortira d'ici. »

Pas de réaction.

« Est-ce que tu piges ? insista Rodgers.

– J'ai pigé », répondit-elle sans lever les yeux.

Après avoir passé les armes à August, Rodgers prit le colonel par le bras. Il le conduisit auprès de Hood qui tenait toujours son téléphone.

« Quel est le problème ? demanda August.

– Notre prisonnière, je la sens mal, dit calmement Rodgers.

– Pourquoi ? demanda Hood.

– D'ici quelques minutes, c'est elle qui va nous tenir par les roustons, expliqua Rodgers. Supposez que Chatterjee appelle pour nous les terroristes. Et que cette fille refuse de confirmer le mensonge. On fait quoi dans ce cas ?

– Ça ne sera pas pire que maintenant, observa August.

– Pas exactement, rectifia Rodgers. Les terroristes auront d'abord subi une attaque et ensuite, on les aura menés en bateau. Ils voudront se venger. En liquidant un otage comme prévu, mais ils en ajouteront un de plus en représailles.

– Es-tu en train de nous expliquer qu'on ne devrait pas intervenir ? demanda Hood.

– Non, je ne crois pas que nous ayons le choix. Car, faute de mieux, ça nous permettra toujours de gagner quelques précieuses minutes.

– Pour quoi faire ?

– Prendre le contrôle de la situation. Organiser une prise en étau. »

August semblait ravi.

Hood hocha la tête. « Avec quoi, comme forces ? Vous deux ?

– C'est jouable, lui dit le général.

– J'insiste, rien qu'avec deux hommes ?

– En théorie, oui. »

La réponse ne parut pas convaincre Hood.

« On a fait tourner des simulations, poursuivit Rodgers. Brett nous a entraînés à ça.

– Mike, insista Hood, même si vous réussissez à pénétrer là-bas, les otages vont être extrêmement vulnérables.

– Comme j'ai déjà dit, qu'est-ce qui va se passer, à ton avis, si notre jeune amie nous balance ? demanda Rodgers. On se retrouve avec une véritable poudrière humaine et nous, on se ramène avec des allumettes. Les terroristes vont tout faire péter. »

Hood dut bien admettre que le général avait raison. Il regarda sa montre. « Bob ? fit-il dans le micro du téléphone.

– Je suis là, répondit Herbert.

– Ça donne quoi, ce numéro de mobile ?

– Croyez-le ou pas, les Affaires étrangères n'ont toujours que celui de feu le secrétaire général Manni... J'ai mis Darrell sur le coup pour le récupérer via Interpol, et Matt de son côté essaie de le pirater sur le réseau de l'opérateur... » Puis il ajouta : « Je parie que Matt sera le premier à nous l'avoir. Encore une ou deux minutes.

– Bob, on est à une seconde près.

– Compris. »

Hood regarda Rodgers. « Et comment comptez-vous vous introduire, tous les deux ?

– Seul le colonel August aura à entrer, poursuivit Rodgers. Moi, je prendrai la position de base, à savoir à l'extérieur du Conseil de sécurité. » Il regarda August. « L'entrée des garages des Nations unies est située à l'angle nord-est du complexe, au pied d'un escalier placé dans le prolongement de l'entrée principale de ce bâtiment. C'est par là que tu entreras.

– Comment sais-tu que le garage sera ouvert ?

– Il l'était quand je suis arrivé, répondit Rodgers, et il est apparemment appelé à le rester au cas où il leur faudrait faire pénétrer des hommes ou de l'équipement. Les terroristes risqueraient d'entendre le bruit d'une grande porte métallique qui bascule. Ça pourrait leur mettre la puce à l'oreille, en cas d'intervention. »

Un bon point, estima Hood.

« Il n'y aura sans doute aucun vigile dans la roseraie qui jouxte le garage, expliqua Rodgers en s'adressant à August. Ils ont préféré garder l'ensemble de l'extérieur du périmètre pour ne pas disperser leurs effectifs. S'il y a des hélicos, tu auras largement de quoi te planquer dans les bosquets ou derrière les statues. Une fois dans le garage, après avoir traversé le parc, ton seul problème sera le couloir entre l'ascenseur et le Conseil de sécurité. D'après les plans de l'immeuble, la cage d'ascenseur débouche dans le couloir à une quinzaine de mètres de l'entrée de la salle.

– C'est réellement un si gros problème ? s'enquit Hood.

– Pas vraiment, admit August. Je peux couvrir les quinze mètres assez vite, quitte à devoir bousculer quelques pékins. L'effet de surprise, ça vaut aussi pour votre propre camp.

– Oui, mais si les forces de sécurité vous tirent dessus ?

– J'ai entendu des accents étrangers dans notre petit espion électronique... Je suis sûr qu'il y a du personnel à l'ONU qui pourra me servir de bouclier. Une fois dans la salle du Conseil, peu importera alors ce qu'ils feront.

– C'est quand même un risque supplémentaire.

– Peut-être qu'on pourrait convaincre Chatterjee de nous aider, s'il faut en venir là, suggéra August.

– Si le mensonge au sujet de la rançon ne marche pas, je doute qu'elle soit prête à mentir une seconde fois, observa Hood. Les diplomates qui n'ont jamais porté l'uniforme ne comprennent pas la nature fuyante de la guerre de terrain...

– Elle risque de ne plus guère avoir le choix à ce moment, intervint Rodgers. Le colonel August sera dans la place.

– À ton avis, qui surveillera la porte du garage ? demanda August.

– Ils ont sans doute confié la mission aux flics de New York. L'essentiel des forces de police de l'ONU est sans doute en haut. »

Bob Herbert revint en ligne sur ces entrefaites. Matt Stoll, le petit génie de l'informatique à l'Op-Center, avait effectivement réussi à récupérer le numéro dans l'annuaire confidentiel en ligne des Nations unies avant que Darrell McCaskey ne soit parvenu à l'obtenir de ses contacts à Interpol. Hood le nota. La ligne n'était sans doute pas cryptée, mais il faudrait qu'il prenne le risque. Il ne restait plus des masses de temps.

Il allait devoir prendre pas mal de risques, en fin de compte. Il donna le feu vert au plan de Rodgers et August partit aussitôt.

Hood composa le numéro.

Un homme à l'accent italien lui répondit. « Ici, la ligne du Secrétariat général.

– Ici Paul Hood, directeur de l'Op-Center à Washington. Je voudrais parler à madame la secrétaire générale.

– Monsieur Hood, nous avons une situa...

– Je sais ! coupa Hood, rageur. Et on ne pourra pas sauver la prochaine victime si on ne se remue pas le cul ! Passez-la-moi.

– Une seconde », dit le type.

Hood regarda sa montre. Si les terroristes n'accéléraient pas le tempo, il restait à peine plus d'une minute.

Une femme prit la communication. « Ici, Mala Chatterjee.

– Madame la secrétaire générale, je m'appelle Paul Hood. Je suis le directeur d'une cellule de gestion de crise installée à Washington. L'une des otages est ma fille. » Hood avait la voix qui tremblait. Il se rendit compte que ce qu'il allait dire pouvait sauver ou condamner Harleigh.

« Oui, Monsieur Hood ?

– J'ai besoin de votre aide. J'ai besoin que vous contactiez par radio les terroristes pour leur dire que vous avez l'argent et l'hélicoptère qu'ils ont demandés. Si vous le faites, nous pouvons faire en sorte qu'ils vous croient.

– Mais nous n'avons rien de tout ça. Et ça ne risque pas d'arriver.

– Le temps que les terroristes s'en soient rendu compte, ils seront à l'extérieur du bâtiment, expliqua Hood. Et j'aurai la police de New York prête à les cueillir.

– Nous avons déjà effectué une attaque coûteuse en vies humaines, rétorqua Chatterjee. Je n'en autoriserai pas une seconde. »

Hood n'avait pas envie de lui laisser entendre qu'il le savait déjà. « Celle-ci sera différente. Si les terroristes sont à l'extérieur, ils ne peuvent pas surveiller tous les otages. Nous pourrons en sauver une partie. Et s'ils recourent aux gaz toxiques, nous serons mieux placés pour secourir les victimes. Mais vous devez contacter les terroristes maintenant. Vous devez également leur préciser que l'offre n'est valable que s'ils ne tuent pas d'autres otages. »

Chatterjee hésita. Hood n'arrivait pas à comprendre ce qui la faisait hésiter. Après la raclée que venaient de se prendre ses forces de sécurité, il n'y avait qu'une seule solution : foncer. Aider à sauver une vie et éliminer ces salauds. Ou croyait-elle encore pouvoir entamer un dialogue, convaincre les terroristes de se rendre ? S'il avait eu le temps de finasser, il lui aurait fait remarquer que le colonel Georgiev avait apparemment déjà contribué à transformer en mascarade l'intervention de l'ONU au Cambodge. Il lui aurait demandé comment elle pouvait encore croire à ses propres mots d'ordre, s'accrocher à la notion que le maintien de la paix et la négociation étaient pour ainsi dire la voie royale, et la force, la voie honteuse...

« Madame la secrétaire générale, je vous en conjure, insista Hood. Il nous reste moins d'une minute. »

Elle hésitait toujours. Hood n'avait jamais été aussi dégoûté par les despotes qu'il l'était en ce moment par cette prétendue apôtre des causes humanitaires. C'était quoi, son problème ? D'avoir à mentir aux terroristes ? De devoir expliquer à la république du Gabon pour quelles raisons il avait fallu faire une entorse à la charte des Nations unies ? Pourquoi les membres survivants de l'Assemblée générale n'avaient pas été consultés avant de donner à l'organisation le feu vert pour régler une prise d'otages ?

Mais l'heure n'était plus aux débats. Avec un peu de chance, Chatterjee s'en rendrait compte elle aussi. Et vite.

« Très bien, répondit-elle enfin. Je vais passer cet appel pour sauver une vie.

– Merci, répondit Hood. Je garde le contact. »

42.

New York, dimanche, 00:00

Harleigh Hood était à genoux, le visage tourné vers les portes closes de la salle du Conseil de sécurité.

Debout derrière elle, l'Australien la maintenait avec fermeté en lui tirant violemment les cheveux. L'autre, celui à l'accent espagnol, se tenait encore en retrait et regardait sa montre. Harleigh avait la joue droite gonflée, à l'endroit où elle avait pris un coup de crosse quand elle avait tenté de mordre son tortionnaire. Elle avait du sang sur les lèvres, après avoir reçu un violent coup de poing. Sa robe était déchirée aux deux épaules, son cou écorché après qu'on l'eut traînée jusqu'ici tandis qu'elle ne cessait de se débattre, de donner des coups de pied par terre, sur les murs, les fauteuils. Et tout son côté gauche l'élançait à chaque inspiration parce qu'on lui avait flanqué des coups de botte quelques secondes auparavant.

Harleigh ne s'était pas laissé mener à l'abattoir de son plein gré.

Mais à présent qu'elle se retrouvait ici en haut de la galerie, la jeune fille regardait devant elle, l'air absent. Tout son corps n'était qu'une plaie, mais rien n'était plus douloureux que cette perte totale de son humanité, quelque chose qui n'avait rien de tangible. Elle se rendit compte, dans un surprenant éclair de lucidité, que c'était sans doute l'effet que ça faisait d'être violée. Voir ses choix déniés. Sa dignité bafouée. Avoir désormais la phobie de tout stimulus évoquant cette expérience, que ce soit de sentir quelqu'un vous tirer les cheveux ou le banal contact d'une moquette sous les genoux. Mais peut-être que le pire de tout était que cela n'avait rien à voir avec ce qu'elle avait pu faire, dire ou être. Elle était juste une cible facile pour assouvir une pulsion bestiale. Était-ce à cela qu'était censée ressembler la mort ? Ni anges ni trompettes. Elle n'était que de la viande.

Non.

Harleigh poussa un cri de rage qui montait du tréfonds de son être. Elle hurla, hurla encore, et puis ses muscles endoloris explosèrent et elle essaya de se relever. La mort était ainsi si l'on acceptait qu'elle soit ainsi. L'Australien lui tira brutalement les cheveux pour la faire se retourner. Harleigh tomba au sol, sur le dos. Elle se débattit pour se relever, se tournant d'un côté et de l'autre. Son ravisseur plaqua un genou sur sa poitrine, violemment, et le laissa là. Puis il lui enfonça le canon de son arme dans la bouche.

« Gueule toujours ! » lança-t-il.

Harleigh cria, par défi, alors il enfonça le canon dans sa gorge jusqu'à ce qu'elle s'étrangle.

« Continue, encore une fois, mon ange... Crie encore et il te donnera la réplique. »

Harleigh sentit une masse de salive imprégnée d'un goût métallique s'accumuler au fond de sa gorge – de salive mêlée de sang ; et elle cessa de crier ; bien obligée si elle voulait arriver à déglutir, malgré le canon.

Mais impossible d'avaler, de tousser ou même de respirer. Elle allait s'étouffer, noyée dans sa propre salive, avant même qu'il ait eu à faire feu. À tâtons, elle essaya de repousser sa main, mais l'autre, de sa main libre, lui agrippa les poignets. Sans grand effort, il écarta les bras minces de la jeune fille.

« C'est l'heure », dit Barone.

Downer toisa d'un regard furieux Harleigh qui émettait des gargouillis gutturaux autour de la bouche du canon.

Juste à cet instant, la radio se manifesta.

« Attends... », dit prestement Barone. Il répondit. « Oui ?

– Ici la secrétaire générale Chatterjee. Nous avons votre argent et un hélicoptère est en route. »

Downer et Barone échangèrent un regard. Barone coupa le micro. Ses yeux se plissèrent, méfiants.

« Elle ment, dit Downer. Jamais elle n'aurait pu l'avoir aussi vite. »

Barone réenclencha le micro. « Comment avez-vous fait pour avoir le fric ?

– Le gouvernement américain a garanti un prêt de la Réserve fédérale à New York. Ils réunissent les fonds en liquide et les apportent.

– Attendez que je vous recontacte », dit l'Uruguayen. Puis il se retourna pour dévaler les marches.

« Vous n'allez pas exécuter l'otage ? demanda Chatterjee.

– J'en exécuterai deux si vous m'avez menti », répondit-il. Puis il coupa la radio et se précipita vers le TAC-SAT posé à l'entrée de la salle du Conseil de sécurité.

43.

New York, dimanche, 00 : 01

Tandis qu'ils attendaient que sonne le TAC-SAT, Rodgers appela Bob Herbert et le mit au courant. Herbert répondit qu'il allait contacter le commissaire Kane de la police de New York. Les deux hommes avaient déjà collaboré quand les espions russes de Brighton Beach avaient contribué à l'organisation d'un coup d'État à Moscou[1]. Herbert avait eu de bons rapports avec le commissaire et il avait l'impression que Gordon serait ravi de sauter sur l'occasion de sauver les otages – et l'ONU.

Quand Rodgers eut terminé, il passa un autre appel – pour vérifier des messages, prétendit-il. Ce n'était pas vrai, mais il ne voulait pas que la jeune femme le sache. Il demanda à Hood de lui prêter son téléphone mobile pour donner son coup de fil. Sous le regard de Paul Hood, Rodgers se plaça entre le bureau et la jeune femme, de telle manière que celle-ci ne puisse pas voir ce qu'il faisait. C'était un truc qu'il tenait de Bob Herbert qui se servait ainsi du téléphone intégré

1. Voir *Op-Center 2, Image virtuelle, op. cit.*

à son fauteuil roulant pour espionner les gens après avoir quitté une réunion.

Rodgers coupa la sonnerie du téléphone normal puis il appela le numéro, en se servant du mobile de Hood. Il décrocha alors le téléphone du bureau, mit l'ampli et laissa les deux lignes ouvertes. Puis il glissa le mobile dans sa poche de pantalon, après avoir pris soin d'en verrouiller les touches pour ne pas risquer de couper la communication.

Sur ce, Rodgers se retourna, s'assit sur le bureau, en face d'Annabelle Hampton. Hood faisait les cent pas entre eux. À mesure que s'égrenaient les minutes, Rodgers était de plus en plus convaincu que l'opération n'allait pas se dérouler comme il l'aurait voulu.

La jeune femme regardait droit devant elle, l'œil vide, immobile. Rodgers se doutait de ce qu'elle contemplait ainsi : son avenir. Ani Hampton ne lui faisait pas l'effet d'une analyste *a posteriori*. Nombre de militaires et d'agents de renseignements travaillaient comme les champions d'échecs ou les danseurs professionnels. Ils suivaient des schémas préétablis, calculés avec soin, et déviaient le moins possible de figures ou de stratégies parfois fort complexes. Lorsqu'un imprévu survenait, il était étudié par la suite pour être, soit incorporé au programme d'action, soit éliminé.

Mais il y avait également beaucoup d'agents de la CIA qui abordaient les situations de manière plus pragmatique. Ceux-là, on les surnommait des « requins ». Schématiquement, les requins étaient des solitaires qui allaient toujours de l'avant. Peu importait pour eux qu'ils doivent brûler leurs vaisseaux ; de toute façon, ils ne comptaient pas faire marche arrière. C'était ce genre d'individus qui infiltraient les villages étrangers, les cellules terroristes, les bases ennemies.

Rodgers aurait parié qu'Ani Hampton entrait dans cette dernière catégorie. Elle n'était pas là à regretter quoi que ce soit. Elle s'imaginait ce qu'elle allait faire ensuite. Rodgers le devinait sans peine, raison pour laquelle il avait demandé au colonel August de partir. Au cas où.

En considérant la jeune femme, Rodgers éprouva un grand froid intérieur. Ce qu'elle avait fait lui remémorait une leçon apprise durant sa première période de service au Viêt-nam : que la trahison avait beau être l'exception plutôt que la règle, elle était présente partout. Dans chaque pays, chaque ville, chaque bourgade. Et qu'il n'existait pas de profil type, pas de critères précis, pour repérer les traîtres éventuels. Peu importaient le sexe, l'âge, la nationalité. On en trouvait dans les services publics et les boîtes privées, partout où leur métier les plaçait au contact de l'information ou des individus. Et leurs actes pouvaient être motivés aussi bien par des raisons personnelles que par le vulgaire profit.

Les traîtres avaient une autre caractéristique : ils étaient encore plus dangereux une fois capturés. Confrontés à la mort pour leurs crimes, ils n'avaient plus rien à perdre. S'ils pouvaient jouer une dernière carte, si futile et destructrice fût-elle, ils n'hésitaient pas.

En 1969, la CIA avait reçu des informations indiquant que le Nord-Viêt-nam se servait d'un hôpital militaire de Saigon pour distribuer de la drogue aux conscrits américains. Rodgers s'était rendu sur place, officiellement pour rendre visite à un camarade blessé. Il avait vu des infirmières sud-vietnamiennes accepter des dollars américains de jeunes compatriotes « blessés » – en fait des éléments vietcongs infiltrés, de quinze à dix-huit ans – qui leur demandaient, en échange, d'introduire de l'héroïne et de la marijuana dans des trousses médicales d'urgence. Arrêtées, deux des trois infirmières avaient alors dégoupillé des grenades à main qui les avaient tuées toutes les deux et avaient blessé sept des soldats hospitalisés dans le service.

Des infirmières et des ados qui se transformaient en assassins. Une spécificité du Viêt-nam. C'était la raison pour laquelle bon nombre d'anciens combattants avaient disjoncté après leur retour au pays. Dans les villages paisibles, de toutes jeunes filles accueillaient souvent les soldats américains. Certaines quémandaient de l'argent ou des friandises. Souvent, cela n'allait pas plus loin. D'autres fois, ces mêmes petites filles avaient sur elles des poupées piégées à l'explosif. Parfois, elles sautaient avec. On avait également vu de vieilles femmes offrir aux Américains des bols de riz assaisonné au cyanure, du riz qu'elles goûtaient d'abord pour rassurer leur hôte. Il y avait des formes de destruction encore plus terrifiantes qu'un fusil M-16 ou une mine terrestre. Plus que tout autre conflit, le Viêt-nam avait tué chez les soldats américains toute notion de confiance en qui ou en quoi que ce soit. Et dès leur démobilisation, nombre d'entre eux avaient découvert qu'ils étaient devenus incapables de se confier à leur épouse, leurs parents ou même leurs enfants. C'était une des raisons pour lesquelles Mike Rodgers ne s'était jamais marié. La connivence avec quelqu'un d'autre qu'un compagnon d'armes lui était devenue impossible. Et toutes les thérapies, tous les beaux raisonnements du monde n'y auraient rien changé. Une fois tuée, on ne ressuscitait pas l'innocence.

Rodgers n'était pas heureux de revivre ces sentiments de défiance par le truchement d'Annabelle Hampton. La jeune femme avait vendu des vies pour de l'argent et sali le gouvernement pour lequel elle travaillait. Il se demandait toujours comment un individu pouvait manier des billets maculés de sang.

L'immeuble était silencieux et aucun bruit ne filtrait de l'extérieur. La police avait bouclé la Première Avenue et fermé la voie sur berge Franklin-Roosevelt parce qu'elle passait juste au pied des Nations unies. De toute évidence, la police new-yorkaise voulait avoir le champ libre pour une intervention éventuelle. La rue en impasse devant le bâtiment où ils se trouvaient avait également été fermée.

Quand le TAC-SAT émit son bip, tous sursautèrent.

Hood cessa de faire les cent pas et s'approcha de Rodgers. Le regard d'Annabelle se porta vers le général. Elle avait les lèvres crispées et comme l'ombre d'un air conciliant dans ses yeux bleu pâle.

Rodgers n'en fut pas surpris. Annabelle Hampton faisait partie des requins, après tout.

« Réponds », lui dit-il.

Elle le dévisagea. Le regard froid. « Sinon, vous allez recommencer à me torturer ?

– J'aimerais mieux éviter.

– Je sais, dit la jeune femme qui sourit. Les choses ont bien changé, pas vrai ? »

Il y avait manifestement un changement dans sa

voix. De l'agressivité. De l'assurance. Ils lui avaient laissé trop de temps pour réfléchir. La danse avait commencé, et c'était elle qui menait le bal. Rodgers ne fut pas mécontent des précautions qu'il avait prises.

« Vous pourriez me forcer à répondre en me tordant de nouveau les doigts, reprit-elle, ou me torturer d'une autre manière... Ce ne sont pas les moyens qui manquent : ouvrir un trombone ou trouver une punaise et l'introduire dans la chair tendre sous la paupière. Une technique de persuasion classique, à la CIA. Mais d'un autre côté, la douleur se sentirait dans ma voix. Ils se rendraient compte que je parle sous la contrainte.

– Vous avez dit que vous alliez coopérer, intervint Hood.

– Et si je ne coopère pas, qu'est-ce que vous allez faire ? Si vous me tuez, les otages mourront, c'est sûr. » Elle regarda exprès Paul Hood. « Y compris sans doute votre fille. »

Hood se raidit.

Elle était encore meilleure qu'il ne l'avait escompté, songea Rodgers. La danse s'était rapidement transformée en un petit jeu malsain : c'était au premier qui se dégonflerait. Rodgers sentait déjà comment les choses allaient tourner. Ce qu'il lui fallait maintenant, c'était gagner du temps pour August.

« Que veux-tu ? lança-t-il.

– Que vous me libériez de mes liens et que vous quittiez cette pièce. Je passerai l'appel que vous demandez, puis je m'en irai librement.

– Je refuse, dit Rodgers.

– Pourquoi ? Pour ne pas vous salir les mains en passant un marché avec moi ?

– J'ai passé des marchés avec des crapules pires que toi. Non, c'est simplement que je n'ai aucune confiance en toi. Tu as besoin du succès de cette opération. Les terroristes ne paient jamais d'avance. C'est leur moyen de s'assurer la loyauté de leurs complices. Vu la situation dans laquelle tu te trouves, tu as besoin de ta part de la rançon. »

Le TAC-SAT émit un second bip.

« Que vous me fassiez ou non confiance, si je ne réponds pas, ils vont imaginer qu'il m'est arrivé quelque chose. Ils exécuteront la fille.

– Dans ce cas, répondit Rodgers sans se départir de son calme, soit tu seras exécutée, soit tu finiras tes jours en prison pour complicité d'assassinat.

– Je m'en tire avec dix ou vingt ans si je coopère avec vous, remarqua la jeune femme. Je me ramasse perpète ou la chaise, dans le cas contraire. Quelle différence ?

– Une trentaine d'années, répondit Rodgers. Ça ne fait peut-être pas une grosse différence aujourd'hui, mais ça risque d'en faire une sacrée, quand t'auras soixante ans.

– Épargnez-moi les violons...

– Mademoiselle Hampton, je vous en prie, intervint Hood. Il n'est pas trop tard pour sauver des dizaines d'innocents et sauver votre peau par la même occasion...

– Parlez-en à votre collègue, pas à moi. »

Le TAC-SAT émit un troisième bip.

« L'appareil va sonner cinq fois en tout, déclara Ani. Puis une gamine dans la salle du Conseil de sécurité se retrouvera avec une balle de pistolet dans la tête. C'est ça que vous voulez ? Tous les deux ? »

Rodgers esquissa un pas vers elle. Il s'interposa entre Hood et la jeune femme. Il ne savait pas si Hood allait mordre à l'hameçon et lui ordonner d'obéir à la fille, mais il ne voulait pas courir un tel risque. Hood était encore le directeur en titre de l'Op-Center et Rodgers ne voulait pas avoir à se battre avec lui. Surtout alors que son chef ignorait tout de ce qui se passait en même temps.

« Libérez-moi et je leur dirai ce que vous voulez.

– Pourquoi ne pas leur dire d'abord, et ensuite, on te laisse partir ? rétorqua Rodgers.

– Parce que si vous n'avez pas confiance en moi, la réciproque est vraie aussi. Et pour l'instant, vous avez plus besoin de moi que moi de vous. »

Le TAC-SAT émit un quatrième bip.

« Mike... », commença Hood.

Même s'il avait été présent lors de l'élaboration de la prise en étau, il espérait de toute évidence que l'on puisse en revenir à l'idée première : attirer les terroristes à l'extérieur. Mais Rodgers attendait toujours. Quelques secondes de plus pourraient faire la différence entre la réussite et l'échec.

« Je suis contre, dit Rodgers en regardant Annabelle.

– Et ça vous emmerde que ça n'ait aucune importance.

– Pas du tout, rétorqua le général. J'ai déjà dû avaler des couleuvres. Nous sommes tous des adultes. Non, ce qui m'emmerde, c'est d'avoir à me fier à quelqu'un qui a déjà rompu sa promesse. »

Le général glissa un des pistolets à sa ceinture, mit la main dans sa poche de pantalon, en ressortit un couteau automatique. Il l'ouvrit d'une pichenette et entreprit de libérer sa prisonnière.

Le TAC-SAT émit un cinquième bip.

Annabelle saisit le couteau. « Je vais finir toute seule. »

Rodgers le lui abandonna. Il fit un pas en arrière. au cas où lui prendrait l'idée de le retourner contre lui.

« Je veux que vous sortiez d'ici, dit la jeune femme. Je veux vous voir dans le couloir sur l'écran de ma caméra de surveillance. Et laissez-moi mes clés. »

Rodgers sortit le trousseau de sa poche et le jeta par terre devant elle. Puis il empoigna le col de son blouson posé sur le dossier de la chaise et sortit avec Hood.

La jeune femme termina de se libérer, puis elle afficha sur son moniteur une image des caméras de sécurité. Au moment où Rodgers franchissait la porte du bureau pour gagner le couloir, Ani se pencha pour saisir le TAC-SAT.

« Parlez », dit-elle.

Rodgers l'entendit à peine à cet instant. Heureusement pour lui, il ne resta pas longtemps hors de portée. Il se précipita dans le couloir, passa sous la caméra de surveillance.

Comme Annabelle Hampton, le général Rodgers était un requin. Mais la jeune femme avait eu beau fanfaronner, lancer avec assurance menaces et mensonges, il gardait un avantage sur elle.

Trente années de plus, passées à nager en eaux troubles.

44.

New York, dimanche, 00 : 04

Dès que Rodgers et Hood furent hors du champ de l'objectif grand-angle de la caméra de vidéosurveillance, le général sortit de sa poche le téléphone cellulaire de Hood. Il s'arrêta dans le couloir et écouta un moment en silence, puis coupa la communication. Il rendit à Hood son téléphone, en même temps qu'une de ses deux armes.

« Elle a dit la vérité ? demanda Hood.

– Elle nous a baisés dans les grandes largeurs », répondit le général.

Aussitôt, il sortit le talkie-walkie de sa poche de blouson. Il pressa la touche d'émission au-dessus du boîtier.

« Brett ?

– En fréquence, mon général.

– OK pour la prise en étau. Tu y arriveras ?

– Affirmatif, répondit August.

– Parfait. Quand veux-tu des réactions ?

– Dans deux minutes. »

Rodgers regarda sa montre. « Sans problème. Je file me mettre en position, côté nord du bâtiment. Je serai prêt dans sept minutes.

– Bien reçu. Bonne chance. Terminé.

– À toi aussi. » Rodgers éteignit la radio et la rangea dans sa poche.

Hood hocha la tête. « Tu avais vu clair dans son jeu.

– Hélas », admit Rodgers. Il regarda sa montre. « Bon, il faut que j'y aille. Appelle la police de New York et dis-leur de boucler ce niveau et d'interpeller notre demoiselle. Elle sera sans doute armée, donc si jamais elle sort avant qu'ils n'arrivent, tu devras peut-être l'abattre.

– Ça, je peux », promit Hood.

Tous les dirigeants de l'Op-Center avaient reçu un entraînement intensif au tir, puisqu'ils étaient des cibles potentielles pour des terroristes. Pour l'heure, Hood ne doutait pas qu'il aurait le moindre scrupule à tirer sur Annabelle Hampton. Et pas seulement parce qu'elle les avait trahis. Aussi parce que Rodgers était tellement bien préparé, tellement responsable de la situation, qu'il n'était pas envisageable un seul instant de discuter ses ordres. Ce qui était la base même du commandement militaire.

« J'aurais aussi besoin que tu tentes ce que tu as suggéré tout à l'heure.

– Chatterjee ? »

Rodgers acquiesça. « Je sais que c'est peut-être un coup d'épée dans l'eau, mais essaie quand même de lui exposer ce qui se prépare. Si elle ne veut pas coopérer, dis-lui que de toute façon, elle n'a aucun moyen d'arrêter ce qu'on a mis en route...

– Je connais la chanson, coupa Hood.

– C'est vrai. Excuse-moi. Dis-lui aussi qu'il y a un seul truc que je lui demande, à elle et à ses hommes.

– Quoi donc ? »

Rodgers avisa le panneau sortie et se précipita vers l'escalier. « De ne pas se mettre dans nos pattes. »

45.

New York, dimanche, 00:05

Le colonel Brett August évoluait comme un léopard dans le parc silencieux. Il n'y avait aucun hélicoptère en position dans le secteur : tous avaient leurs projecteurs braqués sur les bâtiments de l'ONU et leurs abords immédiats. En dehors du reflet des projecteurs aux alentours, le terrain était plongé dans l'obscurité.

August avançait à grands pas assurés, le corps penché en avant, parfaitement en équilibre. Les enjeux difficiles avaient tendance à lui donner de l'énergie plutôt qu'à l'intimider. Bien que la chance ne fût pas de son côté, il avait hâte de se jeter dans l'action, hâte de se mettre à l'épreuve. Et même si au combat rien n'était jamais sûr, il avait confiance. Confiance dans son entraînement, ses capacités, et la nécessité de ce qu'il faisait.

Il avait également confiance dans leur plan. L'observation du général Rodgers sur la nature fluctuante du combat était absolument vraie. Et la technique de la prise en étau donnait à une unité la possibilité de limiter en partie ces aléas.

Cette manœuvre était une technique classique qui avait, semblait-il, été employée pour la première fois au XIIIe siècle par une petite troupe débraillée de paysans russes sous les ordres du prince Alexandre Nevski. Les Russes se battaient alors contre des chevaliers Teutoniques puissamment armés. Le seul moyen qu'ils avaient pu trouver pour vaincre des forces largement supérieures en nombre et en équipement avait été de les contraindre à s'engager sur une étendue d'eau gelée, le lac Peïpous, en Livonie, dont la glace avait cédé sous le poids de leurs armures. Quasiment tous les soldats ennemis étaient morts noyés. La stratégie avait été adaptée par le premier commandant du groupe des Attaquants, le lieutenant-colonel Charles Squires, pour les offensives à effectif réduit.

L'idée était de choisir un site où l'on pouvait suffisamment se couvrir sur chaque flanc des tirs ennemis, tel qu'une gorge, une forêt, les rives d'un lac. Dès qu'elle l'avait repéré, l'unité, si réduite fût-elle, se divisait en deux sections. L'une des deux flanquait la force opposée, par l'autre côté. Une partie s'avançait alors en formation serrée, comme pour s'enfoncer dans une souricière. L'ennemi ne pouvait se permettre de fuir l'engagement, car une armée cachée sur leurs talons pourrait les prendre à revers. Et si jamais ils tentaient une contre-attaque, les forces placées autour de l'étau pourraient dès lors les attaquer de front, sur la gauche et sur la droite. Et, tandis que la première attaque forçait l'ennemi à reculer, il se retrouvait surpris par la seconde force qui avait fait mouvement pour lui bloquer la route par-derrière. Les deux sections de l'unité divisée n'avaient plus dès lors qu'à refermer l'étau. Bien réalisée, à la faveur de la nuit ou en profitant du terrain, cette manœuvre permettait à une force réduite de surmonter un ennemi bien supérieur en nombre.

Le colonel August n'aurait pas l'obscurité pour couvrir ses mouvements dans la salle du Conseil. Même s'il pouvait éteindre les lumières durant une seconde ou deux, cela risquait d'éveiller la méfiance des terroristes. Il préférait profiter de l'effet de surprise. Hélas, avec la lumière, l'ennemi se rendrait compte qu'il était seul : ils le verraient pénétrer dans la salle, exactement comme, un peu plus tôt, les forces de sécurité des Nations unies. S'ils réagissaient vite, l'étau serait rompu.

Dans ce cas, malgré tout, August aurait encore plusieurs avantages. Il avait reçu une formation de soldat, lui, pas de vigile. Les fauteuils de la salle du Conseil de sécurité lui offriraient un abri. À cause des larges escaliers à découvert descendant de chaque côté de la salle, les terroristes auraient des difficultés à s'approcher de lui discrètement, surtout s'il évoluait planqué entre les travées du haut. Et si les terroristes essayaient de se servir des otages comme de boucliers, il lui resterait encore deux atouts : le premier était son œil. Brett August était l'un des tireurs les plus meurtriers de l'ensemble des forces spéciales, et il avait plusieurs médailles pour en faire foi. L'autre était qu'il n'aurait pas peur de tirer. Même s'il devait risquer de tuer un otage pour éliminer un terroriste, il était prêt à le faire. Comme l'avait expliqué Mike Rodgers un peu plus tôt, s'ils n'avaient pas une attitude rapide et ferme, tous les otages allaient mourir, de toute façon.

Le jardin s'étendait en direction du Sud sur plusieurs pâtés de maisons. C'était en fait un petit parc étroit décoré d'arbres, au pied d'une sculpture représentant saint Georges terrassant le Dragon. La statue, don de l'ex-Union soviétique, avait été fondue avec des pièces de missiles SS-20 soviétiques et de Pershing américains, détruits aux termes du traité de 1987 sur les forces nucléaires à portée intermédiaire. Comme l'ONU elle-même, la statue était un geste de relations publiques : un monumental mensonge pour saluer la paix. Les Soviétiques savaient bigrement bien que la paix n'était efficace qu'à condition d'avoir des SS-20 et des Pershing pour la soutenir.

Ou une bonne vieille tactique comme celle de la prise en étau. Ça, c'était le genre de monument russe qu'il pouvait respecter.

De gros rats gris filèrent furtivement entre les parterres de roses. Les rats étaient d'excellents éclaireurs. S'ils étaient de sortie, cela voulait dire qu'il n'y avait personne aux alentours. Les bêtes s'égaillèrent devant August.

Le colonel se tapit un peu plus en arrivant au bout du parc. Au-delà de la végétation, s'ouvrait un espace dégagé large d'une quinzaine de mètres devant l'accès à la salle des pas perdus du bâtiment de l'Assemblée générale. Il restait encore trop de bosquets et d'arbustes pour lui permettre d'avoir une bonne vue.

August tenait l'un des deux Beretta donnés par Rodgers. L'autre était glissé dans sa poche droite de pantalon. Le colonel avait joué les touristes lors de sa récente mission en Espagne, un déguisement qui lui avait enseigné l'intérêt d'avoir des pantalons aux poches assez profondes pour y dissimuler une arme. Il avait également toujours sur lui son émetteur, en veille, au cas où il aurait besoin d'un coup de pouce pour entrer dans la place. Sinon, il l'aurait éteint et abandonné derrière lui. Une communication ou un crépitement de parasites au mauvais moment pouvaient trahir sa position. Ironie du destin, c'était pourtant justement ainsi qu'il comptait pénétrer dans le bâtiment.

Marquant un temps d'arrêt alors qu'il n'était plus qu'à soixante-quinze mètres environ du bâtiment de l'Assemblée générale, August embrassa du regard, derrière les autres sculptures de plus petites dimensions, l'ensemble du complexe. En plus des trois hélicoptères qui survolaient la zone, les projecteurs étaient allumés sur la vaste esplanade et une demi-douzaine de flics de la police de New York étaient postés devant l'entrée principale. Rodgers avait raison. La police avait eu l'autorisation de quitter ses PC mobiles garés sur l'avenue dès le retrait des forces de sécurité de l'ONU. August ne pouvait courir le risque d'avancer à découvert et de se faire repérer.

La police de New York n'était pas celle de l'ONU. Par ses méthodes, elle ressemblait davantage aux Attaquants. Ces gars savaient neutraliser un type pour de bon. Alors qu'il travaillait comme conseiller à l'OTAN, August avait collaboré un certain temps avec un ancien patron du service des urgences de la police new-yorkaise. Celui-ci avait été chargé de briefer les stratèges de l'OTAN sur les questions de prises d'otages. En la matière, la nouvelle politique de la police de New York était dorénavant d'instaurer un périmètre de sécurité, le plus resserré possible, puis de faire venir des armes spécialisées, de lourds gilets pare-balles, et de se tenir prête à maîtriser les preneurs d'otages en cas d'échec des négociations. Cette prise d'otages aurait été réglée depuis plusieurs heures si

Chatterjee ne s'était pas montrée aussi complaisante. Tout cela ressortissait au syndrome post-Tempête du désert. Quelqu'un enfreint la loi. Ensuite, pour cause de sauvegarde de la paix du monde, chacun se lance dans des bavardages et des négociations sans fin, et pendant ce temps-là, le contrevenant renforce ses positions. Quand on se décide finalement à agir, il ne faut pas moins qu'une coalition.

Tout ça, c'était des foutaises. Tout ce qu'il fallait, c'était aligner dans votre mire le responsable initial de ce merdier. Et il battait en retraite fissa.

August prêtait rarement attention à l'heure. Il agissait toujours le plus vite, le plus efficacement possible, et là il estima qu'il lui restait moins de temps qu'il ne l'aurait voulu. Jusqu'ici, il n'avait jamais dépassé un délai. Mais même sans regarder sa montre, il savait qu'il n'aurait pas le temps de justifier son identité ou sa présence ici. À la place, il décida donc de quitter le jardin et de descendre rejoindre la voie sur berge. La voie express passait sous la vaste esplanade qui longeait le parc vers l'est. Même s'il allait devoir sauter au lieu de passer par l'escalier qui descendait derrière les Nations unies, c'était le seul moyen pour lui de pénétrer dans le garage sans être vu.

Obliquant vers le fleuve, August longea l'allée gravillonnée qui débouchait sur la passerelle en béton. Traversant l'esplanade, il aboutit devant le garde-corps métallique qu'il enjamba. Puis, s'allongeant sur le ventre sur la balustrade, face à l'est, il regarda par-dessus le rebord. Il se trouvait à moins de quatre mètres au-dessus de la chaussée, mais il n'avait aucune prise pour descendre. Ôtant l'émetteur de sa poche, il mit le pistolet à la place. Puis il défit sa ceinture, en introduisit l'extrémité libre dans l'étui du talkie-walkie après avoir retiré l'appareil, et tira jusqu'à ce que l'étui vienne en butée contre la boucle. Puis il enroula la ceinture autour de l'un des minces montants métalliques supportant la rambarde. Ensuite, s'accrochant des deux mains, il se laissa glisser le long de la paroi. Se maintenant d'une main à la boucle bloquée par l'étui, August lâcha l'autre extrémité et se laissa glisser, sautant le dernier mètre cinquante pour atterrir sur l'asphalte.

Il atterrit, les genoux légèrement fléchis. Et se redressa aussitôt. Le garage des Nations unies était vers le sud, droit devant. Il distinguait encore mal l'entrée dont la vue était bouchée par l'angle du bâtiment, le long du côté droit de la chaussée.

August récupéra sa ceinture et progressa dans un silence sinistre le long de la voie sur berge déserte. Alors qu'il s'approchait de l'entrée du garage, il avisa deux policiers en faction à l'est de la porte ouverte. L'intérieur du garage souterrain était éclairé, mais à l'extérieur, tout était noir. S'il parvenait à éloigner les deux agents, il pourrait sans problème se faufiler à l'intérieur sans être vu.

August regarda sa montre. Dans vingt secondes, Rodgers allait allumer son émetteur et pousser le micro à fond. Avec son propre appareil laissé en veille sur écoute, le volume sonore allait provoquer un intense effet Larsen. Dès que ça se produirait, les policiers auraient trois possibilités : aller ensemble voir de quoi il retournait ; un des hommes pourrait aller voir tandis que son collègue resterait à son poste ; ou bien appeler des renforts.

August espérait qu'ils iraient voir tous les deux. Ils

ne pouvaient se permettre de laisser planer une éventuelle menace sans réagir, et il imagina que la police de New York suivait les mêmes tactiques de terrain que les autres forces de police des grandes métropoles : à savoir que les agents n'étaient pas autorisés à se placer seuls dans une position potentiellement dangereuse.

Si tel n'était pas le cas, August devrait neutraliser les deux agents. Il n'appréciait guère d'avoir à s'attaquer à des hommes qui étaient dans le même camp que lui, mais il était prêt à le faire. Il se mit dans une disposition d'esprit agressive, en se concentrant sur l'objectif et non sur les moyens.

Le colonel passa rapidement dans l'ombre en contrebas de la voie sur berge, puis déposa son talkie-walkie dans le caniveau. Il s'assura que le volume était monté à fond. Puis, alors qu'il ne lui restait plus que quelques secondes, il plongea dans le passage obscur débouchant sur l'accès au garage. Il était à huit ou neuf mètres de l'angle et à peu près à la même distance de l'entrée.

August ôta ses chaussures.

Moins de cinq secondes plus tard, un crissement perçant déchira la nuit. August regarda les agents se retourner. L'un d'eux dégaina son arme et brandit une torche avant de foncer vers la rue, tandis que son collègue lançait par radio le code 10-59, signalant un bruit suspect non directement lié à un crime.

« On dirait un talkie-walkie, dit l'agent qui annonçait l'incident. On a des collègues dans le coin ?

– Négatif, répondit le central.

– Bien copié. J'y vais avec Orlando. »

Le premier agent de police approcha avec précaution, sa torche tournée vers le mur du bâtiment, à l'angle nord-est. Son collègue restait légèrement en retrait, pistolet dégainé, émetteur en veille. August était prêt à parier que ces deux hommes l'abattraient sans sommation, si jamais ils l'apercevaient. Il devait tout faire pour l'éviter.

Alors que l'émetteur continuait à crisser bruyamment, August observa les deux policiers. Dès qu'ils furent parvenus à l'angle, il se pencha et traversa le passage au pas de course. En chaussettes, il ne faisait aucun bruit, il ne sentait même pas sur quoi il marchait. Seul importait l'objectif. Et lorsqu'il pénétra dans le garage et vit la porte de l'ascenseur droit devant lui, cet objectif était clair : gagner.

46.

New York, dimanche, 00:06

Madame la secrétaire générale Chatterjee se tenait toujours dans le hall à l'extérieur du Conseil de sécurité. La situation n'avait guère évolué depuis le début du siège. Quelques délégués étaient repartis, d'autres étaient arrivés. Le personnel de sécurité était plus nerveux qu'auparavant, surtout ceux qui avaient pris part à l'assaut avorté. Le jeune lieutenant Mailman, un officier britannique venu servir ici après avoir travaillé au montage de l'opération Renard du désert, était le plus agité de tous. Dès que Chatterjee eut téléphoné au terroriste pour transmettre le message de Hood, Mailman s'approcha.

« Madame ? »

Le silence était oppressant. Bien qu'il murmurât, il avait l'impression de crier.

« Oui, lieutenant ?

– Madame, le plan du colonel Mott était bon, insista le jeune officier. On n'aurait pas pu anticiper cette variable, la présence des autres tireurs.

– Bref, que voulez-vous ?

– Il ne reste plus que trois terroristes et j'ai un plan qui pourrait marcher.

– Non, fit-elle avec réticence. Comment savez-vous s'il n'y a pas encore d'autres variables ?

– Je n'en sais rien, admit-il, mais le métier de soldat ne consiste pas à prédire l'avenir. Mais à faire la guerre. Et on ne peut pas faire la guerre en restant sur la touche. »

On entendait du bruit derrière la porte du Conseil de sécurité. Des gémissements, des coups, des cris de colère. Il se passait quelque chose.

« Je vous ai donné ma réponse », répondit-elle.

Un instant plus tard, Hood rappelait. Enzo Donati lui tendit le téléphone cellulaire.

« Oui ? fit Chatterjee, anxieuse.

– Elle nous a trahis.

– Mon Dieu, non, dit Chatterjee. Alors, ça explique ce qui se passe à l'intérieur.

– Qu'est-ce qui se passe ? dit Hood.

– Une lutte, expliqua-t-elle. Ils s'apprêtent à exécuter l'otage.

– Pas forcément, observa Hood. Un de mes hommes est en route. Il est en civil...

– Non ! fit Chatterjee.

– Madame la secrétaire, vous devez nous laisser gérer cette situation. Vous n'avez pas de plan. Nous, si...

– Vous aviez un plan, et on l'a essayé. Il a échoué.

– Pas celui-ci.

– Non, monsieur Hood ! » dit Chatterjee et elle coupa la communication. Elle avait envie de hurler. Le téléphone sonna de nouveau. Elle l'éteignit et le rendit à Donati. Puis dit à son conseiller de la laisser.

C'était comme si quelqu'un s'était mis à faire tourner le monde comme une toupie. Elle se sentait prise de vertige, électrisée et vidée en même temps. Était-ce donc cela, la guerre ? Un torrent bouillonnant qui vous emportait en des endroits où le mieux que vous puissiez faire, le mieux que vous puissiez simplement espérer, était de prendre l'avantage sur un adversaire un peu plus touché que vous par le vertige et l'épuisement ?

Chatterjee lorgna la porte du Conseil de sécurité. Il allait falloir qu'elle tente à nouveau d'entrer. Que pouvait-elle faire d'autre ?

En cet instant précis, il y eut une grande agitation dans le hall juste après la salle du Conseil économique et social. Plusieurs délégués se retournèrent et des membres de la sécurité allèrent voir de quoi il retournait.

« Quelqu'un arrive ! s'écria un des vigiles.

– Silence, bordel ! » siffla Mailman.

Le lieutenant se précipita vers le barrage de police. Il arriva juste au moment où le colonel August, pieds nus, jouait des coudes pour traverser la cohue des délégués. Il leva les deux mains en l'air pour montrer aux agents de la sécurité qu'il n'était pas armé, mais sans s'arrêter pour autant.

« Laissez-le passer ! » chuchota Mailman, sur un ton sans réplique.

Le barrage de chemises bleues s'ouvrit aussitôt et August le franchit. Dans le même temps, il plongea les mains dans ses poches de pantalon et dégaina les deux Beretta. Ses gestes étaient rapides et sûrs, sans temps mort. Il était à moins de trois mètres de la porte. La seule personne encore entre la salle du Conseil et lui était Mala Chatterjee.

La secrétaire générale le dévisagea comme il approchait. Ses yeux lui rappelaient ceux du tigre qu'elle avait un jour aperçu dans la jungle indienne. Cet homme avait flairé sa proie et rien ne pourrait s'interposer entre elle et lui. En cet instant, elle eut l'impression que ces yeux étaient le seul élément tangible dans son univers.

Ce n'était pas ainsi qu'elle avait imaginé les choses. Léon Trotski avait un jour écrit que la violence semblait être le plus court chemin d'un point à un autre. La secrétaire générale se refusait à croire une telle chose. Quand elle était étudiante à l'université, le professeur Sandhya A. Panda, disciple du Mahatma Gandhi, leur avait enseigné le pacifisme comme une vraie religion. Et depuis, Chatterjee avait toujours pratiqué cette foi avec dévotion. Pourtant, en l'espace de cinq heures, tout ce qui aurait pu tourner mal avait mal tourné. Ses plus grands efforts, son sacrifice de soi, ses pensées apaisantes. Au moins l'échec du colonel Mott avait-il quand même permis d'évacuer la jeune blessée à l'hôpital.

Soudain, il y eut un cri étouffé juste de l'autre côté de la porte. C'était une voix de jeune fille, aiguë, assourdie.

« Non ! sanglotait la voix. *Ne faites pas ça !* »

Chatterjee étouffa elle aussi un cri involontaire. Elle se retourna machinalement pour porter assistance à la jeune fille, mais August l'arrêta au passage d'une bourrade lancée sans ménagement.

Armé d'un pistolet, le lieutenant Mailman suivait August, à plusieurs pas de distance.

Chatterjee voulut leur emboîter le pas. Mailman se retourna et la retint.

« Laissez-le faire », lui dit-il d'une voix calme.

Chatterjee n'avait plus l'énergie ou la volonté de résister. Au royaume des aveugles, les borgnes sont rois. Tous deux regardèrent le colonel marquer un temps au seuil de la porte, mais quelques secondes seulement. Il fit jouer la poignée du plat de la main gauche et resta immobile. Une fois encore, ses gestes étaient nets, efficaces.

Une fraction de seconde plus tard, il entra, précédé de ses deux armes de poing.

47.

New York, dimanche, 00:07

Juste après avoir répondu à l'appel de Barone sur le TAC-SAT, Annabelle Hampton se dirigea vers le placard, y prit les derniers Beretta et sortit dans le hall. Le corridor était vide. Les salopards qui avaient essayé de l'intimider s'étaient barrés. Elle passa devant les portes closes des bureaux, la loge du gardien, les toilettes, pour gagner l'escalier.

Annabelle n'avait pas envie de prendre l'ascenseur pour deux raisons. La première, il y avait des caméras de surveillance intégrées au plafond de la cabine. La seconde, les hommes de l'Op-Center pouvaient l'attendre au rez-de-chaussée. Elle voulait descendre par l'escalier jusqu'au sous-sol et se faufiler dehors par la porte de service. Elle recontacterait Georgiev par la suite, comme prévu. Elle avait envoyé deux employés de la CIA pour le récupérer à l'infirmerie de l'ONU. Annabelle raconterait à son supérieur qu'elle avait dû faire extraire Georgiev à cause de ce qu'il savait des opérations de l'Agence en Bulgarie, au Cambodge et dans le reste de l'Extrême-Orient. Elle ajouterait que les hommes de l'Op-Center étaient en cheville avec les terroristes. Cela les tiendrait occupés suffisamment longtemps pour lui laisser le temps de rafler sa part de la rançon et de quitter le pays. S'il n'y avait pas de rançon, elle pourrait toujours utiliser l'acompte versé par Georgiev pour rallier l'Amérique du Sud.

La porte s'ouvrait en tirant. Elle était en tôle massive, comme l'exigent les règlements d'incendie. Il n'y avait pas de fenêtres dans la cage d'escalier, aussi la jeune femme l'ouvrit-elle avec précaution au cas où quelqu'un se serait posté de l'autre côté.

Personne ne l'attendait dans l'escalier. Annabelle laissa le battant se refermer et franchit le palier au sol de béton brut. Il y avait cinq volées de marches jusqu'au sous-sol ; Hood ou l'un de ses hommes pouvaient être planqués en bas à l'attendre. Elle ne pensait pas en revanche que la police serait là. Les flics de New York préféraient resserrer leurs filets : ils se seraient plutôt postés à son étage pour lui bloquer les issues et lui ôter toute possibilité de fuite.

Elle entama la descente. Et soudain, la minuterie s'éteignit. Même les caissons lumineux de sécurité, qui n'étaient contrôlés que depuis le local technique. La jeune femme songea aussitôt avec colère : *Juste à côté des toilettes pour hommes. Un de ces salopards y aura pensé, le con.* Mais c'était surtout à elle qu'elle en voulait de ne pas être allée y jeter un coup d'œil.

Annabelle envisagea de faire demi-tour, mais elle n'avait pas envie de perdre du temps ou de risquer une confrontation avec celui ou ceux qui avaient coupé la lumière. Passant l'arme dans sa main gauche, elle entreprit de descendre avec précaution. Elle atteignit le palier suivant, tourna, entama la seconde moitié de la descente. Elle n'était pas mécontente de la rapidité de sa progression.

Jusqu'à ce qu'une lueur éblouissante jaillisse droit devant elle et qu'une douleur brusque et cuisante l'atteigne à la cuisse gauche.

Elle bascula, le souffle coupé, lâchant son arme, une douleur soudaine lui vrillant tout le flanc gauche.

« Rallumez-moi ça ! » s'écria une voix.

L'éclairage de l'escalier revint et Annabelle leva les yeux. Elle avisa un gros type brun penché sur elle. Il portait une chemise blanche, un pantalon bleu marine et tenait dans ses grosses pattes un émetteur radio et une matraque noire, comme les flics : un membre de la sécurité intérieure des Affaires étrangères. Le badge sur sa chemise l'identifiait comme le chef adjoint Bill Mohalley.

Mohalley récupéra son arme et la glissa sous sa ceinture. Annabelle voulut se relever. Impossible. C'est tout juste si elle pouvait respirer. Toujours étendue au sol, elle entendit la porte du palier du troisième s'ouvrir.

Pendant que le flic des Affaires étrangères demandait par radio à ses collègues de le rejoindre au second, Hood dévala les marches. C'est lui qui avait dû couper la lumière. Il s'arrêta sur le palier et toisa la jeune femme. Il avait l'air attristé.

« Je pensais... qu'on avait passé un deal, fit-elle dans un souffle.

– Moi aussi, rétorqua Hood. Mais je sais ce que vous avez fait. J'ai entendu.

– Vous mentez... Je vous ai vus... avec la caméra... »

Hood se contenta de secouer la tête. Mohalley s'approcha alors que ses hommes grimpaient l'escalier quatre à quatre.

« À présent, mes gars vont prendre le relais, dit

Mohalley en s'adressant à Hood. Merci du coup de main.

– Et merci à vous de m'avoir filé votre carte, répondit Hood. Vous avez eu des nouvelles de la jeune blessée ? »

Mohalley acquiesça. « Oui. Barbara Mathis est sur le billard. Elle a perdu beaucoup de sang et ils n'ont pas encore pu extraire la balle. Ils font leur possible, mais le pronostic est sombre. » Il baissa les yeux vers Annabelle. « Une gamine d'à peine quatorze ans.

– Je ne voulais... je n'ai jamais voulu qu'on fasse du mal aux gosses », dit la jeune femme.

Hood s'effaça. Avec un dernier hochement de tête, il se retourna pour dévaler les marches.

Annabelle gisait toujours immobile quand le reste des agents des Affaires étrangères déboulèrent. Ses cuisses l'élançaient douloureusement et son dos lui faisait mal à l'endroit où il avait heurté les marches. Mais au moins pouvait-elle de nouveau respirer.

Ce qu'elle avait dit à Mohalley était vrai. Elle regrettait sincèrement qu'une des jeunes musiciennes risque de mourir. Cela n'aurait jamais dû se produire. Si la secrétaire générale avait coopéré, si elle avait agi comme prévu, aucune des jeunes filles n'aurait souffert.

Sans vraiment parvenir à se faire à une telle idée, Annabelle savait qu'elle allait sans doute passer le reste de ses jours en prison. Si déroutant que cela puisse paraître, ce qui l'embêtait le plus, malgré tout, c'était de s'être fait avoir par Paul Hood.

Une fois encore, un homme l'avait empêchée de parvenir à ses fins.

48.

New York, dimanche, 00 : 08

Les portes en bois du Conseil de sécurité s'ouvraient en tirant. Le colonel August se tenait dans l'embrasure : cherchant des yeux le tueur, il offrait également une cible idéale. Délibérément : il portait un gilet pare-balles et il était prêt à faire le coup de feu si cela pouvait sauver la vie d'un otage. Le terroriste ne pourrait pas dans le même temps en abattre un et lui tirer dessus.

La première personne qu'il avisa était une frêle adolescente. Agenouillée, à moins de cinq mètres de lui. Elle gémissait et tremblait. August n'aurait su l'identifier avec précision. Le terroriste se tenait dans son dos, tout près d'elle. Du coin de l'œil, le colonel nota la position de ses deux complices. L'un d'eux se tenait en bas de la salle du Conseil, derrière le bureau semicirculaire. L'autre était posté près de la porte qui communiquait avec la salle voisine du Conseil de tutelle.

Tous les terroristes étaient vêtus de noir et portaient des cagoules. Le plus proche de lui tenait à pleines mains les longs cheveux blonds de la jeune fille, près du front, de manière à relever son visage. Son arme était pointée droit sur le front de la malheureuse.

August avait le milieu du passe-montagne du type dans la mire de son pistolet, mais il ne voulait pas tirer le premier. S'il touchait le terroriste, le doigt de ce dernier risquait, dans un ultime réflexe, de se crisper sur la détente, et le coup de partir, emportant la calotte crânienne de la jeune fille. August savait qu'il avait tort : s'il tenait l'avantage, il devait en profiter. Mais l'idée qu'il pût s'agir de la fille de Paul Hood l'en empêchait.

Le terroriste hésita, puis il fit alors une chose qui surprit August : il se laissa tomber derrière la jeune fille agenouillée et se jeta sur sa droite, entre deux rangées de sièges. La tenant toujours par les cheveux, il la traîna derrière lui. De toute évidence, il refusait le duel. Et à présent, il avait un bouclier.

T'aurais dû tirer, merde, se reprocha August. Au lieu de se retrouver avec un terroriste de moins, voilà qu'il avait redoublé les risques pour tout le monde.

Le terroriste et l'adolescente étaient à quatre travées de la galerie en pente douce. August remit dans sa poche le Beretta qu'il avait dans la main droite, tourna à gauche, et parcourut en plusieurs bonds rapides les quelques pas pour gagner le bout de la galerie. Silencieux sur ses pieds nus, il posa la main sur la balustrade qui courait derrière la dernière rangée de sièges. Il bondit par-dessus les dossiers tapissés de velours vert et s'aplatit dans la rangée. Il était à présent deux rangs au-dessus du terroriste avec la fille.

« Downer, il vient vers toi ! » avertit un des hommes. Il avait un accent français. « Par-derrière... !

– Sors de ta planque ou je la descends ! cria Downer, le terroriste traqué. J'lui fais sauter sa putain de cervelle ! »

August n'avait pas bougé. Le type à l'accent français se mit à courir vers lui. Il aurait rejoint la travée dans deux ou trois secondes. Le troisième homme continuait à tenir en respect les otages.

« Barone, les gaz ! » lança le Français.

Le troisième terroriste, Barone, donc, fila vers un sac en toile posé en bas de la salle, près de la baie vitrée nord. August en profita pour bondir par-dessus la troisième rangée de fauteuils. Il pouvait désormais voir Downer et l'adolescente. Ils étaient aplatis par terre dans la rangée suivante. Le terroriste était étendu sur le dos, tenant la fille plaquée sur lui, regardant au plafond. Mais August avait un problème.

La manœuvre de prise en étau aurait exigé d'empêcher la mort de la jeune fille, de neutraliser le plus proche des trois terroristes, puis d'établir une tête de pont en haut de la salle avant que le général Rodgers fasse son entrée. Or, rien de tout cela ne s'était produit. Et malheureusement, non seulement la prise en étau avait foiré, mais le colonel devait modifier ses priorités. À savoir, s'occuper du problème des gaz asphyxiants.

Barone était placé de l'autre côté de la table en fer à cheval, protégé par celle-ci et par les otages. Il avait déjà ôté sa cagoule et sorti de la sacoche en toile trois masques à gaz. Il en coiffa un et tendit les deux autres à ses complices. Ces derniers s'abstinrent de les enfiler parce que les lunettes obstruaient leur vision périphérique. Puis Barone retourna fouiller dans le sac pour en sortir un récipient noir.

August courut vers le côté nord de la salle. Le Français avait rejoint les marches de la travée sud et commençait à les gravir quatre à quatre. August ne voulait pas s'arrêter pour échanger une fusillade avec lui. Même s'il détournait ainsi le tir du Français, August serait en meilleure position pour tuer Barone s'il se trouvait du même côté de la salle.

La table et le groupe compact d'otages bloquaient toujours sa ligne de mire.

« Personne ne bouge ! » lança August. S'ils se mettaient à courir, les otages risquaient en effet de se trouver pris entre deux feux.

Personne ne bougea d'un pouce.

August atteignit les marches et se mit à les dévaler. Il tenait le bras droit plaqué en travers de la poitrine. Laissé sur le côté, il eût été plus vulnérable. Le Français était en face, au même niveau. Le terroriste s'arrêta soudain pour tirer plusieurs coups de feu. Deux atteignirent August à la taille et aux côtes. L'impact le rejeta contre le mur, mais le gilet arrêta les projectiles.

« J't'ai eu, salopard ! s'écria le Français, triomphant. Downer, couvre-moi ! » hurla-t-il en coupant par l'une des travées centrales de la galerie, pour rejoindre le côté nord de la salle.

L'Australien rejeta la jeune fille sur le côté et se releva. Il poussa un cri de rage et de frustration.

Se décollant alors du mur, August reprit sa descente. Il ignora la vive douleur qui lui déchirait le flanc. Vu sa position, derrière les fauteuils, le Français ne pouvait pas l'atteindre. Et Barone était désormais quasiment dans sa ligne de mire.

Juste à cet instant, un craquement sonore retentit au fond de la salle. Du coin de l'œil, August vit le Français s'affaisser entre les rangées de sièges. Downer plongea précipitamment au moment où le lieutenant

Mailman s'accroupissait derrière son pistolet, au milieu de la porte grande ouverte.

« Continuez d'avancer, mon colonel ! » lança l'officier.

Brave gars ! songea August. Mailman avait tiré sur le Français, même si le colonel n'aurait su dire si le terroriste avait été ou non touché.

August parvint au bas de la salle au moment où Barone retirait avec délicatesse le mince ruban de plastique rouge fermant le dessus du bidon. Il se débarrassa du ruban et entreprit de dévisser la capsule. August tira deux fois. Les deux projectiles atteignirent Barone à la tempe et celui-ci s'effondra au beau milieu de la salle. Le bidon roula sur la moquette, tandis qu'un mince filet de vapeur verte s'échappait de l'ouverture du récipient.

August poussa un juron. Il se leva d'un bond et se précipita vers la porte de communication avec la salle du Conseil de tutelle. Son idée était de s'emparer du bidon et de le refermer. S'il n'y parvenait pas, peut-être pourrait-il au moins couvrir la fuite des otages tandis qu'ils se précipiteraient pour évacuer la salle par cette porte.

Il ne devait jamais y arriver.

Le Français émergea du côté nord de la galerie. Il était indemne et ouvrit le feu. Cette fois, il visa August aux jambes.

Le colonel sentit deux morsures violentes, à la cuisse gauche et au mollet droit. Il s'effondra, déchiré par la violence de la brûlure. August serra les dents et poursuivit sa route en rampant. Son entraînement à gérer la douleur lui avait enseigné à se fixer des objectifs limités, accessibles. C'était ainsi que les soldats demeuraient conscients et fonctionnels sur le terrain. Il se concentra sur son but immédiat.

Derrière lui, Downer tira sur Mailman, le chassant à l'extérieur de la salle, mais le gaz continuait à se répandre. August devait absolument revisser le conteneur. Il n'avait plus le temps de se retourner pour tirer.

Soudain, il y eut une détonation violente, trois mètres devant lui. Les hautes tentures brunes devant la verrière nord s'écartèrent tandis que des fragments de vitre blindée étaient projetés en tous sens. Presque aussitôt, retentit un craquement sinistre lorsque le reste de l'immense baie vitrée se décrocha du plafond.

Quelques instants plus tard, pile à l'instant prévu, Mike Rodgers pénétra dans la salle.

49.

New York, dimanche, 00 : 11

Ce n'est plus une prise en étau, nota Mike Rodgers, l'air grave en embrassant du regard la salle du Conseil de sécurité. Preuve supplémentaire de l'axiome des Attaquants selon quoi jamais rien n'était garanti.

Rodgers avait traversé la roseraie en suivant les pas d'August. Le temps qu'il ait atteint l'esplanade, toutefois, la fusillade avait commencé et la majeure partie des forces de police qui se trouvaient à l'extérieur de la salle des pas perdus avait pénétré dans le bâtiment. Il réussit à filer se planquer derrière les haies sur la lisière est de l'esplanade. Puis, rampant en direction des baies vitrées du côté nord de la salle du Conseil, il plaça aussitôt ses charges de plastic et les fit détoner. Il n'en avait utilisé qu'une faible quantité pour réduire le plus possible les projections de verre. Il soupçonnait qu'une fois la partie inférieure soufflée, le reste du panneau s'effondrerait. C'est bien ce qui arriva.

En pénétrant dans la salle, Rodgers avisa le colonel August à trois ou quatre mètres seulement devant lui. Le colonel était à genoux et il saignait des deux jambes. Entre eux, il y avait le cadavre d'un terroriste et un récipient d'où s'échappait du gaz. Rodgers vit aussi le terroriste armé dans l'escalier descendant de la galerie, côté nord. De toute évidence, il y avait eu un très gros pépin.

Après avoir tiré deux coups de feu pour repousser le tireur adverse et l'amener à se planquer entre les sièges, Rodgers se retourna et empoigna la tenture. La déflagration l'avait déchirée par le milieu et, d'une traction ferme, il réussit à en détacher la moitié inférieure. Beaucoup de gaz toxiques étaient mortels à la seule condition d'entrer en contact direct avec la peau. Il pouvait toujours essayer de contenir le gaz en le recouvrant avec la lourde étoffe plutôt que de tenter de refermer le récipient.

C'est ce qu'il fit. Il estima que cela devait leur donner cinq minutes de battement... de quoi évacuer tout le monde. Il les ferait passer par la baie vitrée fracassée : puisqu'elle se trouvait derrière lui, ça lui permettrait plus aisément de les couvrir.

Tandis que le général se tournait vers les jeunes filles réunies autour de la table, August roula sur le dos et se rassit. Il était tourné vers le haut de la salle et brandissait un de ses Beretta.

« Très bien ! lança Rodgers en dévisageant les gamines. Je veux vous voir toutes filer à travers la fenêtre, et vite ! »

Menées par Mlle Dorn, les jeunes filles se précipitèrent dehors, vers la terrasse. Pendant ce temps, Rodgers se tournait vers August.

« Où est le troisième ?

– Quatrième rangée en partant du haut. Il retient une des gosses. »

Rodgers jura. Il n'avait pas vu Harleigh Hood parmi les filles en bas de la salle. Ce devait donc être elle.

Tout en parlant, August s'était avancé à genoux pour se rapprocher de l'escalier. S'agrippant à la balustrade en bois, il se redressa et entreprit de gravir les marches. Il souffrait manifestement le martyre et devait faire porter l'essentiel de son poids sur son bras gauche. Le droit était tendu, le Beretta pointé en avant. Rodgers n'avait pas besoin de lui demander ce qu'il faisait : il jouait les appâts pour détourner l'attention des terroristes. Le général regarda son ami grimper laborieusement.

Rodgers se tenait entre les otages et la galerie. Plusieurs délégués se levèrent à leur tour pour foncer dehors, n'hésitant pas à bousculer au passage plusieurs jeunes filles. Si ça n'avait tenu qu'à lui, Rodgers les aurait volontiers descendus ! Mais il ne voulait pas tourner le dos à la galerie. Pas alors qu'un des terroristes s'y trouvait encore.

La salle se vidait, et l'épaisse tenture semblait pour l'instant contenir le gaz toxique. Rodgers aurait voulu pouvoir passer côté nord pour couvrir August, mais il savait qu'il devait auparavant veiller à la sécurité des otages. Il regarda le colonel poursuivre sa laborieuse ascension.

Rodgers se tourna un bref instant pour surveiller l'évacuation des adolescentes. Toutes étaient sorties, et les derniers délégués se hâtaient de rejoindre la baie vitrée. Puis, alors qu'il se retournait vers la salle, il entendit un coup de feu venant de la galerie. Il vit August mouliner des bras avant de basculer contre le mur, laissant échapper son arme. Un instant après, il dévalait l'escalier sur le dos.

Rodgers pesta et se précipita vers les marches. Le terroriste se releva à cet instant et tira sur le général. Comme ce dernier ne portait pas de gilet pare-balles, il dut se jeter à terre au pied de la galerie.

« T'en fais pas ! lui lança le terroriste. Ton tour viendra aussi !

– Compte là-dessus ! » répondit Rodgers en se tortillant à plat ventre pour rejoindre les marches.

Le terroriste ne répondit pas. Mais il réagit néanmoins : Rodgers entendit deux coups de feu puis un cri.

Il jura. Je le tuerai, se dit-il, amer, avant de se relever précipitamment, avec l'espoir de coincer l'autre avant qu'il ait eu le temps de viser et tirer.

Mais Rodgers réagit trop tard. Il vit le terroriste lâcher son arme, pivoter sur lui-même, puis s'affaisser sur le dossier d'un des sièges. Il avait deux grosses taches rouges dans le dos, à l'endroit où les balles étaient ressorties. Fonçant vers l'escalier, Rodgers avisa August toujours étendu sur le dos. Il y avait un trou au niveau de sa poche gauche.

« Ce fils de pute aurait dû faire plus attention », bougonna le colonel en ôtant de sa poche le second pistolet. Le canon du Beretta fumait encore.

Rodgers était soulagé même si ce n'était pas vraiment la joie alors qu'il regagnait la travée montante. Il restait un troisième terroriste, celui qui détenait apparemment Harleigh Hood en otage. Il avait observé un silence de mauvais augure tout le temps de la fusillade. Un agent de sécurité de l'ONU était tapi dans l'embrasure de la porte. En dehors du sifflement assourdi du bidon de gaz sous la tenture, la salle était silencieuse. Et soudain, ils entendirent une voix venant de la travée descendant de la galerie supérieure.

« Vous n'avez pas gagné, disait Reynold Downer. Tout ce que vous avez réussi, c'est m'obliger à faire monter la rançon. »

50.

New York, dimanche, 00 : 15

« Ils sont sortis ! s'exclama un jeune homme dans la salle d'attente. Les enfants sont sorties et elles sont saines et sauves ! »

Les parents réagirent par un concert de rires et de larmes, et tous se levèrent pour s'étreindre mutuellement avant de se précipiter vers la porte. La confirmation officielle leur parvint alors qu'ils se bousculaient dans l'entrée. Là, ils furent accueillis par un fonctionnaire des Affaires étrangères. C'était une femme d'âge mûr, cheveux auburn taillés court, grands yeux bruns, portant une plaque d'identité au nom de Baroni, qui leur confirma que les enfants semblaient en bonne santé mais qu'on les transférait, par précaution, au CHU de New York, et qu'un autobus allait d'ici peu y conduire également les parents. Ces derniers, débordants de reconnaissance, remercièrent la femme avec effusion, comme si elle avait été personnellement responsable du sauvetage.

La responsable des Affaires étrangères se fraya un passage à travers la cohue tout en indiquant aux parents un ascenseur au bout du hall. Elle semblait chercher quelqu'un du regard. Quand elle repéra Sharon Hood, elle lui toucha l'avant-bras.

« Madame Hood, mon nom est Lisa Baroni. Puis-je vous dire quelques mots ? »

La question suscita chez Sharon un brusque accès de nausée.

« Qu'est-ce qui ne va pas ? » demanda-t-elle aussitôt.

Lisa l'éloigna discrètement du reste des parents. Les deux femmes se retrouvèrent devant la porte du salon, près d'un des canapés.

« Qu'y a-t-il ? insista Sharon.

– Madame Hood, j'ai peur que votre fille ne soit toujours à l'intérieur. »

Les mots lui parurent ridicules. Une seconde plus tôt, tout le monde était sain et sauf. Elle débordait de bonheur. « Que voulez-vous dire ?

– Votre fille est toujours dans la salle du Conseil de sécurité.

– Mais non, tout le monde est sorti ! » s'écria Sharon, gagnée par la colère. « Ce type, là, vient de le confirmer !

– La plupart des enfants ont été évacuées par une baie vitrée détruite, expliqua la femme. Mais votre fille n'était pas dans le groupe.

– Pourquoi ça ?

– Madame Hood, si vous vous asseyiez ? » Elle la repoussa de force vers un fauteuil. « Je vais rester avec vous.

– Pourquoi ma fille n'était-elle pas avec les autres ? insista Sharon. Qu'est-ce qui se passe à l'intérieur ? Est-ce que mon mari est là-bas ?

– Nous ne savons pas tout de la situation, expliqua Lisa d'une voix douce. Ce que nous savons, en revanche, c'est qu'il y a désormais trois représentants des forces de l'ordre à l'intérieur de la salle du Conseil de sécurité. Apparemment, ils ont réussi à éliminer tous les terroristes sauf un...

– *Et c'est lui qui retient Harleigh !* » hurla Sharon. Elle porta les mains à ses tempes. « *Oh, mon Dieu, il retient mon bébé !* »

La femme lui saisit les poignets et les tint avec douceur mais fermeté. Elle introduisit ses doigts entre ceux, crispés, de Sharon et les serra avec force.

« Où est mon mari ? s'écria Sharon.

– Madame Hood, il faut que vous m'écoutiez, dit Lisa. Vous savez qu'ils vont faire tout ce qui est en leur pouvoir pour protéger votre fille, mais cela peut prendre un certain temps. Vous allez devoir être forte.

– Je veux mon mari ! sanglota Sharon.

– Où est-il allé ? demanda la femme.

– J'en sais rien, répondit Sharon. Il... il a dit qu'il allait faire quelque chose... pour ça. Il a un téléphone mobile. Il faut que je l'appelle !

– Et si vous me donniez plutôt son numéro ? Je m'en chargerai », proposa la femme.

Sharon le lui donna.

« Très bien », fit Lisa. Elle relâcha les mains de Sharon et lui indiqua une des tables. « Je vais juste à côté donner le coup de fil. Vous, vous restez bien tranquille ici, je reviens tout de suite. »

Sharon acquiesça. Puis elle se remit à pleurer.

Elle sanglotait toujours tandis que Lisa Baroni se dirigeait vers la table où étaient posés les téléphones. Elle composa le numéro. Sans succès. Hood avait déconnecté son portable.

Sharon ne savait plus depuis quand elle n'avait

éprouvé une telle colère mêlée de désespoir. Elle n'avait surtout pas besoin d'une fonctionnaire des Affaires étrangères pour lui tenir la main. Ce dont elle avait besoin, c'était de son mari. Elle avait besoin de lui parler, de ne plus se sentir aussi désespérément seule. Quoi qu'il fasse, où qu'il puisse se trouver, Paul pouvait au moins lui accorder ça. Rien que ça.

Quelle que puisse être l'issue de ce drame, Sharon savait désormais une chose avec certitude.

Jamais elle ne pourrait lui pardonner. Jamais.

51.

New York, dimanche, 00 : 16

Paul Hood traversait le parc en courant quand il entendit l'explosion et vit l'éclair derrière le bâtiment de l'ONU. Ne voyant et n'entendant sous ses pieds aucun bris de verre, il en déduisit que c'était Mike Rodgers qui avait soufflé les baies vitrées vers l'intérieur. Il accéléra encore, tout en observant les forces de police qui gardaient jusqu'ici la salle des pas perdus se hâter vers l'arrière du bâtiment. Le temps qu'il arrive à son tour, les enfants et les délégués étaient en train de fuir par la baie vitrée fracassée.

Ils ont réussi, pensa-t-il aussitôt avec fierté. Il espérait que Rodgers et August s'en étaient tirés eux aussi.

Hood était hors d'haleine quand il parvint enfin sur l'esplanade. L'un des policiers s'était précipité pour regagner la Première Avenue. Il avait de toute évidence averti par radio le SAMU et voulait leur indiquer où installer leur PC mobile : dans le parking, à l'écart du bâtiment. Entre-temps, les autres policiers guidaient les jeunes filles et les délégués vers le parking. Tous avançaient comme des automates. Mais ils semblaient avoir relativement peu souffert.

Hood s'arrêta pour les regarder passer. Il ne reconnut pas Harleigh mais une de ses amies, Laura Sabia. Il se porta aussitôt vers elle.

« Laura ! » lança-t-il.

Un des agents aussitôt l'intercepta. « Excusez-moi, monsieur, mais vous devrez attendre pour récupérer votre fill...

– Ce n'est pas ma fille, monsieur l'agent. Je suis Paul Hood, de l'Op-Center à Washington. C'est moi qui ai organisé les opérations de sauvetage.

– Félicitations, dit aussitôt le policier. Mais je vous demande néanmoins de dégager le secteur pour nous laisser...

– Monsieur Hood ! » s'exclama Laura en sortant de la file.

Hood faussa compagnie au policier et la prit par la main. « Laura, Dieu soit loué. Est-ce que tu vas bien ?

– Oui, oui, très bien.

– Et Harleigh ? Je ne l'ai pas vue...

– Elle est... elle est toujours à l'intérieur. »

Hood eut l'impression d'avoir reçu un direct à l'estomac.

« À l'intérieur ? Dans la salle du Conseil ? »

Laura acquiesça.

Hood fixa la jeune fille droit dans les yeux ; des yeux qui étaient injectés de sang. Il n'aimait pas ce qu'il y vit. « Elle est blessée ?

– Non, fit Laura en secouant la tête avant d'éclater en sanglots. Mais il la détient.

– Qui ça ?

– Le type qui a tiré sur Barbara.

– Un des terroristes ? »

Laura acquiesça derechef.

Hood n'attendit pas d'en savoir plus. Relâchant la main de la jeune fille et ignorant les avertissements du policier, il se précipita vers la terrasse.

52.

New York, dimanche, 00:18

La tête de Harleigh apparut au ras du dossier des sièges et s'immobilisa. Downer était derrière et la retenait toujours fermement par les cheveux. La jeune fille avait le visage livide et tourné vers le haut, les yeux étirés sur les côtés. Le canon de l'arme du terroriste était plaqué contre sa nuque.

Mike Rodgers était assis au pied de la galerie, dans l'axe de la salle. À cause de l'inclinaison des travées et des rangées de sièges, sa seule cible visible était la main gauche du preneur d'otage. Elle était trop proche du cou de Harleigh, et de toute façon, l'autre avait toujours la main droite protégée, celle qui tenait l'arme. Le général continuait de garder néanmoins cette main en ligne de mire, même s'il savait qu'il n'allait pas pouvoir maintenir éternellement ce *statu quo.* La tenture n'allait retenir le gaz toxique que quelques minutes encore. Même s'il parvenait à mettre la main sur un masque à gaz, cela n'aiderait pas Harleigh.

August continuait de monter en rampant les marches du côté nord de la salle, sur sa droite. Bien que sonné par ses blessures aux jambes, et souffrant manifestement le martyre, le colonel n'avait nulle intention de rester les bras ballants. Derrière le terroriste, l'agent de sécurité de l'ONU était entré avec précaution par la porte de derrière. Ce devait être le lieutenant Mailman, celui qui avait mis Chatterjee au courant après l'échec de la première attaque.

Soudain, Rodgers entendit un bruit dans son dos. Il se retourna au moment où Paul Hood s'encadrait dans la baie vitrée détruite. Rodgers lui fit signe de reculer.

Hood hésita, juste une fraction de seconde. Il s'éclipsa dans l'ombre de la terrasse.

Rodgers se retourna vers la galerie et mit de nouveau en joue le terroriste.

« Hé, le héros ! lança celui-ci. T'as vu qui j'ai avec moi ? »

Il parlait d'une voix forte, pleine de défi. C'était un type à qui on ne la faisait pas. Mais Rodgers avait une autre idée.

« T'as bien vu ? insista le terroriste.

– J'ai vu, confirma Rodgers.

– Et je tuerai cette petite salope, s'il le faut ! hurla Downer. Je lui ferai un trou dans sa sale petite tête !

– Je te crois volontiers, dit Rodgers. Je t'ai vu tuer mon partenaire. »

August s'immobilisa et regarda le général. Ce dernier lui fit signe de ne plus bouger. August obéit. Il était censé être mort.

« Que veux-tu de nous ? poursuivit Rodgers.

– Primo, je veux que le zigue qui cherche à me prendre à revers décarre d'ici vite fait, dit le terroriste. Je vois d'ici ses pieds... Je surveille aussi la fenêtre, donc si quelqu'un s'avise d'entrer par là, je le repérerai tout de suite.

– Pas de lézard, confirma Rodgers. Je te reçois cinq sur cinq.

– J'espère bien, gronda Downer. Quand l'autre se sera barré, je veux que tu poses ton flingue et que tu lèves les mains bien haut au-dessus de ta tête. Dès que vous serez sortis tous les deux, tu m'envoies illico cette salope de secrétaire générale, les mains croisées sur la tête.

– Tu n'as plus des masses de temps, remarqua Rodgers. Le gaz va filtrer à travers le...

– Je suis au courant pour le gaz, s'écria Downer. J'aurai pas besoin de masses de temps si tu veux bien fermer ta gueule et te remuer le fion !

– Très bien », fit Rodgers. Il leva les yeux vers la porte. « Lieutenant, veillez à ce que madame la secrétaire générale soit à l'extérieur et qu'elle y reste. Je monte vous rejoindre. »

Mailman hésita.

Rodgers cessa de viser la main du terroriste pour pointer son arme sur le front de Mailman. « Lieutenant, je vous ai demandé de sortir d'ici. »

Mailman fit la grimace mais sortit à reculons de la salle du Conseil de sécurité.

Rodgers s'accroupit, déposa son pistolet par terre et leva les mains au-dessus de la tête. Puis il regagna l'escalier le long du flanc sud de la salle. Il le remonta prestement. Il ne pensait pas que le terroriste se fatiguerait à lui tirer dessus. Jusqu'à ce que Chatterjee entre dans la salle, Rodgers restait son seul moyen de communication avec l'extérieur.

Rodgers continua de monter. Il était presque arrivé

à quatre rangées du haut, à la hauteur de la travée où se planquait le terroriste. Il regardait Harleigh qui lui tournait le dos. La mince jeune fille était tenue en respect par son agresseur qui lui tirait fermement les cheveux. Elle ne pleurait pas mais il n'en fut pas surpris. À force de discuter avec des prisonniers de guerre, le général avait appris que la douleur provoquait la concentration. C'était souvent un bien, une distraction bienvenue face au danger ou à une situation apparemment sans espoir.

Il voulait prononcer des paroles encourageantes. Dans le même temps, il ne voulait rien faire qui pût irriter le terroriste. Pas avec le canon de son arme pressé contre le crâne de la jeune fille.

Rodgers gagna la porte à reculons. Cela lui offrit une dernière chance de jeter un regard vers le côté nord de la salle. De l'endroit où il se trouvait, il ne parvint pas à voir Brett August. Soit le colonel s'était collé contre le dossier des fauteuils, soit il avait perdu tellement de sang qu'il avait sombré dans l'inconscience.

Le général espérait que non. La situation était déjà bien assez difficile comme ça.

Rodgers retourna dans le couloir à l'extérieur. Chatterjee était là. Elle le considéra un moment, puis croisa les mains sur la tête et se dirigea vers la porte du Conseil de sécurité.

Rodgers tendit le bras pour lui barrer le passage.

« Vous êtes au courant, pour le gaz toxique ?

– Le lieutenant m'en a parlé », répondit-elle.

Rodgers s'approcha. « Vous a-t-il dit également qu'un de mes hommes est toujours là-bas ? » murmura-t-il.

Elle parut étonnée.

« Le terroriste le croit mort, précisa Rodgers. Si le colonel August trouve une ouverture pour tirer, il n'hésitera pas. Je ne voulais pas que vous soyez surprise et risquiez de trahir sa présence. »

L'expression de Chatterjee s'assombrit.

Rodgers rabaissa le bras et la secrétaire générale lui passa devant. Lorsqu'elle entra dans la salle et referma la porte sur elle, Rodgers eut envie de lui courir après et de la traîner dehors. Il avait un mauvais pressentiment... l'impression que malgré tout ce qui était arrivé depuis le début, Chatterjee s'entêtait à croire en une politique non écrite des Nations unies. Une politique à laquelle l'organisation internationale s'était tenue contre vents et marées, contre toute logique et tout sens moral.

L'idée que les terroristes pussent avoir des droits.

53.

New York, dimanche, 00 : 21

C'est l'âme et l'esprit souffrant le martyre que Mala Chatterjee pénétra dans la salle du Conseil.

Le terroriste était allongé au sol. Elle vit la tête de sa prisonnière, vit le pistolet plaqué dessus. Elle souffrait pour cette enfant, elle se sentait révulsée par cet acte de barbarie. Elle était prête à tout pour sauver la jeune fille.

Mais la secrétaire générale était troublée par l'idée de permettre un meurtre alors qu'il existait peut-être un autre moyen. Si elle devenait comme ces individus, si elle tuait sans regret ni remords, quel sens aurait alors sa vie ? Elle ne savait même pas si cet homme avait déjà tué qui que ce soit, si même il en était capable.

Chatterjee descendit les marches jusqu'à sa hauteur.

« Vous avez demandé à me parler.

– Non, rectifia l'autre. Je vous ai demandé de venir. Il n'y a rien à discuter. Je veux filer d'ici. Je veux également ce pour quoi je suis venu.

– Je suis prête à vous aider, dit Chatterjee en s'arrêtant à l'entrée de la travée. Mais laissez filer la jeune fille.

– J'ai dit : plus de discussions ! » glapit Downer. Harleigh poussa un cri quand l'Australien lui tira un peu plus les cheveux. « Il y a du gaz toxique qui s'échappe en bas de la salle. Je veux que vous nous trouviez un endroit sûr pour que, la petite demoiselle et moi, on puisse attendre que vous me procuriez mon fric et un moyen de transport. Je veux six millions de dollars.

– Très bien. »

Chatterjee vit quelque chose bouger du côté de l'escalier nord. Des yeux les surveillaient par-dessus l'accoudoir du dernier fauteuil de la rangée. L'homme resté à l'intérieur de la salle se haussa légèrement. Il porta l'index à ses lèvres.

La secrétaire générale était déchirée. Allait-elle participer à une tentative de sauvetage ou se retrouver complice d'un meurtre de sang-froid ? Le soldat américain et son collègue avaient sauvé la majorité des otages. Peut-être pour ce faire avaient-ils été obligés de tuer, mais cela ne leur donnait pas le droit de continuer. L'objectif de Chatterjee avait toujours été de résoudre les conflits sans effusion de sang. Elle ne pouvait pas baisser les bras tant qu'il restait encore un espoir. Et puis, il y avait toujours cette question de confiance. Si elle réussissait à convaincre le terroriste qu'elle voulait l'aider, peut-être parviendrait-elle à le convaincre également de se rendre.

« Colonel August, lança-t-elle, il y a eu assez de meurtres pour aujourd'hui. »

August se figea. Un instant, Chatterjee se demanda s'il n'allait pas l'abattre.

« À qui parlez-vous ? demanda aussitôt Downer. Bon sang, qui est ici ?

– Un autre militaire.

– Alors, il n'était donc pas mort, ce salaud ! s'écria l'Australien.

– Je vous en conjure, posez votre arme et quittez la salle, colonel, dit Chatterjee.

– Je ne peux pas, répondit August, amer. J'ai reçu une balle.

– Eh bien, tu vas t'en prendre une autre si tu ne dégages pas vite fait ! » hurla Downer.

L'Australien repoussa Harleigh sans ménagement. La tirant avec violence par les cheveux, il la força à se lever, s'agenouilla derrière elle, puis braqua son automatique sur August. Il tira plusieurs balles comme le chef des Attaquants se laissait retomber dans la travée. Des éclats de bois de l'accoudoir volèrent dans toutes les directions. L'écho des coups de feu retentit un moment après qu'il eut cessé de tirer.

Avec un rictus mauvais, Downer toisa Chatterjee. Il tenait toujours la jeune fille en guise de bouclier entre August et lui. En bas de la salle, la secrétaire générale voyait à présent le gaz toxique commencer à filtrer par-dessous les bords de la tenture.

« Faites-le sortir ! lança Downer.

– Mais j'essaie de vous aider ! s'écria Chatterjee. Laissez-moi m'occuper...

– *Tu fermes ta gueule et tu fais ce que je dis !* » hurla Downer. Il se tourna pour lui faire face. Durant un bref instant, il se trouva le torse face au bas de la salle.

Un coup de feu vrilla le silence. La balle lui transperça la base du cou, à droite, du côté opposé à Harleigh. Il laissa échapper son arme et lâcha la jeune fille, les bras projetés en arrière sous l'impact.

Paul Hood apparut en bas de la salle du Conseil de

sécurité. Il tenait le Beretta que Mike Rodgers avait laissé par terre en sortant.

« Couche-toi, Harleigh ! » s'écria-t-il.

Elle se protégea la tête et s'aplatit par terre. Une fraction de seconde plus tard, une seconde détonation crépita, venant de la travée nord. Le colonel August venait de loger une balle dans la joue gauche du terroriste. Une deuxième lui transperça la tempe alors qu'il s'effondrait.

Le sang se répandit sur la moquette avant même que son corps ne vienne s'affaler dessus.

Chatterjee hurla.

Paul Hood lâcha son arme et se précipita vers les marches de la travée nord. Sur un signe d'August, il continua de monter pour rejoindre sa fille.

54.

New York, dimanche, 00 : 25

Dès qu'il était sorti de la salle du Conseil de sécurité, Mike Rodgers avait prévenu l'unité spéciale d'intervention de la police de New York de la présence de la bonbonne de gaz toxique. Les spécialistes se rassemblèrent du côté nord de l'esplanade et ils étaient prêts à intervenir sitôt que tout le monde aurait été évacué. L'ensemble du complexe des Nations unies avait été bouclé ; désormais, il était isolé et interdit d'accès, portes et fenêtres avaient été recouvertes de feuilles de plastique dont l'étanchéité était assurée par de la mousse à séchage rapide. Comme on n'avait plus personne pour indiquer à la police la nature du gaz employé, on avait fait venir un labo mobile d'urgence pour procéder à une analyse sur place. Le PC mobile de la brigade de sapeurs-pompiers était également là, et avait monté des tentes dans le square Robert-Moses, qui jouxtait au sud les Nations unies. Les marins-pompiers avaient également été mobilisés. La présence des pompiers était exigée dans toutes les situations impliquant des produits dangereux. De nombreux groupes terroristes suivent en effet une politique de la terre brûlée. Puisque l'un des terroristes s'était évanoui de l'infirmerie de l'ONU et que la police de New York ignorait s'il avait ou non d'autres complices, il fallait s'attendre à tout. Y compris à un ultime baroud d'honneur.

Paul Hood et sa fille restèrent un long moment dans les bras l'un de l'autre. Hood pleurait sans honte. Harleigh tremblait comme une feuille. Elle avait posé la tête sur sa poitrine et agrippait ses bras. L'un des secouristes lui jeta une couverture sur les épaules avant de les évacuer tous les deux vers une des tentes du SAMU.

« Il faut qu'on prévienne ta maman », dit Hood, entre deux sanglots.

Harleigh acquiesça.

Mike Rodgers se tenait derrière eux, surveillant l'évacuation de Brett August par les médecins. Il dit à Hood et sa fille qu'il se chargeait de leur amener Sharon. Il ajouta qu'il était fier de lui. Hood le remercia. Mais pour parler franchement, quand Rodgers avait quitté la salle du Conseil de sécurité et que Hood s'y était faufilé, il savait que rien – ni sa propre sécurité, ni aucune loi nationale ou internationale – ne pourrait l'empêcher de tenter de sauver sa fille.

Hood et Harleigh se dirigèrent vers les escaliers mécaniques, encadrés par les délégués et le personnel de sécurité. Alors qu'ils redescendaient vers la salle des pas perdus, Hood essayait de s'imaginer ce qui traversait l'esprit de sa fille. Elle continuait à le tenir serré, regardant droit devant elle, l'œil vitreux. Harleigh n'était pas en état de choc : elle n'avait souffert d'aucune blessure susceptible d'entraîner des conséquences physiques notables. Mais elle avait passé près de cinq heures dans cette salle à voir des gens se faire tirer dessus, dont une de ses meilleures amies. Elle avait été à deux doigts d'être exécutée. Le stress post-traumatique allait être intense.

Hood savait d'expérience que ce que venait de vivre sa fille aujourd'hui l'accompagnerait désormais à chaque instant de chaque jour du reste de son existence. Les anciens otages n'étaient jamais vraiment délivrés. Ils restaient hantés par un sentiment d'isolement inextricable, d'humiliation d'avoir été traités comme des objets et non plus comme des êtres humains. On pouvait reconstruire leur dignité, mais seulement d'une façon parcellaire. La somme des parties ne parviendrait jamais à reconstituer le tout qui avait été brisé.

Que d'épreuves nous inflige l'existence..., songea Hood.

Mais Harleigh était saine et sauve entre ses bras. Ils parvenaient au pied du second escalator quand Hood avisa Sharon qui traversait en courant la salle des pas perdus. Si quelqu'un avait tenté de retenir son épouse, il avait manifestement échoué. Une responsable des Affaires étrangères la suivait, hors d'haleine, peinant à la suivre.

« *Mon bébé !* hurlait Sharon. *Ma petite fille !* »

Harleigh se détacha de son père pour courir vers sa mère. Elles se jetèrent dans les bras l'une de l'autre et se mirent à pleurer convulsivement, Sharon menaçant d'étouffer sa fille dans son étreinte. Hood resta en retrait.

Rodgers s'avança, accompagné par Bill Mohalley. Derrière eux, sur l'esplanade, la secrétaire générale Chatterjee s'entretenait avec la presse. Elle gesticulait avec colère.

« Je tiens à vous serrer la main, dit le chef adjoint

Mohalley, joignant aussitôt, avec vigueur, le geste à la parole. À vous trois, vous avez entièrement récrit le manuel de gestion de crises. Je suis flatté d'en avoir été le témoin aujourd'hui.

– Merci, dit Hood. Comment va Brett ?

– Il s'en tirera, indiqua Rodgers. Les balles ont épargné l'artère fémorale. Les blessures ont été plus douloureuses que véritablement graves. »

Hood hocha la tête. Il continuait d'observer Chatterjee. Elle avait des taches de sang du terroriste sur son ensemble, ses mains, son visage.

« Elle n'a pas l'air trop heureuse », observa Hood.

Mohalley haussa les épaules. « Sûr qu'on va en entendre des vertes et des pas mûres après ce que vous avez fait ici. Mais les otages sont sains et saufs, quatre des terroristes bouffent les pissenlits par la racine, et au moins une chose est sûre...

– Laquelle ? demanda Rodgers.

– Il coulera pas mal d'eau sous les ponts avant que quiconque s'avise de recommencer un coup pareil », conclut Mohalley.

55.

New York, dimanche, 00:51

Alexander dormait quand Hood entra dans leur chambre d'hôtel.

Sharon était allée au CHU de New York accompagner Harleigh. En complément de l'examen médical, il était indispensable que la jeune fille puisse avoir au plus tôt un entretien avec un psychologue. Harleigh devait comprendre qu'elle n'était en rien responsable de ce qui lui était arrivé et qu'elle ne devait surtout pas se sentir coupable d'avoir survécu. Avant qu'on s'occupe de traiter d'autres séquelles éventuelles, c'était la première chose qu'elle devait assimiler.

Debout près du grand lit, Hood contempla son fils. La vie du garçon allait changer, sa sœur allait avoir des exigences différentes, et il n'en savait encore rien. Bienheureuse innocence du sommeil enfantin...

Hood fit demi-tour pour se rendre dans la salle de bains. Il emplit le lavabo et se lava la figure. Sa vie aussi avait changé. Il avait tué un homme. Et que l'individu eût ou non mérité la mort, Hood l'avait tué en territoire international. Il y aurait sans doute un procès, et il était fort possible qu'il n'ait pas lieu aux États-Unis. La procédure allait prendre des années et il se pouvait qu'elle compromette la sécurité de l'Op-Center.

Comment avaient-ils été mis au courant ? Dans quelle mesure la CIA et les Affaires étrangères étaient-elles impliquées ? Quel était le lien entre le gouvernement américain et le terroriste disparu, le Bulgare Georgiev ? Les services gouvernementaux n'avaient aucune compétence dans aucun de ces domaines.

Le plus ironique était que l'ONU risquait bien d'apparaître en définitive comme la partie lésée, la victime d'un complot ourdi par les Américains. Entre le non-paiement de leur contribution et l'espionnage de la secrétaire générale, son gouvernement avait enfreint bon nombre de lois auxquelles s'astreignaient les pays adhérant à la charte des Nations unies. Des pays qui finançaient le terrorisme et le trafic de drogue, des pays qui piétinaient allégrement les droits de l'homme ne se priveraient pas de montrer du doigt les États-Unis.

Et ils devraient faire le gros dos. Subir l'opprobre parce que tout cela se déroulerait sous le regard des médias. Hood avait toujours eu l'impression que la télé et les Nations unies étaient faites pour s'entendre. À leurs yeux, tout se mesurait à la même toise.

Hood s'épongea la figure et se contempla dans la glace. Il se dit avec tristesse que le combat le plus difficile ne serait pas contre ses ennemis. Ce serait quand Sharon et lui essaieraient de renouer le dialogue. Pas seulement sur son comportement de ce soir mais aussi sur un avenir qui apparaissait soudain bien différent de celui qu'ils avaient envisagé.

« Marre... », souffla-t-il doucement.

Il raccrocha l'essuie-mains sur le porte-serviette, but

un verre d'eau du robinet. Puis il regagna lentement la chambre. Le manque de sommeil commençait à le rattraper. Il avait les jambes flageolantes après toutes ces cavalcades, et il s'était fait mal aux reins à force de courir penché à travers les rangées de fauteuils de la salle du Conseil de sécurité. Il s'étendit avec précaution à côté d'Alexander. Il l'embrassa délicatement derrière l'oreille. Il n'avait plus fait ça depuis des années et le geste le surprit. Il sentait encore le petit garçon...

Le sommeil paisible du gamin le réconforta. Et alors qu'il sombrait dans l'inconscience, sa dernière pensée fut pour se dire combien tout ceci était étrange. Il avait contribué à fabriquer ces deux enfants. Pourtant, avec leurs besoins et leur amour, l'inverse aussi était vrai.

Ces enfants avaient engendré un père.

56.

New York, dimanche, 07:00

Un coup de fil de Bill Mohalley l'éveilla en sursaut à sept heures pile.

Le fonctionnaire des Affaires étrangères appelait Hood pour l'informer que sa femme, sa fille et les autres familles étaient transférées à l'aéroport La Guardia pour prendre l'avion de Washington. Mohalley précisait que son épouse avait été prévenue à l'hôpital que la police de New York arriverait à l'hôtel dans une heure pour les conduire, lui et son fils, à l'aéroport.

« Pourquoi cette évacuation précipitée ? » s'étonna Hood. Il était rompu, abruti, et le soleil blanc, éclatant, lui vrillait le cerveau comme un bain d'acide.

« C'est surtout pour vous, expliqua Mohalley, même si on ne veut pas avoir trop l'air de vous pousser dehors...

– Je ne vous suis pas. Et pourquoi est-ce la police de New York qui prend les choses en main au lieu des Affaires étrangères ?

– Parce que la police a l'habitude de protéger les vedettes des médias. Et que ça vous plaise ou non, vous en êtes une désormais. »

Son téléphone mobile se manifesta. C'était Ann Farris. Hood remercia Mohalley et sortit du lit. Pour ne pas réveiller Alexander, il se dirigea vers la porte de l'antichambre où en plus, bonheur insigne, il faisait bien plus sombre.

« Bonjour...

– Bonjour, patron, fit Ann. Comment allez-vous ?

– Étonnamment bien.

– J'espère que je ne vous réveille pas...

– Non... les Affaires étrangères s'en sont chargé...

– Quelque chose d'important ?

– Ouaip. Ils veulent que je vide les lieux au plus vite.

– Vous m'en voyez ravie. Pour l'heure, vous êtes bougrement exposé.

– Et surtout bougrement largué, avoua-t-il. Enfin, bon Dieu, qu'est-ce qui se passe, Ann ?

– C'est ce que les pros des médias appellent un sac d'embrouilles. Comme personne n'a le nom de ceux qu'ils appellent provisoirement “les deux de l'antigang” qui sont entrés avant vous, toute cette histoire est devenue le “Paul Hood Show”.

– Grâce à Mala Chatterjee, j'imagine.

– C'est vrai qu'elle ne vous porte pas dans son cœur, admit Ann. Elle dit que vous avez inutilement mis en danger la vie de votre fille, pour le plaisir de régler cette crise de manière expéditive.

– Qu'elle aille se faire foutre, oui !

– Puis-je vous citer ? railla Ann.

– En gros et sur cinq colonnes. Quelles sont les retombées, jusqu'ici ?

– Question sécurité, Bob Herbert s'occupe de tout. Vous êtes le seul personnage identifié d'un commando qui a aidé à éliminer des terroristes originaires de trois pays différents. Bob vient tout juste de faire le tri des divers liens qu'ils auraient pu avoir avec d'autres groupes terroristes ou ultra-nationalistes susceptibles de vouloir les venger.

– Ouais, ben, excusez-moi de ne pas y avoir songé plus tôt, lâcha Hood, amer.

– Vous n'avez pas besoin de vous excuser, la question n'est pas là, expliqua l'attachée de presse. Il s'agit d'enjeux majeurs. C'est ce que je ne cesse de vous seriner depuis des années. La gestion des retombées n'est plus un luxe désormais. Vu l'interconnexion croissante de tous les systèmes dans le monde, c'est devenu une nécessité. »

Cette symbiose était vraie, Hood devait l'admettre. Et elle se vérifiait parfois de manière inattendue. Quinze ans plus tôt, les informations recueillies par les équipes de Bob Herbert à la CIA étaient transmises de manière automatique aux autres services de renseignements américains, y compris celui de la marine. Quand, dans les années quatre-vingt, l'analyste Johathan Pollard avait refilé aux Israéliens des secrets du renseignement naval américain, plusieurs autres secrets se trouvèrent en conséquence fournis à Moscou en échange de la libération de réfugiés juifs. La faction de communistes purs et durs du gouvernement soviétique s'en était alors servie pour ourdir un complot contre le pouvoir en place. Des années plus tard, quand l'Op-Center avait été amené à contrecarrer cette tentative de putsch[1], les données naguère recueillies par Herbert lui-même devaient être utilisées contre lui.

---

1. Voir *Op-Center 2, Image virtuelle, op. cit.*

« Comment ça se présente, du côté de la presse ? demanda Hood.

– En gros titres sur les pages de politique intérieure, ça présente vraiment bien, répondit Ann. Pour la première fois dans notre histoire, presse libérale et presse conservatrice parlent d'une même voix. Tout le monde vous présente sous les traits du "papa héroïque".

– Et en pages internationales ?

– Vous pourriez vous présenter au poste de Premier ministre au Royaume-Uni ou en Israël et sans doute obtenir le fauteuil. Autrement, ça ne s'annonce pas trop bien. La secrétaire générale vous décrit comme "un de ces Américains impatients et prompts à manier le pistolet". Elle exige une enquête et votre mise en résidence surveillée. Du peu que j'ai pu en voir, le reste de la presse internationale a repris cette antienne.

– En conclusion ?

– Exactement ce que vous avez dit : on vous évacue. Personne aux Affaires étrangères ou à la Maison-Blanche ne sait encore trop comment se dépatouiller de cet imbroglio. J'imagine qu'ils comptent sur vous pour leur apporter vos lumières. Même si je dois ajouter que Bob a pris la précaution de contacter la police de Chevy Chase afin de réquisitionner une protection rapprochée autour de votre domicile personnel. Ils sont déjà sur place. Au cas où. »

Hood la remercia, puis il réveilla Alexander pour qu'il se prépare. Hood n'avait jamais rien caché à ses enfants et pendant qu'ils s'habillaient, il raconta en détail au petit garçon tous les événements de la nuit passée. Alexander se montra dubitatif jusqu'à ce que la police municipale de New York se présente pour les escorter tous les deux lors de leur sortie de l'hôtel. Les six agents traitaient Hood comme un de leurs collègues, le félicitant d'abondance tandis qu'ils les accompagnaient jusqu'au garage en sous-sol où les attendait un convoi de trois voitures de patrouille. La sortie digne d'une rock-star impressionna le jeune garçon bien plus que tout ce qu'il avait pu jusqu'ici découvrir de New York.

Les Hood et les autres familles regagnèrent la capitale fédérale à bord d'un 737 de l'armée de l'air. Sharon était restée très silencieuse durant l'heure de vol. Elle était assise à côté de Harleigh, la tête de la jeune fille posée sur son épaule. Hood s'était installé de l'autre côté de la travée centrale et les observait. Comme la plupart des jeunes musiciennes, Harleigh avait reçu un sédatif léger pour l'aider à dormir. Mais à la différence de ses amies, toutefois, son sommeil était ponctué de petits gémissements, de cris et de spasmes. Peut-être que la pire tragédie dans cette sombre histoire, songea Hood, était qu'il n'ait pu épargner à sa fille le séjour dans cette salle maudite. La malheureuse y était toujours, sinon par le corps, du moins par l'esprit.

L'appareil se posa à la base d'Andrews, officiellement, histoire de bien montrer que l'armée se chargeait d'assurer la protection de l'intimité des enfants. Mais Hood n'était pas dupe. Andrews abritait également le siège de l'Op-Center. Après leur roulage, Hood avisa le fourgon blanc du service qui l'attendait sur la piste. Lowell Coffey et Bob Herbert étaient tous les deux visibles derrière la porte coulissante ouverte.

Sharon ne remarqua leur présence qu'après être

arrivée au pied de la passerelle. Hood les salua d'un signe de tête. Ils restèrent dans le fourgon.

Les Affaires étrangères avaient fourni des fauteuils roulants pour tous ceux qui en voulaient. Elles avaient aussi affrété un car pour ramener chacun à son domicile. Un fonctionnaire vint préciser aux parents que leurs véhicules personnels seraient récupérés dans la journée sur le parking de l'aérogare.

Sharon et Hood aidèrent leur fille à s'installer dans un fauteuil roulant. Alexander prit vaillamment les poignées du siège tandis que Sharon se tournait vers son époux.

« Tu ne nous accompagnes pas, n'est-ce pas ? » Sa voix était neutre et distante, son regard lointain.

« Honnêtement, j'ignorais qu'ils seraient ici, avoua-t-il en désignant d'un signe de pouce la camionnette.

– Mais tu n'es pas surpris.

– Non, admit-il. J'ai quand même tué quelqu'un en dehors du territoire américain. Il va fatalement y avoir des retombées. Mais tu verras, tout se passera bien. Bob a fait mettre en place une surveillance policière permanente autour de la maison.

– Oh, je ne m'inquiétais pas », dit Sharon en se retournant vers le fauteuil. Hood prit sa main dans la sienne. Elle s'arrêta.

« Sharon, ne fais pas ça.

– Faire quoi ? Rentrer à la maison avec les enfants ?

– Me fermer la porte au nez.

– Je ne te ferme pas la porte au nez, Paul. Je fais juste comme toi : j'essaie de rester calme et de gérer la situation. Ce que nous allons décider au cours des prochains jours va affecter notre fille pour le restant de sa vie. Je veux être prête sur le plan affectif à prendre ces décisions.

– Nous devons être prêts à prendre ces décisions, rectifia Hood. C'est notre boulot à tous les deux.

– Je l'espère... Mais tu as de nouveau deux familles, Paul. Je n'ai plus envie de perdre mon énergie à tenter de te grappiller un peu de temps.

– Deux familles ? Sharon, je n'ai pas cherché ce qui est arrivé. J'avais quitté l'Op-Center ! Si j'y retourne, c'est parce que je me retrouve impliqué dans un incident diplomatique. Je – je veux dire, nous ne pourrons jamais régler ça tout seuls. »

En cet instant précis, le représentant du ministère des Affaires étrangères s'approcha d'eux. Il leur dit que tout le monde était dans le car et qu'on n'attendait plus qu'eux. Sharon dit à Alexander de partir devant. Elle ajouta qu'elle le rejoindrait dans une minute. Hood adressa un clin d'œil à son fils et lui dit de surveiller de près sa frangine. Alexander acquiesça.

Hood se retourna vers sa femme. Sharon le dévisageait. Il y avait des larmes dans ses yeux.

« Et quand cet incident international sera terminé ? demanda-t-elle. Est-ce qu'on pourra t'avoir de nouveau ? Est-ce que tu crois vraiment que tu seras heureux de te retrouver à gérer un simple foyer au lieu d'une ville ou d'un service gouvernemental ?

– Je n'en sais rien, reconnut Hood. Donne-moi quand même une chance de le découvrir.

– Une chance ? sourit Sharon. Paul, ça va peut-être te paraître idiot, mais la nuit dernière, quand j'ai appris ce que tu avais fait pour Harleigh, j'étais furieuse contre toi.

– Furieuse ? Pourquoi ?

– Parce que tu as risqué ta vie, ta réputation, ta carrière, ta liberté, pour sauver ta fille.

– Et ça t'a rendue *furieuse* ? Je n'y crois pas... !

– Et pourtant, c'est vrai. Tout ce que je t'ai jamais réclamé, c'est d'avoir des petits bouts de ton existence... Un peu de temps pour un récital de violon, une partie de foot, un week-end prolongé de temps en temps. Un dîner en famille. Des vacances avec mes parents. J'y ai rarement eu droit. C'est à peine si j'ai réussi à t'avoir un instant auprès de moi hier soir quand notre petite fille était en danger.

– J'étais justement trop occupé à essayer de l'en sortir...

– Je sais, je sais, fit-elle. Et tu as réussi. Tu m'as montré ce que tu peux faire quand t'en as envie. Quand tu le veux.

– Es-tu en train de me dire que je n'avais pas envie d'être auprès de ma famille ? Sharon, tu es en train de décompresser...

– Je t'avais bien dit que tu ne comprendrais pas. » À présent, les larmes coulaient doucement sur ses joues. « Je ferais mieux d'y aller.

– Non, attends, fit Hood. Pas comme ça...

– Je t'en prie, ils attendent. » Elle retira sa main et courut rejoindre l'autocar.

Hood regarda sa femme s'éloigner. Après que la porte accordéon se fut refermée et que le moteur se fut mis à gronder, Hood se retourna pour rejoindre Herbert et Coffey.

À présent, c'était à son tour d'être en rogne.

Il n'arrivait pas à le croire. Même sa femme trouvait à redire à ce qu'il avait fait dans la salle du Conseil de sécurité. Peut-être qu'elles pourraient tenir une conférence de presse commune, elle et Chatterjee.

Mais la colère se dissipa bientôt à mesure qu'il s'approchait du fourgon. Et tout d'un coup, sans crier gare, un autre sentiment se mit à le harceler. C'était un mélange de culpabilité et de doute, qui se mit à bouillonner sitôt qu'il vit Bob Herbert tendre vers lui sa grosse patte pour le saluer.

Sitôt qu'il comprit qu'il ne se sentait soudain plus aussi seul.

Sitôt que Paul Hood dut se poser honnêtement cette bien douloureuse question :

Et si en fin de compte Sharon avait raison ?

57.

New York, dimanche, 10 : 00

Les salutations furent chaleureuses et les félicitations sincères alors que Hood pénétrait dans le véhicule. Il n'y avait pas de chauffeur. Dès que Herbert eut refermé la porte coulissante et que Hood se fut installé dans le siège de droite, Coffey prit le volant pour effectuer le bref trajet jusqu'au siège de l'Op-Center. L'avocat en profita pour l'informer qu'ils n'y resteraient que le temps de lui permettre de prendre une douche, se raser et enfiler le costume propre que Herbert était passé chercher chez lui.

« Pourquoi ? Où allons-nous ?

– À la Maison-Blanche, dit Coffey.

– Qu'est-ce qui m'attend là-bas, Lowell ?

– Franchement, je n'en sais rien. La secrétaire générale Chatterjee rejoint la capitale en avion avec l'ambassadrice Meriwether pour voir le président Lawrence. Ils doivent se rencontrer à midi. C'est le président qui a réclamé votre présence.

– Pas d'idée sur ses raisons ?

– J'ai du mal à imaginer que le président désire organiser une banale confrontation, répondit Coffey.

Cela dit, les autres hypothèses ne sont guère plus réjouissantes.

– Ce qui veut dire ?

– Ce qui veut dire qu'il pourrait vouloir vous réexpédier à New York sous la garde de l'ambassadrice, expliqua Coffey. Pour s'assurer que vous serez là pour répondre aux éventuelles questions de madame la secrétaire générale et de son équipe. Un geste à son égard. »

Le fauteuil roulant était arrimé derrière eux, entre les sièges. « Un geste, renifla-t-il. Merde, Paul leur a sauvé la mise. Ce qu'il a fait exigeait un sacré cran ! Mike et Brett se sont aussi débrouillés comme des chefs. Mais Paul... quand j'ai appris que c'est vous qui aviez dégommé le dernier de ces salauds, jamais je n'ai été aussi fier de quelqu'un. Jamais.

– Hélas, nota Coffey, la loi internationale ne considère pas cela comme un élément de défense valable.

– Et moi je te dis une chose, mon petit Lowell, si Paul est envoyé à New York ou à La Haye devant cette foutue cour internationale de prétendue justice, rétorqua Herbert, ou je ne sais quelle autre institution de mes deux où on place les boucs émissaires sur des charbons ardents, c'est moi qui m'en vais faire une prise d'otages ! »

Le débat était typique des deux hommes, et comme d'habitude, le monde réel était situé quelque part entre ces deux extrêmes. Il y avait des questions juridiques, assurément, mais les tribunaux tenaient compte également des exigences affectives. Hood était moins inquiet de ce problème que de son avenir immédiat. Il voulait être auprès de sa famille, pour aider Harleigh à se rétablir. Et ça, il ne pourrait pas s'il devait assurer sa défense à l'étranger.

Hood voulait aussi rester à l'Op-Center. Peut-être que sa démission avait été une réaction excessive. Peut-être qu'il aurait mieux valu qu'il prenne une disponibilité.

Et peut-être que tout ce débat est devenu académique.

Quelques jours plus tôt, il tenait encore son avenir entre ses mains. À présent, il reposait entre celles du président des États-Unis.

Puisque personne d'autre n'était au courant de son arrivée au QG du Centre, aucun des personnels de service normal n'était là. L'équipe de week-end le félicita pour son héroïsme et pour le sauvetage de Harleigh. Ils lui souhaitèrent bonne chance et l'assurèrent de leur soutien pour les éventuelles épreuves qui l'attendaient.

La douche brûlante apaisa ses muscles endoloris et il se sentit encore mieux, une fois passés des vêtements propres. Trois quarts d'heure après avoir atterri à Andrews, Hood était de retour dans le fourgon, avec Herbert pour assurer sa sécurité et Coffey pour lui tenir lieu de chauffeur.

58.

New York, dimanche, 11:45

Au fond de la limousine qui l'emmenait à la Maison-Blanche, Mala Chatterjee se sentait sale.

Cela n'avait rien à voir avec son état physique, même si elle aurait volontiers pris un bain avant une bonne nuit de sommeil. Elle avait plutôt choisi une douche au bureau, puis un petit somme durant le vol jusqu'à la capitale fédérale.

Non, ce qu'elle éprouvait venait du sentiment qu'elle avait d'avoir assisté à la mort de la diplomatie. Même si elle n'avait pas pu éviter le bain de sang, elle était bien décidée à s'occuper du nettoyage qui allait suivre. Et ce serait un nettoyage en profondeur.

Mala Chatterjee n'avait quasiment pas échangé un mot avec l'ambassadrice Flora Meriwether durant le trajet. Co-organisatrice de la soirée de samedi, la diplomate, âgée de cinquante-sept ans, avait, tout comme Chatterjee, rejoint tardivement la salle du Conseil de sécurité. Raison pour laquelle elle et son mari ne s'étaient pas retrouvés parmi les otages. Toutefois, l'ambassadrice n'était pas restée avec les autres délégués par la suite. Elle avait aussitôt réintégré ses bureaux, arguant que c'était à Chatterjee et ses conseillers de gérer cette affaire. C'était techniquement exact, même si cela ressemblait fort à une dérobade.

L'ambassadrice ne voulait pas non plus donner l'impression de vouloir amener l'ONU à mettre en cause les négociateurs américains ou les membres de l'antigang, Chatterjee le savait. Ce qui était ironique quand on voyait comment le siège avait tourné.

Mala Chatterjee ignorait quels étaient les sentiments actuels de la diplomate. Ou ce qu'en pensait le président. Quelle importance, d'ailleurs. La secrétaire générale tenait à cette rencontre parce qu'elle avait besoin de réaffirmer au plus vite le droit imprescriptible des Nations unies à régler toute seule ses différends intérieurs et de mettre au pas les États qui enfreindraient les lois internationales. L'ONU avait été prompte à condamner l'invasion du Koweït par l'Irak. Elle ne pouvait guère en faire moins face à l'immixtion des États-Unis dans cette affaire de prise d'otages.

La presse internationale s'était agglutinée pour attendre la limousine quand elle entra par la porte sud-ouest réservée aux invités de marque. L'ambassadrice Meriwether refusa toute déclaration mais patienta tandis que Chatterjee s'exprimait devant les caméras.

« Les événements des dix-huit heures écoulées ont été une épreuve difficile pour la grande famille des Nations unies et nous avons aujourd'hui à déplorer la perte d'un grand nombre de collaborateurs estimés. Alors que nous notons avec satisfaction que les otages ont pu retrouver leurs familles, nous ne pouvons néanmoins tolérer les méthodes employées pour mettre fin à cette crise. La réussite des Nations unies et de leur action est conditionnée par la tolérance des pays d'accueil. J'ai donc demandé à rencontrer le président et l'ambassadrice Meriwether pour que nous puissions nous atteler au plus vite à deux objectifs essentiels : tout d'abord, reconstituer les événements qui ont conduit à saper la souveraineté des Nations unies, sa charte et son engagement pour une issue diplomatique. Et en second lieu, mettre tout en œuvre pour que cette souveraineté ne soit plus jamais violée à l'avenir. »

Chatterjee remercia les journalistes, ignorant les questions qui fusaient et leur promettant qu'elle aurait d'autres déclarations à faire au sortir de sa rencontre avec le président. Elle espérait avoir fait comprendre qu'elle s'était sentie violentée par l'arrogance de certains militaires américains.

L'allée menant au Bureau Ovale zigzaguait en faisant passer les visiteurs devant le secrétariat de presse et la salle du Conseil de cabinet. Juste après se trouvait le bureau de la secrétaire particulière du président, unique accès au Bureau Ovale, gardé jour et nuit par un membre du Service secret.

Le président était prêt à midi pile. Il sortit en personne accueillir Mala Chatterjee. Michael Lawrence, un mètre quatre-vingt-dix, cheveux argentés taillés court et teint hâlé, arborait un large sourire sincère, sa poignée de main était vigoureuse et sa voix profonde semblait résonner dans toute son imposante carcasse.

« Cela fait plaisir de vous revoir, madame la secrétaire générale, dit-il en guise d'introduction.

– Moi de même, monsieur le président, même si

j'aurais préféré que cela fût en d'autres circonstances », répondit-elle.

Les yeux gris-bleu du président glissèrent vers l'ambassadrice Meriwether. Il la connaissait depuis près de trente ans. Elle avait étudié les sciences politiques avec lui à la fac de New York et c'était lui qui était allé la chercher à l'université pour lui offrir ce poste à l'ONU.

« Flora, ça ne te dérange pas de bien vouloir nous laisser quelques minutes... ?

– Mais pas du tout. »

Tandis que la secrétaire personnelle du président refermait la porte, ce dernier offrit un siège à Mala Chatterjee. La secrétaire générale gardait les épaules bien droites, le cou un peu raide. Vêtu d'un complet gris, sans cravate, le président sembla plus détendu quand il saisit une télécommande pour éteindre la télé. Le poste était réglé sur CNN.

« J'ai entendu vos remarques devant la presse, observa-t-il. Quand vous avez évoqué des événements qui ont sapé la souveraineté des Nations unies, faisiez-vous allusion à l'attaque terroriste ? »

Chatterjee était installée dans un fauteuil jaune. Elle croisa les jambes, puis posa les mains sur ses genoux, les doigts entrelacés.

« Non, monsieur le président, répondit-elle sans ambages. C'est une question tout à fait à part. Je faisais allusion à l'attaque fort mal venue menée par M. Paul Hood de votre Centre national de gestion de crise, en compagnie de deux membres, jusqu'ici non identifiés, de l'armée des États-Unis.

– Vous faites donc allusion à l'opération qui a mis

fin à la prise d'otages, souligna-t-il, faussement aimable.

– Le résultat n'est pas ici le problème, rétorqua Chatterjee sans se démonter. Pour l'heure, ce qui me préoccupe le plus, ce sont les moyens employés.

– Je vois... » Le président alla s'asseoir à son bureau. « Et que voudriez-vous ?

– Je voudrais que M. Hood revienne à New York pour répondre aux questions concernant cette attaque.

– Vous voulez qu'il revienne tout de suite ? Alors que sa fille est à peine en train de se remettre de l'agression ?

– Il n'a pas besoin de revenir dans l'immédiat. Le milieu de la semaine serait une date convenable.

– Je vois. Et ces questions... Qu'espérez-vous en obtenir ?

– J'ai besoin d'établir avec certitude s'il y a eu infraction aux lois internationales et quelles limites ont été franchies.

– Madame la secrétaire générale, si je puis me permettre, vous semblez ne pas bien embrasser le problème dans toute son ampleur.

– C'est-à-dire ?

– Je crois au contraire que la police municipale de New York, les Affaires étrangères, le FBI, les différentes unités militaires de la région ont fait montre dans leur action d'une extraordinaire retenue et d'un remarquable respect des lois, compte tenu du nombre de jeunes ressortissants américains dont la vie était en danger. Quand la situation s'est détériorée et que vos propres forces de sécurité se sont retrouvées mises en échec, eh bien, c'est vrai, trois de nos hommes ont pénétré dans la salle du Conseil. Mais ils l'ont fait avec un entier dévouement et une efficacité totale, en vrais soldats américains.

– Ce n'est pas leur courage que je mets en question, rétorqua Chatterjee. Mais le respect des lois est valable pour quiconque, si héroïque soit-il. Et si des lois ont été enfreintes, il convient de sévir. Ce n'est pas un caprice de ma part, monsieur le président. C'est le texte même de notre charte. C'est notre loi. Et plusieurs pays ont déjà exigé que ces lois soient appliquées.

– Et lesquels, voulez-vous me le dire ? Ceux dont les terroristes ont été abattus lors de l'assaut ?

– Les nations civilisées du monde.

– Et pour satisfaire leur fort civilisée soif de sang, vous seriez prête à traîner Paul Hood devant les tribunaux ?

– J'ai bien noté le sarcasme. Mais en effet, un procès n'est pas à exclure. Les actes de M. Hood l'exigent. »

Le président se carra dans son fauteuil. « Madame la secrétaire générale, la nuit dernière, Paul Hood est devenu un héros pour moi et pour près de deux cent cinquante millions de mes compatriotes. Nous avons quelques belles ordures dans cette affaire, dont une brebis galeuse au sein même de la CIA, une femme qui va sans doute passer le reste de ses jours en prison. Et il est hors de question qu'un homme soit jugé pour avoir tiré sa fille des griffes d'un terroriste. »

Chatterjee considéra un moment le président. « Vous ne le livrerez pas pour qu'il soit interrogé ?

– Je pense en effet que cela résume en gros la position de ce gouvernement.

– Les États-Unis vont donc braver la volonté de la communauté internationale ?

– Ouvertement et même avec enthousiasme, répondit le président. Et en toute franchise, madame la secrétaire générale, je ne pense pas que cela froissera beaucoup les délégués aux Nations unies.

– Nous ne sommes pas votre Congrès, monsieur le président. Ne mésestimez pas notre capacité à poursuivre nos objectifs.

– Que non, admit le président. Et je suis bien certain que les délégués sauront consacrer toute leur énergie à trouver des écoles et des appartements décents quand mon gouvernement soutiendra une motion visant au transfert du siège des Nations unies de New York vers une autre grande métropole, mettons Khartoum ou Rangoon... »

Chatterjee se sentit rougir. *Le salaud. L'infâme salaud.* « Monsieur le président, je ne réponds pas aux menaces.

– Oh que si, contra le président. Vous avez répondu à celle-ci, avec promptitude et vivacité. »

Il lui fallut un moment pour se rendre compte que son interlocuteur avait raison.

« Personne n'aime être poussé dans les cordes, poursuivit le président, or c'est le jeu auquel nous nous livrons en ce moment. Ce que nous devons trouver, c'est une solution à ce problème qui soit satisfaisante pour tout le monde.

– Par exemple ? » Malgré son sentiment de frustration, elle restait une diplomate. Elle était prête à écouter.

« Une façon plus productive d'apaiser l'ire de ces délégués pourrait être que les États-Unis s'engagent à payer l'intégralité de leur arriéré qui s'élève à deux milliards de dollars, proposa le président. Les délégués auraient plus de fonds pour les programmes des Nations unies dans leur pays, tels ceux consacrés à l'alimentation, l'enfance, l'éducation et la recherche. Et si nous nous y prenons bien, ils auront même l'impression d'avoir remporté une victoire. Ils auront obtenu la capitulation de l'Amérique sur le problème de la dette. Votre position personnelle n'en souffrira pas », crut-il bon d'ajouter.

Chatterjee le regarda froidement. « Monsieur le président, j'apprécie votre sollicitude. Mais il reste des questions juridiques qu'on ne peut éluder aussi cavalièrement. »

Sourire du président. « Madame la secrétaire générale, il y a bientôt vingt-cinq ans, un Russe – Alexandre Soljenitsyne – a prononcé des paroles que l'avocat que vous avez devant vous n'oubliera jamais : "J'ai passé toute ma vie sous un régime communiste, et je vous dirai qu'une société sans aucune échelle de valeurs légale est assurément terrible. Mais une société sans autre échelle de valeurs que celle des textes de loi n'est pas plus digne d'être appelée humaine." »

Chatterjee examina longuement le président. C'était la première fois depuis qu'elle était entrée dans le Bureau Ovale qu'elle décelait dans ses yeux, son expression, un semblant de sincérité.

« Madame la secrétaire générale, poursuivit le président Lawrence, vous êtes épuisée. Puis-je vous faire une suggestion ?

– Je vous en prie.

– Pourquoi ne rentreriez-vous pas à New York, pour vous reposer et réfléchir à tête reposée à notre discussion. Réfléchir au moyen de travailler vous et moi à instaurer de nouveaux objectifs moraux.

– Au lieu de décider sur la base des anciens ?

– Au lieu de ressasser ceux qui nous divisent. Nous devons combler le fossé, pas contribuer à l'élargir. »

Chatterjee se leva, soupira. « Je crois que je puis au moins être d'accord avec vous sur ce dernier point, monsieur le président.

– J'en suis heureux. Je suis sûr que le reste ira de soi. »

Le président se leva, contourna son bureau. Il lui serra la main et la raccompagna à la porte.

La secrétaire générale n'aurait jamais imaginé que l'entretien se déroulerait ainsi. Elle s'était doutée que le président n'accéderait pas à sa demande mais elle avait cru être capable de faire jouer l'argument de la presse pour l'ébranler. À présent, qu'est-ce qu'elle allait pouvoir raconter aux journalistes ? Que le président avait été un vrai salaud. Qu'au lieu de livrer un père américain, il avait proposé de remettre l'ONU sur de solides bases financières et de contribuer à aider des milliers de pères dans tous les pays sous-développés de la planète.

Alors qu'ils traversaient l'épaisse moquette bleue frappée du sceau présidentiel doré, Chatterjee songea à l'ironie de la chose. En venant à la Maison-Blanche, elle s'était sentie sale parce que la diplomatie était morte. Et pourtant, ici, dans ce salon, le jeu diplomatique s'était pratiqué avec intelligence et talent.

Comment se faisait-il alors qu'elle se sentait encore plus sale qu'auparavant ?

59.

New York, dimanche, 12:08

Paul Hood avait connu suffisamment de situations lourdes de conséquences du point de vue politique ou émotionnel, que ce soit au gouvernement ou à Wall Street, pour savoir que l'issue des réunions importantes était souvent jouée d'avance. Les personnages clés, souvent deux individus, pas plus, s'arrangeaient pour avoir un entretien préalable. Le temps que les autres participants se présentent, la discussion ne servait quasiment que pour la galerie.

Cette fois, c'était même inutile. À l'intérieur du salon, en tout cas.

Hood avait salué d'un geste la presse à son arrivée mais refusé de répondre à toute question. Quand il était entré dans le Bureau Ovale, l'ambassadrice Meriwether bavardait avec la secrétaire personnelle du président, Elizabeth Lopez, quarante-deux ans. Les deux femmes comparaient leurs points de vue sur leurs activités de la veille. Elle se turent à son arrivée.

Hood avait toujours trouvé Lopez polie mais froide. Aujourd'hui, elle se montrait chaleureuse, accueillante. Elle lui offrit du café, de la sélection personnelle du président, qu'il accepta avec empressement. Quant à l'ambassadrice qui arborait d'ordinaire un visage impénétrable, elle se montra de même inhabituellement souriante. Hood trouvait ironique que la seule mère à sembler aujourd'hui désapprouver son attitude fût celle de ses propres enfants.

L'ambassadrice informa Hood que Mala Chatterjee était à l'intérieur.

« Attendez que je devine, dit Hood. Elle exige ma comparution devant je ne sais quelle commission formée pour la circonstance et composée d'individus qui détestent les États-Unis.

– Vous avez mauvais esprit, sourit l'ambassadrice.

– Mais pas tort...

– La secrétaire générale n'est pas une femme déraisonnable, poursuivit l'ambassadrice Meriwether ; elle est simplement idéaliste et manque encore un peu d'expérience. Malgré tout, en tout début de matinée, le président et moi avons discuté d'une solution possible au problème. Une solution que, croyons-nous, la secrétaire générale trouvera acceptable. »

Hood but une gorgée de café noir et il allait prendre un siège quand la porte du Bureau Ovale s'ouvrit. Mala Chatterjee en sortit, suivie du chef de l'exécutif. La secrétaire générale n'avait pas l'air heureuse.

Hood posa sa tasse au moment où le président tendait la main à l'ambassadrice.

« Madame l'ambassadrice, merci encore de vous être déplacée, dit le président, solennel. Je suis ravi de voir que vous êtes en pleine forme.

– Merci, monsieur, dit-elle sans broncher.

– Madame l'ambassadrice, reprit le président, nous venons d'avoir, madame la secrétaire générale et moi, un échange de vues extrêmement fructueux. Peut-être pouvons-nous vous en brosser les grandes lignes tout en vous raccompagnant à la grille sud-est ?

– Volontiers. »

Les yeux du président se portèrent sur Hood. « Paul, ça fait plaisir de vous revoir, dit-il en lui tendant la main. Comment est votre fille, aujourd'hui ?

– Encore bien ébranlée, admit Hood.

– On le serait à moins. Nos vœux vous accompagnent. Si nous pouvons faire quoi que ce soit, je vous en prie, n'hésitez surtout pas.

– Merci beaucoup, monsieur.

– En fait, je pense que nous maîtrisons désormais relativement bien la situation, conclut le président. Si vous rentriez maintenant chez vous auprès de votre fille ?

– Merci, monsieur le président.

– Nous vous ferons savoir s'il y a du nouveau, même si ce ne serait peut-être pas une mauvaise idée que vous vous teniez à l'écart des journalistes durant quelques jours... que vous laissiez le service de presse de l'Op-Center gérer tout cela. Tout du moins, jusqu'à ce que la secrétaire générale ait eu l'occasion de parler à ses adjoints à New York.

– Bien sûr », fit Hood.

Puis il serra la main du président et de l'ambassadrice. Il se tourna alors vers la secrétaire générale et lui serra également la main. C'était la première fois qu'elle le regardait en face depuis la nuit précédente. Ses yeux étaient sombres et las, sa bouche avait un pli amer, et il nota dans ses cheveux des mèches grises qu'il n'avait pas remarquées auparavant. Elle ne dit rien. C'était inutile. Elle n'avait pas non plus remporté cette bataille.

Une zone de sécurité était aménagée entre le bout du couloir principal et l'entrée de l'aile ouest. Lowell Coffey et Bob Herbert attendaient là, en grande discussion avec deux agents du Service secret. Ils n'avaient pas été conviés à la réunion, mais avaient tenu à rester dans les parages au cas où leur patron aurait eu besoin d'un soutien moral voire tactique, ou même simplement d'un chauffeur, en fonction de l'issue de la rencontre.

Ils s'approchèrent de Paul Hood alors que le président et les deux femmes sortaient de leur côté pour affronter la presse.

« Ça n'a pas traîné, constata Herbert.

– Que s'est-il passé ? demanda Coffey.

– Je n'en sais rien, avoua Hood. L'ambassadrice Meriwether et moi n'avons pas été conviés à la réunion.

– Le président vous a-t-il dit quelque chose ? » s'enquit Lowell.

Hood eut un timide sourire. Il posa la main sur l'épaule de l'avocat. « Il m'a dit de retourner à la maison auprès de ma fille, ce qui est précisément ce que j'ai l'intention de faire. »

Tous trois quittèrent la Maison-Blanche. Ils évitèrent les journalistes en sortant par la direction opposée avant d'obliquer vers le sud en direction de l'Ellipse où ils s'étaient garés.

Alors qu'ils repartaient, Hood ne pouvait s'empêcher d'éprouver des scrupules pour Chatterjee. Ce n'était pas une mauvaise femme. Elle avait même sa place à son poste. Le problème tenait à l'institution en soi. Des pays envahissaient leurs voisins ou se livraient à des génocides. Puis les Nations unies leur offraient une tribune. Le seul fait de les laisser s'exprimer avait pour effet de justifier l'injustifiable.

Hood se rendit alors compte qu'il y aurait peut-être un moyen pour l'Op-Center de remédier à ces abus. Un moyen de consacrer les ressources du Centre pour identifier les criminels internationaux et les livrer aux foudres de la loi. Pas seulement des tribunaux. De la justice. Et avant qu'ils ne frappent, si possible.

C'était une idée à creuser. Car s'il devait à sa fille un père, une famille, il lui devait autre chose aussi. Une chose que bien peu d'hommes étaient en mesure de lui offrir.

Un monde plus sain dans lequel elle pourrait à son tour élever sa famille.

60.

Los Angeles, dimanche, 15:11

Il avait trop bourlingué. De l'Arctique aux tropiques. Chaque région avait son charme et sa beauté. Mais il n'avait jamais éprouvé comme ici ce coup de foudre immédiat.

Il sortit de l'aérogare et aspira voluptueusement la brise chaude. Le ciel de fin d'après-midi était d'un bleu limpide, et il aurait juré sentir sur ses lèvres le goût de sel de l'océan.

Il rangea son passeport dans sa poche de blazer et contempla les alentours. Les minibus gratuits s'arrêtaient à la queue leu leu le long du trottoir et il en choisit un qui desservait un hôtel d'une grande chaîne. Il n'avait pas réservé. Mais en arrivant sur place, il dirait à la réceptionniste qu'il l'avait fait. Il avait oublié le numéro de confirmation ; après tout, c'était leur boulot de s'en souvenir, pas le sien. Même s'ils ne pouvaient pas le loger sur place, ils se décarcasseraient pour lui trouver une chambre. C'était l'avantage des chaînes hôtelières.

Il monta dans le véhicule et se retourna pour contempler le paysage. La tour de contrôle blanc cassé passa comme un éclair. Une végétation luxuriante bordait la route. La circulation était fluide, pas comme à New York ou Paris.

Ivan Georgiev sentait qu'il allait se plaire ici.

Il aurait bien aimé l'Amérique du Sud, aussi. Mais les choses n'avaient pas tourné comme prévu. Ça arrivait parfois. Raison pour laquelle, contrairement aux autres, il avait envisagé un plan de fuite. Si jamais les événements tournaient mal, Annabelle Hampton était censée lui envoyer les deux employés à son service pour le récupérer. C'est ce qui s'était passé. Le plan était qu'il la retrouve un peu plus tard, à l'hôtel, et prenne les dispositions voulues pour qu'elle reçoive sa part, soit prise sur la rançon, soit puisée sur ses fonds personnels.

Quand elle ne se présenta pas, il supposa le pire. Plus tard, quand ses agents revinrent le prendre pour le mettre dans un avion et le faire sortir du pays, il apprit qu'elle avait été arrêtée. Sans doute plaiderait-elle coupable en échange d'une réduction de peine si elle balançait aux autorités le lien entre la CIA et l'APRONUC, lui avaient-ils expliqué. Raison pour laquelle ils devaient l'évacuer. La CIA comptait tout nier en bloc.

Georgiev était censé s'envoler de Los Angeles pour rallier la Nouvelle-Zélande. Mais le Bulgare n'avait aucune envie d'aller en Nouvelle-Zélande. Il n'avait pas envie que la CIA sache où il se trouvait. En outre, il avait de l'argent et surtout des idées. Il avait également des relations dans le milieu des expatriés d'Europe de l'Est, surtout les Roumains, qui avaient monté plusieurs compagnies de production cinématographique à Hollywood.

Georgiev sourit. Ses associés lui avaient décrit l'industrie du film comme un milieu à la fois impitoyable et sexy. Un milieu où un accent étranger avait un parfum exotique et cultivé et vous garantissait une invitation à toutes les soirées mondaines. Un milieu où les gens ne vous poignardaient pas dans le dos en privé : ils le faisaient de face, en public, au vu et au su de tous.

Georgiev sourit. Il avait l'accent et il était tout à la disposition de ceux qui voudraient se faire poignarder.

Non, pas de doute, il allait se plaire ici. Il allait s'y plaire énormément.

En Italie, durant les trente années où régnèrent les Borgia, ce fut la guerre, la terreur, le meurtre, le bain de sang – mais avec pour résultat Michel-Ange, Léonard de Vinci et la Renaissance. En Suisse, ce fut le règne de l'amour fraternel, cinq siècles de démocratie et de paix, et avec quel résultat ? L'horloge à coucou !

Orson Welles

Le traducteur tient à remercier tout particulièrement ici Emmanuel Guigui, conseiller à la Poste, ainsi que Gérard Briais, du ministère de l'Industrie, pour leurs inestimables conseils et suggestions concernant les chapitres qui se déroulent à Paris. Mes remerciements vont également à Michèle Grégoire, pour ses informations sur New York.

Jean Bonnefoy

REMERCIEMENTS

Nous tenons à remercier ici Jeff Rovin pour ses idées inventives et sa contribution inestimable à la préparation de ce manuscrit. Nous aimerions également rendre hommage, pour leur aide, à Martin H. Greenberg, Larry Segriff, Robert Youdelman, Esq. Tom Mallon, Esq. Ainsi qu'à la merveilleuse équipe de Penguin Putnam, Inc., tout particulièrement à Phyllis Grann, David Shanks et Tom Colgan. Comme toujours, nos remerciements vont à Robert Gottlieb, de l'Agence William Morris, notre agent et ami, sans qui ce livre n'aurait jamais pu voir le jour.

Mais avant tout, c'est à vous, amis lecteurs, qu'il revient de décider dans quelle mesure notre effort collectif aura été couronné de succès.

Tom Clancy et Steve Pieczenik

"Menace néo-nazie"

Pocket n° 10310

L'Allemagne est réunifiée, mais sa démocratie est encore fragile et particulièrement menacée par des groupes néo-nazis. Pour divulguer leur idéologie moribonde et inciter à la haine raciale, tous les moyens sont bons : internet, jeux vidéo, terrorisme. Pour les neutraliser, les agents d'Op-center, engagent avec eux une sanglante partie d'échec à travers l'Allemagne. Une fois encore, l'équipe de Paul Hood n'a pas droit à l'erreur.

Il y a toujours un Pocket à découvrir

Impression réalisée sur Presse Offset par

BRODARD & TAUPIN

GROUPE CPI

16604 – La Flèche (Sarthe), le 13- 1-2003
Dépôt légal : février 2003

POCKET – 12, avenue d'Italie - 75627 Paris cedex 13
Tél. : 01.44.16.05.00

Imprimé en France